KB188764

1984

1984

NINETEEN EIGHTY-FOUR

조지 오웰 이수영 옮김

열린원 세계문학 ⑦

열린원

어제부터 시작해 과거가 몽땅 지워지고 있다는 거 알고 있어?
모든 기록이 파괴되거나 위조되고,
모든 책이 다시 써지고, 날짜도 모두 바뀌고 있어.
그리고 이런 과정이 매일매일, 매분 되풀이되고 있어.
역사가 멈췄어.

차례

1부

1

화창하면서도 쌀쌀한 4월의 어느 날, 시계가 13시를 알리고 있었다. 윈스턴 스미스는 사나운 바람을 피하려 목을 잔뜩 움츠리고 빅토리 맨션의 현관으로 들어서며 유리문을 잽싸게 닫았지만, 모래 먼지도 휘말려 들어오고 말았다.

복도에서는 삶은 양배추와 케케묵은 매트 냄새가 났다. 복도 끝에는 실내에 걸기엔 너무 크다 싶은 포스터 한 장이 붙어 있었는데, 1미터도 넘는 너비의 얼굴만 커다랗게 그려져 있었다. 포스터 속 얼굴은 두툼하고 검은 콧수염에 선이 굵고 잘생긴 40대 중반의 남자였다. 윈스턴은 계단 쪽으로 걸어갔다. 승강기는 작동되지 않을 것이 뻔했다. 상황이 좋을 때도 거의 작동이 되지 않았는데, 요즘은 해가 있는 동안에는 전기가 아예 공급되지 않았다. 이는 '증오 주간'에 대비한 절전 운동의 일환이었다. 윈스턴이 사는 곳은 7층이었는데, 오른쪽 발목에 정맥류성 궤양을 앓고 있는 서른아홉 살의 남자는 몇 번이나 쉬어가며 천천히 올라가야 했다. 층마다 승강기 맞은편 벽에 걸린 포스터의 거대한 얼굴이 그를 지그시 내려다보고 있었다. 눈동자가 교묘하게 그려져 있어 쳐다보는 사람이 움직일 때마다 따라오는 듯한 느낌을 주었고, 포스터 아래에는 "빅 브라더가 우리를 지켜보고 있다"라고 씌어 있었다.

집 안에 들어서자, 제철산업 관련 수치들을 읽어 내려가는 낭랑한 목소리가 들렸다. 오른쪽 벽에 설치된 흐린 거울같이 생긴 타원형 금속판에서 나오는 소리였다. 윈스턴 스미스가 스위치를 돌리자 음량이 다소 줄어들었지만 단어들은 여전히 알아들을 수 있었다. 이 장치는 (텔레스크린이라 부르는데) 소리를 작게 할 수는 있지만 완전히 끌 수는 없었다. 그는 창가로 갔다. 당의 제복인 푸른 작업복을 입고 있어서 조그마하고 가냘픈 외모와 야윈 체구가 더 강조되었다. 머리칼은 밝은 금발이고 얼굴은 원래 혈색이 좋았지만 거친 비누와 무딘 면도날, 그리고 이제 막 끝난 겨울 추위에 피부가 상해 있었다.

유리창이 막고 있어도 바깥의 추위가 느껴졌다. 거리를 따라 작은 회오리바람들이 일어나 흙먼지와 종잇조각 따위를 말아 올렸다. 태양은 빛나고 하늘은 쨍하게 파랬지만 사방에 도배된 포스터를 제외하고는 아무런 색채도 보이지 않았다. 검은 콧수염 얼굴이 요소요소마다 내려다보고 있었다. 바로 맞은편 집 전면에도 포스터가 붙어 있었다. "빅 브라더가 우리를 지켜보고 있다"는 문구를 달고, 검은 눈동자가 윈스턴 스미스를 깊숙한 곳까지 들여다보는 듯했다. 거리에도 포스터가 붙어 있었는데, 한쪽 귀퉁이가 뜯긴 채 바람에 마구 펄럭이며 영사*라는 단어가 가려졌다가 보였다가 했다. 멀리서 헬리콥터 한 대가 지붕들 사이로 아슬아슬하게 날며 금파리처럼 잠시 맴돌더니, 다시 곡선을 그리며 휙 가버렸다. 창문을 들여다보며 사람들을 염탐하는 순찰대였다. 저런 경찰은 별거 아니었다. 문제는 '사상경찰'이었다.

윈스턴 스미스의 뒤에서 텔레스크린이 계속 제철업과 제9차 3개년 계획의 초과 달성에 대해 떠들어대고 있었다. 텔레스크린은 영상과 소리의 수신과 송신이 동시에 가능했다. 아주 작게 속닥이지 않는 한, 윈스턴이 하는 말은 모두 청취

* 영국 사회주의의 약어.

될 뿐 아니라, 텔레스크린의 가시권 안에 있는 어떤 행동도 포착될 수 있었다. 물론 언제 감시당하는지는 알 길이 없다. 사상경찰이 얼마나 자주, 어떤 순차로 개별 회선에 접속하는지 알 수 없었다. 모든 사람을 항상 지켜보고 있다고 볼 수도 있었다. 어쨌든 원할 때는 언제나, 어느 회선에든 접속할 수 있는 것이다. 그러다 보니 사람들은 자신이 하는 말이 모두 감청되고, 어둠이 아니라면 모든 움직임이 감시된다는 가정하에 살아야 했고 그렇게 살아온 습관은 본능이 되었다.

윈스턴 스미스는 텔레스크린에 계속 등을 돌리고 있었다. 그편이 더 안전했지만, 본인도 잘 알고 있듯, 등을 돌린 모습 역시 시사하는 바가 있다. 창밖으로 펼쳐진 음울한 풍경 위로 여기서 1킬로미터가량 떨어진 곳에 윈스턴의 직장인 '진실부'의 하얗고 거대한 건물이 우뚝 솟아 있었다. 이곳이 '제1활주'의 중심 도시이며 '오세아니아'에서 세 번째로 인구가 많은 도시인 런던이라고, 윈스턴은 씁쓸하게 생각했다. 런던이 예전에도 이런 모습이었는지 어린 시절의 기억을 더듬어보았다. 저렇게 무너져가는 백 년 전 주택들이 즐비한 풍경이었던가? 벽면은 버팀목으로 떠받치고 유리창은 판지로 기워놓고 지붕엔 함석을 덧대고 정원 담장은 금이 가 사방으로 기울어졌다. 한편 폭탄이 떨어졌던 자리에선 횟가루가 바람에 날리고, 잔해 더미에서 잡초들이 제멋대로 자라나고, 집중포화가 널찍하게 쓸어버린 공터엔 지저분한 판자촌이 다닥다닥 생겨났다. 예전에도 이랬던가? 소용없었다. 기억이 나지 않았다. 어린 시절의 기억은 배경도 알 수 없고 내용도 거의 없는, 번뜩번뜩 떠오르는 몇 가지 장면들 말고는 아무것도 남아 있지 않았다.

새말*로는 '진부'라고 하는 진실부The Ministry of Truth의 청사는, 주위의 모든 풍경과 구분되는 압도적 위용을 떨치고 있었다. 눈부시게 하얀 콘크리트로 올린 거대한 계단식 피라미드 구조가 3백 미터 높이로 솟았다. 청사의 하얀 정면에 우아한 서체로 새겨진 당의 세 가지 표어가 윈스턴의 집 창문에서도 보였다.

전쟁이 평화다
자유는 억압이다
무지가 힘이다

소문에 의하면 진실부에는 지상에만 3천 개의 방이 있고 지하에도 그 못지않은 규모의 공간이 존재한다고 한다. 런

* 오세아니아의 공식 언어. 어원과 구조에 대한 설명은 부록을 보자—원주.

던 다른 지역에 비슷한 외관과 크기의 청사가 셋 더 있다. 다른 보잘것없는 건물들에 비해 이 청사 넷이 얼마나 큰지, 빅토리 맨션 꼭대기에서도 한눈에 들어왔다. 모든 정부 기관이 나뉘어 속한 네 부서의 청사였다. 진실부는 뉴스, 오락, 교육, 예술을 맡았고, 평화부는 전쟁을 관장했다. 사랑부는 법과 질서를 담당했고, 풍요부는 경제 문제를 책임졌다. 새말로는 진부, 평부, 애부, 풍부라고 불렀다.

사랑부는 그중 무시무시한 곳이었다. 청사엔 창문도 하나 없었다. 윈스턴 스미스는 그 안에 들어가 보기는커녕 근방 5백 미터에도 가본 적이 없었다. 공무가 있지 않고선 들어갈 수 없는 곳으로, 그나마도 가시철조망과 철문, 여기저기 숨겨진 기관총 초소들로 이뤄진 미로를 지나야 했다. 심지어 사랑부 청사 외곽에 둘러쳐진 장벽으로 이어지는 길목도 검은 제복을 입고 곤봉을 찬 고릴라 같은 경비병들이 지켰다.

윈스턴은 갑자기 돌아섰다. 그러면서도 텔레스크린에 보여주어야 하는, 차분하면서도 낙천적인 표정을 지어보였다. 실내를 가로질러 조그만 부엌으로 들어갔다. 이 시간에 직장을 빠져나오느라 구내식당에서 주는 점심은 먹지 못했고, 부엌에는 내일 아침 식사로 남겨둔 갈색 빵 한 덩이밖에 없다는 걸 알고 있었다. 찬장에서 '빅토리 진'이라고만 쓰인 하얀 라벨이 붙은 병을 꺼냈다. 병 안에 든 무색의 투명한 액체에서는 중국 독주처럼 역겹고 진득한 냄새가 났다. 윈스턴은 찻잔에 가득하게 술을 따라 잠시 망설이다가, 마음을 단단히 먹고 약을 먹듯 꿀꺽 삼켜버렸다.

즉시 얼굴이 주홍빛으로 달아오르고 눈물이 핑 돌았다. 이 술은 화공약품이나 마찬가지여서, 삼키면 마치 고무방망이로 뒤통수를 얻어맞은 듯 얼얼한 충격이 퍼졌다. 하지만 다음 순간, 타는 듯했던 속이 가라앉고 나면, 세상이 좀 즐거워 보이기 시작했다. 윈스턴 스미스는 '빅토리 담배'라고 인쇄된 찌그러진 담뱃갑에서 담배 한 개비를 꺼냈다. 그러다 조심성 없이 거꾸로 드는 바람에 담배 가루가 바닥에 확 쏟아졌다. 다음 개비는 실수하지 않았다. 윈스턴은 다시 거실로 돌아가 텔레스크린 왼편의 작은 책상 앞에 앉았다. 책상 서랍에서 펜과 잉크, 4절 크기의 두툼한 공책을 꺼냈는데, 앞표지는 대리석 무늬, 뒤표지는 붉은색이었다.

어쩌다 보니 이 집의 텔레스크린은 보통의 집들과는 다른 위치에 있었다. 집 안을 전부 관망할 수 있는 먼 끝 벽이 아니라 창문 맞은편, 긴 벽에 설치돼 있었다. 긴 벽 한쪽 끝에는 깊지 않게 움푹 들어간 공간이 있어서 윈스턴은 거기 앉았는데, 이 집이 지어질 때는 아마 책꽂이를 놓으라고 만들었을 것이다. 그 구석진 공간에 꼭 붙어 앉으면 텔레스크린의 시야에서 벗어날 수 있었다. 물론 소리는 들리겠지만 그러고 있는 한, 안 보일 수 있게 된 것이다. 윈스턴이 지금 하려는 것과 같은 일을 하게 된 데는 이 집의 남다른 구조도 한몫했다.

그리고 방금 서랍에서 꺼낸 공책도 중요한 계기가 되었다. 유난히 아름다운 공책이었다. 오랜 세월에 좀 누래졌지만 매끄럽고 뽀얀 종이는 적어도 40년 전에 생산이 중단된 고급 제품이었다. 이 공책은 그보다도 훨씬 오래된 것이라 짐작됐다. 시내(어느 지역이었는지는 잊어버렸지만) 빈민가의 곰팡내 나는 작은 골동품 상점 진열창에서 이 공책을 발견한 순간, 윈스턴 스미스는 즉시 주체할 수 없는 소유욕에 사로잡혔다. 당원들은 일반 상점에 드나들어서는(이른바 '자유 시장 거래'를 해서는) 안 되었지만, 다른 방법으로는 구두끈이나 면도날 같은 많은 물품을 구할 방법이 없었기에, 엄격하게 지켜지는 규칙은 아니었다. 재빨리 좌우를 둘러보고 안으로 얼른 들어가 2달러 50센트에 공책을 샀다. 당시에는 딱히 용도를 생각하며 산 게 아니었다. 일단 서류 가방에 넣고 마음을 졸이며 집으로 가지고 왔다. 아무것도 씌어 있지 않은 것이라 해도 가지고 있기에 떳떳하지 못한 물건이었다.

윈스턴 스미스가 이제부터 하려는 일은 일기 쓰기였다. 불법은 아니었지만(법이라는 게 더 이상 존재하지 않으므로 불법인 일도 없었지만) 발각되면 사형이나 적어도 25년 강제 노동 수용소 행은 확실했다. 펜대에 펜촉을 끼우고 윤활유를 닦아냈다. 펜은 이제 서명을 할 때도 거의 쓰지 않는 구닥다리 도구가 되었지만 어렵게 은밀히 구한 이유는, 이렇게 아름다운 뽀얀 종이에는 '잉크연필'이 아니라 진짜 펜촉으로 써줘야 마땅할 듯해서였다. 사실 윈스턴은 손으로 직접 글을 쓰는 데 익숙하지 않았다. 간단한 적바림을 제외하면 보통 모두 구술해 '말쓰기'라는 기계가 받아 적게 했지만, 물론 지금 같은 때 사용할 수는 없었다. 윈스턴은 펜에 잉크를 찍은 다음 잠시 머뭇거렸다. 전율이 몸을 훑고 지나갔다. 종이에 글을 쓴다는 건 중대한 행위였다. 윈스턴은 작고 서툰 글씨로 다음과 같이 적었다.

1984년 4월 4일.

그리고 몸을 젖혔다. 완벽한 무력감에 휩싸였다. 우선 올해가 1984년이 맞는지 조금도 확신할 수 없었다. 자신의 나이가 서른아홉인 것은 꽤 분명하고, 태어난 해는 1944년이나 1945년 같으니까 올해가 대략 1984년 정도 되었겠지만, 요즘은 한두 해 정도 오차가 나지 않는 정확한 날짜를 짚어내기가 불가능했다.

문득, 누구를 위해서 일기를 쓰는 건가 하는 의문이 들었다. 미래를 위해, 후세를 위해. 불확실한 날짜를 적어놓고 잠시 심란해하다가, '이중생각doublethink'이라는 새말이 불쑥 머릿속에 떠올랐다. 그제야 자신이 얼마나 무모한 일을 시작한 것인지 제대로 실감이 났다. 어떻게 미래와 소통할 수 있단 말인가? 본질적으로 불가능한 일이었다. 미래가 현재와 비슷하다면 아무도 윈스턴의 말을 듣지 않을 것이고, 미래가 현재와 달라진다면 윈스턴의 고생은 의미가 없어질 것이기 때문이다.

한동안 우두커니 종이를 내려다보며 앉아 있었다. 텔레스크린의 소리는 그새 귀 따가운 군악으로 바뀌었다. 이상하게도 원래 하려고 준비했던 말을 잊어버렸을 뿐 아니라 생각을 표현할 능력까지 잃어버린 듯했다. 지난 몇 주 동안 이 순간만을 위해 마음의 준비를 해왔으며, 용기만 있으면 할 수 있는 일이라 생각했다. 막상 쓰는 일은 어렵지 않을 거라고, 정말 오랜 세월 머릿속에서 멈추지 않고 쉼 없이 솟아나온 독백을 종이에 옮기기만 하면 된다고 생각했다. 그러나 이 순간, 아무 독백도 떠오르지 않았다. 게다가 다리의 습진이 참을 수 없이 가렵기 시작했다. 하지만 감히 긁지는 못했다. 그랬다간 벌겋게 부어오를 테니까. 시간이 째깍대며 흘러갔다. 오직 눈앞의 하얀 종이와 종아리의 가려움, 요란한 군악 소리, 약간의 취기를 제외하고는 아무것도 지각할 수 없었다.

갑자기 윈스턴 스미스는 정신없이 허둥대며, 무엇을 적는지도 모르면서 글을 쓰기 시작했다. 서툴고 작은 글씨가 비뚤비뚤 종이를 채우며, 대문자를 빠뜨리더니 점점 마침표까지 생략해버렸다.

1984년 4월 4일. 어젯밤에 영화를 보러 감. 모두 전쟁 영화들. 지중해 어디선가 피난민을 가득 태운 배가 폭격을 당하는 대단한 영화도 하나 있었음. 헤엄쳐 도망치는 크고 뚱뚱한 남자를 헬리콥터가 쫓아가는 장면에 관객들이 신나함. 돼지처럼 물에서 허우적대던 남자가 헬리콥터의 조준경에 포착되더니 순식간에 벌집이 되었고, 주위 바다가 붉게 물들었으며, 총구멍들이 물을 빨아들이기라도 하듯 남자가 가라앉자, 관객들이 폭소를 터뜨림. 그런 다음 아이들을 가득 태운 구명정 위로 헬리콥터가 맴도는 장면. 유대인으로 보이는 중년 여자가 뱃머리에 앉아 세 살쯤 된 남자아이를 안고 있었다. 아이는 겁에 질려 소리를 지르며 여자의 가슴을 뚫을 듯 파고들고, 여자는 자기도 겁에 질렸으면서 아이를 감싸 어르고. 마치 자기 팔이 총알을 막아낼 수 있는 것처럼 계속 최대한 아이를 가리고. 거기에 헬리콥터가 20킬로그램짜리 폭탄을 투하해 끔찍한 섬광과 함께 배가 산산조각 났다. 그리고 아이의 팔 하나가 하늘 높이 높이 높이 또 높이 솟는 멋진 장면 헬리콥터를 앞에 단 카메라가 쫓아올라간 듯 그리고 당원석에서 박수갈채가 터졌지만 갑자기 저기 '무산無產 Prole' 쪽 자리에 있던 여자 하나가 이런 걸 아이들에게 보여주어선 안 된다며 소란을 피우기 시작했고 아이들 앞에서 상영할 순 없다고 소리치며 안 된다고 그러나 경찰이 달려가 끌어내고 그렇다고 그 여자가 별로 처벌을 받을 것 같진 않은 게 '무산'이 하는 말은 아무도 신경 쓰지 않으니까 전형적인 '무산'의 반발쯤은……

거기서 윈스턴 스미스는 글을 멈췄다. 손에 경련이 나기도 했고, 자기가 왜 이런 쓸데없는 이야기를 쏟아내고 있는지 의아했다. 하지만 신기하게도 그러는 동안 전혀 다른 기억이 머릿속에서 또렷이 정리되어, 이것 역시 적어두어야겠다는 생각이 들었다. 이 사건 때문에 오늘 갑자기 집에 가서 일기를 쓸 결심을 하게 됐다는 걸 이제야 깨달았다.

그날 아침 진실부에서 일어난 사건이긴 했지만, 사건이라 부르기엔 좀 사소한 일이었다.

윈스턴이 일하는 '기록국'에서 11시가 다 되어, 각자 자리의 의자를 끌어내 사무실 가운데 텔레스크린 앞에 모아놓고

'2분 증오 시간'을 준비할 때였다. 윈스턴이 가운데쯤에 막 앉으려는데, 안면은 있어도 대화는 해본 적 없는 두 사람이 느닷없이 기록국으로 들어왔다. 한 명은 복도에서 자주 마주치는 젊은 여자였다. 이름은 모르지만 '창작국'에서 일한다는 사실은 알고 있었다. 가끔 기름 묻은 손으로 스패너를 가지고 다니는 것으로 보아 아마 '소설 창작 기계' 같은 것을 담당하는 기사인 듯했다. 당찬 표정의 20대 후반 여자로, 숱 많은 머리에 얼굴엔 주근깨가 나 있었고 동작이 날렵하며 강인해 보였다. 작업복 허리에 '청년 반성反性 Anti-Sex 연맹'의 휘장인 주홍색 띠를 몇 겹 둘러 엉덩이 굴곡이 잘 드러나도록 잡아맸다. 윈스턴 스미스는 처음 보는 순간부터 그녀가 싫었다. 그 이유도 알고 있었다. 그녀는 하키장, 냉수욕, 단체 등산, 제반 위생 준수 등을 연상시키는 분위기를 풀풀 풍기고 다니기 때문이었다. 윈스턴은 거의 모든 여자를, 특히 젊고 예쁜 여자를 싫어했다. 여자들, 그중에서도 젊은 여자들은 가장 맹목적인 당의 지지자, 지침의 실천가, 이단의 냄새를 찾아내는 아마추어 감시자들이었다. 이 여자는 그중에서도 가장 위험해 보였다. 언젠가 복도를 지나가다가 그녀가 그를 흘긋 쳐다보았는데, 마치 꿰뚫어보는 듯해서 잠시 오싹한 공포에 사로잡힌 적이 있었다. 혹시 사상경찰이 아닐까 하는 생각까지 들었지만, 그럴 가능성은 거의 없었다. 그래도 여전히 그녀가 보일 때마다 그는 두려움이 뒤섞인 유난스러운 불쾌감뿐 아니라 적개심까지 느꼈다.

나머지 한 사람은 오브라이언이라는 남자로 '내부당원'이었는데, 뭔가 아주 중요하고 높은 직책을 맡고 있었지만 윈스턴으로서는 자세히 알 수 없었다. 내부당원이 입는 검은 작업복을 보자 의자를 움직이던 사람들이 일순 조용해졌다. 오브라이언은 목이 굵고 건장하며 덩치 큰 몸집에 거칠고 사납게 생겼으면서도 푸근한 데가 있었다. 우락부락한 외모에도 불구하고 행동거지에선 어딘가 매력이 풍겼다. 그에게는 콧잔등에서 안경을 밀어 올리는 버릇이 있었는데 이상하게도 상대의 경계심을 누그러뜨리는, 뭐라 설명하긴 힘들지만 이상하게 고상한 분위기가 났다. 이렇게 말하면 알아들을 사람이 있을지 모르겠지만, 담배를 권하던 18세기 귀족의 모습이 비슷하지 않을까 싶었다. 십여 년에 걸쳐 십여 차례쯤 보았을까, 윈스턴은 오브라이언에게 마음속 깊이 끌렸는데, 권투 선수 같은 육체와 세련된 몸가짐이 이루는 대조에 흥미를 느꼈기 때문만은 아니었다. 그보다는, 오브라이언의 정치의식이 완벽하게 정통적이지는 않으리라는 은밀한 믿음, 아니 믿음이라기보다 단순한 소망 때문이었다. 왠지 오브라이언의 얼굴이 그런 인상을 주긴 했지만, 이단적 성향을 가지고 있어서 그런 것이 아니라 그냥 지성이 드러나는 것일 수도 있었다. 어쨌거나 텔레스크린이 없는 곳에서 따로 만날 수 있다면 대화를 나눠보고 싶은 사람이었다. 이런 생각을 실제로 확인해보려는 시도는 조금도 해보지 않았다. 사실 방법도 없었다. 그러고 있는데 오브라이언이 자기 손목시계를 보더니, 거의 11시가 된 것을 알고 2분 증오 시간 동안 기록국에 있어야겠다고 마음먹은 듯했다. 그는 윈스턴과 같은 줄에서 몇 열 떨어진 의자에 앉았다. 윈스턴 옆자리에서 일하는 연갈색 머리의 키 작은 여자가 중간에 앉았다. 검은 머리의 젊은 여자는 윈스턴 바로 뒤에 앉았다.

그러고 나서 기름칠이 부족한 거대한 기계에서 나는 듯, 소름 끼치게 날카로운 목소리가 앞쪽 벽면의 텔레스크린에서 터져 나왔다. 목덜미의 털이 곤두서고 이가 갈리게 불쾌한 소리였다. 증오 시간이 시작된 것이다.

늘 그렇듯 인민의 적, 이매뉴얼 골드스타인의 얼굴이 화면에 나타났다. 그걸 보고 여기저기서 사람들이 진저리를 쳤다. 연갈색 머리 여자는 공포와 혐오가 섞인 신음을 내질렀다. 변절자이자 타락자인 골드스타인은 예전엔(정확히 언제였는지는 아무도 기억하지 못하지만) 당의 지도급 인사로 거의 빅 브라더와 비슷한 급일 정도였는데, 반혁명 활동에 관여했다가 사형 선고를 받은 다음, 어떻게 해선지 탈출해 사라져버렸다. 2분 증오의 프로그램은 날마다 달랐지만 골드스타인이 주범으로 등장하지 않는 경우는 없었다. 골드스타인은 최초의 반역자, 당의 순수성을 가장 먼저 더럽힌 자였다. 당에 대한 이후의 모든 범죄, 모든 배반, 파괴 공작과 이단 및 반항 행위들은 다 골드스타인의 가르침에서 직접 비롯된 것이었다. 지금도 어디선가 아직 살아서 음모를 꾸미고 있었다. 해외에서 외국 물주의 비호를 받고 있다거나, 아니면 바로 이 오세아니아에 은신처가 있다는 소문도 가끔 돌았다.

윈스턴 스미스도 배 속이 뒤틀렸다. 골드스타인의 얼굴을 볼 때마다 여러 가지 괴로운 감정이 밀려들었다. 보풀거리는 하얀 머리와 염소 같은 턱수염이 후광처럼 감싼 유대인의 홀쭉한 얼굴은 똑똑해 보였지만 어딘지 야비한 천성을 드러냈고, 딱한 노인처럼 가늘고 긴 코끝에는 안경이 얹혀 있었다. 양을 닮은 얼굴이었고, 목소리 역시 양 비슷한 데가 있었다. 골드스타인은 늘 그렇듯 당의 강령에 독설을 퍼붓고 있었다. 과장되고 비뚤어진 공격이라 어린아이도 간파할 수 있을 정도였지만, 평균 이하의 머리를 가진 사람은 넘어갈 수도 있겠다는 경각심을 불러일으켰다. 골드스타인은 빅브라더를 매도하고 당의 독재를 비난하며 유라시아와의 즉각적인 평화협정을 요구했고, 표현의 자유, 언론의 자유, 집회의 자유, 생각의 자유를 옹호하면서 혁명이 배반당했다고 신경질적으로 외쳤다. 당의 연설 스타일을 비꼬듯, 길고 어려운 단어들을 빠른 속도로 쏟아내며, 심지어 새말까지 사용했다. 정말이지 당원들도 일상에서는 새말을 그렇게 많이 사용하지 않았다. 그리고 그러는 동안 혹시라도 누가 골드스타인의 그럴듯한 허튼소리에 미혹되지 않도록, 텔레스크린의 배경에서는 끝없는 유라시아 군대의 행진이 이어졌다. 아시아인 특유의 무표정한 얼굴에 단단하게 생긴 남자들이 끊임없이 열을 지어 화면 가득 밀려왔다가 밀려가며 똑같은 다른 얼굴들로 교체되었다. 규칙적인 둔탁한 군화 발소리가 골드스타인의 꽥꽥대는 소리 뒤에 배경처럼 깔렸다.

증오 시간이 시작된 지 30초도 지나지 않아 사무실 안 사람 절반이 분노를 이기지 못하고 고함을 지르기 시작했다. 자만심 가득한 양 같은 얼굴과 그 뒤 유라시아 군대의 무서운 위압감에 도저히 참을 수가 없었던 것이다. 골드스타인을 보거나 생각하기만 해도 자동적으로 두려움과 분노가 솟게 돼 있었다. 골드스타인은 유라시아나 동아시아보다 더 지속적인 증오의 대상이었다. 오세아니아가 두 세력 가운데 하나와 전쟁을 하면 다른 하나와는 보통 평화를 유지하기 때문이다. 하지만 이상한 일은 모두가 골드스타인을 그렇게 미워하고 경멸하는데도, 매일, 하루에도 천 번씩 집회에서, 텔레스크린에서, 신문에서, 책에서 비판받고 박살나고 웃음

거리가 되고, 한심한 쓰레기라고 만천하에 증명이 되는데도 불구하고 영향력이 전혀 줄어들지 않는 것이었다. 골드스타인의 꼬임에 넘어가는 얼간이들은 늘 생겨났다. 하루도 빠지지 않고 그의 지령에 따라 움직이는 첩자와 공작원들이 사상경찰에 발각되었다. 골드스타인은 국가 전복에 혈안이 된 공모자들의 지하 조직, 거대한 음지 군대의 지휘관이었다. 그들을 '형제단'이라고 했다. 또한 골드스타인이 쓴, 모든 이단의 내용이 담긴 끔찍한 책이 여기저기서 은밀히 유통된다고들 수군댔다. 그 책에는 제목이 없었다. 혹시 언급을 해야 할 땐 그냥 '그 책'이라고 불렀다. 그러나 모두 막연한 소문뿐이었다. '형제단'에 대해서도 '그 책'에 대해서도, 일반 당원들은 되도록 입에 담지 않았다.

1분이 지나고 증오 시간은 광란 상태가 되었다. 사람들이 자리에서 벌떡벌떡 일어나 목이 터져라 소리를 지르며 화면에서 꽥꽥대는 골드스타인의 짜증나는 목소리를 덮어버렸다. 연갈색 머리의 조그만 여자는 얼굴이 빨개져서, 물 밖에 나온 물고기처럼 입을 뻐끔거렸다. 오브라이언의 진중한 얼굴도 상기되었다. 의자에 꼿꼿이 앉아 밀려오는 파도를 버텨내듯 우람한 가슴을 들썩였다. 윈스턴 스미스 뒤의 검은 머리 여자는 "돼지! 돼지! 돼지!" 하고 고함치기 시작하더니 갑자기 묵직한 새말 사전을 집어 화면으로 던졌다. 사전은 골드스타인의 코에 맞고 튕겨 나갔지만 목소리는 상관없이 흘러나왔다. 순간 정신을 차리고 보니 윈스턴도 다른 사람들과 같이 고함을 치며 발꿈치로 의자 가로대를 마구 내려찍고 있었다. 2분 증오의 무서운 점은, 의무적으로 동참해야 한다는 점이 아니라, 그와 반대로, 참여하지 않을 수가 없다는 점이었다. 30초도 안 되어 도저히 버틸 수가 없게 된다. 개인의 의지와 상관없이 이 모든 사람이 일제히 전기라도 감전된 듯 공포와 복수심에 도취되어, 고문하고 죽이고저 얼굴들을 망치로 짓이기고 싶은 욕망에 사로잡혀 흉측하게 일그러진 표정으로 미친 듯 소리치게 되는 것이다. 그러나 사람들이 느끼는 분노는 화염방사기의 불꽃처럼 대상을 이리저리 쉽게 바꿀 수 있는, 방향 없고 추상적인 감정이었다. 그래서 한순간 윈스턴의 증오는 골드스타인이 아니라 그 정반대 편의 빅 브라더, 그리고 당과 사상경찰에게로 방향이 바뀌어버렸다. 그리고 그 순간 화면 속에서 외로이 조롱받는 이단자, 거짓으로 가득한 세상에 홀로 정신이 온전한 진실의 수호자에게 정이 갔다. 하지만 다음 순간에는 또 다시 주위 사람들과 하나가 되어 골드스타인에 대한 저 모든 말이 사실인 듯 생각됐다. 그러면 빅 브라더에 대한 잠깐의 은밀했던 혐오는 존경으로 변하고 빅 브라더가 아시아인 떼거리로부터 우리를 든든하게 지켜주는 무적의 바위처럼 거대해 보였다. 반면 골드스타인은, 무능하고 고립되고 정말 살아 있는지조차 알쏭달쏭한 상태임에도 불구하고, 무시무시한 주술사처럼 목소리의 힘만으로도 문명 체제를 파괴할 수 있을 것 같았다.

때로는 의지력으로 증오의 방향을 바꾸는 일도 가능했다. 악몽을 꾸다가 간신히 벌떡 일어날 때와 같은 힘겨운 노력 끝에, 윈스턴은 순간적으로 화면 속 얼굴에서 뒤의 검은 머리 여자에게로 증오심을 이동시키는 데 성공했다. 생생하고 아름다운 환영이 머릿속을 스쳐 지나갔다. 곤봉으로 때려죽이고 싶었다. 성 세바스찬처럼 발가벗겨 기둥에 묶고 화살을 퍼붓고 싶었다. 겁탈하다가 절정에 달했을 때 목을 베어버리고 싶었다. 그제야 윈스턴은 왜 그녀가 그렇게 미운지 알 것 같았다. 젊고 예쁘며 섹스를 하지 않기 때문에 미운 것이었다. 그녀와 자고 싶은데 결코 그럴 수 없기 때문이었다. 팔로 감싸 안아달라는 듯 고혹적인, 나긋나긋한 허리에 과격한 순결의 상징, 역겨운 진홍색 띠가 감겨 있기 때문이었다.

증오 시간이 절정에 달했다. 골드스타인의 목소리는 진짜 양의 울음소리가 되었고 잠시 얼굴도 양으로 바뀌었다. 그러고 나서 양의 얼굴이 스르르, 거대하고 무서운 유라시아 병사의 형상으로 변해 기관총을 갈겨대며 화면에서 튀어나올 것 같아서, 앞줄에 앉은 사람 몇이 흠칫하며 물러나기도 했다. 그러나 그것이 이내 검은 머리, 검은 콧수염의 빅 브라더, 권위가 넘치고 신비로울 정도로 차분한 얼굴로 바뀌어 화면을 가득 채우자, 모두 안도의 한숨을 내쉬었다. 빅 브라더가 뭐라고 하는지 제대로 듣는 사람은 없었다. 그냥 몇 마디 격려사 같은 것으로, 전쟁터에서 외치는 독려처럼 하나하나 알아들을 순 없어도 그저 들리는 것만으로도 힘을 주는 말들이었다. 그러고 나서 빅 브라더의 얼굴도 점차 사라지며 대신 당의 세 가지 구호가 대문짝만하게 나타났다.

전쟁이 평화다

자유는 억압이다

무지가 힘이다

하지만 사람들 망막에 너무나 생생하게 박힌 빅 브라더의 얼굴은 금방 사라질 수 없는 듯, 몇 초간 화면에 희미한 잔상으로 남아 있었다. 연갈색 머리의 조그만 여자가 푹 수그리며 앞 의자 등받이에 기대더니, 떨리는 목소리로 "나의 구세주" 비슷한 말을 중얼거리며 화면을 향해 손을 뻗었다. 그러고 나서 고개를 숙이고 손으로 얼굴을 가렸다. 기도를 하는 것이었다.

이제 모든 사람이 굵은 목소리로 천천히 장단을 맞춰 "빅, 브라더! 빅, 브라더!" 하는 합창을 시작했다. '빅'과 '브라더' 사이를 한참 띄워 느릿느릿 읊조리며 계속 되풀이하는 장중한 찬가는 어쩐지 이상하게 야만적이어서, 땅을 맨발로 구르며 북을 둥둥 두드리는 소리도 배경으로 들려올 것 같았다. 족히 30초는 계속되었다. 감정이 너무 벅찰 때 자주 터져 나오는 후렴이었다. 빅 브라더의 지혜와 위엄에 대한 칭송이기도 했지만, 그보다는 자기 최면, 즉 스스로의 의식을 잠재우기 위한 목적으로 규칙적인 소리를 만들어내는 것이었다. 윈스턴은 달아올랐던 몸속 열기가 싸늘하게 식는 것을 느꼈다. 2분 증오 동안에는 어쩔 수 없이 자신도 집단 광란에 동참할 수밖에 없었다. 하지만 인간 이하의 존재처럼 "빅, 브라더! 빅, 브라더!" 하는 합창에는 늘 섬뜩해지고 말았다. 물론 윈스턴도 따라 했다. 그러지 않을 수 없었다. 본능적으로 감정을 숨기고 표정 관리를 하면서 다른 사람들과 똑같이 행동했다. 하지만 그러기 직전, 잠시 눈빛으로 속내를 드러냈을 수도 있다. 의미심장한 일이 일어난 것은 바로 이때였다. 정말 일어났다면 말이다.

순간적으로 오브라이언과 눈이 마주쳤다. 오브라이언은 일어서 있었다. 안경을 벗었다가 다시 쓰며, 특유의 버릇대로 콧등에서 밀어 올리는 중이었다. 그러던 찰나 둘의 눈이 마주쳤고 윈스턴은 그 순간 알 수 있었다. 그렇다! 오브라이언은 윈스턴과 똑같은 생각을 하고 있었다. 생각이 통한 게 틀림없었다. 두 사람의 마음이 열리고 눈을 통해 한 사람에게서 다른 사람에게로 생각이 흘러 들어간 듯했다. '나도 당신과 마찬가지야.' 오브라이언이 말하는 듯했다. '나도 당신 기분 잘 알아. 당신이 느끼는 경멸, 증오, 혐오 모두 알고 있어. 하지만 걱정 마. 나는 당신 편이니까!' 그러고 나서 섬광 같던 이해의 순간은 사라지고 오브라이언 역시 다른 사람들과 마찬가지로 불가해한 표정이 되었다.

그게 다였고, 이제는 벌써, 정말 일어난 일이었는지도 확실치 않아지고 있었다. 그런 우연한 사건들은 그것으로 그치기 마련이었다. 그런 사건에 의미가 있다면, 윈스턴 스미스 말고도 당에 반대하는 사람이 존재한다는 믿음 혹은 희망을 지탱시켜주는 것뿐이었다. 광대한 지하 조직이 있다는 소문은 결국 사실인지도 모른다. 형제단이 정말 존재하는지도 모른다! 하지만 그럴 리 없었다. 끝없이 체포되고 자백하고 처형되는 사람들에도 불구하고, 형제단은 그저 신기루 같았다. 어느 날은 정말 존재하는 것 같다가도, 어떤 날은 믿기질 않았다. 증거도 없었고, 언뜻 보고 들은 것들은 아무 의미도 없을 수 있었다. 지나가다가 남의 대화 한 토막을 엿듣거나, 화장실 벽의 희미한 낙서를 알아보거나, 심지어 한 번은, 모르는 사람 둘이 암호처럼 보이는 손짓을 슬쩍 주고받는 걸 본 적도 있었다. 모두 추측일 뿐이었다. 전부 윈스턴의 공상일 가능성도 컸다. 윈스턴은 오브라이언을 다시 쳐다보지 않고 자기 자리로 돌아왔다. 그 찰나의 소통을 계속 이어가봐야겠다는 생각은 조금도 들지 않았다. 어떻게 운을 뗄지 방법을 알고 있다고 해도 그건 상상할 수도 없이 위험한 행동인 것이다. 둘은 1, 2초간 모호한 시선을 주고받았을 뿐이고, 그것으로 끝이었다. 그렇더라도, 외로움 속에 갇혀 사는 처지에, 기억할 만한 사건이긴 했다.

윈스턴은 정신을 차리고 똑바로 앉았다. 트림이 나왔다. 술 마신 위장이 울렁거렸다.

다시 공책으로 시선을 모았다. 멍하니 앉아 있었던 줄 알았는데 자기도 모르게 글을 쓰고 있었음을 발견했다. 더 이상 위축되고 서툰 글씨가 아니었다. 매끈한 종이 위에 커다란 인쇄체 대문자로 유려하고 풍만한 펜글씨가 반복해서,

빅 브라더 타도

빅 브라더 타도

빅 브라더 타도

빅 브라더 타도

하고 반쪽이나 채워져 있었다.

윈스턴은 가슴을 죄어오는 두려움을 느끼지 않을 수 없었다. 이런 말을 쓴 것이 애초에 일기장을 펼친 행위보다 더 위험한 행동은 아니었기에 어리석은 감정이었지만, 망친 종이를 찢어버리고 이 모험을 다 그만두고 싶은 유혹에 잠시나마 시달렸다.

하지만 그래 봐야 소용없으므로, 그러지 않았다. "빅 브라더 타도"라고 쓰든 말든 큰 차이가 없었다. 일기를 계속 쓰든 그만두든, 달라질 것은 없었다. 어쨌든 사상경찰에 잡힐 것이다. 윈스턴은 다른 모든 죄의 바탕인 중죄를 저질렀고, 종이에 글을 쓰지는 않았다 해도 결국 마찬가지였을 것이다. 그것은 '사상범죄'였다. 사상범죄를 영원히 감출 수는 없다. 한동안, 몇 년 정도는 시치미를 뗄 수 있어도, 조만간 들키게 돼 있다.

언제나 밤이었다. 체포는 거의 예외 없이 밤에 이루어졌다. 갑자기 어깨를 잡아 흔드는 우악스러운 손길에 소스라쳐 깨어나면, 불빛이 눈앞에서 번뜩이고 굳은 얼굴들이 침대를 에워쌌다. 대다수의 경우 재판도, 체포 기록도 없었다. 언제나 밤중에 사람들이 그냥 사라졌다. 이름도 등록부에서 삭제되고 그때까지의 모든 행적이 지워진다. 한때 존재했다는 사실마저 부인되고 마침내 잊힌다. 완전히 제거되고 말소되는 것인데, 보통 '증발'했다고 표현한다.

잠시 윈스턴은 일종의 히스테리에 사로잡혀 정신없이 마구잡이로 쓰기 시작했다.

그들이 날 쏘겠지 상관없다 뒤에서 목을 쏘겠지 상관없다 빅 브라더 타도 그들은 언제나 우리 뒤에서 목을 쏜다 상관없다 빅 브라더 타도

윈스턴은 물러나 앉아 약간 부끄러움을 느끼며 펜을 내려놓았다. 그러다가 화들짝 놀랐다. 문 두드리는 소리가 들렸던 것이다.

벌써! 윈스턴은 생쥐처럼 꼼짝 않고 앉아서 누군지 모르지만 한번 두드려보고 가버렸으면 좋겠다는 부질없는 희망을 품어보았다. 하지만 노크는 계속되었다. 시간을 끌면 더 안 좋았다. 심장이 북소리처럼 둥둥거렸지만 오랜 습관으로 얼굴은 무표정했을 것이다. 윈스턴은 일어나 문으로 무거운 걸음을 옮겼다.

2

현관 문손잡이를 잡는데, 거실 탁자 위에 그대로 펼쳐둔 일기장이 보였다. 여기서도 보일 정도의 큰 글자로 "빅 브라더 타도"라고 가득 씌어 있었다. 상상할 수 없을 만큼 멍청한 짓이었다. 그러나 윈스턴 스미스는 겁에 질린 와중에도 잉크가 덜 마른 상태에서 일기장을 덮어 뽀얀 종이를 더럽히고 싶지 않았다.

윈스턴은 심호흡을 하고 문을 열었다. 그리고 즉시 안도의 기쁨에 휩싸였다. 문밖에는 성긴 머리숱에 주름진 얼굴, 창백하고 기운 없어 보이는 여자가 서 있었다.

"아, 동무." 여자는 처량하게 징징거리는 말투로 용건을 꺼냈다. "들어오는 소리가 나는 것 같더라고. 우리 집 싱크대 좀 봐줄 수 있을까? 막혀버려서……."

같은 층에 사는 파슨스 부인이었다(모두 서로 '동무'라고 불러야 하므로 당에서는 못마땅해하겠지만 본능적으로 '부인'이라 부르게 되는 여자들이 있다). 서른 살가량의 여성이지만 훨씬 나이 들어 보였다. 얼굴의 주름살에는 먼지까지 끼어 있는 듯했다. 윈스턴은 파슨스 부인을 따라 복도로 나섰다. 수리공도 아닌데 거의 매일같이 이런 일을 해야 했다. 빅토리 맨션은 1930년대 지은 오래된 아파트로, 여기저기 허물어져가고 있었다. 천장과 벽은 계속 회칠이 벗겨져 떨어졌고 배관은 혹한 때마다 터졌으며 눈만 오면 지붕이 샜다. 난방은 절약을 위해 아예 꺼지거나 그렇지 않을 때도 절반밖에 들어오지 않았다. 개인이 직접 할 수 없는 수리는 한참 걸려 여러 위원회에서 허가를 받아야 했는데, 창유리 하나 가는 데도 2년은 걸리기 마련이었다.

“톰이 집에 없으니 할 수 없어서.” 파슨스 부인이 어물어물 말했다.

파슨스 가족의 집은 윈스턴의 집보다 컸고 다른 방식으로 더러웠다. 집 안은 거대한 맹수라도 휘젓고 간 듯 난장판이었다. 하키 스틱, 권투 글러브, 터진 축구공, 뒤집힌 반바지 같은 운동용품이 바닥에 널려 있었고 탁자 위엔 너덜거리는 연습장과 더러운 그릇이 잔뜩 쌓여 있었다. 벽에는 ‘청년 연맹’과 ‘감시단’의 주홍색 현수막들과 빅 브라더의 대형 포스터가 걸려 있었다. 또한 이 집에서는 건물 전체에서 나는 삶은 양배추 냄새를 뚫고 훨씬 강렬한 악취가 코를 찔렀는데, 지금은 집에 없는 사람의 땀내라는 걸, 어쩐지 한 번 맡으면 바로 알 수 있었다. 방 안에서 누가 빗을 휴지에 말아 입에 물고, 아직도 텔레스크린에서 나오는 군악 곡조를 따라 불려 애쓰고 있었다.

“애들이야.” 파슨스 부인이 말하며 좀 불안한 표정으로 방문을 흘깃 보았다. “오늘 밖에 못 나갔거든. 물론…….”

부인은 말을 하다 말고 멈추는 버릇이 있었다. 부엌 싱크대는 그 어느 때보다 고약한 양배추 냄새를 풍기는 녹색 구정물로 가득 차 넘치기 직전이었다. 윈스턴은 무릎을 꿇고 하수관의 구부러진 이음매를 살펴보았다. 윈스턴은 손을 쓰는 일을 좋아하지 않았고 늘 기침이 터져 나왔기 때문에 몸을 굽히는 것도 싫어했다. 몸을 굽히면 파슨스 부인은 어쩔 줄 모르고 바라만 보았다.

"물론 톰이 있었으면 금방 고쳤을 거야. 이런 일을 아주 좋아하니까. 손재주도 정말 좋잖아, 톰은."

톰 파슨스는 진실부의 동료였다. 뚱뚱하지만 활달한 남자로, 아무 생각 없는 멍청이에 백치 같은 열정으로 뭉친, 맹목적이고 헌신적인 일꾼이었다. 당의 견실함을 위해서는 사상경찰보다도 이런 사람들이 더 필요했다. 서른다섯 살이라 어쩔 수 없이 청년 연맹에서 나온 톰 파슨스는, 그 전에도 감시단에서 연령 규정을 1년이나 넘기며 버텼다. 진실부에서는 지적 능력이 필요 없는 하급직에 채용되었지만 '체육위원회'라든가 단체 등산, 즉흥 시위, 절약 운동 등 여러 자원 활동을 조직하는 모든 위원회에 적극적으로 참여했다. 지난 4년 동안 매일 저녁 커뮤니티 센터에 얼굴을 비춰야 했노라고, 파이프를 빼끔거리며 은근히 자랑하곤 했다. 왕성한 활동의 무의식적 증거라도 되는 듯한 압도적인 땀내를 어딜 가나 풍겼고, 심지어 자리를 뜬 후에도 냄새가 남았다.

"스패너 있나요?" 윈스턴이 구부러진 이음매의 나사를 더듬으며 물었다.

"스패너?" 파슨스 부인이 무기력하게 대답했다. "모르는데. 아마 애들이……."

쿵쿵거리는 구둣발 소리와 뿌우 하는 빗 피리 소리와 함께 아이들이 거실로 달려 나왔다. 파슨스 부인이 스패너를 가져왔다. 윈스턴은 물을 빼내고 몸서리를 치며 하수관을 막고 있던 머리카락 덩어리를 꺼냈다. 그리고 수도에서 나오는 차가운 물로 가능한 깨끗이 손을 씻고 거실로 나왔다.

"손 들어!" 사납게 외치는 소리가 들렸다.

다부지게 잘생긴 아홉 살 남자아이가 탁자 뒤에서 뛰어나와 장난감 총을 겨누며 으르댔고 일곱 살가량의 여동생도 나무토막을 들고 같은 흉내를 냈다. 둘 다 감시단의 제복인 파란 반바지에 회색 셔츠를 입고 목에 빨간 손수건을 두르고 있었다. 윈스턴은 손을 들어 올리면서도 남자아이의 태도가 너무 사나워 전혀 장난같이 보이지 않아, 기분이 좋지 않았다.

"이 반역자!" 남자아이가 고함을 질렀다. "넌 사상범이야! 유라시아의 간첩! 쏘아버리겠다! '증발'시켜버리겠다. 소금 광산으로 보내버리겠어!"

갑자기 두 꼬마가 윈스턴 스미스를 주위를 팔짝팔짝 뛰어 돌면서 "반역자! 사상범!" 하고 외쳐대기 시작했다. 여자아이는 자기 오빠를 그대로 따라 했다. 금방 사람 잡아먹는 호랑이로 자랄 새끼들이 날뛰는 것 같아서 좀 섬뜩했다. 남자아이의 눈에서는 영리한 잔혹성 같은 것이 내비쳤고, 윈스턴을 때리고 차고 싶은 욕망이, 조금만 더 크면 그럴 수 있을 거라고 생각하는 게 뻔히 보였다. 아이가 들고 있는 게 진짜 총이 아니라서 다행이라는 생각까지 들었다.

파슨스 부인은 당황하여 윈스턴과 아이들을 번갈아 보았다. 거실의 좀 더 밝은 빛 아래서 보니 흥미롭게도 부인의 얼굴 주름 사이엔 정말로 먼지가 끼어 있었다.

"애들이 너무 시끄럽죠?" 부인이 말했다. "교수형을 못 보러 가서 그래. 나도 너무 바쁘고 톰은 일찍 퇴근을 못 하니까."

"왜 우린 교수형 보러 못 가?" 남자아이가 큰 소리로 투덜댔다.

"교수형 보러 갈래! 교수형 보러 갈래!" 여자아이가 계속 깡총거리며 외쳤다.

그날 저녁 공원에서 유라시아 전범 포로들의 교수형 집행이 예정돼 있었다. 한 달에 한 번 정도 있는 인기 많은 구경거리였다. 아이들은 매번 데려가달라고 졸랐다. 윈스턴 스미스는 부인에게 인사를 하고 현관을 향해 돌아섰다. 하지만 여섯 발자국도 못 가 뭔가가 몹시 아프게 뒷목을 때렸다. 벌겋게 달궈진 철사에 찔린 느낌이었다. 휙 돌아보니 주머니에 새총을 쑤셔 넣는 아들을 파슨스 부인이 끌고 방으로 들어가고 있었다.

"골드스타인!" 문이 닫히는 동안 아이가 목청껏 고함을 질렀다. 더욱 놀라운 것은 부인의 창백한 얼굴에 떠오른, 무기력한 공포의 표정이었다.

목을 문지르며 집으로 돌아온 윈스턴 스미스는 재빨리 텔레스크린 앞을 지나 다시 탁자에 앉았다. 텔레스크린에서 나오던 음악은 멈추고, 대신 딱딱한 목소리가 군대식 말투로 아이슬란드와 페로 제도 사이에 정박된 새로운 해상 요새의 무기 사양에 대해 신이 난다는 듯 읊어 내려가고 있었다.

저런 아이들을 키우고 있으니 저 불쌍한 여자는 두려움에 떨며 살아가야 할 거라고 윈스턴은 생각했다. 1, 2년이 지나면 아이들은 자기 어머니를 밤낮으로 감시하며 이단의 조짐을 잡아내려 할 것이다. 요즘 아이들은 거의 다 끔찍했다. 가장 안 좋은 것은 감시단 같은 체계적인 조직을 통해 통제 불가능한 꼬마 야만인들로 자라나면서도 당의 규율에는 전혀 반항하지 않는 성향을 보인다는 것이었다. 오히려 그렇게 자라난 아이들은 당과 그에 관련된 모든 것을 숭배했다.

노래, 행진, 현수막, 등산, 총검술, 구호 복창, 빅 브라더 경배 같은 모든 것들이 아이들에겐 신나는 놀이였다. 아이들은 잔혹성을 맘껏 외부로, 국가의 적인 외국인과 반역자, 파괴 공작원, 사상범들을 향해 표출했다. 서른이 넘은 부모는 자기 아이들한테 겁을 집어먹기 십상이었다. 그도 그럴 것이 이런 꼬마 감시자들은 '영웅 어린이'라고 불렸는데, 이들이 부모의 의심스러운 말을 엿듣고 사상경찰에 고발했다는 뉴스가 매주 《타임스》에 실렸다.

새총에 맞은 아픔이 거의 가라앉았다. 윈스턴은 의욕이 좀 꺾인 상태에서 펜을 들고 일기장에 더 적을 게 있나 생각해보았다. 갑자기 다시 오브라이언 생각이 떠올랐다.

몇 년 전이었다. 얼마나 됐더라? 7년 전이었을 것이다. 칠흑처럼 깜깜한 실내를 돌아다니는 꿈을 꾸었다. 한쪽에 있던 누군가가 지나가는 윈스턴에게 말을 걸었다. "우리, 어둠이 없는 곳에서 다시 만나자." 아주 조용하면서도 무심한 말투였다. 요구가 아니라 단정이었다. 윈스턴은 멈추지 않고 계속 걸었다. 그때 꿈속에서는 이상하게도 그 말에 별로 신경이 쓰이지 않았다. 나중에야 되새기면서 점차 의미심장하게 느껴졌다. 오브라이언을 처음 본 게 꿈을 꾸기 전인지 꾸고 나서인지는 이제 기억나지 않았고, 그것이 오브라이언의 목소리라는 걸 처음 깨달은 게 언제였는지도 생각나지 않았다. 어쨌든 알 수 있었다. 어둠 속에서 윈스턴에게 말을 건 사람은 오브라이언이었다.

확신할 수는 없었다. 오늘 오전에 눈이 마주치고 난 후에도 오브라이언이 친구인지 적인지 알 수는 없었다. 그게 그렇게 중요한 것 같지도 않았다. 둘 사이에는 이해의 고리가 존재했다. 애정보다도 동지애보다도 그게 중요했다. 어둠이 없는 곳에서 다시 만나자고 했다. 무슨 의미인지 알 수는 없었지만 어떻게든 이루어지리라는 건 알 수 있었다.

텔레스크린에서 나오던 음성이 멈췄다. 맑고 아름다운 트럼펫 소리가 정체된 공기 속으로 퍼졌다. 거친 목소리가 이어졌다.

"주목! 주목하라! 말라바르 전선에서 방금 속보가 도착했다. 인디아 남부의 우리 군대가 눈부신 승리를 거두었다. 이 승리로 전쟁의 종식도 상당 시일 앞당길 수 있게 되었음을 전한다. 그리하여……."

안 좋은 소식이겠지, 윈스턴은 생각했다. 아니나 다를까, 엄청난 수의 전사자와 포로를 남긴 유라시아 군대의 섬멸 과정을 유혈 낭자하게 묘사하더니, 다음 주부터 초콜릿 배급을 30그램에서 20그램으로 줄인다는 공고가 나왔다.

윈스턴은 다시 트림을 했다. 술기운이 가시자 기분이 가라앉았다. 텔레스크린에서는 승전을 축하하기 위해서인지,

초콜릿 문제를 얼른 넘기려는 건지, 「우리의 오세아니아」가 터져 나왔다. 애국가가 나오면 모두 일어나 차렷 자세를 취해야 했지만, 지금 윈스턴이 있는 자리는 보이지 않았다.

「우리의 오세아니아」가 끝나고 더 명랑한 음악이 나왔다. 윈스턴은 창문 앞으로 가서 텔레스크린을 등지고 섰다. 날은 여전히 쌀쌀하고 맑았다. 멀리 어디서 미사일이 떨어져 터지는 둔중한 굉음이 울렸다. 요즘은 런던으로 일주일에 이삼십 개 정도 날아왔다.

아래 거리에서 찢어진 포스터가 바람에 마구 펄럭이며 '영사'라는 글자가 보였다 안 보였다 했다. 영사. 영사의 신성한 원칙들. 새말. 이중생각. 변형 가능한 역사. 윈스턴 스미스는 바다 밑바닥의 해초 속을 헤매는 듯, 괴물 같은 세상에서 길을 잃고 자신마저 괴물이 돼버린 기분이었다. 그는 혼자였다. 과거는 죽었다. 미래는 보이지 않았다. 지금 살아 있는 사람 중 단 한 명이라도 같은 편이 있을까? 당의 지배가 '영원히' 계속되지 않으리라는 보장이 있는가? 이에 대한 대답처럼 진실부의 하얀 정면에 쓰인 세 가지 표어가 눈에 들어왔다.

전쟁이 평화다

자유는 억압이다

무지가 힘이다

윈스턴 스미스는 주머니에서 25센트 동전을 하나 꺼냈다. 거기에도 역시 조그맣지만 또렷한 글자로 같은 표어가 새겨져 있었고, 동전 다른 면은 빅 브라더의 얼굴이었다. 심지어 동전에서도 그 눈이 우리를 좇고 있었다. 동전에도, 우표에도, 책 표지에도, 현수막에도, 포스터에도, 담뱃갑에도, 사방에서 늘 그 눈이 우리를 지켜보고 그 목소리가 우리를 에워쌌다. 잠잘 때나 깨어 있을 때나, 일할 때나 식사할 때나, 실내에서나 실외에서나, 욕실에서나 침실에서나, 피할 곳은 없었다. 두개골 속 조그만 공간을 제외하고는 자기 자신이란 것이 없었다.

해가 기울어 진실부의 수많은 창문에 더 이상 빛이 비치지 않자 마치 요새의 대포 구멍들처럼 음산해 보였다. 그런 거대한 피라미드형 건물을 보고 있자니 마음이 움츠러들었다. 너무 강해서 끄떡도 없을 것 같았다. 수천 발의 미사일이 떨어져도 무너지지 않을 듯했다. 다시 한번, 윈스턴은 자신이 누구를 위해 일기를 쓰고 있는지 의아해졌다. 미래를 위해, 과거를 위해. 상상에만 그칠 수도 있는 시대를 위해. 윈스턴 앞에는 죽음이 아니라 소멸이 놓여 있었다. 일기장은 한 줌 재가 되고 윈스턴은 증발될 터였다. 사상경찰만이 윈스턴의 글을 읽고 나서, 일기장의 존재와 기억마저도 모조리 지워버릴 터였다. 자신의 흔적조차, 익명으로 종이에 끼적인 말 한마디조차 남지 않는데, 미래에 어떻게 영향을 미칠 수 있는가?

텔레스크린이 14시를 알렸다. 10분 내에 가야 했다. 14시 30분까지는 사무실로 돌아가야 했다.

이상하게도 시간을 알리는 소리가 기운을 다시 돋워주는 것 같았다. 윈스턴은 아무도 듣지 못할 진실을 발설하는 외로운 유령이었다. 그래도 진실은, 발설되는 한 어떻게 해서든 이어진다. 후세에 남기지는 못한다 해도, 내가 제정신을 잃지 않고 있는 한, 인간의 유산은 지켜지는 것이다. 윈스턴은 다시 탁자로 돌아가 펜에 잉크를 찍고 쓰기 시작했다.

획일성의 시대로부터, 고독의 시대로부터, 빅 브라더의 시대로부터, 이중생각의 시대로부터.

미래를 향해, 또는 과거를 향해, 생각의 자유가 있고, 인간이 서로 달라도 함께 살 수 있는 시대를 향해, 진리가 살아 있고, 이미 일어난 일을 없었던 것처럼 지워버릴 수 없는 시대를 향해.

인사를 보냅니다!

윈스턴 스미스는 자기가 이미 죽은 목숨이나 다름없다는 생각이 들었다. 생각을 간결하게 정리해낼 수 있게 된 지금이야말로 돌이킬 수 없는 결정적 순간인 듯했다. 모든 행위의 결과는 행위 자체 안에 이미 들어 있었다. 윈스턴은 또 썼다.

> 사상범죄가 죽음을 가져오는 것이 아니다. 사상범죄 '자체가' 죽음이다.

이제 죽은 목숨이나 다름없음을 알게 된 이상, 가능한 오래 살아남는 게 중요해졌다. 오른손 손가락 두 개에 잉크가 묻어 있었다. 사소한 부주의가 적발의 단서가 된다. 진실부에서 냄새 잘 맡는 열성 당원들이(조그만 연갈색 머리 여자나 검은 머리 여자 같은 여성이기 십상인데) 윈스턴이 점심시간에 무슨 글을 쓰고 있었는지, 왜 구식 펜을 사용했는지 의아하게 생각하고 당국에 귀띔을 해줄지도 몰랐다. 윈스턴은 화장실에 가서 거칠거칠한 갈색 비누로 잉크 자국을 꼼꼼히 문질러 닦았다. 사포처럼 피부를 긁어내는 비누는 이런 목적에 알맞았다.

윈스턴 스미스는 일기장을 서랍에 넣었다. 숨기려 해봤자 소용없는 짓이었지만, 일기장을 들켰을 경우엔 그 사실을 알고 싶었다. 책장 모인 면에 머리카락 한 올을 올려놓는 건 너무 빤했다. 윈스턴은 손끝으로 희끄무레한 먼지 부스러기를 약간 집어, 움직이면 떨어지도록 표지 귀퉁이에 올려놓았다.

3

윈스턴 스미스는 어머니 꿈을 꾸었다.

어머니가 사라졌을 때 윈스턴은 열 살이나 열한 살 정도였다. 어머니는 눈부신 금발에 키가 크고 꼿꼿한 조각상 같은 외모였고, 조용한 성격에 동작이 느렸다. 음침하고 말랐던 아버지에 대한 기억은 더 희미하지만, 언제나 단정한 검은 옷차림에(특히 구두 밑창이 무척 얇았던 기억이 났다) 안경을 끼고 있었다. 둘 다 50년대 제1차 대숙청 광풍에 희생된 게 분명했다.

꿈에서 어머니는 여동생을 안고 저 아래 어딘가 앉아 있었다. 조그맣고 연약한 아기였던 여동생은 말똥말똥 큰 눈에 언제나 조용했다는 것 말고는 거의 기억이 나지 않았다. 둘이서 윈스턴을 올려다보고 있었다. 그들은 지하 어딘가, 예를 들면 우물 바닥이나 아주 깊은 무덤 속 같은 데 들어가 있었는데, 이미 한참 아래에 있었지만 더욱 아래쪽으로 내려가고 있었다. 가라앉는 배의 객실에서 점점 더 깊어져가는 수심 위로 윈스턴을 올려다보고 있었던 것이다. 객실에는 아직 공기층이 남아 있어 윈스턴은 그들을, 그들은 윈스턴을 볼 수 있었지만, 그들은 더욱더 시퍼런 물속으로 가라앉고 있었고 곧 영원히 사라져 보이지 않게 될 터였다. 윈스턴은 빛과 공기가 가득한 바깥에 있었지만 어머니와 여동생은 죽음 속으로 끌려 들어가고 있었고, 윈스턴이 위에 있기 때문에 그들은 저 아래 있는 것이었다. 윈스턴은 그 사실을 알고 있었으며, 그들도 알고 있다는 걸, 표정으로 알 수 있었다. 하지만 원망의 표정이나 마음은 전해지지 않았다. 윈스턴이 살기 위해선 그들이 죽어야 한다는, 그것이 피할 수 없는 세상의 이치임을 알고 있었다.

무슨 일이 있었는지는 기억이 안 났지만, 어떻게 해선지 어머니와 여동생이 윈스턴을 위해 목숨을 희생했다는 사실을 꿈속에서 알 수 있었다. 일반적인 꿈의 모습을 하고 있었지만 실은 지적 사고 활동의 소산으로, 그런 꿈을 통해 깨달은 사실과 의미들은 깨어난 후에도 새롭고 소중하게 남게 된다. 이제야 갑자기 윈스턴이 깨닫게 된 사실은, 거의 30년 전 어머니의 죽음이, 지금은 불가능한 방식의 슬픔이자 비극이었다는 점이다. 비극이란 먼 옛날, 사생활과 사랑, 우정이 아직 존재하던 시절, 가족이라면 시비를 따지지 않고 서로 지지해주던 시절에나 존재했다. 윈스턴을 사랑해주다가 죽은 어머니를 생각하니 그의 마음이 찢어지는 듯했다. 윈스턴이 너무 어리고 이기적이어서 어머니의 사랑에 보답할 수 없었을 때, 어머니는 포기할 수 없는 개인적 애정을 지키기 위해 스스로를 희생했던 것이다. 오늘날은 그런 일이 불가능했다. 공포, 증오, 괴로움은 존재했지만, 감정의 존엄성도, 깊거나 복합적인 슬픔도 존재하지 않았다. 이 모든 것이 수백 길 아래 시퍼런 물속에서 점점 더 가라앉으며 윈스턴을 올려다보는 어머니와 여동생의 커다란 눈망울에서 보이는 듯했다.

문득 장면이 바뀌어 윈스턴 스미스는 햇살이 비스듬히 비쳐 금빛으로 대지를 물들이는 여름 저녁, 짧게 깎은 빳빳한 잔디 위에 서 있었다. 꿈속에서 너무 자주 나타났던 풍경이라, 실제로도 그가 보았던 풍경인지는 알 수가 없었다. 꿈에서 깬 뒤에는 그곳을 '금빛 초원'이라고 지칭했다. 토끼가 풀을 뜯는 오래된 들판으로, 오솔길이 이리저리 나 있었고 두더지가 굴을 파고 들어간 둔덕이 여기저기 흩어져 있었다. 들판 저편에는 삐죽삐죽한 생울타리가 둘러 있었고 느릅나무 가지가 미풍에 산들거리며, 풍성한 여인의 머리칼처럼 빽빽한 잎사귀들이 부르르 떨렸다. 보이진 않아도 어딘가 가까운 곳에선 맑은 시냇물이 졸졸 흐르고 버드나무 아래

고인 물속에서 잉어가 헤엄쳤다.

그때 들판을 지나 검은 머리 여자가 다가왔다. 그러더니 단숨에 자신의 옷을 쫙 찢고 아무렇게나 던져버렸다. 희고 매끄러운 몸이 드러났지만 윈스턴은 아무 욕망도 일지 않았고 심지어 그다지 눈길도 가지 않았다. 그 순간 깊은 충격을 받았던 것은 옷을 던져버린 그녀의 몸짓뿐이었다. 우아하고 무심한 그 동작은 문명 전체를, 사고 체계 전부를 없애버릴 것처럼, 눈부신 팔 동작 한 번으로 빅 브라더와 당과 사상경찰을 모두 쓸어버릴 수 있을 듯 보였다. 그것 역시 먼 옛날에나 가능했던 몸짓이었다. 윈스턴은 "셰익스피어" 하고 중얼거리며 깨어났다.

텔레스크린에서 귀청이 찢어질 듯한 호루라기 소리가 단음조로 30초간 울려 퍼졌다. 사무직 근무자들이 일어나야 하는 07시 15분이었다. 윈스턴은 침대에서 벌떡 몸을 일으켰다. 벌거벗은 채였다. '외부당원'은 1년에 고작 3천 의복권밖에 못 받는데, 잠옷 한 벌엔 6백이나 했기 때문이었다. 일어나서 그는 의자에 걸쳐두었던 구질구질한 러닝셔츠와 팬티를 입었다. 3분 뒤에 체조가 시작될 것이었다. 하지만 다음 순간, 일어나면 거의 바로 터지는 격렬한 기침 때문에 윈스턴은 발작하듯 엎어졌다. 허파 속 공기를 몽땅 토해냈는지, 그대로 누워서 한참을 헐떡이고 나서야 다시 숨을 쉴 수 있게 되었다. 기침을 하느라 힘을 주어 혈관이 팽창하자 종아리의 궤양이 가렵기 시작했다.

"30대들!" 째지는 여자 목소리가 외쳤다. "30대들! 모두 제자리로. 30대들!"

윈스턴은 얼른 일어나 텔레스크린 앞에 차렷 자세로 섰다. 말랐지만 근육질인 젊어 보이는 여자의 모습이 헐렁한 웃옷을 입고 운동화를 신고 벌써 나타났다.

"팔을 굽히고 펴고!" 여자 강사가 절도 있게 외쳤다. "구령에 맞춰, 하나, 둘, 셋, 넷! 하나, 둘, 셋, 넷! 자, 동무들, 좀 더 힘차게! 하나, 둘, 셋, 넷! 하나, 둘, 셋, 넷!"

격렬한 기침까지 한참 하고 난 후에도 윈스턴은 꿈속 장면들이 머리에서 지워지지 않았고, 규칙적인 체조 동작을 하는 동안 다시 선명하게 살아났다. 체조 시간에 지어야 하는 흥겨운 척하는 표정을 억지로 지으면서 팔을 기계적으로 앞뒤로 뻗는 동안, 머릿속으로는 어린 시절의 흐릿한 기억을 다시 떠올려보려 애썼다. 그것은 몹시 어려운 일이었다. 1950년대 후반 이전은 모든 것이 희미했다. 참고할 만한 외부적 기록도 없는 상황이라, 본인 인생의 기본적인 지점들조차 또렷하게 기억나지 않았다. 기억에 남아 있는 엄청난 사건들이 실은 일어나지 않았을 가능성이 꽤 되고, 세부 사항은 기억나지만 배경은 도무지 떠오르지 않는 일들도 있었고, 아무 일도 기억나지 않는 긴 공백 시기들도 있었다. 지금과는 모든 것이 달랐다. 나라 이름들도, 지도상의 나라 모양도 달라졌다. 제1활주만 해도 그때는 잉글랜드나 브리튼으로 불렸다. 하지만 런던은 예전에도 런던이라고 했던 게 확실하다.

이 나라가 전쟁 중이 아니었던 때가 정확히 생각나진 않지만, 윈스턴의 유년 시절에는 꽤 오랜 평화 기간이 존재했던 게 분명하다. 어릴 때 공습이 시작되자 모두 깜짝 놀랐던 기억이 남아 있기 때문이다. 콜체스터에 원자폭탄이 떨어졌을 때인지도 모른다. 공습 자체는 기억나지 않지만, 아버지의 손을 꽉 잡고 정신없이 어딘가 땅속 깊이깊이 들어가며 나선계단을 쿵쾅거리며 빙빙 돌아 내려가다가, 결국 다리가 너무 아파진 윈스턴이 징징거려서 쉬어 가야 했다. 어머니는 특유의 느릿느릿하고 몽롱한 태도로 멀리서 뒤따라오고 있었다. 여동생을 안고 있었는데, 어쩌면 그냥 담요 꾸러미였을 수도 있다. 그때가 여동생이 태어난 후였는지 확실치 않다. 드디어 빠져나와보니 시끄럽고 붐비는 지하철역이었다.

사람들이 돌판 바닥 사방에 주저앉아 있었고, 층층의 철제 침상에 빼곡히 끼어 앉은 사람들도 보였다. 윈스턴과 그의 부모는 바닥에 자리를 잡았다. 가까이에는 어느 노부부가 침상에 나란히 앉아 있었다. 노인은 짙은 색 괜찮은 정장을 입고 새하얀 머리에 노동자의 납작한 모자를 젖혀 쓰고 있었는데, 얼굴이 벌겋고 파란 눈엔 눈물이 그득했다. 술 냄새가 풀풀 풍겼다. 땀구멍에서도 술내가 새어 나오는 듯했고 눈에서 솟아오르는 눈물도 순전히 술이 아닐까 생각될 지경이었다. 그렇게 좀 취하긴 했으나 노인을 괴롭히고 있는 것은 진정 견디기 힘든 슬픔이었다. 어리긴 했으나 윈스턴은 뭔가 끔찍한 일이, 용서치 못할, 돌이킬 수 없는 일이 일어났다는 사실을 알 수 있었다. 무슨 일인지도 알 것 같았다. 어린 손녀라든지, 노인이 사랑했던 사람 누군가가 죽임을 당한 것이다. 노인은 같은 말을 되풀이하고 있었다.

"그놈들을 믿어선 안 됐는데. 내가 그랬잖아, 할멈, 안 그래? 그놈들을 믿어서 이리된 거야. 내가 계속 그랬다고. 그놈들을 믿어선 안 됐는데."

하지만 어떤 놈들을 믿어선 안 되는 거였는지, 지금 윈스턴은 알 수 없었다.

그 후 전쟁은 정말이지 끊임없이 계속됐다. 엄밀히 말해 같은 전쟁이 계속 이어진 것은 아니지만 말이다. 어린 시절 런던에서도 몇 달 동안 정신없는 시가전이 벌어졌고 윈스턴도 몇몇 장면을 생생하게 기억했다. 하지만 당시의 역사를 온전히 추적해내기는, 어느 시기에 누가 누구와 싸웠는지 알아내기는 아예 불가능했다. 지금의 상황 이외에는 남아 있는 기록도 없고 어디서 언급되는 일도 없었기 때문이다. 예를 들어 지금 1984년엔(1984년이 맞다고 하면) 오세아니아가 이스트아시아와 동맹을 맺고 유라시아와 전쟁 중이었다. 한때는 이 세 나라가 다른 식으로 동맹을 맺고 있었다는 사실이 공적으로나 사적으로 언급되는 일은 없었다. 하지만 윈스턴도 잘 알고 있듯이, 4년 전만 해도 오세아니아는 유라시아와 동맹을 맺고 이스트아시아와 전쟁 중이었다. 그러나 이는 윈스턴의 기억이 충분히 조작당하지 못해서 남아 있게 된, 은밀한 지식의 단편에 불과했다. 공식적으로는 동맹국이 바뀐 적이 전혀 없었다. 지금 오세아니아가 유라시아와 전쟁 중이므로 오세아니아는 예전부터 쭉 유라시아와 전쟁 중인 것이다. 현재의 적국은 언제나 절대악으로 간주되었으므로 과거에든 미래에든 동맹을 맺는 일은 불가능했다.

윈스턴은 수천 번 했던 생각을 또 하며 어깨를 힘겹게 뒤로 젖혔다(손을 골반에 올리고 허리를 돌리는 체조였는데 등 근육에 좋다고 했다). 무서운 점은 이것이 모두 사실일지도 모른다는 것이었다. 당이 과거에 손을 대며, 이런저런 일이 "일어난 적 없다"고 할 수 있다면, 그것이 단순한 고문이나 죽음보다 분명 끔찍한 일 아닌가?

당은 오세아니아가 유라시아와 동맹을 맺은 적이 없다고 했다. 그런데 윈스턴 스미스는 오세아니아가 불과 4년 전 유라시아와 동맹국이었다는 사실을 알고 있다. 하지만 그런 지식이 어디에 존재한단 말인가? 오직 윈스턴의 의식 속, 곧 어떻게든 소멸될 머릿속에만 존재한다. 그리고 다른 사람들이 모두 당의 거짓말을 받아들인다면, 또한 모든 기록이 같은 말을 한다면, 그 거짓말은 역사로 전해지고 진실이 될 것이다. "과거를 통제하는 자가 미래를 지배하며, 현재를 지배하는 자가 과거를 통제한다"는 것이 당의 표어였다. 그러나 이렇게 변경 가능한 성질의 과거는, 그럼에도 불구하고 바뀐 적이 없었다. 현재 진리인 것은 영원한 진리였다. 꽤 단순한 이치였다. 우리 기억만 끝없이 정복해나가면 되는 것이었다. '현실 통제'라는 것인데, 새말로는 '이중생각'이라고 명명되었다.

"잠시 쉬어!" 강사가 조금 상냥하게 소리쳤다.

윈스턴은 그제야 팔을 늘어뜨리고 천천히 숨을 골랐다. 머릿속은 어느새 이중생각의 미로 같은 세계를 헤매기 시작했다. 알면서도 모르는 것, 완전한 진실을 머릿속에 담고 있으면서도 주의 깊게 구축된 거짓말을 하는 것, 서로 상반되는 두 가지 의견을 동시에 갖기, 그 둘이 모순됨을 알면서도 둘 다 믿기, 논리를 거스르는 논리 사용하기, 도덕을 요구하면서 도덕을 거부하기, 민주주의는 불가능하지만 당이 민주주의의 수호자임을 믿기, 잊어버려야 하는 것은 뭐든 잊어버리고, 필요하면 언제든 다시 기억을 되살리기, 그러고 나서 즉시 다시 잊어버리기, 그리고 무엇보다 그 과정에 같은 과정을 적용시키기. 그것이 궁극의 기술이었다. 의식적으로 무지 상태를 만든 다음, 다시 한번, 방금 행한 최면 행위에 대해서도 무지 상태가 되는 것. 이중생각이라는 말을 이해하는 데도 이중생각이 필요했다.

강사가 다시 외쳤다. "자, 이제 손이 발끝에 닿는지 봅시다!" 하고 열성을 부렸다. "고관절부터 쭉, 힘차게, 동무들. 하나, 둘! 하나, 둘!"

윈스턴은 이 체조가 질색이었다. 이 체조를 하면 엉덩이부터 발꿈치까지 찌르는 듯 통증이 심했고, 결국 또 기침 발작을 일으켰기 때문이다. 덕분에 상념에 잠기며 조금이나마 느끼던 즐거움마저 사라졌다. 그는 생각했다. 과거는 단순히 바뀐 것이 아니라 사실상 파괴된 것이었다. 아무리 명백한 사실이라 해도, 우리 기억 말고는 아무 기록도 남아 있지 않은데, 어떻게 입증할 것인가? 처음 빅 브라더라는 말을 들은 것이 몇 년도였는지 기억해내려 애써보았다. 60년대였던 게 분명하다는 생각은 들었지만 확실히는 결코 알 수 없었다. 물론 당의 역사에서 빅 브라더는 혁명 초창기부터 지도자이자 수호자였다. 그의 업적은 차차 시간을 거슬러 올라가 이제는 30년대와 40년대, 자본가들이 괴상한 원통형 모자를 쓰고 유리창을 단 마차를 타고, 혹은 번쩍이는 커다란 자동차를 타고 런던 거리를 누비던 전설적 시대까지 뻗어나갔다. 이 신화가 어디까지 진실이고 어느 정도 날조됐는지 알 방법은 없었다. 심지어 당이 언제 만들어졌는지도 알 수 없었다. 1960년 이전에는 분명 '영사'라는 말을 들은 적이 없었지만, 옛말 표현, 즉 '영국 사회주의'라는 말이 일찍부터 쓰였을 수는 있었다. 모든 것이 안개 속으로 녹아들어간 듯했다. 하지만 가끔은 정말 명백한 거짓말을 짚어낼 수 있었다. 예를 들어 당의 역사서에서 당이 비행기를 발명했다고 주장하지만, 사실이 아니었다. 아주 어릴 때도 비행기를 본 기억이 있기 때문이다. 하지만 증거는 없다. 증명할 방법은 없는 것이다. 윈스턴 스미스는 평생 단 한 번, 역사 날조의 틀림없는 증거를 손에 쥔 적이 있었다. 그때,

"스미스!" 텔레스크린에서 사나운 목소리가 외쳤다. "6079 스미스! 그래, 당신! 더 굽혀요! 잘할 수 있잖아. 열심히 해야지. 더 깊이! 이제 좀 낫네, 동무. 자, 이제 모두 일어서서 나를 봐요."

윈스턴은 온몸에서 땀이 비 오듯 쏟아졌지만 얼굴은 속을 전혀 알 수 없는 표정을 지키고 있었다. 절대 당혹한 표정을 지어서는 안 된다! 분한 표정도 안 된다! 눈빛 한 번만 달라져도 끝장날 수 있다. 윈스턴이 서서 지켜보는 동안 강사는

팔을 머리 위로 들어 올리더니, 우아하다고는 할 수 없지만 대단히 절도 있는 동작으로 몸을 굽혀 손가락의 첫 마디를 발가락 아래 끼웠다.

"자, 이렇게 해야지, 동무들! 한 번 더 잘 봐요. 내가 서른 아홉에 아이가 넷인데." 하면서 다시 굽혔다. "무릎을 안 굽히고 있는 거 보이죠? 마음만 먹으면 다 할 수 있어." 강사는 몸을 일으켰다. "45세 미만은 누구나 손이 완벽하게 자기 발에 닿을 수 있어. 우리 모두 전방에 나가 싸우는 특권을 누릴 순 없지만, 최소한 건강은 지켜야지. 말라바르 전선의 우리 청년들을 기억합시다! 해상 요새의 해군들도! 그들의 노고를 생각해야지! 이제 한 번 더." 윈스턴이 수년 만에 처음으로 몸을 확 숙여 무릎을 굽히지 않고 손을 발끝에 대는 데 성공하자 강사가 격려했다. "훨씬 좋아졌네, 동무. 아주 좋아."

4

하루의 업무를 시작할 때면, 윈스턴 스미스는 텔레스크린이 바로 앞에 있어도 자기도 모르게 깊은 한숨을 쉬었다. 그는 '말쓰기'를 앞으로 당겨 송신구에서 먼지를 불어내고, 안경을 썼다. 그런 다음 책상 오른편에 있는 공기압 전송관에서 벌써 튀어나와 있는 조그만 종이 두루마리 네 개를 펴서 모았다.

칸막이 자리의 벽에는 세 개의 구멍이 있었다. '말쓰기' 오른쪽에는 통신문을 받는 조그만 공기압 전송관이, 왼쪽에는 신문을 받는 좀 더 큰 전송관이, 그리고 팔 뻗으면 닿는 옆쪽 벽에는 창살이 가로지르는, 크고 길쭉한 구멍이 나 있었다. 파지를 버리는 곳이었다. 비슷한 구멍이 청사 전체에 수천수만 개 나 있는데, 사무실마다뿐 아니라 복도에도 밭은 간격으로 나 있었다. 왜 그런지 여기엔 '기억 구멍'이라는 별명이 붙어 있었다. 폐기해야 하는 문서뿐 아니라 굴러다니는 종잇조각만 보여도 사람들은 자동적으로 가까운 기억 구멍 덮개를 열고 집어넣었고, 그러면 즉시 종이는 따뜻한 기류에 휩쓸려 청사 깊숙한 곳 어딘가 숨어 있는 거대한 용광로로 실려 갔다.

윈스턴은 펼친 종이를 찬찬히 보았다. 네 장에는 각각 한두 줄의 지시문밖에 없었는데, 진실부 내부용으로 쓰이는 전문적인 약어들로, 사실 전부 새말은 아니었지만 대체로 새말 단어들이 적혀 있었다.

타임스 17.3.84 빅 브라더 연설 아프리카 오보 정정

타임스 19.12.83 3년계 83 4분기 예측 오자 현재 호 확인

타임스 14.2.84 풍부 초콜릿 잘못된 인용문 정정

타임스 3.12.83 빅 브라더 일연설 보도 갑절더비좋은 비인언 전면 다시쓰기 정전 상출

윈스턴은 은근히 뿌듯함을 느끼며 네 번째 지시는 미뤄놓았다. 까다롭고 책임도 막중한 일이어서 마지막에 처리하는 게 나았다. 나머지 세 가지 지시는 늘 하는 업무였지만, 두 번째 일은 빼곡한 숫자 목록을 한참 뒤져야 할 터였다.

윈스턴이 텔레스크린에서 '지난 호들'을 누르고 해당 신문을 요청하자, 몇 분 지나지 않아 전송관을 통해 튀어나왔다. 윈스턴이 받은 지시들은 이런저런 이유에서 바꿔야겠다고, 혹은 공식적 표현으로는 '정정'해야 한다고 판단된 기사나 글들에 대한 것들이었다. 예를 들어 3월 17일 《타임스》에는, 전날 빅 브라더가 연설에서 '남인도 전선은 계속 잠잠하고 유라시아가 곧 북아프리카에서 공세를 시작할 거라고 예측했다'고 나와 있다. 그런데 결국 유라시아 군은 남인도에서 공격을 개시했고 북아프리카는 건드리지 않았다. 그러니 빅 브라더의 연설문 한 단락을 다시 써서, 실제 일어난 일을 예측한 것으로 만들어야 했다. 또한 12월 19일 《타임스》에는, 1983년 4분기, 즉 9차 3개년 계획의 6분기에 해당하는 다양한 종류의 소비재에 대한 예상 생산량이 발표되었다. 오늘 신문에 실제 생산량이 나왔는데, 예상이 모든 면에서

대단히 빗나갔다. 윈스턴의 업무는 원래 수치를 나중 수치와 일치하게 정정하는 것이었다. 세 번째 지시는 몇 분이면 해결할 수 있는 간단한 문제였다. 겨우 두 달 전인 2월에 풍요부에서 1984년에 초콜릿 배급을 줄이는 일은 없을 거라고 약속(공식 표현으로는 '단언 서약'이라고 했다)을 했다. 그런데 윈스턴도 알듯이 이번 주말에 초콜릿 배급이 30그램에서 20그램으로 줄게 되었다. 그러니 이제는 원래의 약속을 4월에 초콜릿 배급이 줄 수도 있으리라는 경고로 바꿔놓아야 했다.

윈스턴 스미스는 각각의 지시들을 처리하자마자 해당 《타임스》 호와 '말쓰기'된 정정 사항들을 철해서 전송관에 밀어 넣었다. 그런 다음 거의 무의식적인 동작으로 원래 지시문과 자신의 적바림까지 한데 모아 구긴 다음 기억 구멍에 던져 넣어 소각시켰다.

전송관의 보이지 않는 미로를 통과한 정정문들이 어떻게 되는지 자세히는 몰라도, 대충은 알고 있었다. 《타임스》의 특정 호에 필요한 정정 사항이 모두 모여 교체가 끝나면 해당 호는 재인쇄되고 원본은 폐기되며 원본 대신 수정본이 보관된다. 이런 끊임없는 수정 작업은 신문뿐 아니라 책, 정기간행물, 소책자, 포스터, 전단지, 영상물, 라디오, 만화, 사진 등 조금이라도 정치적, 이념적 의미를 내포할 모든 종류의 문헌 혹은 기록에 적용되었다. 그리하여 매일, 그리고 거의 매분 간격으로 과거가 갱신되었다. 이런 식으로 당의 모든 예측이 옳다는 증거가 기록으로 남고, 현재의 필요와 상충되는 어떤 뉴스 기사나 의견 피력도 기록에 남을 수 없게 된다. 모든 역사는 거듭 재사용되었던 양피지처럼 얼마든지 필요할 때마다 깨끗이 긁어내고 다시 새겨졌다. 일단 그렇게 되고 나면 변조를 밝혀내기는 불가능했다. 윈스턴이 일하는 분과보다 훨씬 큰, 기록국에서 가장 인원이 많은 분과에서는 이렇게 변조된 후 폐기되어야 하는 모든 책, 신문, 기타 문서들을 전부 찾아내 모으는 일만 했다. 정치적 이합집산의 변화나 빅 브라더의 잘못된 예언 때문에 수십 번 수정된 수많은 《타임스》가 버젓이 원래 날짜를 달고 보관되었으며, 그와 다른 판본은 존재하지 않았다. 책들 또한 거듭 회수되어 다시 작성되었으며, 수정되었다는 어떤 기록도 없이 재발행되었다. 윈스턴이 받아서 처리를 마치는 즉시 없애버리는 지시문에조차 결코 위조하라는 명령이나 암시는 들어 있지 않았다. 정확성을 기하기 위해 바로잡아야 할 실수, 오탈자, 오류, 혹은 잘못된 인용문을 지적할 뿐이었다.

윈스턴은 풍요부에서 발표했던 예측 수치를 재조정하며, 사실 이런 일은 위조도 아니라고 생각했다. 한 조각의 무의미를 또 하나의 무의미로 대체하는 일에 불과했다. 그들이 처리하는 자료 대부분은 현실 세계와 아무런 상관이 없었다. 차라리 현실과 어떻게든 관계가 있는 직접적인 거짓말만큼도 못 되었다. 통계란 지나간 예측이든, 정정된 수치든, 모두 허깨비에 불과했다. 대부분의 경우 그냥 머릿속에서 지어내면 되는 거였다. 예를 들어 풍요부가 해당 분기 신발 생산을 1억 4천5백만 켤레로 예상했다고 하자. 결국 실제 생산량은 6천2백만 켤레였다. 그러나 윈스턴은 할당량을 초과 달성하고 있다는 당의 선전 문구를 고려해 예상 수치를 5천7백만으로 낮추어서 고쳐 쓴다. 어쨌거나 1억 4천5백만은 물론이고, 5천7백만이든, 6천2백만이든, 사실과 거리가 먼 숫자였다. 아예 한 켤레도 생산되지 않았을 가능성이 컸다. 몇 켤레나 생산됐는지 아무도 모르며 신경도 쓰지 않을 가능성이 더욱 컸다. 문서상으로는 매 분기마다 천문학적인 수의 신발이 생산되었지만, 오세아니아 인구의 반은 맨발로 다닌다는 것만은 알았다. 크든 작든, 모든 부문의 기록이 이런 식이었다. 모든 것이 희미해진 이 그림자 세상에선, 마침내 연도조차도 불확실해졌다. 윈스턴은 사무실을 둘러보았다. 건너편 칸막이에는 작고 꼼꼼하게 생긴 남자, 턱에 수염이 거뭇거뭇한 틸롯슨이 무릎에 신문을 접어놓고 말쓰기의 송신구에 입을 바짝 대고 열심히 일하고 있었다. 텔레스크린에 대고 하는 말을 아무도 못 듣게 하려 애쓰는 분위기였다. 고개를 들었다가 윈스턴을 보자 안경 너머로 적대적인 눈빛을 쏘아 보냈다.

윈스턴은 틸롯슨에 대해 아는 것이 거의 없었고 무슨 업무를 보는지도 전혀 알지 못했다. 기록국 사람들은 자신의 일에 대해 잘 얘기하지 않았다. 창이 없고 칸막이가 두 줄로 늘어선 기다란 공간, 끊임없이 종이 부스럭거리는 소리와 '말쓰기'에 대고 중얼거리는 목소리가 윙윙 울리는 사무실 안에는, 매일 복도를 서둘러 오가거나 2분 증오 때 발광하는 모습을 보면서도 이름도 모르는 사람이 열 명이 넘었다. 윈스턴은 옆 칸막이의 연갈색 머리 조그만 여자가 하는 일은 알고 있었다. '증발'되어 존재한 적이 없게 된 사람들의 이름을 출판물에서 찾아 지우는 단순 작업을 허구한 날 했는데, 그녀의 남편도 몇 년 전에 '증발'되었으니 어찌 보면 적격이었다. 몇 자리 건너에는 온화하고 맹하며 굼뜨지만 각운과 음보를 절묘하게 맞추는 재주가 있는, 귀에 털이 많이 난 앰플포스라는 남자가, 이념적으로 문제가 있지만 몇 가지 이유가 있어 시선집에 남겨두기로 한 시들의 수정본(결정판이라고 불렀다)을 내는 작업을 하고 있었다. 쉰 명 남짓 근무하는 이 사무실은 거대하고 복잡한 기록국의 일개 하급 조직, 분과일 뿐이었다. 이 사무실의 위아래, 좌우에도 수많은 직원들이 모여 상상 불가능할 정도로 다양한 업무에 종사했다. 교열자, 조판 전문가, 사진 조작을 위한 정교한 장비가 구비된 거대한 인쇄실들도 있었다. 설비기사, 제작자, 특히 목소리를 흉내 내는 능력이 뛰어나 뽑힌 배우 그룹 등으로 이뤄진 텔레스크린 프로그램을 위한 작업장도 있었다. 회수 대상 책과 정기간행물의 목록만 작성하는 조사원 분과들도 있었다. 수정된 문헌이 저장되는 드넓은 창고도 있었고 원본을 없애는 비밀스러운 소각로도 있었다. 그리고 어딘가엔, 어떤 사람들인지도 알 수 없지만, 과거에 대한 이런 기록은 남고 저런 기록은 변조하고 또 어떤 것은 지워 없애야 한다는 정책 노선을 결정하고 이 모든 업무를 통솔하는 지도급 두뇌들도 있었다.

그런데 이런 기록국 역시 진실부의 일개 하급 조직일 뿐이었고, 진실부의 주요 업무는 과거를 재구성하는 것이 아니라 오세아니아의 국민들에게 신문, 영화, 교과서, 텔레스크린 프로그램, 연극, 소설 등을 통해 동상에서 표어에 이르기까지, 서정시에서 생물학 논문에 이르기까지, 어린이를 위한 철자법 교과서에서 새말 사전에 이르기까지 온갖 종류의 정보와 교육, 오락을 공급하는 일이었다. 진실부는 이렇게 해서 당의 다종다양한 필요를 충족시킬 뿐 아니라, 무산 계급을 위해 좀 더 낮은 수준에서 모든 과정을 되풀이해야 했다. 무산 계급용 문학, 음악, 연극, 오락 일반을 담당하는 일련의 지국들이 각각 별도로 존재했다. 이런 곳에선 거의 스포츠와 범죄 기사, 별자리 점밖에 없는 허접스러운 신문, 선정적인 싸구려 소설, 성적인 내용만 가득한 영화, '작곡기'라고 하는 만화경 비슷한 기계로 대충 조합해 만든 감상적인 노래 등을 생산했다. 심지어 새말로 '포르노과'라고 하는 분과까지 있었는데, 가장 질 낮은 종류의 포르노물을 제작하는 일을 했다. 거기서 제작된 포르노물은 밀봉 포장되어, 종사자가 아니면 당원들은 볼 수 없었다.

윈스턴 스미스가 일하는 동안 공기압 전송관에서 지시문 세 개가 더 튀어나왔지만, 간단한 일들이었고 2분 증오 시간 전에 처리할 수 있었다. 2분 증오가 끝나자 자리로 돌아와 책장에서 『새말 사전』을 꺼내고 '말쓰기'는 옆으로 치운 다음 안경을 닦고 나서 오늘 아침에 맡은 제일 중요한 작업에 착수했다.

윈스턴의 삶에 가장 큰 기쁨은 일이었다. 대부분은 단순하고 지루한 일이었지만 그중에는 수학 문제를 풀 때처럼 모든 것을 잊고 푹 빠져들 수 있는, 무척 어렵고 복잡한 일도 있었다. 영사의 원칙에 대한 스스로의 지식과 당이 원하는 바에 대한 스스로의 판단력 이외에는 참고할 기준이 없는, 미묘한 종류의 변조 작업이었다. 윈스턴은 이런 종류의 작업에 능했다. 이따금 윈스턴은 전부 새말로 쓰인 《타임스》

사설의 정정 작업 같은 중책도 맡았다. 아까 미뤄두었던 지시문을 다시 펴보았다.

타임스 83.12.3 빅 브라더 일연설 보도 갑절더비좋은 비인언 전면 다시쓰기 정전 상출

옛말(표준 영어)로는 다음과 같은 뜻이었다.

1983년 12월 3일 《타임스》에 실린 빅 브라더의 일일 연설 보도는 극히 불만족스럽고, 존재하지 않는 사람들에 대한 언급을 담고 있다. 전부 다시 쓰고 개정하기 전 초고를 상급자에게 제출하라.

윈스턴은 해당 보도 기사를 읽어보았다. 빅 브라더의 일일 연설은 주로 해상 요새의 수병들에게 담배와 위문품을 공급하는 FFCC라는 조직의 성과를 칭찬하는 데 할애돼 있는 듯했다. 위더스 동무라는 고위 내부당원이 특별히 언급되어 2등 특별 공로 훈장을 받았다.

3개월 뒤 FFCC는 아무 설명 없이 갑자기 해체되었다. 위더스와 동료들은 숙청되고 말았겠지만, 신문이나 텔레스크린에서는 아무 보도가 없었다. 정치범들이 재판에 회부되거

나 공개적으로 비판받는 일은 드물었기 때문에 그럴 만도 했다. 반역자와 사상범의 공개재판이 열리고 자신의 죄를 비참하게 자백한 후 처형되는, 수천 명의 사람들이 연루되는 대숙청은 몇 년에 한 번 정도밖에 보기 힘든 특별한 구경거리였다. 당의 비위를 거스른 사람들은 대부분 그냥 사라져버리고 다시는 소식을 들을 수 없게 되었다. 죽지 않은 사람도 있을지 모르지만, 그들에게 무슨 일이 일어났는지는 조금도 알 수 없었다. 윈스턴의 부모 이외에도 직접 아는 사람 중에서만 대략 서른 명가량이 한꺼번에 또는 따로따로 사라져버렸다.

윈스턴이 클립으로 코를 슬슬 긁었다. 건너편 자리에서 틸롯슨 동무가 여전히 비밀스레 '말쓰기'에 바싹 다가앉아 있었다. 잠깐 고개를 번쩍 들더니 또다시 안경 너머로 적의 어린 눈빛을 번뜩였다. 윈스턴은 틸롯슨 동무가 자신과 똑같은 일을 하는 게 아닐까 궁금했다. 그럴 가능성이 충분히 높았다. 이런 까다로운 작업을 한 사람에게만 맡길 리 없었다. 그렇다고 해서 위원회 같은 것을 구성한다면 변조 행위를 공공연히 인정하는 꼴이 되었다. 열 명도 넘는 사람이 빅브라더 말씀의 수정 경쟁에 참여하고 있을 가능성이 컸다. 그러고 나면 결정권을 가진 내부당의 두뇌가 이 사람 혹은 저 사람의 글을 택해 다시 편집하고 복합적인 교차 대조 과정을 필히 거친 다음, 선택된 가짜 글이 영구 기록으로 남아 진실이 될 것이었다.

윈스턴은 위더스가 왜 숙청되었는지 알 수 없었다. 부정이나 잘못을 저질러서였을 수도 있다. 아니면 부하가 너무 인기가 많아지자 빅 브라더가 제거해버린 것인지도 몰랐다. 위더스나 측근에게서 이단 성향이 감지됐는지도 몰랐다. 가장 가능성이 높은 경우는, 그러한 숙청과 증발이 정권에 꼭 필요한 동력이기 때문에 그런 것이었다. 무슨 일이 일어났는지 알 수 있는 유일한 단서는 '비인'이라는 말이었고 그건 위더스가 이미 죽었다는 뜻이었다. 누가 체포가 됐다고 해서 반드시 죽었다고 볼 수는 없었다. 때로는 체포되었다가 풀려나 한두 해 정도 멀쩡히 살다가 처형되는 사람도 있었다. 아주 드문 경우지만 오래전에 죽은 줄 알았는데 공개재판으로 홀연히 다시 나타나 수백 명에 이르는 사람들을 공모자로 엮어 넣는 증언을 하고, 이번에는 정말로 사라져버리는 사람도 있었다. 그러나 위더스는 이미 '비인'이었다. 더 이상 존재하지 않는 사람이다. 애초에 존재한 적도 없는 사람이었다. 윈스턴은 단순히 빅 브라더의 연설 방향을 바꾸는 것만으로는 부족하다고 결론 내렸다. 원래 주제와 전혀 연관 없는 내용을 다루는 것이 나았다.

연설을 늘 하던 반역자와 사상범들에 대한 비판으로 바꿀 수도 있지만, 좀 너무 뻔했다. 그렇다고 전장에서의 승리나 제9차 3개년 계획의 영광스러운 초과 달성을 꾸며내자면 고쳐야 할 기록이 너무 많아진다. 약간의 순전한 상상력이 필요했다. 갑자기 윈스턴 스미스의 머릿속에서 준비라도 돼 있었던 것처럼 떠오르는 인물이 있었다. 최근 전투에서 영웅적으로 전사한 오길비 동무였다. 가끔 일일 연설에서 빅 브라더가 어느 소박한 평당원을 추모하며 그의 삶과 죽음을 모두가 따라야 할 모범으로 칭송하는 경우가 있었다. 오늘은 오길비 동무를 추모할 차례다. 사실 오길비 동무라는 사람은 없었지만, 글 몇 줄과 가짜 사진 몇 장이면 금세 실존 인물로 만들어낼 수 있다.

윈스턴은 잠시 생각을 정리하고 '말쓰기'를 당겨 익숙한 빅 브라더의 방식을 따라 구술을 시작했다. 군대식이면서도 깐깐한 어법으로, 질문을 던진 후 곧바로 답을 내놓는 독특한 버릇("이 사실로부터 어떤 교훈을 얻을 수 있나, 동지들? 그것은 또한 영사의 근본적 원칙 가운데 하나인 즉……" 하는 식)만 요령껏 흉내 내면 쉬웠다.

오길비 동무는 세 살 때 북, 기관총, 헬리콥터를 제외한 장난감은 거들떠보지도 않았다. 여섯 살 때는 허가를 받아 규정보다 한 해 일찍 감시단에 들어갔고, 아홉 살에는 분대장이 되었다. 열한 살 때는 삼촌의 불온한 대화를 엿듣고 사상경찰에 고발했다. 열일곱에는 청년 반성 연맹의 지역 조직책이 되었다. 열아홉에는 직접 수류탄을 고안하여 '평화부'에 채택되었는데 시제품을 터뜨린 첫 시험 때, 한 방에 서른한 명의 유라시아 포로가 죽었다. 그러다 스물세 살에 오길비 동무는 작전 중 산화했다. 중요한 급행 서류들을 가지고 인도양 상공을 비행하던 중 적기들에 쫓기자, 자신의 몸에 기관총을 묶어 무겁게 만든 다음, 서류들과 함께 헬기에서 깊은 바다로 뛰어내렸다. 질투심을 느끼지 않을 수 없는 최후였다고 빅 브라더는 말했다. 그리고 오길비 동무의 일편단심 순정한 생애에 대해서도 알려주었다. 철저히 금주, 금연했고 하루에 한 시간 체육관에서 운동하는 것을 제외하면 오락도 전혀 즐기지 않았다. 게다가 결혼을 하고 가족을 돌보게 되면 임무에 24시간 헌신할 수 없다고 생각해 독신을 맹세했다. 모든 대화는 영사의 원칙이 주제였고, 삶의 목표는 우리의 적 유라시아를 쳐부수고 첩자, 공작원, 사상범, 반역자 등을 적발해내는 것뿐이었다.

오길비 동무에게 특별 공로 훈장을 줄까, 윈스턴 스미스는 고민이 됐다. 하지만 또 다른 성가신 기록 수정 과정이 필요할 테니, 결국 그러지 않기로 했다.

다시 한번, 윈스턴은 건너편 자리의 경쟁자를 건너다보았다. 왠지 틸롯슨이 똑같은 일에 열중하고 있다는 확신이 들었다. 최종적으로 누구의 작업이 채택될지 알 방법은 없지만, 윈스턴은 틀림없이 자기가 뽑히리라 자신했다. 한 시간 전만 해도 상상 속에조차 존재하지 않았던 오길비 동무는 이제 실제 인물이 되었다. 죽은 사람은 만들어낼 수 있지만 살아 있는 사람은 만들어낼 수 없다는 게, 문득 이상하게 느껴졌다. 당시에는 존재한 적 없던 오길비 동무가 이제는 과거에 실존했던 인물이 되었다. 그리고 이 위조 작업이 관련자들 사이에서 잊히고 나면, 그는 샤를마뉴 대제나 율리우스 카이사르와 마찬가지 증거를 기반으로, 진정 존재했던 인물이 돼버릴 것이다.

5

지하 깊숙이 위치한 곳, 천장이 낮은 식당에서 점심 줄이 꾸무럭거리며 앞으로 움직였다. 식당은 벌써 만원이 되어 귀가 먹먹할 정도로 시끄러웠다. 배식대 뒤 창살을 통해 주방에서 끓이는 스튜가 모락모락 김을 피워 올려, 시큼한 금속성 냄새가 풍겨 나왔지만, 더욱 코를 자극하는 것은 '빅토리 진'의 독한 향이었다. 식당 저쪽 편 벽에 구멍 하나를 내놓은 듯, 간단한 술 판매대가 설치돼 있었는데 작은 한 잔에 10센트였다.

뒤에서 목소리가 들렸다. "마침 잘 만났네."

돌아보니 조사국에서 일하는 친구 사임이었다. '친구'란 적당치 않은 단어일지 몰랐다. 요즘은 친구 대신 동무가 있으니까. 하지만 다른 동무들보다 친하게 어울리는 동무가 있기 마련이다. 사임은 언어학자로, 새말 전문가였다. 『새말 사전』의 열한 번째 개정판 편찬 작업에 참여하고 있는 전문가들로 이루어진 거대한 분과의 일원이었다. 윈스턴보다 작은 몸집에 머리칼이 검었고, 눈은 크고 툭 튀어나왔다. 대화를 할 때 상대를 꼼꼼히 뜯어보는 듯한 눈은 슬퍼도 보이고 비웃는 것처럼 보이기도 했다.

"혹시 면도날 없나 물어보려고." 사임이 물었다.

"나도 없어!" 윈스턴은 미안함을 느끼며 서둘러 대답했다. "여기저기 알아봤지만 요즘 전혀 안 보이더라고."

다들 면도날을 찾고 있었다. 실은 윈스턴은 새 면도날 두 개를 꿍쳐두고 있었다. 벌써 몇 달째 면도날 기근이었다. 당의 상점에서는 늘 번갈아가며 특정 필수품 공급이 끊겼다. 어떤 때는 단추, 어떤 때는 바느질 도구, 어떤 때는 구두끈, 지금은 면도날이었다. '자유 시장'에서 은밀히 얻으러 다니는 수밖에 없었다.

"나도 같은 면도날을 6주째 쓰고 있어." 윈스턴이 거짓말을 덧붙였다.

다시 점심 줄이 꾸무럭거리며 움직였다. 줄이 멈추자 윈스턴 스미스가 다시 사임을 보았다. 둘은 배식대 끝에 쌓인 기름기 번질거리는 금속 식판을 하나씩 집었다.

"어제 교수형 봤어?" 사임이 물었다.

"일하느라 못 갔어." 윈스턴이 관심 없다는 듯 대답했다. "영화로 볼 텐데 뭐."

"영화로 보는 건 비교가 안 되지." 그러면서 사임의 눈이 조소하듯 윈스턴의 얼굴을 뜯어보았다. '내가 널 알지' 하고 말하는 듯했다. '왜 교수형 구경을 안 갔는지 뻔히 보여.' 사임은 지독한 정통파 지식인이었다. 적국 마을의 헬리콥터 공습, 사상범의 재판과 자백, 사랑부 지하에서 벌어지는 처형 등에 대해 불쾌할 정도로 흡족해하며 떠들곤 했다. 그와 대화할 때는 가급적 이런 주제를 피해, 흥미롭기도 하고 도움도 되는 새말의 학술적인 문제 쪽으로 돌리는 게 중요했다. 꼼꼼히 훑어보는 사임의 커다란 검은 눈동자를 피해 윈스턴이 고개를 슬쩍 돌렸다.

"멋진 교수형이었어." 사임이 회상에 잠겨 말했다. "발을 묶어버리면 안 돼. 발버둥 치는 게 재미있거든. 그래도 마지막에 혀가 쭉 나오는 게 최고지. 퍼렇게, 시퍼렇게 돼서 말이야. 나는 그게 참 좋더라고."

"다음!" 흰 앞치마를 두른 '무산'이 국자를 들고 외쳤다.

윈스턴과 사임이 식판을 내밀었다. 정해진 점심 메뉴가 각각의 식판에 신속히 얹혔다. 분홍빛이 도는 회색 스튜가 담긴 깡통 하나, 빵 한 덩이, 치즈 한 조각, 우유를 타지 않은 빅토리 커피 한 잔, 사카린 한 알이었다.

"저기 자리가 있네. 텔레스크린 아래." 사임이 말했다. "가는 길에 술도 받고."

술은 손잡이 없는 머그잔에 담겨 나왔다. 붐비는 식당 안을 헤치고 지나가, 철제 상판 탁자에 식판을 놓았다. 누가 탁자에 더러운 국물을 잔뜩 흘려놓아서 토한 것처럼 보였다. 윈스턴은 술잔을 들고 잠시 멈춰 마음을 다잡은 다음, 역한 맛의 물질을 꿀꺽 삼켰다. 눈물이 찔끔 나더니 갑자기 시장기가 느껴졌다. 늘 그렇듯 질척이는 액체 속에 합성 고기로 짐작되는, 불그레하고 물컹한 물체가 동동 떠 있는 스튜를 숟가락으로 가득가득 떠서 먹기 시작했다. 두 남자는 깡통을 비울 때까지 말을 꺼내지 않았다. 식당 전체가 소음으로 윙윙 울리는 중에, 윈스턴의 왼쪽 옆자리에서 오리처럼 꽥꽥대며 끊임없이 빠르게 지껄이는 어느 거친 목소리가 특히 귀를 찔렀다.

"사전은 어떻게 돼가?" 윈스턴이 소음 위로 목소리를 높여 물었다.

"찬찬히 하고 있지." 사임이 말했다. "나는 지금 형용사를 하는 중인데, 아주 흥미로워."

새말 얘기가 나오자마자 사임의 얼굴이 환해졌다. 깡통을 옆으로 치우고 고운 손 한쪽엔 빵 덩어리를, 다른 손엔 치즈를 든 다음, 고래고래 소리치지 않아도 되도록 몸을 잔뜩 앞으로 내밀었다.

"열한 번째가 결정판이야. 언어의 최종 형태에 접근해가고 있지. 그렇게 되면 모두 오직 새말만 쓰게 될 거야. 우리 작업이 완료되고 나면 자네 같은 사람들은 전부 다시 배워야 할걸. 사람들은 아마 우리가 새로운 단어들을 만들어내는 일을 한다고 생각하겠지만, 천만의 말씀! 우리는 단어들을 없애고 있어. 매일 수십 개씩, 수백 개씩. 언어를 발라내서 뼈대만 남기는 거야. 열한 번째 판에는 2050년쯤 되면 쓸모없어질 단어는 하나도 실리지 않을 거야."

사임은 게걸스레 빵을 베어 물어 꿀꺽 삼키더니 학문적 열정에 들떠 말을 계속했다. 여위고 어둡던 얼굴에 생기가 돌며 눈에서 조롱기가 사라지고 거의 꿈을 꾸는 듯한 표정이 되었다.

"단어의 폐기란 아름다운 일이야. 물론 동사와 형용사가 가장 버릴 것이 많지만, 명사도 솎아낼 데가 많아. 동의어뿐 아니라, 반의어도 마찬가지야. 생각해보면, 그냥 어떤 낱말의 반대 역할만 하는 단어가 무슨 소용이 있어? 단어란 그 자체로 반대의 뜻도 품고 있기 마련이거든. 예를 들어 '좋다'를 봐. '좋다'라는 단어가 있을 때, '나쁘다' 같은 단어가 무슨 필요가 있어? '비좋다'면 충분하지. 훨씬 낫지. 정확한 반대를 뜻하니까. '나쁘다'는 그렇지 못하잖아. 또는, '좋다'의 강한 표현을 쓰고 싶다고 해봐. '탁월하다'나 '굉장하다'처럼 모호하고 쓸데없는 이런저런 단어들이 줄줄이 있는 게 무슨 의미가 있어. '더좋은'이면 뜻이 다 통하고 그것보다 더 강하게 표현하려면 '갑절더좋은'으로 하면 되지. 물론 지금 이미 이런 단어들을 쓰고 있지만, 새말의 최종판을 완성하고 나면 다른 말은 전혀 쓰지 않게 될 거야. 마침내 좋고 나쁨에 대한 모든 개념을 단 여섯 개의 단어로, 실질적으로는 단 한 단어로 표현할 수 있게 되는 거지. 정말 아름답지 않나, 윈스턴? 빅 브라더가 처음 생각해낸 거였지, 물론." 사임은 그러고 보니 생각난 듯 덧붙였다. '빅 브라더'라는 말에 윈스턴은 얼른 열의를 내는 시늉을 했지만 진심이 담겨 있지 않음을 사임은 즉시 알아보았다.

"새말에 그다지 관심이 없군, 윈스턴." 사임은 정말 슬프다는 듯 말했다. "새말을 쓰고는 있지만 아직도 생각은 옛말로 하고 있어. 자네가 이따금 《타임스》에 쓰는 글을 봤는데, 잘 쓰긴 했지만 번역된 거였어. 속으로는 여전히 옛말에, 그 모호하고 쓸모없는 의미의 차이들에 집착하고 있어. 단어 폐기의 아름다움을 이해하지 못하는 거지. 이 세상에서 매년 어휘 수가 줄고 있는 유일한 언어가 새말이라는 거 아나?"

윈스턴도 물론 알고 있었다. 공감의 표정이 드러나도록 노력하며 미소를 지었지만 대답을 할 자신은 없었다. 사임은 검은 빵을 한 입 더 뜯어 얼른 씹어 삼키고 말을 이었다.

"생각의 범위를 좁히는 게 새말의 궁극 목표라는 건 알고 있지? 결국 사상범죄는 기본적으로 불가능하게 될 거야. 표현할 단어가 존재하지 않게 될 테니까. 필요한 모든 개념은 엄격하게 정의된 단 하나의 단어로 표현되고, 부차적 의미들은 지워져 잊힐 거야. 이미 열한 번째 판에서 그 목표에 근접해가고 있지. 하지만 자네와 내가 죽은 후에도 이 작업은 쭉 계속될 거야. 매년 점점 더 단어가 줄어들고, 의식의 범위는 그만큼 더 좁아지는 거지. 물론 지금도 사상범죄는 저지를 이유도 없고 변명의 여지도 없어. 각자 규율을 지키고 현실 통제를 잘 하면 되니까. 하지만 종국에는 그것조차 필요 없어질 거야. 언어가 완벽해지면 혁명이 완성되지. 새말이 영사가 되고 영사가 새말이 되는 거야." 그리고 사임은 불가사의한 만족감에 젖어 덧붙였다. "이런 생각 해본 적 있나, 윈스턴? 늦어도 2050쯤 되면 지금 우리가 하고 있는 대화 같은 것을 알아들을 수 있는 사람은 하나도 남아 있지 않게 되리란 걸 말이야."

"하지만……" 하고 윈스턴은 의문을 제기하려다가 멈췄다. '무산'들이 있지 않느냐고 말하려던 것이었지만, 혹시나 이단적 발언이 되는 건 아닐까 걱정이었던 것이다.

그러나 사임은 윈스턴이 무슨 말을 하려 했는지 알아챘다. "무산들은 인간이 아니지" 하고 태연하게 말했다. "2050년이면 이미, 아마도, 옛말에 대한 실질적 지식은 거의 사라질 거야. 과거의 문학 역시 모두 파괴되겠지. 초서, 셰익스피어, 밀턴, 바이런 같은 작가들도 새말판으로만 남아, 완전히 다른 것으로 변하거나 사실상 기존의 작품과 정반대의 무엇이 될 테지. 당의 원칙도, 표어도 바뀔 거야. 자유라는 관념이 철폐되었는데 어떻게 '자유는 억압이다' 같은 표어를 쓰겠나? 생각의 풍토 전체가 달라질 거야. 사실상 지금과 같은 의미의 생각이라는 것 자체가 없어질 거야. 생각하지 않는 것이, 생각할 필요가 없는 것이 정통이 되는 거지. 무의식이 정통인 거야."

조만간 사임은 증발될 거라고 윈스턴 스미스는 갑자기 깨달았다. 사임은 너무 똑똑했다. 너무 잘 알고 너무 대놓고 말했다. 당은 이런 사람들을 좋아하지 않는다. 사임은 어느 날 사라질 것이다. 분명히 보였다. 윈스턴은 빵과 치즈를 다 먹고 커피를 마시기 위해 몸을 약간 돌렸다. 왼쪽 자리에서는 거슬리는 목소리의 남자가 아까부터 계속 거리낌 없이 떠들고 있었다. 윈스턴에게는 뒷모습만 보이는, 비서로 짐작되는 젊은 여자가 마주 앉아 열심히 맞장구를 쳐주었다. 다소 멍청해 보이는 젊은 여자 목소리가 "너무 맞는 말이에요"라든지 "정말 그래요"라고 하는 게 이따금씩 들렸다. 반면 남자 목소리는 1초도, 심지어 여자가 대꾸를 하는 동안에도 멎질 않았다. 아는 얼굴이었지만 창작국에서 중요한 자리를 맡고 있다는 것밖에 몰랐다. 서른쯤 된 남자로, 근육질 목에 입이 커다랗고 다양한 모양으로 움직였다. 고개를 약간 젖히고 앉아 있었는데 그 각도로 마침 안경에 빛이 반사되어 윈스턴에게는 그의 눈이 안 보였다. 그리고 좀 소름 끼치게도, 끊임없이 입에서 말을 쏟아내고 있는데도 거의 한마디도 알아들을 수가 없었다. 딱 한 번 언뜻 알아들은 구절이, 마치 띄어쓰기가 안 된 글자들처럼 매우 빠르게 붙여 말한 "골드스타인주의의 완전하고도 결정적인 제거"였다. 나머지는 그냥 꽥꽥거리는 소음으로 들렸다. 말을 알아들을 수는 없지만 무슨 내용인지는 의심의 여지가 없었다. 골드스타인을 매도하며 사상범과 반역자들을 더 가차 없이 다루길 요구하거나 유라시아 군대의 잔혹 행위를 맹렬하게 비난하는 걸 수도 있고, 빅 브라더나 말라바르 전선의 영웅들을 칭송하는 걸 수도 있고, 별 다른 건 없을 터였다. 어쨌거나 한마디 한마디가 모두 순수하게 정통적 생각이고 영사의 원칙에 완벽히 들어맞는 말뿐이리라는 건 분명했다. 입만 정신없이 움직이고 눈은 안 보이는 얼굴을 보고 있자니 진짜 인간이 아니라 무슨 로봇을 보는 것 같은 기괴한 느낌이었다. 저 남자의 말은 뇌가 아니라 목구멍에서 나오는 것 같았다. 나오는 소리가 말은 된다고 해도 진정한 의미에서의 말이 아니었다. 오리가 꽥꽥대는 것처럼 무의식적으로 뱉어지는 소음이었다.

사임은 잠시 말이 없이 숟가락 손잡이로 탁자 위에 흐른 스튜 국물에 빙글빙글 무늬를 그렸다. 식당이 귀가 울릴 정도로 시끄러웠음에도 불구하고 옆자리에서 꽥꽥거리는 소리는 계속 잘 들렸다.

"새말에 이런 단어가 있어." 사임이 말했다. "아는지 모르겠지만, '오리말'이라고, 오리처럼 꽥꽥거린다는 뜻이야. 두 가지 상반되는 의미를 함께 담고 있는 흥미로운 단어들 중 하나지. 적한테 쓰면 욕이고, 우리 편한테 쓰면 칭찬이야."

틀림없이 사임은 '증발'될 거라고, 윈스턴은 다시 한번 생각했다. 그런 생각이 들자 어쩐지 슬퍼졌다. 사임이 윈스턴을 얕보고 좀 싫어하기도 하며, 문제가 보이면 주저 없이 사상범으로 고발할 사람이라는 걸 잘 알고 있음에도 불구하고 말이다. 사임에게는 뭔가 미묘하게 잘못된 구석이 있었다. 결핍된 부분이 있었다. 신중함, 냉정함, 안전한 멍청함 같은 것 말이다. 이단적 생각을 가지고 있다고는 말할 수 없었다. 사임은 영사의 원칙을 믿으며 빅 브라더를 존경했고, 진심일 뿐 아니라, 평당원들은 알 수 없는 최신 정보를 접하며 들뜬 열정을 가지고 승리를 기뻐했고 이단을 증오했다. 그런데도 늘 미묘하게 좋지 않은 평판이 따라다녔다. 말하지 않는 게 더 좋은 말들을 했고, 책을 너무 많이 읽었으며, 화가와 음악가 들이 출몰한다는 '밤나무 카페'에 자주 드나들었다. 밤나무 카페에 드나들면 안 된다는 법은 불문율조차 없었지만, 그곳은 왠지 불길한 장소였다. 옛날 당의 불건전한 지도자들이 숙청당하기 전 거기서 모이곤 했다. 수십 년 전 골드스타인도 거기서 가끔 볼 수 있었다고 한다. 사임의 운명을 예측하긴 어렵지 않았다. 그럼에도 만일 사임이 윈스턴의 본질, 은밀한 생각을 단 3초라도 엿보게 된다면, 사임은 즉각 윈스턴을 버리고 사상경찰한테 달려갈 것이다. 누구든 그럴 테지만 사임은 남들보다 더할 것이다. 열정으로는 충분치 않다. 정통은 무의식적인 것이다.

사임이 고개를 돌리더니 "파슨스가 오네" 하고 말했다.

마치 '바보 같은 놈 파슨스'라고 말하는 듯한 어조였다. 빅토리 맨션의 이웃인 파슨스가 정말 식당을 헤치며 왔다. 중간 키에 통통한 몸집, 밝은 금발, 개구리 같은 생김새의 남자였다. 서른다섯 살에 벌써 목과 허리둘레에 비곗살이 붙고 있었지만, 행동은 민첩하고 소년 같았다. 전체적인 외모가 어린 남자애가 체격만 커진 것 같은 꼴이어서, 정규 작업복을 입고 있음에도 불구하고 마치 감시단의 파란 반바지와 회색 셔츠, 빨간 스카프 차림을 하고 있는 듯했다. 파슨스를 생각하면 늘 동그란 무릎과 포동포동한 팔에 소매를 접어 올린 모습이 떠올랐다. 정말로 파슨스는 단체 등산이나 그 밖의 다른 체육 활동 등 핑계만 생기면 예외 없이 다시 반바지를 입고 나타났다. 파슨스가 사임과 윈스턴에게 "안녕, 안녕" 하고 쾌활하게 인사를 건네며 같은 탁자에 앉자 땀내가 훅 끼쳤다. 분홍빛 얼굴 전체에 땀방울이 맺혀 있었다. 그는 유난히 땀을 많이 흘렸다. 지역 체육관에서 탁구채 손잡이가 젖어 있는 정도를 보면 파슨스가 언제 다녀갔는지 알 수 있었다. 사임은 종이 한 장을 꺼내더니 손에 잉크연필을 쥐고 거기 쓰인 단어 목록을 들여다보기 시작했다.

"점심시간에도 일을 하네." 파슨스가 윈스턴을 툭 치며 말했다. "열심인데, 엉? 영감탱이, 뭘 보고 있는 거야? 아무래도 내 머리로는 어려운 거겠지. 이봐, 스미스, 자넬 찾고 있었다고. 나한테 주기로 한 기부금 잊어버린 거야?"

"무슨 기부금?" 자기도 모르게 돈을 더듬으며 윈스턴이 말했다. 월급의 4분의 1은 자발적 기부로 나가버렸는데, 하도 가짓수가 많아 일일이 기억하기도 힘들었다.

"증오 주간 말이야. 가구별 기금. 내가 우리 구역 서기잖아. 굉장한 행사를 만들려고 다들 전력투구 중이야. 만일 동네에서 우리 빅토리 맨션이 제일 큰 깃발을 걸지 못하면 내 탓은 아니라는 걸 말해두지. 2달러를 내겠다고 약속했잖아."

윈스턴 스미스는 구겨지고 더러운 지폐 두 장을 찾아내 파슨스에게 건넸고, 파슨스는 그걸 받아서 작은 수첩에 무식한 사람들 특유의 또박또박한 필체로 적어 넣었다.

"그런데 스미스, 어제 우리 망나니 꼬마가 쏜 새총에 맞았다며? 그래서 혼쭐을 내줬어. 한 번만 더 그러면 아예 새총을 뺏겠다고 했지."

"처형을 보러 못 가서 화가 좀 난 것 같더군." 윈스턴이 말했다.

"아, 그래⋯⋯ 그러니까, 그래도 정신은 똑바로 박혔잖아, 안 그래? 둘 다 몹쓸 장난꾸러기지만 열정 하나는! 머릿속에 감시단밖에 없어! 물론 전쟁도. 우리 꼬마 소녀가 감시단에서 토요일에 버크햄스테드로 등산 갔을 때 어쨌는지 알아? 다른 여자애 둘을 데리고 대열에서 빠져나와 오후 내내 어떤 이상한 남자를 뒤쫓았다는 거야. 산속에서 두 시간이나 미행하다가 애머셤에 도착해서 순찰관에게 넘겼대."

"아니, 왜?" 윈스턴이 조금 당황하며 물었다.

파슨스가 의기양양하게 이야기를 계속했다. "우리 애는

그놈이 적군에서 보낸 간첩이 분명하다고 생각했지. 낙하산 같은 걸 타고 내려온. 하지만 중요한 건 이거야. 우리 애가 그 남자를 왜 수상하게 생각했는지 알아? 이상한 신발을 신은 걸 알아챈 거야. 그런 신발 신은 사람은 처음 보았다는 군. 그러니 외국인일 가능성이 컸던 거지. 일곱 살 꼬마치고는 제법이지, 응?"

"그 남자는 어떻게 됐어?" 윈스턴이 말했다.

"아, 그건 모르지, 당연히. 하지만" 하면서 파슨스는 장총을 겨누는 동작을 하며 "빵!" 소리를 냈다. "이랬대도 놀랍진 않지."

"그래야지." 사임은 건성으로 대꾸하면서 종이에서 고개를 들지 않았다.

"당연히 철저하게 처리해야지." 윈스턴은 할 수 없이 동의했다.

"지금 전쟁 중이니까 말이야." 파슨스가 말했다.

이 말을 확인시켜주듯 머리 위쪽 텔레스크린에서 나팔 소리가 터져 나왔다. 하지만 이번에는 승전보를 알리는 뉴스가 아니었고, 그냥 풍요부의 발표였다.

"동무들!" 젊은 목소리가 열정적으로 외쳤다. "주목, 동무들! 영광스러운 뉴스가 있다. 우리가 생산력 전투에서 승리하였다! 지금 완료된 총 소비재 생산량 보고에 따르면 작년에 비해 생활 수준이 20퍼센트 이상 상승했다. 오늘 아침 오세아니아 전역에서 억제할 수 없는 자발적인 집회가 일어나, 공장과 사무실에서 근로자들이 쏟아져 나와 깃발을 들고 거리를 행진하며, 빅 브라더가 현명한 영도력으로 우리에게 선사한 새롭고 행복한 삶에 대한 감사를 소리 높여 외쳤다. 최종 자료를 몇 가지 밝히면, 식량은…….”

“새롭고 행복한 삶”이라는 말이 몇 번이나 되풀이되었다. 최근 풍요부에서 즐겨 사용하는 문구였다. 파슨스는 나팔 소리에 고개를 번쩍 든 이후 멍하면서도 엄숙한 표정으로, 즉 일종의 교화된 지루함 상태로 앉아서 듣고 있었다. 통계들을 이해할 수는 없었으나 그것들이 어쨌든 만족의 근거가 된다는 것은 알고 있었다. 파슨스는 이미 까맣게 탄 담뱃가루로 반쯤 채워진 커다랗고 지저분한 담뱃대를 꺼냈다. 일주일에 백 그램 배급으로는 담뱃대를 끝까지 채우기가 거의 불가능했다. 윈스턴은 빅토리 담배를 조심스레 수평으로 들고 피웠다. 내일이 돼야 새로 배급을 받을 수 있는데 네 개비밖에 남지 않았다. 순간 윈스턴은 다른 소음들에 신경을 끄고 텔레스크린에서 나오는 소리에 귀를 기울였다. 심지어 빅 브라더가 초콜릿 배급을 주당 20그램으로 올려준 데 감사하는 집회까지 열렸나 보다. 초콜릿 배급을 20그램으로 줄인다는 공고가 나온 게 겨우 어제였다고 윈스턴은 생각했다. 불과 24시간 만에 잊어버릴 수도 있는 건가? 그렇게 믿어버리는 것이다. 동물 수준으로 멍청한 파슨스는 아주 쉽게 믿었다. 저 옆자리의 남자, 안경에 가려 눈이 안 보이는 괴물은 열성적으로 광적으로 믿으며, 지난주 배급은 30그램이었다고 주장하는 자를 적발해내 고발하고 증발시키겠다는 욕망으로 불탈 터였다. 사임은 좀 더 복잡한 방식으로, 이중생각을 사용해 믿을 터였다. 그렇다면 과거를 붙들고 있는 건 윈스턴뿐인가?

텔레스크린에서 굉장한 통계들을 쏟아내고 있었다. 작년에 비해 더 많은 식량, 더 많은 옷, 더 많은 집, 더 많은 가구, 더 많은 냄비, 더 많은 연료, 더 많은 선박, 더 많은 헬리콥터, 더 많은 책, 더 많은 출산 등 모든 것이 더 많이 생산되었고, 반면에 질병, 범죄, 정신 질환은 줄었다. 매해, 매 순간, 모든 사람과 모든 것들이 정신없이 빠르게 상승했다. 아까 사임이 그랬던 것처럼 윈스턴도 탁자에 흐른 희끄무레한 국물을 숟가락으로 긁적이며 길게 무늬를 그렸다. 삶의 물질적 속성에 대해 비감한 상념에 잠겼다. 예전에도 이랬던가? 음식은 늘 이런 맛이었고? 윈스턴은 식당 안을 둘러보았다. 낮은 천장, 복닥대는 사람들, 셀 수 없는 손때가 묻은 벽면들. 닳고 닳은 탁자와 의자들은 너무 다닥다닥 놓여 있어 앉으면 옆 사람 팔꿈치가 닿았다. 숟가락은 찌그러지고, 식판은 이가 나갔으며, 흰 머그잔은 만듦새가 조악했다. 이 모든 것들의 겉면에는 기름때가 반들거리고 틈새마다 검댕과 먼지가 끼어 있었다. 게다가 형편없는 술, 형편없는 커피, 쉿내 나는 스튜, 더러운 옷에서 나는 냄새들이 모두 뒤섞여 시큼한 악취가 났다. 위장과 피부가 늘 부당하다고, 정당한 권리를 박탈당했다고 항의하는 느낌이었다. 옛날이 지금과 대단히 달랐다는 기억은 없긴 했다. 또렷이 기억나는 어느 시기에나 먹을 것은 부족했고, 양말과 속옷은 모두 구멍투성이였으며, 가구는 늘 닳아빠져 삐걱거렸고, 방은 냉골이었고, 지하철은 붐볐고, 집은 여기저기 부서졌고, 빵은 거무튀튀했고, 차는 귀했고, 커피는 구접스러운 맛이 났고, 담배는 부족했고, 합성 증류주 빼고는 아무것도 풍부하거나 값싸지 않았다. 물론 나이가 들수록 더 힘들게 느껴지긴 하겠지만, 이런 불편과 불결과 부족에, 끝없는 겨울과 끈끈한 양말과 작동하지 않는 승강기와 찬물과 거친 비누와 부서져 떨어지는 담배와 괴상한 맛이 나는 음식에 정말 진저리가 난다면, 이런 것이 자연스러운 상태가 아니라는 의미 아닐까? 이렇지 않았던 때에 대한 오래된 기억 같은 걸 갖고 있는 게 아니라면, 이런 게 왜 이렇게 참을 수 없게 느껴지는 걸까?

윈스턴 스미스는 다시 한번 식당 안을 둘러보았다. 거의 모든 사람이 추해 보였다. 푸른 작업복이 아닌 다른 걸 입었더라도 역시 추해 보였을 것이다. 식당 저 끝 어느 탁자에 딱정벌레처럼 묘하게 생긴 키 작은 남자가 혼자 커피를 마시며 조그만 눈으로 의심스럽다는 듯 이리저리 흘끔거리고 있었다. 주변을 둘러보지만 않는다면 당이 이상적으로 제시하는 체형, 키 큰 근육질 젊은이, 가슴 풍만한 처녀, 금발에 활기 넘치고 볕에 그을렸으며 근심 걱정 없는 유형들이 실재하며 심지어 많다고 믿기 참 쉽다고 윈스턴은 생각했다. 하지만 윈스턴이 보기에 제1활주의 대다수 사람들은 작고 칙칙하고 못생겼다. 왜 저런 딱정벌레 같은 부류들이 정부 부처 근무자들 가운데 점점 더 많아지는지도 의문이었다. 눈이 너무 작아 표정도 보이지 않는 살찐 얼굴에, 어릴 때 이미 옆으로 퍼져버린 몸을 재빠르게 종종거리는, 조그맣고 땅딸막한 남자들 말이다. 당의 통치하에서 가장 번성하는 게 저 유형이었다.

다시 나팔이 울리며 풍요부의 공고가 끝나고 시끄럽게 쨍쨍거리는 음악이 흘러나왔다. 쏟아져 나온 숫자들에 무조건 감격한 파슨스가 담뱃대를 입에서 뗐다.

"풍요부가 올해 정말 잘했네." 파슨스가 고개를 힘차게 끄덕이며 말했다. "그런데 스미스, 혹시 면도날 남는 거 있어?"

"없어." 윈스턴 스미스가 말했다. "나도 6주째 못 갈고 있는데."

"어, 그래, 그냥 한번 물어봤지."

"미안." 윈스턴이 말했다.

풍요부의 발표 동안 잠시 조용하던 옆자리에서 그 꽥꽥거리는 소리가 더욱 크게 다시 시작되었다. 왠지 윈스턴은 파슨스 부인이, 그녀의 성긴 머리와 얼굴 주름에 낀 먼지가 생각났다. 2년 내에 두 아이는 자기 어머니를 사상경찰에 고발할 테고, 부인은 증발하겠지. 사임도 증발하겠지. 윈스턴도 증발하겠지. 오브라이언도 증발하고. 하지만 파슨스는 결코 증발하지 않을 것이다. 저 꽥꽥거리는 눈 없는 괴물도, 정부 부처의 미로 같은 복도들을 재빨리 발발거리며 돌아다니는 조그만 딱정벌레 같은 남자들 역시 절대 증발하지 않을 것이다. 그리고 검은 머리 여자, 창작국에서 일하는 여자도 증발할 일 없겠지. 왜 그런지는 설명하기 힘들지만, 누가 살아남고 누가 멸종할지 윈스턴은 본능적으로 알 수 있을 것 같았다.

그러다가 윈스턴 스미스는 백일몽에서 화들짝 깨어났다. 옆자리 여자가 고개를 약간 돌려 윈스턴을 바라보고 있었던 것이다. 그 검은 머리 여자였다. 곁눈질이었지만 이상하게 강렬한 눈빛이었다. 윈스턴과 눈이 마주치자 그녀는 시선을 돌렸다.

등줄기에서 땀이 확 솟았다. 끔찍한 공포가 가슴을 꿰뚫고 지나가는 듯했다. 충격은 금방 수습되었지만 가슴이 따끔거리는 불안감이 남았다. 왜 쳐다본 거지? 왜 자꾸 따라다니는 거야? 안타깝게도 윈스턴은 자기가 먼저 왔는지 그녀가 이미 그 자리에 있었는지 기억나지 않았다. 하지만 어제는 어쨌든 2분 증오 때 그녀가 별다른 이유 없이 윈스턴의 바로 뒤에 앉았다. 윈스턴이 어떻게 하나, 제대로 소리를 지르나 확인하려고 그런 것으로 보였다.

다시 이전 생각이 떠올랐다. 저 여자애는 사상경찰은 아닐 것이다. 하지만 무엇보다 위험한 존재, 바로 아마추어 감시자였다. 얼마나 오래 관찰당하고 있었는지는 알 수 없지만 넉넉잡으면 5분은 됐을 것이고, 표정 관리를 완벽히 못했을 가능성이 있다. 공공장소에서나 텔레스크린 앞에서 생각이 제멋대로 흘러가도록 내버려두는 것은 극히 위험한 행동이었다. 아주 작은 몸짓에도 본심이 탄로 날 수 있다. 자기도 모르게 찡그렸던 얼굴, 무의식적으로 지은 근심스러운 표정, 중얼중얼 나온 혼잣말 등 비정상적이거나 뭔가 숨기는 인상을 주는 행동은 뭐든 말이다. 어떤 경우든 부적절한 표정(승전보가 나왔는데 회의적인 표정을 짓는다든지)은 그 자체로 처벌받을 수 있는 행동이었다. 심지어 이를 뜻하는 새말도 있다. '얼굴죄'라고 했다.

여자는 다시 고개를 돌렸다. 어쩌면 윈스턴을 따라다니는 게 아닐지도 모른다. 이틀 연속으로 윈스턴 가까이에 앉은 건 우연일지도 모른다. 담뱃불이 꺼져서 윈스턴은 꽁초를 조심스레 탁자 가장자리에 놓았다. 담뱃가루가 안 빠지게 조심하면 퇴근하고 마저 피울 수 있을 터였다. 옆자리의 남자가 사상경찰의 첩자여서 3일 후면 사랑부의 지하실에 가게 될지도 모르지만, 꽁초를 낭비할 수는 없었다. 사임이 들여다보던 종이를 접어 주머니에 넣었다. 파슨스가 다시 이야기를 시작했다.

"내가 이 얘기 했던가?" 파슨스가 담뱃대를 물고 킬킬거리며 말했다. "한 번은 우리 장난꾸러기들이 나이 든 시장 여자가 빅 브라더 포스터로 소시지를 싸는 걸 보고 치마에 불을 붙였어. 몰래 뒤로 다가가서 성냥갑을 가지고 불을 지른 거지. 화상을 심하게 입었을 거야. 망나니 꼬마들 같으니, 안 그래? 하지만 열정 하나는 끝내줘! 요즘 감시단에서 제일 중요하게 훈련시키는 게 그거야. 우리 때보다도 훨씬 좋아. 최근엔 뭘 나눠줬는지 알아? 열쇠 구멍에 대고 엿들을 수 있는 '귀 나팔'이야! 딸아이가 지난번에 집에 가지고 와서 우리 거실 문에 대고 시험해봤는데, 그냥 귀만 대는 것보다 두 배는 더 잘 들리더라고. 물론, 뭐랄까, 장난감일 뿐이지만, 그래도 정신은 똑바로 심어주잖아?"

그때 텔레스크린에서 귀를 찢을 듯한 호각 소리가 울렸

다. 자리로 돌아가라는 신호였다. 세 명 모두 벌떡 일어나 승강기를 타려는 몸싸움에 합류했고, 윈스턴의 담배꽁초에 남아 있던 담뱃가루는 떨어져버렸다.

6

윈스턴 스미스는 일기를 적어 내려갔다.

3년 전이었다. 어두운 저녁, 어느 큰 기차역 근처 골목이었다. 여자는 어느 건물 출입구 앞, 빛이 거의 나지 않는 가로등 아래 서 있었다. 어려 보였지만 아주 진한 화장을 하고 있었다. 나는 오히려 선명한 붉은 입술과 마치 가면 같은 새하얀 화장에 끌렸다. 당원 여자들은 절대 화장을 하지 않는다. 거리에는 아무도 없었고 텔레스크린도 없었다. 여자는 2달러라고 했다. 나는…….

순간, 계속 쓰기가 너무 힘들었다. 윈스턴은 눈을 질끈 감고 손가락으로 눈 주위를 꾹꾹 누르며 자꾸 떠오르는 장면을 떨쳐버리려 애썼다. 한바탕 욕설을 목이 터져라 쏟아내고픈 충동을 억누르기 힘들었다. 머리를 벽에 찧거나, 탁자를 걷어차 엎거나, 잉크병을 유리창에 던져버리거나, 뭐든 격렬하고 시끄럽고 고통을 유발하는 짓을 해서 자신을 괴롭히는 기억을 차단시켜버리고 싶었다.

가장 힘든 적은 자신의 신경계라고 윈스턴은 생각했다. 심리적 압박감이 점점 커져 언제 가시적 증상으로 나타날지 몰랐다. 몇 주 전 거리에서 스쳐 지나간 남자가 생각났다. 그냥 평범하게 생긴 당원으로, 서른다섯에서 마흔 살 사이로 보였고, 마른 체격에 키가 크고 서류 가방을 들고 있었다. 윈스턴과 몇 미터 거리로 가까워졌을 때 남자의 얼굴 왼쪽에서 갑자기 경련 같은 것이 일어나며 일그러졌다. 바로 옆을 지나칠 때 다시 경련이 일어났다. 카메라 셔터가 찰칵하는 순간만큼이나 짧은 뒤틀림, 그냥 떨림일 뿐이었지만 분명 습관적이었다. 그때 윈스턴은 생각했다. 저 불쌍한 인간도 글렀군. 무서운 것은 그런 행동이 무의식적으로 일어난다는 점이었다. 무엇보다 치명적으로 위험한 것은 잠꼬대였다. 윈스턴이 아는 한, 막을 방법이 없으니까.

윈스턴은 숨을 들이마시고 다시 쓰기 시작했다.

나는 여자를 따라 출입구로 들어가 뒤뜰을 지나 지하 주방으로 내려갔다. 한쪽에 침대가 놓여 있었고 탁자에는 아주 희미한 램프가 켜져 있었다. 여자는…….

윈스턴은 어금니에 힘을 주었다. 침을 뱉고 싶었다. 지하 주방에서 여자와 있는 동안 윈스턴은 캐서린, 아내가 생각났다. 윈스턴은 결혼한 적이 있었다. 어쩌면, 아내가 죽지 않았다는 것을 알고 있으니, 아직도 결혼한 상태인지도 몰랐다. 따뜻하고 텁텁한 지하 주방의 냄새가 다시 느껴지는 듯했다. 벌레와 지저분한 옷가지와 고약한 싸구려 향수가 뒤섞인 냄새였지만, 그럼에도 불구하고 유혹적이었다. 당원 여성 중 누구도 향수를 사용하지 않았고 그러리라는 상상조차 할 수 없었기 때문이다. 무산만이 향수를 사용했다. 향수 냄새를 맡자 어찌할 수 없이 간통의 이미지가 떠올랐다.

여자를 따라간 것은 윈스턴이 근 2년 만에 처음으로 저지른 일탈 행위였다. 성매매는 물론 금지돼 있었지만, 이따금씩 용기를 내어 위반해볼 수 있는 규범 가운데 하나였다. 위험했지만 생과 사를 오가는 문제는 아니었다. 들키면 강제수용소에서 5년 노역을 해야 했지만, 다른 죄를 더 저지르지 않는 한 그 이상은 받지 않았다. 게다가 현장에서 걸리지만 않으면 되어 쉬웠다. 빈민가는 몸을 팔려는 여자들로 넘쳐났다. 무산에게는 금지된 술 한 병에 살 수 있는 경우도 있었다. 당은 은연중에, 전부 억누를 순 없는 본능의 배출구로 성매매를 조장하는 분위기까지 있었다. 은밀하고 씁쓸하게 이루어지며, 하층 빈곤 계급의 여자들과만 연루되는 단순한 방탕은 그다지 큰 문제가 되지 않았다. 용서받지 못할 범죄는 당원 사이의 난잡한 관계였다. 대숙청 때면 피고들이 예외 없이 자백하는 범죄 중 하나긴 했지만, 실제로 그런 일이 일어났으리라 믿기 힘들었다.

당의 목적은 통제 불가능해질 수도 있는 남녀 간 유대감 형성을 방지하는 것만이 아니었다. 겉으로 드러나지 않는 진정한 목적은 성행위에서 모든 즐거움을 제거하는 것이었다. 부부 사이뿐 아니라 혼외 관계에서도, 사랑뿐 아니라 성애가 큰 문제였다. 당원들 간의 결혼은 모두 해당 위원회의 승인을 받아야 했다. 그리고 누구도 분명하게 말하는 원칙은 아니었지만, 만일 두 남녀가 육체적으로 끌린다는 인상이 있으면, 신청은 반드시 거부되었다. 유일하게 인정받는 결혼의 목적은 당을 위해 아이를 낳는 것이었다. 성교는 관장처럼 다소 역겨운 부차적 작업으로 간주되었다. 이것 역시 직접적으로 표현된 적은 없었지만 모든 당원이 어린 시절부터 계속해서 간접적으로 주입당하는 관념이었다. 그래서 남녀 모두의 절대적 금욕을 옹호하는 청년 반성 연맹 같은 조직이 있었다. 모든 아이들은 인공 수정(새말로는 '인수')으로 태어나 공공 기관에서 양육되었다. 꼭 그래야 한다는 것은 아니었지만 어쩐지 이런 방식이 당의 전반적 이념과 들어맞았다. 당은 성 본능을 죽이려 노력했고, 그럴 수 없다면 왜곡하고 더러운 것으로 만들려 했다. 왜 그런지는 알 수 없었지만 그렇게 하는 것이 자연스러워 보였다. 그리고 적어도 여자들에 대해서는 당의 노력이 꽤 성공을 거두었다.

윈스턴은 다시 캐서린에 대해 생각했다. 헤어진 지 9년이나 10년, 거의 11년째가 되었을 것이다. 이상하게도 캐서린 생각은 거의 나지 않았다. 때로는 한참 동안 결혼했다는 사실 자체를 잊고 지냈다. 윈스턴과 캐서린은 겨우 15개월 함께 살았다. 당은 이혼을 허락하지 않지만 아이가 없을 경우 별거는 권장되는 편이었다.

캐서린은 금발에 키가 크고 자세가 매우 곧고 몸놀림이 아주 활기찬 여자였다. 매부리코에 선이 굵은 얼굴이라 귀족적으로 보일 수도 있는 생김이었지만, 알고 보면 머릿속에 거의 든 것이 없었다. 결혼하고 얼마 지나지 않아 윈스턴은 자신이 만나본 가운데 가장 멍청하고 저속하고 머리가 빈 사람이 바로 캐서린이라고 단정을 내렸다. 어쩌면 캐서린만큼 가까이 지내본 다른 사람이 없어서 윈스턴이 모르는 걸 수도 있지만, 캐서린은 당의 원칙 이외에는 아무 생각이 없었고 당의 말이라면 아무리 말이 안 된다고 해도 완전히 곧이곧대로 믿었다. 윈스턴은 속으로 아내를 '인간 녹음기'라고 불렀다. 그럼에도 불구하고 만일 성적인 문제만 아니었다면 참고 같이 살 수 있었을 것이다.

윈스턴이 건드리기만 해도 캐서린은 움츠러들며 굳어버렸다. 껴안으면 마치 관절만 움직이는 나무 인형 같았다. 심지어 캐서린이 윈스턴을 끌어안을 때에도 동시에 온 힘을 다해 밀어내는 것 같은 이상한 느낌이었다. 근육이 경직되다 보니 그런 것이었다. 캐서린은 눈을 질끈 감고 저항도 하지 않고 협조도 하지 않은 채 어쩔 수 없다는 듯 누워 있곤 했다. 굉장히 당황스러웠고, 곧 끔찍한 일이 되었다. 차라리 금욕을 지키자고 합의가 됐더라면 윈스턴은 참고 살 수 있었을 것이다. 하지만 정말 이상하게도 금욕을 거부한 것은 캐서린이었다. 가능하면 아이를 낳아야 한다고 했다. 그래서 다른 문제가 없으면 일주일에 한 번씩 꽤 정기적으로 관계를 계속 가져야 했다. 심지어 캐서린이 아침에, 그날 저녁에 해야 한다며 잊지 말라고 일러주기까지 했다. 캐서린은 이 일을 두 가지로 지칭했는데, 하나는 '아이 만들기'였고 또 하나는 '당을 위한 우리 의무'였다. 정말 그런 표현을 썼다. 점차 윈스턴은 정해진 날이 돌아오면 아예 두려워지기 시작했다. 하지만 다행히도 아이는 생기지 않았고, 결국 캐서린도 포기했으며 곧 둘은 헤어졌다.

윈스턴 스미스는 소리 없이 한숨을 내쉬었다. 펜을 다시 집어 또 써 내려갔다.

여자는 침대에 털썩 드러눕더니 바로, 아무 예비 과정도 없이 상상도 할 수 없는 추잡하고 무신경한 방식으로 치마를 걷어 올렸다. 나는…….

윈스턴의 머릿속에, 어두침침한 조명 한가운데 벌레와 싸구려 향수 냄새를 호흡하며 서 있던 자신의 모습이 떠올랐고, 가슴속에는, 그런 와중에도 당에 영원히 세뇌당해 꽁꽁 얼어붙은 캐서린의 하얀 몸이 생각나며, 절망과 분노가 끓어올랐다. 왜 늘 이래야 하는가? 몇 년마다 한 번씩 이런 추한 짓을 저지르는 대신 자기 여자를 가질 수는 없는가? 하지만 진짜 연애는 거의 상상조차 할 수 없는 일이었다. 당원 여자들은 모두 똑같았다. 당에 대한 충성심만큼이나 정절 관념이 머릿속 깊이 박혀 있었다. 주의 깊은 조기 교육과 운동 경기 및 냉수 목욕, 학교에서, 감시단에서, 청년 동맹에서 귀가 따갑도록 들은 쓰레기 같은 소리들, 강의와 행진과 노래와 구호와 군가 등이 사람들에게서 자연스러운 감정들을 쫓아내버렸다. 윈스턴의 이성은 분명 예외가 있을 것이라고 말하고 있었지만, 윈스턴의 마음은 그 말을 믿지 않았다. 사람들은 모두 당의 의도대로 난공불락이 되어버렸다. 윈스턴이 원하는 것은, 심지어 사랑받는 것보다도 더 원하는 것은 사는 동안 단 한 번만이라도 그 견고한 미덕의 벽을 허무는 것이었다. 만족스러운 성행위는 반역이었다. 욕망은 사상죄였다. 캐서린의 벽을 깨뜨렸다면, 윈스턴에게 그게 가능했다면, 부부 사이였음에도 불구하고 간음을 저지른 거나 마찬가지였을 것이다. 그래도 이야기는 마저 써야 했다. 윈스턴은 계속 썼다.

나는 램프의 불빛을 좀 더 키웠다. 그렇게 하고 보니…….

어두운 곳에서 있다 보니 허약한 등유 램프 빛도 매우 밝게 느껴졌다. 윈스턴은 처음으로 여자 얼굴을 제대로 볼 수 있었다. 한 걸음 여자 쪽으로 다가갔다가 욕망과 공포에 휩싸여 그대로 멈춰버렸다. 윈스턴은 자신이 어떤 위험을 무릅쓰고 여기까지 왔는지 통감하고 있었다. 나가다가 순찰대에 걸릴 가능성도 얼마든지 있었다. 어쩌면 지금 밖에서 기다리고 있을지도 몰랐다. 만일 여기 온 목적도 달성하지 못하고 나갔는데……!

이 이야기를 써야만 했다. 고백해야만 했다. 갑자기 램프 불빛에 드러난 여자의 얼굴은 늙어 있었다. 하도 화장을 두껍게 발라 마분지로 만든 가면처럼 갈라질 것 같았다. 흰머리도 여기저기 보였다. 하지만 진정 소름 끼쳤던 것은 여자의 입이 약간 벌어졌을 때였다. 입안에는 동굴 같은 어둠 말고는 아무것도 보이지 않았다. 이가 하나도 없었던 것이다.

윈스턴은 서둘러 휘갈겨 썼다.

불빛에서 보니 쉰도 넘어 보이는 늙은 여자였다. 하지만 나는 그래도 그 짓을 해치웠다.

윈스턴은 다시 손가락으로 눈두덩을 눌렀다. 드디어 써버렸지만 달라진 건 없었다. 치유 효과가 없었다. 목이 터져라 욕설을 내지르고 싶은 충동은 더욱 강력해졌다.

7

"만일 희망이 있다면 무산에게 있다"고 윈스턴은 썼다.

만일 희망이 있다고 하면 그것은 분명 무산에게 있었다. 오세아니아 인구의 85퍼센트를 차지하며 바글거리는, 오직 저 무시당하는 군중 속에서만 당을 파괴시킬 힘이 잉태될 수 있기 때문이다. 당은 내부로부터는 전복될 수 없다. 당의 적대 세력은, 그런 게 있는지조차 모르겠지만, 모일 수 있는 방법은커녕 서로를 알아볼 방법도 없다. 전설 속의 형제단이 존재한다고 해도, 그럴 가능성도 있긴 하지만 둘이나 셋 이상의 조직으로 불어나기란 불가능하다. 반역이란 눈빛 한

번, 억양의 변화, 기껏해야 이따금씩 남몰래 나누는 몇 마디 정도다. 하지만 무산들은 자신들의 힘을 깨닫게 되는 날이 오면 음모를 꾸밀 필요도 없으리라. 그저 박차고 일어나, 파리 떼를 털어내는 말처럼 몸을 부르르 한 번 흔들면 된다. 무산들이 마음만 먹는다면 내일 아침이라도 당을 산산조각 낼 수 있다. 조만간 정말 그런 일이 일어날까? 하지만……!

윈스턴이 예전에 붐비는 거리를 지나가는데, 바로 앞쪽 뒷골목에서 수백 명의 여자들이 지르는 엄청난 함성 소리가 터져 나왔다. 분노와 좌절감에서 굵고 커다란 목청으로 외치는 "우와아아아악!" 소리가 모여, 종소리처럼 윙윙거리는 파장이 퍼져 나갔다. 윈스턴은 심장이 뛰었다. 시작됐다! 하고 생각했다. 폭동이다! 무산들이 드디어 폭발하는구나. 소리가 들리는 곳으로 가보니 2, 3백 명 정도 되는 여자들이 시장의 어느 노점을 둘러싸고 폭도처럼 운집해, 가라앉는 난파선에서 꼼짝없이 죽게 된 승객 같은 비통한 표정을 하고 있었다. 하지만 그 순간 그 집단적 절망 상태는 다양한 개별적 몸싸움으로 분열돼버렸다. 알고 보니 노점 하나가 양철 냄비를 팔고 있었다. 허술하고 보잘것없는 물건이었지만, 어떤 조리 기구든 늘 구하기 어려웠다. 그런데 물건이 갑자기 동나자, 냄비를 구하는 데 성공한 여자들은 이리 밀리고 저리 치이면서도 군중 속을 빠져나가려 애썼고, 못 구한 여자들은 노점상을 둘러싸고 공정하지 못하다느니, 다른 데 숨긴 걸 내놓으라느니, 하며 고함치고 있었다. 어디서 새로운 함성이 터져 나왔다. 피둥피둥한 여자 둘이, 하나는 머리를 산발한 채로 냄비 하나를 움켜쥐고 엎치락뒤치락하고 있었다. 둘이 잡고 한동안 당기자 냄비 손잡이가 쑥 빠져버렸다. 윈스턴은 혐오감을 느끼며 그들을 바라보았다. 그럼에도 불구하고 잠시나마, 겨우 몇백 명의 목청에서 터져 나온 함성에 무서울 정도의 힘이 담겨 있었다! 왜 저들은 중요한 문제에 대해서는 저렇게 함성을 지를 수 없을까?

윈스턴은 썼다.

저들은 자각을 하기 전에는 저항을 하지 않을 것이고, 저항을 시작하기 전에는 자각을 하지 못할 것이다.

쓰고 보니 당의 교본에서 베낀 구절이라고 해도 될 정도라는 생각이 들었다. 당은 물론 무산을 억압에서 해방시켰다고 주장했다. 혁명 전의 무산들은 유산 계급에 의해 비참하게 착취당했고 매를 맞으며 굶주렸다. 여자들은 탄광에서 강제로 일해야 했고(지금도 탄광에서 일하긴 한다) 아이들은 여섯 살에 공장으로 팔려갔다. 하지만 이와 동시에, 이중생각의 원칙에 충실하게, 당은 무산들이 원래 열등하기 때문에 동물들처럼 간단한 몇 가지 규칙을 적용시켜 계속 억압 상태에 두어야 한다고 가르쳤다. 사실상 무산들에 대해 알려진 내용은 아주 적었다. 많이 알 필요도 없었다. 계속 일하고 번식을 하는 한 그들이 그 외에 무얼 하는지는 중요하지 않았다. 아르헨티나 평원에 방목된 가축들처럼 그냥 내버려두면 그들만의 자연스러운 생활 방식, 조상 대대로의 모습으로 되돌아갔다. 빈민굴에서 태어나고 자라 열두 살에 일을 시작해, 잠시 아름다움과 성적 욕망이 피어나는 시기를 거쳐 스무 살에 결혼하고, 서른에 중년이 되고, 대부분 예순이면 죽었다. 과중한 육체노동, 가족과 아이 부양, 이웃과의 사소한 다툼, 영화, 축구, 맥주, 그리고 무엇보다 도박 같은 것들이 그들 정신의 시야를 채웠다. 그들을 통제하기는 쉬웠다. 사상경찰 몇 명이 늘 그들 가운데 섞여서 가짜 소문을 퍼뜨렸으며, 위험의 소지가 있다고 판단되는 사람을 찾아내 제거했다. 하지만 당의 이념을 주입하려 하지는 않았다. 무산들이 강한 정치 의식을 갖게 되는 것은 바람직하지 않았다. 노동시간을 늘리거나 배급을 줄일 때 받아들일 수 있게 만드는 원초적인 애국심이면 충분했다. 이따금 불만이 생겨난다고 해도 제대로 방향성을 찾지는 못할 것이다. 전체적인 상황을 파악하지 못하는 한 사소한 불평거리들에만 집중할 수밖에 없기 때문이다. 큰 규모의 문제는 절대 보지 못한다. 대부분 무산의 집에는 텔레스크린조차 없다. 치안 경찰도 별로 신경 쓰지 않아서 런던에는 범죄가 만연했다. 온갖 도둑, 폭력 조직, 창녀, 마약상, 사기꾼들이 또 하나의 작은 세상을 이뤘다. 하지만 무산들 내에서만 일어나는 한 그다지 중요하지 않았다. 모든 도덕적 문제들에 대해 예로부터 전해 내려오는 조상들의 관습을 따라도 되었다. 성에 대한 당의 청교도주의는 무산들에게 적용되지 않았다. 난잡한 관계도 처벌받지 않았고 이혼도 허용되었다. 무산들이 원했거나 필요했다면 종교 생활까지도 허용되었을 것이다. "무산과 동물은 자유다"라는 당의 구호가 보여주듯, 그들은 의심받지 않았다.

윈스턴은 다리로 손을 뻗어 정맥류성 궤양을 살살 긁었다. 다시 가렵기 시작했다. 어쩔 수 없이 또 생각이 되돌아간 지점은, 혁명 전의 생활이 진짜 어땠는지 알 길이 없다는 답답함이었다. 서랍에서 파슨스 부인에게 빌린 아동용 역사 교과서를 꺼내 단락 하나를 일기장에 베끼기 시작했다.

영광스러운 혁명 이전의 옛날 런던은 오늘날과 같은 아름다운 도시가 아니었다. 거의 모두가 잘 먹지 못했고 수백 수천의 가난한 사람들이 신발도 없이 지내며 비를 막아줄 지붕도 없이 잠을 자야 했던 어둡고 더럽고 비참한 곳이었다. 여러분과 같은 또래의 아이들이 게으르다며 채찍을 휘두르는 무자비한 주인 밑에서 하루에 열두 시간씩 일을 해야 했고 묵은 빵 껍질과 물로 연명해야 했다. 이런 끔찍한 가난의 와중에도 부자들은 몇 군데 안 되는 거대하고 아름다운 집에서 서른 명이나 되는 하인을 거느리고 살았다. 이 부자들을 자본가라고 불렀는데, 옆쪽의 도판처럼 뚱뚱한 몸집에 사악한 얼굴을 한 못생긴 남자들이었다. 보다시피 프록코트라는 길고 검은 웃옷을 입고 실크해트라고 하는 연통처럼 괴상하게 생긴 반들거리는 모자를 썼다. 이것이 자본가들의 제복이었고 다른 이들은 입을 수 없었다. 유산 계급이 모든 땅과 집, 공장과 돈 등 세상의 모든 것을 소유했고 다른 사람들은 모두 그들의 노예였다. 거역하는 사람은 감옥에 처넣거나 일자리를 빼앗아 굶겨 죽일 수 있었다. 보통 사람들이 자본가와 말을 할 때는 모자를 벗고 비굴하게 굽실거리며 '나리'라고 불러야 했다. 자본가들의 우두머리는 왕이라고 불렸는데…….

나머지 내용은 알고 있었다. 치렁치렁한 예복을 입은 주교들, 털이 달린 법복을 입은 법관들, 죄수에게 씌우는 칼, 발목에 채우는 차꼬, 강제 노동 회전 바퀴, 아홉 가닥 채찍, 귀족들의 연회, 교황 발에 입 맞추는 습관 등. 또한 아이들용 책에는 안 나오는 게 좋을 초야권에 대한 내용도 굳이 언급이 돼 있었다. 그것은 자본가들이 자기 공장에서 일하는 어떤 여자와든 잘 수 있는 권한이었다.

이런 내용의 어디까지가 거짓말인지 어떻게 알겠는가? 평균적인 생활수준이 혁명 이후 나아졌다는 것은 사실일 수 있다. 이에 반대하는 유일한 증거는 우리 뼛속 깊은 곳에서 외치는 소리 없는 항의, 지금 살고 있는 환경을 참을 수 없고 예전 언젠가는 분명 이렇지 않았다는 본능적 느낌뿐이었다. 불현듯 윈스턴 스미스는 오늘날 삶의 진정한 특징은 잔인성과 불안함이 아니라, 황무지 같은 암울함과 무기력함이라는 생각이 들었다. 주위를 둘러봐도 우리의 삶은 텔레스크린에서 끊임없이 흘러나오는 거짓말은 물론 당이 달성하고자 노력하는 이상과도 닮은 구석이 없었다. 대부분의 생활은, 심지어 당원들에게도 정치와 상관없는 것이었다. 지겨운 일들을 꾸준히 해치우고, 지하철에서 자리를 차지하려 싸우고, 낡아빠진 양말을 깁고, 사카린 알약을 구하러 다니고, 꽁초를 모아야 했다. 당이 설정한 이상은 뭔가 거대하고 끔찍하게 찬란한, 강철과 콘크리트 혹은 어마어마한 기계들과 무시무시한 무기들로 이루어진 세상, 완벽한 하나의 단일체처럼 줄 맞춰 행진하며 모두 똑같은 생각을 하고 똑같은 구호를 외치며 노동과 투쟁, 승리, 공격을 영구히 멈추지 않는 3억 명 모두 똑같은 얼굴을 가진 전사들과 광신도들의 나라였다. 그러나 실제로는 19세기에 지어진 부서져가는 집들에서 언제나 지독한 화장실과 양배추 냄새가 진동하고, 영양 결핍인 사람들이 구멍 난 신발을 신고 이리저리 떠밀려 다니는 우중충하게 쇠락해가는 도시였다. 눈앞에 런던의 풍경이, 수많은 쓰레기통으로 이루어진 도시의 거대하고 황폐한 광경이 떠오르며 파슨스 부인의 부석부석한 머리, 주름진 얼굴, 막힌 배수관 때문에 어쩔 줄 몰라 하던 모습이 겹쳐 보였다.

윈스턴은 다시 팔을 뻗어 종아리를 긁었다. 밤낮으로 귀가 먹먹하도록 텔레스크린이 떠들어대는 통계치가 더 많은 음식과 더 많은 의복과 더 좋은 주택과 더 유쾌한 여흥을 오늘날의 사람들이 즐긴다는 사실을 증명하며, 50년 전 사람들보다 요즘 사람들의 수명이 더 길고 노동시간이 더 짧고 체격이 커지고 건강해지고 힘이 세지고 행복해지고 똑똑해지고 더 훌륭한 교육을 받고 있다고 주장했다. 그 어떤 말도 증명하거나 반박할 수 없었다. 예를 들어 오늘날 40퍼센트의 무산 성인이 글을 읽을 수 있지만 혁명 전에는 15퍼센트에 불과했다고 당은 주장했다. 또한 유아 사망률은 현재 10.6퍼센트에 불과하지만 혁명 전에는 30퍼센트에 달했다는 식이었다. 방정식은 한 개인데 미지수는 두 개인 문제 같았다. 역사책에 있는 말이 전부, 별 의심 없이 받아들일 수 있는 말들조차 모두 순전한 허구일 가능성도 충분히 있었다. 윈스턴이 보기에는 초야권 같은 법이나 자본가 같은 사람들, 실크해트 같은 물건이 아예 없었던 건지도 몰랐다. 모든 것이 안개처럼 희미해졌다. 과거는 지워지고, 과거가 지워졌다는 사실조차 잊히고, 거짓은 진실이 되었다. 윈스턴 스미스는 평생 딱 한 번, 위조 행위에 대한 구체적이고 명백한 증거를 손에 쥔 적이 있었다. 사건 발생 이후였다는 것이 중요하다. 30초쯤 손에 쥐고 있었던가, 1973년이었던 것 같다. 어쨌든 캐서린과 헤어질 무렵이었다. 실제로 문제의 날짜는 그보다 7년이나 8년 전이었다.

발단은 60년대 중반, 혁명 초기 지도자들이 일거에 모두 제거된 대숙청기에 시작되었다. 1970년이 되자 빅 브라더를 제외하고는 아무도 남지 않았다. 나머지는 모두 반역자와 반혁명 분자로 적발되었다. 골드스타인은 도망쳐 아무도 모르는 곳에 숨었고, 다른 사람들은 그냥 사라진 경우도 있고 대부분은 대단했던 공개재판에서 죄를 자백한 후 처형되었다. 마지막까지 살아남았던 지도자 가운데 존스, 아론슨, 러더퍼드, 이렇게 세 명이 있었다. 이들이 체포된 것은 1965년이었을 것이다. 늘 그랬듯 이 셋은 1년이나 그 이상을 살았는지 죽었는지 알 수 없는 상태로 행방불명되었다가 갑자기 끌려 나와 죄를 자백했다. 적과 내통하고(그때도 적은 유라시아였다), 공금을 횡령하고, 신망 높았던 당원을 다수 살해하고, 혁명 훨씬 이전부터 시작된 빅 브라더의 통솔에 맞설 음모를 꾸미고, 수백 수천의 사망자를 낳은 공작을 획책했다는 것이었다. 자백을 한 후에는 사면을 받고 당에 복귀해, 그럴듯해 보이지만 사실은 한직인 자리에 배치되었다. 셋 모두 《타임스》에 길고 비굴한 참회록을 쓰며 자기들의 변절 원인을 분석하고 속죄를 약속했다.

그들이 풀려난 지 얼마 안 되었을 때 윈스턴은 밤나무 카페에서 그들 셋을 실제로 보았다. 윈스턴은 두려움에 떨면서도 홀린 듯이 그들 셋을 남모르게 바라보았다. 윈스턴보다 훨씬 나이 많은 남자들이었던 그들은 고대의 유물처럼, 당의 군웅 시대가 거의 마지막으로 남긴 위인들이었다. 그들에게선 지하 저항 운동과 내전의 광휘가 아직 희미하게 감돌고 있었다. 당시에도 벌써 사실도 날짜도 지워져가고 있었지만, 윈스턴은 빅 브라더보다 그들의 이름을 훨씬 먼저 알게 되었던 것 같은 느낌이 들었다. 하지만 그들은 범법자, 반동, 불가촉 천민들, 1년이나 2년 내에 반드시 제거될 운명이었다. 한번 사상경찰의 손아귀에 들어간 자는 다시는 빠져나갈 수 없었다. 무덤으로 보내지기를 기다리는 시체들이나 마찬가지였다.

그들 주변 자리엔 아무도 앉지 않았다. 그런 사람들 근처에서 얼쩡거리는 것조차 현명한 일이 못 되었다. 그들은 밤나무 카페의 특제 음료인 정향 넣은 진 한 잔씩을 앞에 놓고 침묵 속에 앉아 있었다. 셋 중 러더퍼드의 외모가 윈스턴의 눈길을 가장 강하게 끌었다. 한때 유명 시사 만화가였고 가차 없는 그림들로 혁명 이전부터 혁명기 내내 대중 여론에 불을 지피는 역할을 했다. 지금도 아주 가끔 러더퍼드의 만화가 《타임스》에 등장하곤 했지만, 그저 이전 화풍을 답습한, 이상할 정도로 생기 없고 설득력 떨어지는 작품들이었다. 게다가 빈민가 셋방들, 굶주린 아이들, 시가전, 실크해트를 쓴 자본가, 심지어 바리케이드 위에서도 실크해트를 꼭 붙잡고 있는 유산 계급을 그려놓으며 지난 시대의 재탕, 과거로 되돌아가려는 끝없이 절망적인 노고를 보여줄 뿐이었다. 러더퍼드는 거구의 사나이로, 갈기 같은 엉킨 머리칼은 허옇게 세었으며 늘어지고 주름진 얼굴에 흑인처럼 입술이 두툼했다. 한때는 어마어마하게 장사였을 것이다. 이제 그 거대한 체구는 사방으로 불거지고 늘어지고 흘러내리며 무너지고 있었다. 눈앞에서 당장이라도 산사태처럼 붕괴될 것 같았다.

한산한 15시였다. 그때 윈스턴이 왜 밤나무 카페에 갔는지는 기억나지 않았다. 사람은 거의 없었다. 텔레스크린에서는 땡그랑거리는 음악 소리만 작게 흘러나오고 있었다.

세 남자는 구석 자리에 말 한마디 없이, 꼼짝 않고 앉아 있었다. 주문도 없었는데 웨이터가 새 술 한 잔을 가져왔다. 옆쪽에 말이 놓인 체스 판이 있었지만 시작하는 사람은 없었다. 그러고 나서 30초쯤 지났을까, 텔레스크린이 달라졌다. 흘러나오던 음악이 바뀐 것이다. 뭐라 설명하기 힘들지만, 분위기도 확 바뀌었다. 거칠고 수선스레 야유하는 듯한 기묘한 곡이었다. 저런 걸 '황색 곡조'라 부르면 어떨까 하고 윈스턴은 생각했다. 그리고 텔레스크린에서 웬 목소리가 노래를 부르기 시작했다.

울창한 밤나무 아래
나는 너를 팔고 너는 나를 팔아넘겼지
거기엔 그들이, 여기엔 우리가 누워 있는지, 거짓말을 하는지
울창한 밤나무 아래

세 남자는 움직이지 않았다. 하지만 러더퍼드의 쇠락한 얼굴을 보니, 눈에 눈물이 가득 고여 있었다. 그리고 윈스턴은 아론슨과 러더퍼드 둘 다 코가 부러져 있다는 걸 비로소 깨닫고 남몰래 몸서리쳤지만, 자신이 '무엇 때문에' 떠는지는 알지 못했다.

얼마 후 셋 모두 다시 체포되었다. 석방된 순간부터 새로

운 음모를 꾸미기 시작했다고 했다. 두 번째 재판에서 그들은 새로운 범죄뿐 아니라 예전 범죄까지 모두 다시 줄줄이 자백했고, 처형을 당했으며, 그들의 몰락은 후세에 교훈을 남기기 위해 당의 역사에 기록되었다. 이로부터 약 5년 후인 1973년, 직장에서 윈스턴은 전송관에서 떨어진 서류들을 펴다가 그 사이에 우연히 잘못 끼어 들어간 게 분명한 종잇조각 한 장을 발견했다. 종잇조각을 펴보는 즉시 윈스턴은 심각성을 알아차렸다. 10년 전 《타임스》에서 뜯어낸 반쪽짜리 페이지였다. 상단 반쪽이었기 때문에 날짜가 나와 있었다. 뉴욕에서 무슨 당 행사에 참가한 대의원들의 사진이었다. 대의원들 가운데 존스, 아론슨, 러더퍼드의 모습이 바로 눈에 들어왔다. 아래 사진 설명에 이름까지 나와 있으니 틀림없었다.

문제는 두 번의 재판에서 그날 세 명 모두 유라시아에 갔었다고 자백했다는 것이다. 캐나다의 비밀 비행장에서 시베리아의 어느 접선 장소로 날아갔고, 유라시아의 참모진과 협상하여 중요한 군사 정보를 넘겨주었다고 했다. 날짜가 윈스턴의 머릿속에 박혀 있던 이유는 그날이 여름 결산일이었기 때문이다.* 그 사건에 대해 여기저기 셀 수 없이 기록돼

---

* 영국의 4계절 결산일은 3월 25일, 6월 24일, 9월 25일, 12월 25일이다.

있기도 했다. 결론은 하나뿐이었다. 자백이 거짓이었던 것이다.

물론 이것이 그 자체로 대단한 발견은 아니었다. 당시에도 이미 윈스턴은 숙청된 사람들이 자백한 범죄를 실제로 저질렀을 거라고는 생각하지 않았다. 하지만 이것은 확실한 증거, 폐기된 과거의 한 조각이었다. 마치 엉뚱한 단층에서 나타나 지질학계를 위협하는 화석 뼈 같았다. 어떻게든 세상에 공개되어 중요성이 알려질 수 있다면 당을 산산조각 내기 충분했다.

윈스턴은 곧장 일을 재개했다. 사진을 보자마자, 그것이 무엇인지 깨닫자마자, 다른 종이로 덮어 가려버렸다. 다행히 윈스턴이 사진을 폈을 때 텔레스크린이 보기엔 거꾸로 되어 있었다. 그는 무릎에 놓여 있던 메모장을 집어 들고 의자를 밀어 텔레스크린에서 가능한 멀리 떨어졌다. 계속 무표정을 유지하는 것은 어렵지 않았다. 호흡도 애써 조절할 수 있었다. 하지만 심장 박동은 어찌할 수 없었다. 텔레스크린은 심장 소리까지 탐지할 수 있을 정도로 예민했다. 10여 분을 그렇게 보내면서, 갑자기 책상 위로 바람이 불어든다든가 해서 종이가 들썩이고 사진이 발각되지 않을까 노심초사하다가, 다시 들춰보지도 않고 다른 폐지들 몇 장과 함께 '기억 구멍'에 넣어버렸다. 아마 1분도 안 돼 오그라들어 재가 되었을 것이다.

10년 전, 아니 11년 전의 일이다. 지금이라면 사진을 보관했을 것이다. 잠시나마 증거를 손에 넣었단 사실이 지금까지도 윈스턴에게 특별한 의미로 남아 있는 게 신기했다. 사진으로 기록된 행사뿐 아니라 사진조차도 이젠 그저 머릿속 기억에 불과한데 말이다. 더 이상 존재하지 않는 일말의 증거가 한때 과거에 존재했다고 해서 과거에 대한 당의 통제력이 약해질까?

지금은 그 사진이 잿더미에서 부활한다고 해도 증거조차 되지 못할 것이다. 사진을 발견했던 당시는 오세아니아가 유라시아와 더 이상 전쟁 중이지 않았기 때문에, 죽은 세 남자는 조국 오세아니아의 기밀을 이스트아시아에 팔아넘겼다고 기록이 바뀌어 있었을 것이다. 이런 식으로 다른 기록이, 또 다른 기록이, 셀 수도 없이 변경되었다. 재판 당시의 자백 역시 당연히 다시 쓰이고 또다시 쓰여 원래의 사건과 날짜는 더 이상 아무런 의미도 없게 되었을 것이다. 과거는 바뀔 뿐 아니라 끊임없이 바뀌었다. 윈스턴을 가장 괴롭히는 악몽 같은 지점은, 왜 이런 거대한 사기가 자행되어야 하는지 명확히 이해할 수가 없다는 것이다. 과거를 위조해서 얻는 눈앞의 이득은 분명히 있지만 궁극의 이유는 도저히 알 수가 없었다. 윈스턴은 다시 펜을 들어 썼다.

어떻게 하다가 그렇게 됐는지는 이해하겠다. 왜 그러는지는 이해를 못하겠다.

예전부터 종종 그랬지만, 윈스턴은 자신이 미친 게 아닌지 궁금했다. 광인이란 그저 소수자를 의미하는지도 모른다. 한때는 지구가 태양 주위를 돈다고 믿으면 광인이었다. 오늘날은 과거란 바뀔 수 없는 것이라고 믿는 사람이 광인이다. 윈스턴 혼자만 믿는 걸 수도 있고, 정말 그렇다면 그는 미친 것이다. 그러나 자신이 광인일지도 모른다는 생각은 별로 괴롭지 않았다. 두려운 것은 자신이 미쳤을 뿐 아니라 틀렸을지도 모른다는 점이었다.

윈스턴은 아동용 역사책을 들고 권두 삽화에 들어 있는 빅 브라더의 초상화를 들여다보았다. 최면을 거는 듯한 눈과 마주쳤다. 어떤 거대한 힘이 그를 내리누르는 듯했다. 뭔가가 그의 두개골을 뚫고 들어가 뇌를 박살내고, 공포에 질려 믿음을 버리며, 그의 감각이 확인한 증거조차 부정하게 만드는 듯했다. 이러다가 당은 2 더하기 2는 5라는 주장까지 하게 될 테고, 그렇게 되면 그는 믿을 수밖에 없을 것이다. 조만간 이렇게 될 게 분명했다. 당은 논리적으로 그럴 수밖에 없는 입장이었다. 당의 사상은 암묵적으로, 경험의 타당성뿐 아니라 외부 현실의 존재 자체를 부정했다. 이단들 중에서도 최악의 이단은 상식이었다. 그리고 무서운 점은, 생각이 다르다고 죽을 수 있는 게 아니라, 당이 맞을지도 모른다는 거였다. 그러니까 2 더하기 2가 정말 4인지, 어떻게 알 수 있단 말인가? 중력의 작동은? 혹은 과거의 불변성은? 만일 과거도 외부 세계도 머릿속에서만 존재하는 거라면, 그리고 만일 정신 역시 조작할 수 있는 거라면?

하지만 아니다! 윈스턴은 갑자기 용기가 불끈 솟아올랐다. 아무 상관없는 오브라이언의 얼굴이 머릿속에 떠올랐다. 그 어느 때보다도 오브라이언이 윈스턴의 편이라는 확신이 들었다. 윈스턴은 오브라이언을 위해 일기를 쓰고 있었다. 오브라이언에게 쓰고 있었다. 일기는 끝날 줄 모르는, 아무도 읽지 않을 편지와 같았지만, 특정한 사람 하나를 향해 쓰는 글이었고 그 사실에 감화를 받고 있었다.

당은 우리가 눈으로 보고 귀로 들은 증거를 거부하라고 가르친다. 이것이 당의 궁극적인, 가장 핵심적인 명령이었다. 윈스턴은 자신을 둘러싼 엄청난 힘을, 자기쯤은 토론에서 너무나 쉽게 뭉개버릴 당의 지식인들을, 대꾸는 고사하고 이해하기도 힘들 교묘한 이론들을 생각하며 정신이 아득해졌다. 그럼에도 불구하고 윈스턴은 옳다! 당이 틀렸고 윈스턴은 옳았다. 분명한 것, 단순한 것, 진실된 것은 지켜져야 했다. 진실이 진실이라는 주장은 진실이다. 포기해선 안 된다! 실제 세계는 존재하고 물리법칙은 바뀌지 않는다. 돌멩이는 딱딱하고, 물은 적시고, 허공의 사물은 지구의 중심을 향해 떨어진다. 오브라이언에게 말을 하는 심정으로, 또한 중요한 원칙을 발표하는 심정으로, 윈스턴은 썼다.

자유는 2 더하기 2는 4라는 사실을 말할 수 있는 것이다. 이것이 보장된다면, 다른 것들도 가능해진다.

8

어느 건물 출입구에서 커피 볶는 냄새가 퍼져 나왔다. '빅토리 커피'가 아니라 진짜 커피였다. 윈스턴 스미스는 거리에서 자기도 모르게 멈춰 섰다. 2초쯤 되었을까, 잊혀가던 어린 시절로 되돌아가는 듯했다. 그러다가 출입구가 쾅 닫히고, 음악 소리 같던 커피 향도 뚝 끊겨버렸다.

보도를 수 킬로미터 걸은 터라 정맥류성 궤양이 욱신거렸다. 3주 동안 벌써 두 번째 커뮤니티 센터 저녁 모임에 빠졌다. 출석 점검이 꼼꼼히 이루어지고 있을 게 뻔한데, 경솔한 행동이었다. 원칙적으로 당원들에게는 여가 시간이 없고 잘 때를 제외하면 혼자 있는 시간이 없어야 했다. 일하거나 식사하거나 잘 때가 아니면 단체 오락 활동 같은 데 참가해야 했다. 고독을 음미하는 행동, 혼자 산책을 나가는 일조차 좀 위험한 행동으로 간주되었다. '새말'로는 '자기삶'이라고 부르며 개인주의와 별난 성격을 의미했다. 하지만 오늘 저녁 진실부에서 나오는데, 그윽한 4월의 공기가 윈스턴을 유혹했다. 파란 하늘빛이 훨씬 푸근해졌고, 문득 시끄러운 모임에서 저녁 내내 지겹고 피곤한 게임을 하고 강연을 듣고 삐걱대는 동지애를 술로 기름칠할 생각을 하니 참을 수가 없어졌다. 윈스턴은 버스 정류장에서 충동적으로 발길을 돌려 정처 없이 런던의 미로 속으로 들어갔다. 처음에는 남쪽으로, 그러고 나서 동쪽으로, 다시 북쪽으로, 처음 보는 거리들에서 길을 잃고 어디로 가는지도 별로 신경 쓰지 않았다.

윈스턴이 일기장에 썼던 "만일 희망이 있다면 무산들에게 있다"는 말, 즉 불가사의한 진실이자 실질적 부조리에 대한 진술이 계속 생각났다. 한때 세인트팬크래스 역이었던 곳의 동북쪽으로 짐작되는 칙칙한 빈민가 어디쯤에 다다랐다. 자갈 포장길 옆으로 조그만 2층 주택들이 늘어서 있었고, 닳아 빠진 현관문은 곧장 길에 면해서 왠지 묘하게 쥐구멍을 연상시켰다. 길 여기저기 웅덩이가 패어 더러운 물이 고여 있었다. 어두컴컴한 현관문 안과 밖에도, 큰길에서 갈라져 들어간 좁은 골목에도 놀라울 만큼 사람이 북적였다. 조잡한 립스틱을 바른 한창때의 여자애들, 여자애들을 쫓아다니는 젊은이들, 여자애들이 10년 후 어떻게 되는가를 보여주는 살찐 여자들, 벌린 다리를 모으지도 못하고 질질 끌며 다니는 허리 굽은 노인들, 누더기를 입고 맨발로 웅덩이에서 놀다가 엄마의 화난 고함에 흩어지는 아이들. 건물에는 깨지거나 판자로 때운 창문이 4분의 1도 넘는 것 같았다. 대부분 사람들은 윈스턴을 신경 쓰지 않았지만 몇몇은 호기심이 섞인 경계의 눈초리를 보냈다. 앞치마를 입고 벽돌 같은 벌건 팔뚝으로 팔짱을 낀 거구의 여자 둘이 문간 밖에서 얘기하고 있었다. 지나가는 동안 대화 몇 토막이 들렸다.

"그래, 내가 그랬지. 다 맞는 말이야, 그랬지. 하지만 네가 내 처지였으면 나랑 똑같이 했을걸. 욕하기야 쉽지, 그랬지. 하지만 나랑 똑같은 문제는 아니잖아, 그랬어."

"아하" 하고 상대방이 대꾸했다. "그랬구먼. 그렇긴 하지."

꽥꽥대던 목소리가 갑자기 멈췄다. 윈스턴이 지나가자 여자들이 적의 어린 표정으로 가만히 그를 바라보았다. 하지만 꼭 적개심이랄 순 없고 그냥 낯선 동물 같은 것이 지나갈 때 일시적인 경계심으로 잠시 표정이 굳어진 것뿐이었다. 이런 거리에서 당의 푸른 작업복은 흔히 볼 수 없었기 때문이다. 꼭 해야 할 업무가 있는 것도 아닌데 그런 곳에서 얼쩡거린다는 게 현명한 행동은 아니었다. 순찰대와 마주치기라도 하면 검문을 당할 것이다. '신분증 좀 봅시다, 동무. 여기서 뭘 하고 있소? 직장은 몇 시에 끝났소? 원래 이 길로 집에 갑니까?' 하고 물어댈 것이다. 평소 안 다니던 길로 집에 가면 안 된다는 규칙은 없지만, 사상경찰한테 알려지면 주목을 끌기 충분했다.

갑자기 거리 전체가 술렁였다. 사방에서 경고의 외침이 들렸다. 사람들이 토끼처럼 잽싸게 집으로 뛰어 들어갔다. 윈스턴 바로 앞의 문에서 젊은 여자 하나가 뛰쳐나오더니, 웅덩이에서 놀고 있던 조그만 아이 하나를 잡아채 앞치마로 감싸듯 데리고 들어갔다. 눈 깜짝할 새 일어난 일이었다. 그와 동시에 구겨진 검은 정장을 입은 남자가 옆 골목에서 튀어나와 하늘을 가리키며 윈스턴을 향해 달려왔다.

"찜통이다!" 남자가 외쳤다. "조심해요, 나리! 폭탄이 떨어져요! 어서 엎드려요!"

'찜통'이란 무산들이 미사일 폭탄에 붙인 별명이었다. 윈스턴은 즉시 몸을 던져 엎드렸다. 무산들은 거의 틀림없이 이런 위험을 알아맞혔다. 미사일이 음속보다 빠른 속도로 날아올 텐데도 불구하고 수 초 앞서 감지해내는 본능 같은 게 있는 듯했다. 윈스턴은 팔로 머리를 꽉 감쌌다. 지축을 뒤흔드는 굉음에 이어, 등 위로 파편들이 우수수 떨어졌다. 일어나 보니 근처 창문들이 박살 나 있었다.

파편을 털어내고 가보았더니, 2백 미터 앞쪽 거리의 집들이 모두 파괴되고 검은 연기가 뭉게뭉게 하늘로 솟고 있었다. 그 아래 석회 먼지에 휩싸인 폐허 주위로 벌써 사람들이 모여들었다. 보도 앞쪽에 작은 석회 더미가 모여 있었고 그 가운데 선명한 빨간 부분이 보였다. 가까이 가보니 손목에서 잘린 사람의 손이었다. 피 묻은 부분을 제외하면 완벽하게 새하얘서 마치 석고 조각 같아 보였다.

윈스턴은 그 손을 차서 하수구로 넣고, 모인 사람들을 피해 오른쪽 샛길로 들어갔다. 3, 4분 만에 폭탄이 떨어졌던 지역에서 벗어나, 아무 일도 일어나지 않았던 것처럼 누추하고 복닥거리는 일상적 거리들로 다시 들어갔다. 거의 20시가 다 되었고 무산들이 자주 드나드는('펍'이라고 부르는) 주점은 손님들로 미어터졌다. 손때 묻은 여닫이문이 쉴 새 없이 밀쳐지며 소변과 시큼한 맥주와 톱밥 냄새가 훅 끼쳐왔다. 건물 정면 돌출부의 구석에 세 남자가 바싹 붙어 모여 있었다. 셋 중 가운데 선 남자가 신문을 접어 들고 있었고 나머지 둘은 어깨너머로 들여다보았다. 표정은 잘 안 보이는 거리였지만 셋 모두 꼼짝도 않고 열중해 신문을 보고 있다는 걸 알 수 있었다. 뭔가 중대한 기사를 읽고 있는 게 분명해 보였다. 윈스턴이 몇 발짝 앞까지 다가갔을 때, 셋은 문득 신문에서 고개를 들고 흩어지면서 그중 둘이 언쟁을 격하게 벌이기 시작했다. 금세 주먹다짐이라도 벌어질 듯했다.

"내 말 지겹게 안 듣지? 열네 달 동안 끝자리 7로 당첨된 게 하나도 없었다니까!"

"아냐, 있었어!"

"없었다니까! 내가 집에서 2년 넘게 몽땅 종이에다 적어 놨어. 매번 딱딱 적어놨다니까. 확실히 말하는데, 7로 끝난 숫자는……."

"아냐, 7로 당첨된 적 있어! 미친, 다른 숫자까지 기억난다고. 407, 그렇게 끝났어. 2월이었다고. 2월 둘째 주."

"2월이라고? 웃기고 있네! 내가 다 적어놨다니까. 분명히 7은……."

"아, 그만 좀 해!" 세 번째 남자가 말했다.

복권 얘기를 하는 거였다. 윈스턴은 30미터쯤 더 가다 뒤돌아보았다. 남자 셋은 여전히 흥분해 잔뜩 열을 올리며 다투고 있었다. 매주 엄청난 당첨금이 걸린 복권은 무산들이 진지한 관심을 보이는 유일한 공공 행사였다. 남은 생을 살아가는 유일한 이유가 되기도 할 정도로, 대다수의 무산에게 복권은 중요했다. 그들의 낙이자 한바탕 사건이었으며, 진통제이자 지적 자극제였다. 복권에 관해서라면 제대로 읽지도 쓰지도 못하는 사람들조차 복잡하기 짝이 없는 계산을 해내고 놀랍기 짝이 없는 기억술을 부릴 수 있는 듯했다. 당첨 번호를 예측하고 행운의 부적을 파는 등, 복권 관련 사업만으로 먹고사는 사람이 수두룩했다. 윈스턴은 복권 사업(풍요부의 일이었다)과는 관계없는 일에 종사했지만, 큰 당첨금이 거짓임을 알고 있었다. 실제로는 작은 당첨금들만 지불되고 큰 금액 당첨자는 존재하지 않는 사람들이라는 걸 모든 당원이 알고 있었다. 오세아니아 내에서도 지역들 간엔 진정한 정보 소통이 이루어지지 않는 상황에서, 조작하기 어려운 일도 아니었다.

하지만 희망이 있다면 그것은 무산들에게 있다. 우리는 그렇게 믿어야 한다. 말로는 그럴듯해 보였다. 하지만 실제 거리에서 사람들을 보게 되면, 그것은 신앙이 필요한 행위가 되었다. 윈스턴은 내리막길로 들어섰다. 왠지 전에 와본 동네 같았다. 멀지 않은 곳에 큰 도로가 있는 것 같았다. 앞쪽 어딘가에서 시끌시끌한 고함 소리가 들렸다. 길이 확 꺾이며 골목으로 쑥 들어가는 계단이 나타났다. 골목에서 노점상 몇이 시들해 보이는 채소를 팔고 있었다. 순간 윈스턴은 이곳이 어디인지 기억이 났다. 골목을 나가면 큰길이 나오고 그 길을 5분 좀 안 되게 가다가 꺾으면, 요즘 일기를 쓰는 공책을 산 골동품 상점이 나온다. 그리고 거기서 멀지 않은 조그만 문방구에서 펜대와 잉크를 샀었다.

윈스턴은 계단 위에서 잠시 멈췄다. 골목 저쪽 끝에 작고 지저분한 펍이 하나 있는데, 창문에는 김이 잔뜩 서린 것처럼 보였지만 실은 먼지가 뒤덮여 있는 것이었다. 그때 허리는 굽었지만 정정해 보이는 나이 든 노인이 펍의 문을 밀치고 들어가는 것이 보였다. 하얀 콧수염이 새우처럼 빳빳하게 휘어 있었다. 서서 보고 있던 윈스턴은 저 노인이 최소한 여든은 되었을 테니, 혁명이 일어났을 때 이미 중년이었을 거라는 생각이 퍼뜩 들었다. 저런 자들이 바로, 과거로 사라진 자본주의 세상을 기억하는, 몇 안 되는 마지막 연결 고리였다. 당 내에서도 혁명 이전에 사고가 형성된 사람은 많이 남아 있지 않았다. 나이 든 세대는 50년대와 60년대 대숙청기에 대부분 제거되었고, 살아남은 소수는 겁에 질려 오래전에 정신적으로 완전히 굴복해버렸다. 20세기 초의 상황에 대한 진짜 이야기를 들려줄 수 있는 사람이 남아 있다면 무산뿐이었다. 일기장에 옮겨 적었던 역사 교과서의 단락이 떠오르면서, 정신 나간 충동이 윈스턴을 사로잡았다. 펍으로 들어가 노인과 말을 튼 다음 질문을 하는 것이다. '어릴 때 얘기 좀 해주세요. 그때는 사는 게 어땠나요. 지금보다 나았나요, 나빴나요?'

꾸물거리다간 겁에 질려버릴까 봐, 윈스턴 스미스는 서둘러 계단을 내려가 골목을 지나갔다. 물론 미친 짓이었다. 늘 그렇듯, 무산들과 대화를 나누고 펍에 드나들지 말라는 규정이나 법은 없었지만, 너무나 눈에 띄는 유별난 행동이었다. 순찰대에 들키면 갑자기 현기증이 나서 그랬다고 둘러댈 수 있겠지만, 믿어줄 것 같진 않았다. 윈스턴은 술집 문을 열고 들어섰다. 시큼한 싸구려 맥주의 고약한 냄새가 훅 끼쳤다. 윈스턴이 들어서자 시끄럽던 목소리들이 확 낮아졌다. 푸른 작업복 차림을 일제히 쳐다보는 시선에 뒤가 따가웠다. 술집 저편에서 벌어지고 있던 다트 게임도 30초는 족히 중단되었다. 아까의 노인은 바에 서서, 매부리코에 덩치 크고 팔뚝이 거대한 젊은 바텐더와 입씨름을 하고 있었다. 주변에 둥글게 모인 사람들이 술잔을 들고 구경을 했다.

"내가 뭐 틀린 말 했나?" 노인이 어깨를 곧추세우며 물었다. "이런 우라지게 오래된 술집에 파인트 잔이 없다니?"

"그 미친 파인트라는 게 뭔데?" 바텐더가 손가락 끝으로 바를 집고 몸을 앞으로 내밀며 말했다.

"말버릇 하고는! 바텐더라는 놈이 파인트가 뭔지도 모르고! 파인트는 반 쿼트고 4쿼트는 1갤런이잖아. ABC부터 가르쳐줄까?"

"들어본 적 없어." 바텐더가 짧게 대꾸했다. "우린 1리터 아니면 반 리터뿐이야. 여기 선반에 술잔 보이잖아."

"난 파인트가 좋아." 노인이 고집을 부렸다. "그냥 파인트만큼만 따라주면 되지, 뭐 어렵다고. 우리 젊을 땐 우라질 리터 같은 건 없었어."

"노인네가 젊을 땐 다들 나무 위에서 살았겠지." 바텐더가 말하며 다른 손님들을 흘긋 보았다. 다들 와 웃음을 터뜨렸다. 윈스턴 때문에 불편해졌던 분위기는 사라졌고, 수염 난 노인의 얼굴이 붉게 달아올랐다. 노인이 투덜거리며 몸을 돌리다가 윈스턴에게 부딪혔다. 윈스턴이 부드럽게 그의 팔을 잡아 세웠다.

"제가 한잔 사도 될까요?" 하고 물었다.

"신사분이네." 노인이 대답하고 다시 어깨를 폈다. 윈스턴의 푸른 작업복은 못 본 모양이었다. "파인트!" 하고 노인이 바텐더에게 공격적으로 요구했다. "맥주 1파인트."

바텐더는 카운터 아래 양동이에서 두꺼운 유리잔을 행군 다음 짙은 갈색 맥주 반 리터 두 잔을 따랐다. 무산들의 펍에서는 맥주밖에 못 마셨다. 무산들은 진을 마시지 못하게 돼 있었지만 사실 진을 구하긴 쉬웠다. 다트 게임이 다시 시작되어 흥이 올랐다. 바 주변에 모여 있던 남자들이 복권 얘기를 시작했다. 윈스턴에 대해서는 잠시 잊은 듯했다. 창문 아래 자리가 있었는데, 도청 걱정 없이 얘기를 나눌 수 있을 듯했다. 끔찍하게 위험한 일이었지만 어쨌든 실내엔 텔레스크린이 없다는 걸 들어오자마자 확인해둔 터였다.

"파인트로 주면 좋잖아." 노인이 잔을 놓고 앉으며 투덜거렸다. "반 리터는 모자란다고. 성에 안 차. 1리터는 너무 많고.

오줌보에 발동이 걸리니까. 값도 비싸고."

"젊을 때랑 많이 달라졌죠?" 윈스턴이 조심스레 물었다.

마치 이 술집 안이 달라졌다는 것처럼, 노인의 하늘색 눈동자가 다트 판에서 바까지, 바에서 남자 화장실 문까지 훑어보았다. "맥주가 훨씬 좋았지." 노인이 뜸을 들이다 입을 열었다. "값도 쌌고! 내가 젊을 땐 '왈럽'이라고 부른 부드러운 맥주가 1파인트에 4펜스였어. 전쟁 전이었지, 물론."

"무슨 전쟁 전이었죠?" 윈스턴이 물었다.

"전부 다." 노인은 애매하게 대답했다. 잔을 들고 어깨를 다시 폈다. "자네 건강을 위하여!"

노인의 마른 목에 뾰족하게 불거진 목울대가 놀랍도록 빠르게 오르락내리락거렸고 맥주가 사라졌다. 윈스턴은 바로 가서 반 리터 맥주를 두 잔 더 가지고 왔다. 노인은 1리터를 다 마시는 데 거부감이 없어진 모양이었다.

"나이가 아주 많으시니까, 제가 태어날 때쯤엔 이미 어른이셨겠죠. 옛날엔 세상이 어땠는지 기억나요? 혁명 전에 말이에요. 내 또래 사람들은 실제가 어땠는지 모르거든요. 책에서 읽었을 뿐인데, 책에 있는 말은 사실이 아닐 수도 있으니까요. 그때 이야기를 듣고 싶네요. 역사책에서는 혁명 전의 삶이 지금과는 완전히 달랐다고 하던데요. 끔찍한 압제, 부당함, 가난이 상상도 할 수 없을 정도였다는군요. 여기 런던 사람 대다수는 태어나서부터 죽을 때까지 제대로 먹지도 못했대요. 그중 반은 신발도 못 신고요. 하루에 열두 시간 일을 하고, 아홉 살이면 학교를 그만둬야 했고, 한 방에서 열 명씩 자고. 반면에 극소수의 사람들, 겨우 몇천 명의 자본가들은 부와 권세를 누리며 소유할 수 있는 것은 모두 소유했고요. 커다란 멋진 집에 하인을 서른 명씩 거느리고, 자동차와 마차를 타고 다니고, 샴페인을 마시고, 실크해트를…….”

노인이 갑자기 표정이 밝아졌다. “실크해트! 여기서 그 얘기를 듣다니 신기하네. 왠지 모르게 어제 나도 그 생각을 했거든. 실크해트를 못 본 지 한참 됐구나 하는 생각이 들더라고. 아주 사라져버렸어. 내가 마지막으로 썼던 게 형수의 장례식에서였으니까, 그게…… 정확히는 기억 안 나도 50년은 됐을 거야. 물론 빌린 거였지만 말이야.”

“실크해트가 중요한 건 아닙니다.” 윈스턴이 답답하다는 듯 말했다. “중요한 건 자본가들이, 그리고 법률가나 성직자 등 그들에게 기생해 살던 사람들이, 당시 세상의 주인이었다는 거죠. 모든 게 그들을 위해 존재했으니까요. 우리 같은 평범한 사람들, 노동자들은 그들의 노예였죠. 그들 마음대로 취급했으니까요. 가축처럼 배에 실어 캐나다로 보내버릴 수도 있었고, 우리 같은 사람들의 딸도 마음대로 골라 잘 수 있었죠. ‘아홉 꼬리 고양이’라 불리는 채찍으로 매질 당하도록 명령할 수 있었죠. 자본가들이 지나가면 우린 모자를 벗어야 했고, 그들은 추종자들을 데리고 다녔는데…….”

노인은 다시 얼굴을 활짝 폈다. “추종자! 정말 오랜만에 들어보는 말이네. 추종자들! 옛날 생각이 나, 정말로, 아, 오래전이었네……. 일요일 오후면 이놈 저놈 연설하는 걸 들으러 하이드 파크에 가곤 했지. 구세군, 천주교, 유대인, 인도인, 온갖 놈들이 왔지. 그런데 한 놈은, 어, 이름은 모르겠는데, 대단한 연설을 했어. 다른 놈들은 반도 못 따라왔지! ‘추종자들!’에 대해서도 소리쳤어. ‘자본가의 하인들! 지배계급의 종복들!’ 기생충이라고도 했고, 하이에나, 거침없이 하이에나라고도 불렀지. 물론 노동당보고 한 말이었어.”

윈스턴은 노인과의 대화가 어긋나고 있다는 느낌이 들었다. “제가 정말 알고 싶은 건 이거예요. 그때보다 지금 더 자유를 누리고 있다고 생각하세요? 더 인간답게 대접받고 있다고 생각하나요? 그 옛날에는 부자들이, 높은 자리의 사람들이…….”

“귀족들 말이지?” 노인은 회상에 잠겨 말했다.

“그렇다고도 할 수 있죠. 제가 묻고 싶은 것은, 그런 사람들이 단순히 자기들은 부자고 어르신이 가난하다고 해서 열등한 존재로 취급할 수 있었느냐는 겁니다. 예를 들어 그들한테 ‘나리’라고 부르면서 모자를 벗어야 했던 게 사실인가요?"

노인은 깊은 생각에 잠긴 듯했다. 그는 맥주를 4분의 1정도 마시더니 대답했다. "그랬지. 모자에 손을 대야 했어. 존경의 표시 같은 걸로. 마음에 들진 않았지만, 나도 자주 그랬지. 그러지 않을 수 없었다고 봐야지."

"이런 일도 흔했나요?, 역사책에서 봤을 뿐입니다만, 자본가의 추종자들이 사람들을 길가로 밀쳐서 도랑에 빠뜨린다든가 하는 일이요."

"한 번 그런 일을 당했지. 어제 일처럼 생생해. 보트 경기날 밤이었는데, 그런 날은 거리가 아주 난장판이 되거든. 난 섀프츠베리가에서 웬 젊은 놈과 부딪혔는데, 꽤 신사 차림이더라고. 정장 셔츠에 실크해트를 쓰고 검은 외투를 입고 있었어. 갈지자로 비틀거리며 다니다가 결국 나랑 부딪힌 거지. '똑바로 보고 다녀!' 하더군. 나는 '이 길이 전부 네 것인 줄 알아?' 했지. 놈이 말했지. '건방지게…… 목을 비틀어버릴 테다.' 내가 말했지. '취했네. 당장 신고해버려야지.' 그랬더니 글쎄 놈이 날 확 밀쳐서 하마터면 버스 바퀴에 깔릴 뻔했어. 뭐 나도 그땐 젊을 때라 가만두지 않으려고 했는데……."

무력감이 윈스턴을 덮쳤다. 노인의 머릿속엔 쓰레기 더미 같은 사소한 기억뿐이었다. 종일 질문해봐도 제대로 된 정보를 들을 수 없을 터였다. 당의 역사책들은 어느 정도 사실일지도 모른다. 심지어 전적으로 사실일지도 모르는 것이다. 윈스턴은 마지막으로 한 번 더 시도해보기로 했다. "제가 질문을 제대로 못했는지도 모르겠군요. 제가 하려던 말은 이런 겁니다. 어르신은 매우 오랜 세월을 살아오지 않았습니까. 혁명 전에 이미 인생의 반을 살았죠. 가령 1925년에 이미 어른이었을 텐데, 그때 사는 게 지금보다 좋았는지 나빴는지, 기억나는 걸 좀 얘기해주시겠습니까? 만일 선택할 수 있다면 그때랑 지금이랑 어느 쪽에서 사는 게 좋을 것 같아요?"

노인은 명상에 잠기듯 다트 판을 바라보았다. 아까보다 천천히 맥주를 다 마셨다. 그리고 맥주 때문에 나른해진 듯 너그럽고 사려 깊은 태도로 입을 열었다. "무슨 말을 듣고 싶은지 알아. 젊은 시절로 돌아가고 싶다고 말할 거라 생각하지? 대부분의 사람이 그런 질문을 받으면 젊어지고 싶다고 하겠지. 젊을 땐 건강하고 기운도 세니까. 내 나이가 되면 상태가 좋을 수가 없지. 발도 뭔가 단단히 문제가 생겨 괴롭고, 오줌보는 아주 사달이 났어. 밤에 예닐곱 번을 일어나야 해. 반면에 늙어서 아주 좋은 점도 있어. 젊을 때 같은 고민들이 없어지거든. 여자 때문에 속 썩을 일 없는 것도 참 좋아. 믿을지 몰라도, 여자 없이 지낸 지 거의 30년은 된 것 같아. 원하지도 않고."

윈스턴은 물러나 앉아 창턱에 기댔다. 계속 물어봐야 소용없었다. 윈스턴이 맥주를 좀 더 사려는데, 노인이 벌떡 일어나더니 정신없이 저편의 냄새 나는 소변기로 비틀거리며 달려갔다. 반 리터 더 마신 맥주가 벌써 효과를 나타내는 모양이었다. 윈스턴은 빈 잔을 응시하며 잠시 앉아 있다가 자기도 모르게 밖으로 나왔다. 길어야 20년 후면 혁명 전이 지금보다 살기 좋았는가 하는 문제, 간단하고도 엄청난 질문에 영원히 대답할 수 없게 될 것이다. 하지만 지금도 사실상 답을 들을 수가 없었다. 드물게 보이는 과거의 생존자, 얼마 안 되는 그들마저 한 시대와 다른 시대를 비교할 능력이 없기 때문이다. 동료와 싸우고 잃어버린 자전거 공기 주입기를 찾아다닌 일과 오래전 죽은 누이의 얼굴 표정, 70년 전 어느 바람 불던 아침 일어났던 흙먼지 회오리 같은 수백 가지 쓸모없는 일들은 기억했지만 유의미한 사건들은 안중에도 없었다. 조그만 물체는 보면서 큰 물건은 보지 못하는 개미와 같았다. 그리고 그런 기억조차 사라지고 기록이 위조되고 나면, 검증 근거가 없어지고 앞으로 다시 생겨날 수도 없을 테니 인류의 생활환경이 증진되었다는 당의 주장은 믿을 수밖에 없게 될 것이었다.

그렇게 이어지던 상념이 퍼뜩 중단됐다. 윈스턴 스미스는 발을 멈추고 고개를 들었다. 주택들 사이로 작고 침침한 가게들이 드문드문 보이는 좁은 골목에 들어와 있었다. 머리 바로 위에 한때의 도금 칠이 벗겨진 색 바랜 금속 구슬 세 개가 걸려 있었다. 어디에 와 있는지 알 것 같았다. 당연히! 여기는 일기장을 샀던 골동품 상점 앞이었다.

윈스턴은 공포에 질렸다. 애초에 일기장을 산 것 자체가 충분히 경솔한 짓이었고 다시는 근처에도 오지 않으리라 결심을 했었다. 그럼에도 흘러가는 상념에 몸을 맡겨버린 순간 발길은 제멋대로 다시 이리로 향했던 것이다. 바로 이런 식의 자살 충동적 행동을 막을 수 있지 않을까 싶어 일기 쓰기를 시작했던 것이다. 동시에 윈스턴은 거의 21시가 되었는데 가게가 아직 열려 있다는 걸 깨달았다. 길가에서 어정거리는 것보다는 안으로 들어가는 것이 눈에 덜 띌 것 같아 윈스턴은 가게 안으로 들어갔다. 면도날을 사러 왔다고 둘러대면 될 터였다.

주인장이 기름 등불에 막 불을 붙여 매캐하지만 친숙한 냄새가 풍겼다. 그는 쇠약해 보이는 60대쯤 된 남자로, 구부정한 어깨에 넉넉하게 긴 코, 빙글빙글 도는 두꺼운 안경 너머 눈동자는 온화해 보였다. 머리는 거의 백발이었지만 눈썹은 아직 검고 짙었다. 안경을 썼고 점잖으면서도 깐깐해 보이는 행동거지, 게다가 낡은 검은 공단 재킷을 입고 있는 모습이 무슨 문인이나 음악가 같은 지적인 분위기를 풍겼다. 목소리는 바래가는 것처럼 가늘었고 말투는 대부분의 무산보다 덜 저속했다.

“밖에 있을 때부터 알아봤소.” 주인장이 곧바로 말을 걸었다. “그 아가씨의 유품 공책을 샀던 신사분 아니오. 아름다운 종이였지. 예전에는 ‘크림색 줄무늬 종이’라고 불렀지. 장담하는데, 생산이 끊긴 지 50년은 되는 물건이오.” 주인장은 안경 위로 윈스턴을 건너다보았다. “뭘 또 도와드릴까? 아니면 그냥 둘러보려고?”

“지나가던 길이었습니다.” 윈스턴은 애매하게 말했다. “그냥 들어와봤어요. 딱히 찾는 건 없고요.”

“오히려 잘됐네.” 주인장이 말했다. “손님이 좋아할 만한 물건은 없는 것 같으니.” 사과라도 하듯 부드러운 손을 내저으며 말했다. “보다시피 가게가 텅 빈 거나 다름없어요. 손님한테만 하는 말이지만, 골동품 장사는 이제 끝날 때가 됐어요. 사는 사람도 없고 팔 물건도 없고. 가구, 도자기, 유리 같은 것들은 조금씩 파손되고. 물론 금속으로 된 것들은 대부분 녹여버리니까. 놋쇠 촛대도 못 본 지 한참 됐소.”

좁은 가게 내부는 사실상 움직이기 불편할 정도로 물건이 가득 차 있었지만 조금이라도 값어치 있어 보이는 물건은 거의 없었다. 사방 벽에 먼지투성이 액자들이 수도 없이 쌓여 있어 더욱 여유 공간이 없었다. 진열장엔 나사못과 나사,

닳아빠진 끌, 날이 깨진 주머니칼, 가는 시늉조차 하고 있지 않은 녹슨 시계 등 자질구레한 고물이 담긴 쟁반들이 놓여 있었다. 옻칠한 담뱃갑, 마노 브로치 같은 그래도 흥미가 당길 만한 잡동사니들이 있는 곳은 한쪽에 놓인 작은 탁자뿐이었다. 그쪽으로 이끌려 간 윈스턴은 등불을 받아 부드럽게 빛나는 둥글고 매끄러운 물건이 눈에 띄어 집어 들었다.

그것은 묵직한 유리 덩어리로, 전체적으로 둥글고 바닥면만 납작해 거의 반구 모양이었다. 그런데 유리가 마치 빗물처럼 색이 은은하고 감촉이 부드러웠다. 덩어리 가운데에는 둥그런 유리 표면 때문에 확대돼 보이는, 처음 보는 울퉁불퉁한 분홍색 물체가 들어 있었는데, 장미나 말미잘 비슷했다.

"이게 뭐죠?" 윈스턴이 홀린 듯 물어보았다.

"산호라오." 노인이 말했다. "인도양에서 온 걸 거요. 예전에는 그런 식으로 유리에 박아 넣곤 했지. 백 년도 더 된 물건일걸. 모양으로 봐선 훨씬 더 됐는지도 모르지."

"아름답군요." 윈스턴이 말했다.

"아름답지." 노인도 진지하게 동의했다. "요즘에는 그런 게 별로 없지만." 그리고 기침을 했다. "자, 이렇게 됐으니 사고 싶으면 4달러만 내요. 저런 게 8파운드까지 나갔던 시절도 있었지. 8파운드면, 어, 계산은 잘 못하겠는데, 하여간 큰돈이었소. 하지만 요즘 세상에 누가 골동품에 관심이 있겠나,

몇 안 남은 진품이라고 해도 말이야."

윈스턴은 즉시 4달러를 건네고 이 탐나는 물건을 주머니에 집어넣었다. 물건의 아름다움보다는 이것이 품고 있는 듯한, 현재와는 아주 다른 시대의 분위기에 끌렸기 때문이다. 이렇게 은은한 색과 고운 감촉은 지금까지 보아온 그 어떤 유리와도 달랐다. 종이가 날아가지 않게 눌러두는 문진이 아니었을까 짐작해볼 순 있지만, 그냥 보기엔 쓸모라곤 없어 보여 더욱 매력적이었다. 주머니에 넣으니 아주 무거웠지만 다행히 그다지 불거지진 않았다. 당원이 가지고 있기엔 이상한, 심지어 의심을 받을 만한 물건이었다. 오래된 것, 더구나 아름다운 것은 일단 의심의 대상이 되었다. 노인은 4달러를 받고 눈에 띄게 기분이 좋아졌다. 윈스턴은 3달러나 2달러에도 살 수 있었다는 걸 깨달았다.

"위층에도 물건들이 있는데 한번 보시려오?" 노인이 말했다. "많진 않고 몇 점뿐이지만 올라가겠다면 불을 켜지."

등불을 하나 더 켜 들고 앞장선 허리 굽은 노인은 가파르고 닳아빠진 계단을 천천히 올라가 좁은 복도를 지나갔다. 들어간 방에선 거리 쪽이 아니라 자갈 깔린 안마당과 굴뚝 및 연통들이 내다보였다. 방 안에는 누가 들어와 살아도 될 것처럼 아직 가구들이 남아 있었다. 바닥에는 양탄자 한 장이 깔려 있고 벽에는 그림도 한두 점 걸렸으며, 벽난로 앞에는 허술한 안락의자가 아무렇게나 놓여 있었다. 벽난로 위에는 열두 시간 숫자판이 달린 구식 시계가 똑딱거리고 있었다. 창문 아래는 방의 거의 4분의 1을 차지한 거대한 침대에 매트리스도 그대로 놓여 있었다.

"아내가 죽기 전까지 같이 지내던 방이오." 노인이 변명하듯 말했다. "가구를 조금씩 팔고 있지. 저 마호가니 침대도 참 멋진데, 벌레를 없애기가 좀 힘들 거야."

노인이 등불을 높이 들어서 방 전체를 밝히자, 침침하지만 따스한 불빛에 비친 방 안이 이상하게 매력적으로 보였다. 위험을 무릅쓸 용기만 있으면 한 주에 몇 달러를 내고 빌릴 수도 있겠다는 생각이 윈스턴의 머릿속을 스쳐 지나갔다. 떠오르자마자 지워버려야 할 황당하고 불가능한 생각이었지만, 방의 모습은 윈스턴에게 일종의 향수, 조상 대대로의 기억 같은 것을 불러일으켰다. 이런 방에서 타오르는 벽난로에 주전자를 걸어두고, 그 앞 난간에 발을 올리고 안락의자에 앉아 있으면 어떤 느낌일지 정확히 알 수 있을 것 같았다. 완벽히 혼자서, 완벽히 안전하게, 아무도 지켜보지 않고, 쫓아다니는 목소리도 없고, 주전자의 보글거리는 소리와 다정하게 재깍거리는 시계 소리 이외는 들려오지 않는다면 말이다.

"텔레스크린이 없군요!" 윈스턴은 중얼거리지 않을 수 없었다.

"아, 나는 그런 건 가져본 적이 없어. 너무 비싸고, 별로 필요도 없는 것 같고. 저쪽 구석에 있는 접는 탁자 괜찮아요. 물론 제대로 쓰려면 경첩은 새로 달아야 하지만."

다른 쪽 구석에는 작은 책장이 있었다. 윈스턴은 벌써 끌려가듯 발을 옮기고 있었다. 형편없는 책들밖에 없었다. 다른 곳과 마찬가지로 무산 지역에서도 책을 찾아내 폐기하는 작업은 철저히 이루어졌던 것이다. 오세아니아 어느 곳에서도 1960년 이전에 인쇄된 책은 남아 있지 않은 게 분명했다. 노인은 등불을 들고 벽난로와 침대 맞은편 벽에 걸린 장미목 액자 앞에 서 있었다.

"저기, 옛날 그림에도 관심이 있으면……." 노인이 조심스레 입을 열었다.

윈스턴도 그리 가서 그림을 살펴보았다. 일종의 판화로, 네모난 창문이 있는 길쭉한 건물과 그 앞의 조그만 탑이 그려져 있었다. 건물 주위엔 울타리가 쳐져 있었고 후미에 동상 같은 게 서 있었다. 윈스턴은 잠시 쳐다보았다. 어렴풋이 낯이 익은 풍경이었지만 동상은 기억나지 않았다.

"액자가 벽에 박혀 있지만 떼어내드릴 수 있지." 노인이 말했다.

"저 건물 알아요." 윈스턴이 마침내 말했다. "지금은 무너졌지만. 법원 있는 거리 가운데 있었죠."

"맞아요. 재판소 근처에 있었지. 폭격을 당했지만. 아, 한참 전 일이네. 옛날엔 성당이었지. 성 클레멘트 데인스라고." 그러고 노인은 좀 엉뚱한 말을 하는 게 스스로도 멋쩍다는 듯 미소 지었다. "오렌지와 레몬이여, 성 클레멘트의 종이 노래하네!"

"그게 뭐죠?"

"아, '오렌지와 레몬이여, 성 클레멘트의 종이 노래하네'. 어릴 때 부르던 동요지. 그다음은 기억 안 나는데, 끝부분은 기억나요. '널 침대로 안내할 촛불이 오네, 네 머리를 잘라버릴 도끼가 오네.' 춤 같은 것도 있었지. 사람들이 팔을 들어 올리고, 그 아래로 지나가게 하다가 '네 머리를 잘라버릴 도끼가 오네' 부분이 되면 걸리는 사람을 잡는 거요. 그냥 성당 이름을 대는 거였지. 런던에 있는 성당들, 그러니까 대성당 이름들을 다 말이오."

윈스턴은 그림 속 성당이 몇 세기에 지어진 걸까 궁금해졌다. 런던 건물의 연도를 헤아리는 건 항상 어려웠다. 모든 크고 눈에 띄는 건물은, 특히 그럴듯하게 새것처럼 보이는 경우 무조건 혁명 이후 지어진 거라고 주장된 반면에, 예전 것임에 분명한 건물들은 '중세'라는 모호한 시대로 통칭되었다. 자본주의 시대는 아무 가치 있는 것도 생산하지 못한 세기로 간주되었다. 책뿐 아니라 건축물에서도 역사를 알 수 없다. 동상, 기념비나 비문, 거리 이름 등 혹시라도 과거에 대해 알려줄 수 있는 것들은 모두 체계적으로 변조돼나갔다.

"성당이었는지 몰랐네요." 윈스턴이 말했다.

"실은 남아 있는 건물이 많아." 노인이 말했다. "지금은 다른 데 쓰고 있어서 그렇지. 그건 그렇고, 가사가 어떻게 되더라? 아! 생각났다! 오렌지와 레몬이여, 성 클레멘트의 종이 노래하네. 넌 나에게 3파딩을 빚졌지. 성 마틴의 종이 노래하네. 자, 내가 기억나는 건 여기까지야. 파딩은 조그만 구리 동전이었는데, 센트랑 비슷하게 생겼지."

"성 마틴은 어디 있었죠?" 윈스턴이 물었다.

"성 마틴? 지금도 있어요. 빅토리 광장 미술관 옆에. 높은 계단을 올라가서 기둥들이 있고 정문이 세모난 건물이지."

윈스턴은 그 건물을 잘 알고 있었다. 지금은 박물관으로 사용되며 축소 모형 미사일과 해상 요새, 적의 만행을 재현한 밀랍 인형 등 다양한 선전물을 전시했다.

"들판의 성 마틴 성당이라고 불렀지." 노인이 보충 설명했다. "그 부근에 들판이라곤 없었던 것 같지만."

윈스턴은 그림을 사지 않았다. 유리 문진보다도 더 눈에 띄는 이상한 물건이었고, 액자에서 꺼내면 모를까, 집으로 가져갈 수도 없었다. 하지만 잠시 더 그림 앞에서 시간을 끌며 노인과 이야기를 나누었고, 가게 앞 간판에 써 있는 '윅스'가 노인의 이름일 거라고 짐작했지만 실은 '채링턴'이라는 것을 알게 되었다. 채링턴 씨는 예순세 살의 홀아비로 이 가게에서 30년을 살았다. 30년 내내 간판의 이름을 바꾸어야지 생각했지만 결국 실행에 옮기질 못했다. 대화를 나누는 내내, 제대로 되살려내지도 못한 노래 가사가 윈스턴의 머리에 자꾸 떠올랐다. 오렌지와 레몬이여, 성 클레멘트 성당의 종이 노래하네, 넌 나에게 3파딩을 빚졌지, 성 마틴의 종이 노래하네! 이상하게도 그렇게 읊조리고 있으면 실제 종소리가 들려오는 듯했다. 잃어버린 런던의 종들이 잊힌 채 여전히 어딘가에 숨어 존재하는 듯했다. 여기저기서 유령이 된 종탑들이 울리는 소리가 들리는 듯했다. 그러나 윈스턴이 기억하는 한 자신이 성당 종소리를 실제로 들어본 적은 없었다.

윈스턴은 채링턴 씨와 인사하고 계단을 혼자 내려갔다. 가게를 나서기 전에 거리를 확인하는 모습을 보여주고 싶지 않았기 때문이다. 시간이 좀 지난 다음, 한 달 정도 있다가 다시 오고 말겠다고 이미 마음을 먹은 상태였다. 어차피 저녁 모임에 빠진 것보다 더 위험할 것도 없다는 생각이었다. 애초에 믿을 만한 가게인지도 모르면서 일기장을 사고, 게

다가 다시 돌아온 자체가 심각하게 어리석은 짓이었다. 하지만……!

그렇다, 또 올 것이다, 하고 윈스턴은 거듭 생각했다. 아름다운 폐물들을 더 살 것이다. 성 클레멘트 데인스 판화를 사고 액자에서 꺼낸 다음, 외투 속에 숨겨 집으로 가져올 것이다. 채링턴 씨 기억 속에서 나머지 가사를 끄집어낼 것이다. 심지어 위층 방을 빌린다는 정신 나간 계획도 잠깐 또다시 머릿속을 스쳐 지나갔다. 그러면서 윈스턴은 흥에 겨워 약 5초쯤 방심했고, 밖을 제대로 살펴보지 않은 채 거리로 나왔다. 심지어 자기도 모르게 노래까지 흥얼거렸다.

> 오렌지와 레몬이여, 성 클레멘트의 종이 노래하네,
>
> 넌 나에게 3파딩을 빚졌지, 성 마…….

갑자기 심장이 얼어붙고 창자가 쏟아져 내리는 듯했다. 푸른 작업복을 입은 사람이 10미터도 안 되는 곳에서 오고 있었다. 창작국에서 근무하는 검은 머리 여자였다. 어두워지고 있었지만 못 알아볼 수는 없었다. 여자는 윈스턴을 똑바로 바라보더니, 모르는 사람처럼 그냥 빠른 걸음으로 지나가버렸다.

윈스턴은 몇 초 동안 온몸이 굳어 꼼짝도 못하고 있다가 오른쪽으로 몸을 돌려 무거운 발걸음을 떼어놓기 시작했다. 너무 놀라 반대 반향으로 가고 있는 줄도 알아차리지 못했다. 아무튼 의문 하나는 풀렸다. 그녀가 윈스턴을 감시하고 있었다는 데는 의심의 여지가 없다. 여기까지 따라온 것이다. 그렇지 않고서야 하필이면 오늘 저녁에, 당원들이 사는 지역에서 수 킬로미터 떨어진 변두리 뒷골목에서, 순전히 우연히 마주칠 리가 없었다. 정말 사상경찰이든, 그냥 주제넘게 나선 초보자이든, 그런 것은 중요하지 않았다. 윈스턴을 지켜보고 있었다는 것으로 충분했다. 펍에 들어가는 모습도 보았을 터였다.

걷기가 힘들었다. 걸음을 옮길 때마다 주머니에 든 유리 덩어리가 허벅지에 부딪히는 바람에 꺼내서 버릴까 하는 생각까지 들었다. 설상가상 배까지 아팠다. 빨리 화장실을 찾지 못하면 죽을 것 같았다. 하지만 이런 동네에 공중화장실이 있을 리 없었다. 그러다 경련은 가라앉았지만 묵직한 통증은 계속됐다.

거리가 막다른 골목에 다다랐다. 윈스턴은 잠시 멈춰서 우두커니 어떻게 할까 생각하다가, 왔던 길로 되돌아가기 시작했다. 돌아서자마자 번득 든 생각은, 그 여자와 마주친 게 겨우 3분 전이니 뛰어가면 따라잡을 수 있다는 것이었다. 계속 따라가다가 조용한 곳이 나오면 돌 같은 것으로 머리를 후려치면 된다. 주머니에 든 유리 뭉치도 묵직한 게 괜찮았다. 하지만 윈스턴은 그 생각을 바로 포기할 수밖에 없었다. 육체적으로 힘을 쓴다는 생각만으로도 너무 힘이 들었다. 뛸 수도, 후려칠 수도 없을 터였다. 더구나 젊고 튼튼한 여자니 만만히 당하고 있지는 않을 터였다. 그리고 또 빨리 달려가서 저녁 모임이 끝날 때까지 남아 있으면 상황을 모면할 수도 있지 않을까 하는 생각이 들었다. 그러나 그것 역시 불가능해 보였다. 지독한 피로감이 엄습했다. 그저 얼른 집에 가서 조용히 쉬고 싶었다.

집에 돌아온 것은 22시가 지나서였다. 23시 30분에는 불이 꺼지게 돼 있었다. 윈스턴은 주방으로 가서 빅토리 진을 거의 찻잔 가득 따라 삼켰다. 그러고 나서 구석 자리 책상으로 가 앉아서 서랍 속 일기를 꺼냈다. 하지만 바로 펴지는 않았다. 텔레스크린에서는 거슬리는 여자 목소리가 애국적인 노래를 꽥꽥대고 있었다. 윈스턴은 앉아서 일기장의 대리석 무늬 표지를 노려보며 머릿속에서 노랫소리를 몰아내려 애썼지만 잘되지 않았다.

그들은 밤에 잡으러 왔다. 늘 밤이었다. 잡히기 전에 자살하는 편이 나았다. 분명 그렇게 하는 사람도 있었다. 많은 실종자가 사실 자살한 것이었다. 하지만 총기도, 빠르고 확실한 독약도 전혀 구할 수가 없는 세상에서 자살을 하려면 막판의 용기가 필요했다. 윈스턴은 문득 고통과 공포가 생물학적으로 참 쓸모없는 감정이라는 생각이 들어 좀 놀랐다. 특별히 힘이 필요한 바로 그 순간 몸을 사로잡아 무기력한 상태에 빠트리는 배신자 같았다. 신속한 행동이 가능했다면 검은 머리 여자를 막을 수 있었을 것이다. 하지만 극한의 위험에 처하자 윈스턴은 오히려 움직일 힘을 잃어버렸다. 위기의 순간 싸워야 할 적은 외부에 있는 것이 아니라 언제나 자신의 몸이었다. 심지어 지금도, 술을 마셨음에도 불구하고 배 속의 무딘 통증 때문에 생각이 차분히 이어지지 못하고 자꾸 끊겼다. 영웅적이거나 비극적으로 보이는 상황들의 경우에도 마찬가지일 터였다. 전쟁터에서, 고문실에서, 가라앉는 배에서, 우리는 무엇을 위해 싸우고 있었는지 잊어버리고 육체만이 한없이 팽창해 우주를 가득 채우며, 겁에 질려 굳어버리거나 고통에 울부짖고 있지 않을 때도 삶은 매 순간의 허기, 추위, 불면, 혹은 속쓰림이나 치통과의 싸움인 것이다.

윈스턴 스미스는 일기를 폈다. 뭐라도 쓰는 것이 중요했다. 텔레스크린의 여자는 새로운 노래를 시작했다. 목소리가 비죽비죽한 유리 파편들처럼 날아와 뇌에 박히는 듯했다. 윈스턴은 일기의 대상, 수신자인 오브라이언에 대해 생각하려 애썼지만, 대신 사상경찰에 끌려가서 당할 일이 떠올랐다. 바로 죽여버리면 상관없다. 죽음은 예상하고 있으니까. 하지만 죽기 전에 (아무도 말은 안 하지만 모두 알고 있는) 거쳐야 하는 실토의 과정이 기다리고 있다. 뼈가 부러지고 이가 나가고 머리에는 피가 엉긴 채 바닥을 벌벌 기며 자비를 베풀어달라고 비명을 지르게 될 것이다. 어차피 결말은 같다면 왜 이런 일을 견뎌야 하는가? 며칠 혹은 몇 주 일찍 목숨을 끊으면 왜 안 되나? 감시를 빠져나간 사람도 없었고 자백을 안 한 사람도 없다. 일단 사상범죄로 걸리면 조만간 죽게 될 것이 분명했다. 그렇다면 왜 공포에 질려 꼼짝 못한 채 아무것도 바뀌지 않는 미래를 맞이해야 하는가?

윈스턴은 다시 한번 정신을 가다듬고 오브라이언에 대한 꿈을 떠올려보았다. "어둠이 없는 곳에서 다시 만나자"라고 그는 말했다. 윈스턴은 그 말이 무슨 뜻인지 알 것 같았다. 알 것 같은 생각이 들었다. "어둠이 없는 곳"이란 상상 속의 미래, 한 번도 본 적은 없지만 예견할 수 있고 신비로운 방식으로 다른 이와 공유할 수도 있는 그런 장소였다. 하지만 텔레스크린에서 나오는 목소리가 신경을 긁어대는 지금은 더 이상 생각을 이어나갈 수 없었다. 윈스턴은 담배를 물었다. 반은 되는 담뱃가루가 곧장 입속으로 새어버려 쓴맛이 혀에 들러붙었고, 뱉어도 잘 떨어지지 않았다. 오브라이언의 얼굴 대신 빅 브라더의 얼굴이 머릿속을 비집고 들어왔다. 며칠 전에 그랬던 것처럼 주머니에서 동전 하나를 꺼내 들여다보았다. 믿음직하고 침착하고 위엄 있는 얼굴이 윈스턴을 마주 올려다보았다. 저 검은 수염 속에 어떤 종류의 미소가 숨겨져 있을까? 불길한 장례식 종소리처럼 문구들이 다시 생각났다.

전쟁이 평화다
자유는 억압이다
무지가 힘이다

2부

1

오전이 반쯤 지났을 때 윈스턴은 화장실에 가려고 사무실을 나왔다.

불이 환한 긴 복도 저편에서 한 사람이 걸어오고 있었다. 검은 머리 여자였다. 골동품 상점 앞에서 마주친 지 4일이 지났다. 가까이서 보니 그녀는 목에 걸린 삼각건으로 오른팔을 감싸고 있었다. 작업복과 같은 색이어서 멀리서는 눈에 띄지 않았던 것이다. 소설의 개요를 만드는 커다란 만화경을 돌리다가 손을 찧은 듯했다. 창작국에서는 흔한 사고였다. 4미터쯤 가까워졌을 때 여자가 비틀거리더니 그대로 고꾸라졌다. 고통스러운 비명이 터져 나오는 것을 보니 다친 팔이 깔린 듯했다. 윈스턴은 우뚝 멈춰 섰고, 여자는 무릎을 꿇은 상태로 몸을 일으켰다. 얼굴이 하얗게 질려 입이 더욱 빨갛게 두드러져 보였다. 윈스턴과 눈이 마주치자 통증보다는 두려움에 가까운 표정을 지으며 호소하듯 그를 바라보았다. 이상한 감정이 윈스턴의 마음을 휘저었다. 바로 앞에 자신을 죽이려 했던 적군이 있었다. 또한 그것은 뼈가 부러진 고통을 겪고 있는 사람이기도 했다. 윈스턴은 벌써 본능적으로 그녀를 도와주러 가고 있었다. 그녀의 붕대 감은 팔이 깔리며 쓰러지는 모습을 본 순간 윈스턴 자신의 몸에서도 통증이 느껴지는 듯했다.

"다쳤어요?" 윈스턴이 물었다.

"아녜요. 팔 때문에. 좀 있으면 괜찮을 거예요." 그녀는 심장이 떨리는 듯 대답했다. 낯빛이 정말 창백했다.

"부러진 거 아니에요?"

"아뇨, 괜찮아요. 약간 아픈 것뿐이에요." 여자는 다치지 않은 쪽 손을 내밀었고 윈스턴은 그녀를 도와 일으켰다. 혈색이 좀 돌아오자 훨씬 나아 보였다. "괜찮아요." 여자는 짧게 되풀이 말했다. "손목을 좀 부딪친 것뿐이에요. 고마워요, 동무!"

그러고서 여자는 정말 아무 일도 아니었다는 듯 씩씩하게 가던 쪽으로 걸어 가버렸다. 이 모든 일이 30초도 되지 않는 시간 동안 일어났다. 얼굴에 감정을 드러내지 않는 습관은 본능의 경지가 되었고, 더구나 그때 둘은 바로 텔레스크린 앞에 있었다. 그럼에도 불구하고 순간적이나마 놀란 표정을 지어 보이지 않을 수 없었던 것이, 그녀를 도와서 일으켜주는 2, 3초 사이에 그녀가 뭔가를 손안에 몰래 건네주었기 때문이다. 틀림없이 일부러 넘어진 것이었다. 조그맣고 납작한 무언가였다. 윈스턴은 화장실 문을 열고 들어가면서 손을 주머니 속에 집어넣었고 손끝으로 더듬어보았다. 네모나게 접은 종이였다. 소변기 앞에 서 있는 동안 손가락을 꼼지락거려 간신히 쪽지를 폈다. 뭔가 써 있을 게 분명했다. 당장이라도 화장실 칸으로 들어가 읽고 싶었지만, 말도 안 되게 어리석은 짓임을 잘 알고 있었다. 그곳만큼 텔레스크린이 확실하게 지속적으로 지켜보고 있는 장소도 없었다. 윈스턴은 자리로 돌아와 앉은 다음 종잇조각을 아무렇지 않게 책상 위 다른 서류들 사이로 던져둔 다음, 안경을 쓰고 '말쓰기'를 끌어당겼다. '5분.' 하고 윈스턴은 생각했다. '최소한 5분은 기다리자.' 심장이 무섭도록 쿵쿵거리며 가슴 밖으로 튀어나올 것 같았다. 다행히 지금 처리하고 있는 일은 늘 하던 종류로, 긴 수치 목록을 수정하면 돼서 그다지 정신을 집중하지 않아도 괜찮았다.

쪽지에 무슨 말이 쓰여 있는지 몰라도, 모종의 정치적 목적이 담겨 있을 터였다. 윈스턴이 예상하기엔 두 가지 가능성이 있었다. 하나는 두려워했던 대로 그 여자가 사상경찰이라는 것인데, 그럴 가능성이 컸다. 사상경찰이 왜 이런 방식으로 메시지를 전하는지 알 수 없지만 나름대로 이유가 있을 것이다. 쪽지에는 경고, 소환, 자살 명령, 함정을 놓는 말 등이 쓰여 있을 수 있었다. 하지만 또 다른 가능성이, 턱도 없다고 생각해 애써 무시해버리려 해도 자꾸 떠오르는 기대감이 있었다. 즉 어떤 지하 조직으로부터 온 전언일 가능성 말이다. 형제단이 정말 존재했던 것이다! 그 여자도 일원이었던 것이다! 물론 황당무계한 생각이었지만, 손안에 쪽지가 들어온 것을 느낀 순간엔 그 생각부터 떠올랐다. 몇 분 지나고 나서야 훨씬 현실적인 가능성을 떠올렸다. 이성적으로는 죽음의 전언일 거라 짐작하는 지금도 윈스턴은 끈질기게 허황된 희망을 버리지 못하고, 두근거리는 가슴을 안고 떨리는 목소리를 가라앉히려 노력하며, '말쓰기'에 대고 숫자들을 읊었다. 수정을 마친 서류들을 돌돌 말아 전송관에 넣었다. 8분이 지나갔다. 윈스턴은 안경을 고쳐 쓰고 심호흡을 하고 다음 일거리와 함께 그 위에 놓인 쪽지를 앞으로 가져왔다. 펴보았다. 쪽지에는 서툰 손글씨가 커다랗게 쓰여 있었다.

당신을 사랑해.

윈스턴은 너무 놀라 한동안 멍하니 있다가, 간신히 정신을 차리고 불법 쪽지를 '기억 구멍'에 던져 넣었다. 하지만 너무 관심을 보이면 위험하다는 것을 잘 알면서도 던져 넣기 전에 다시 한번 읽어보지 않고는 못 배겼다. 제대로 본 건지 믿을 수가 없었기 때문이다.

남은 오전 시간 동안 일을 하기가 너무 힘들었다. 계속되는 자질구레한 작업들에 정신을 집중하기보다 더욱 힘들었던 부분은 텔레스크린 앞에서 마음의 동요를 감추는 것이었다. 배 속에서 불이 이는 듯했다. 덥고 시끄럽고 붐비는 식당에서 먹는 점심도 고문이었다. 점심 먹는 동안이라도 혼자 있고 싶었지만, 운수가 나쁘려니 멍청한 파슨스가 옆자리에 털썩 앉아 시큼한 스튜 냄새는 저리 가라 할 만큼 독한 땀내를 풍기며 증오 주간 준비 사항에 대해 쉬지도 않고 떠들었다. 특히나 딸아이가 감시단에서 종이죽으로 만드는 2미터 폭의 빅 브라더 머리 모형에 대해 열을 냈다. 주위의 시끄러운 목소리들 때문에 파슨스의 그 한심한 말이 잘 들리질 않아 계속 다시 말해달라고 요청해야 했기에 더 짜증이 났다. 그 여자의 모습은 딱 한 번, 식당 저편 끝에 다른 두 여자와 앉아 있는 것을 얼핏 보았다. 그녀는 윈스턴을 보지 못한 듯했고, 윈스턴도 그쪽을 다시 보지 않았다.

오후는 그래도 견딜 만했다. 점심을 먹고 바로 섬세하고 까다로운 업무가 할당돼, 몇 시간을 잡아먹고 다른 일은 모두 미뤄야 했다. 총애를 잃은 어느 고위 내부당원을 비판할 수 있도록 2년 전 생산 보고서들을 조작하는 일이었다. 윈스턴이 능숙하게 다룰 줄 아는 일이어서 두 시간 이상 그 여자 생각을 머릿속에서 성공적으로 떨쳐낼 수 있었다. 그러고 나자 그녀의 얼굴이 다시 떠올랐고, 이와 함께 혼자 있고 싶다는 갈망이 참을 수 없이 밀려왔다. 혼자가 된 후에나 이 새로운 사태에 대해 생각을 좀 해볼 수 있을 듯했다. 오늘도 저녁 모임에 가야 했다. 또 식당에서 맛없는 식사를 우걱우걱 먹고 서둘러 커뮤니티 센터로 가서 '집단 토론'이라는 엄숙한 헛짓에 참석했고 탁구 두 판을 친 다음 술을 몇 잔 들이켜고 30분 동안 '체스 안의 영사'라는 제목의 강연을 들으며 앉아 있었다. 윈스턴은 지루함에 온몸이 뒤틀렸지만 오늘만큼은 저녁 모임에 빠지고 싶은 충동이 일어나지 않았다. 쪽지에 적힌 사랑한다는 말을 보는 순간 살고 싶은 욕망이 저 속에서부터 솟아올랐고, 갑자기 사소한 위험에라도 노출되는 일이 어리석게 느껴졌다. 윈스턴은 23시가 돼서야 집으로 돌아와 잠자리에 들었고, 소리만 내지 않으면 텔레스크린의 감시로부터도 자유로운 어둠 속에서 그제야 방해

받지 않고 생각에 잠길 수 있었다.

해결해야 할 문제는 그녀에게 어떻게 연락을 해서 만날 약속을 잡느냐 하는 점이었다. 함정일 가능성은 더 이상 고려 대상이 아니었다. 쪽지를 건네줄 때 누가 봐도 어쩔 줄 몰라 하던 표정으로 볼 때 함정일 리 없었다. 겁에 질려 제정신이 아니었고 그러는 것도 당연했다. 그녀의 접근을 거절할 생각은 조금도 없었다. 불과 5일 전만 해도 그녀의 머리를 돌로 부술 궁리를 했던 그였지만 그런 건 중요하지 않았다. 윈스턴은 꿈에서 보았던 벌거벗은 젊은 몸을 상상했다. 그녀도 다른 이들과 마찬가지로 바보에다가 머리엔 허위와 증오가 가득 차 있고 심장은 얼음처럼 싸늘할 거라고 짐작했지만, 그 하얀 젊은 육체를 놓쳐버릴지도 모른다는 생각을 하면 속이 끓었다! 빨리 조치하지 않으면 여자가 그냥 마음을 바꿔버릴 수도 있다는 점이 그 무엇보다 두려웠다. 그러나 직접 만나기까지 넘어야 할 어려움이 너무 컸다. 마치 체스에서 장군을 받은 다음 말을 움직이려 하는 것 같았다. 어디로 움직이든 텔레스크린이 버티고 있었다. 사실 쪽지를 읽는 순간, 그로부터 5분도 안 돼 온갖 연락 방법이 머릿속에 떠올랐었다. 이제 차분히 생각할 시간이 생겼으니 탁자 위에 도구들을 하나하나 늘어놓듯 머릿속에서 정리해 보기 시작했다.

또다시 오늘 아침처럼 만나서는 분명 안 된다. 그녀가 기록국에서 일했으면 그래도 좀 쉬웠을 텐데, 윈스턴으로서는 창작국이 진실부 건물 어디에 있는지도 확실치 않았을 뿐더러 거기 갈 구실도 없었다. 그녀가 사는 곳을 알고 언제 퇴근하는지 안다면 귀갓길 중간에 만날 궁리를 해볼 수도 있지만, 퇴근 때 따라가는 것은 안전하지 못했다. 기다리면서 진실부 부근에서 얼쩡대다가는 눈에 띌 게 뻔했다. 편지를 보내는 것도 생각할 수 없었다. 모든 편지는 배달 중간에 으레 개봉되었고, 그 사실은 비밀조차 아니었다. 사실 이제 편지를 쓰는 사람도 거의 없었다. 간혹 전언을 보낼 일이 생기면 예시 문장이 죽 인쇄된 엽서가 있어서 필요 없는 부분을 지우면 되었다. 어쨌거나 윈스턴은 그녀의 주소는 고사하고 이름도 몰랐다. 결국 제일 안전한 장소는 식당이라고 결론지었다. 그녀가 텔레스크린에서 좀 떨어진 식당 중간쯤에 혼자 앉아 있는 경우, 주변 소음이 충분하다면, 한 30초 정도는 몇 마디 나눌 수 있을 것이다.

윈스턴은 그 후 일주일을 뒤숭숭한 꿈을 꾸는 사람처럼 보냈다. 다음 날은 호각이 울려 윈스턴이 식당을 떠나려고 할 때에야 여자가 나타났다. 다음번 식사로 교대조가 바뀐 듯했다. 서로 눈길 한 번 주지 않고 지나쳐 갔다. 그다음 날은 평소처럼 식당에 와 있었지만 다른 여자 셋과 함께였고 텔레스크린 바로 아래 앉았다. 그러고 나서 3일 동안은 전혀 보이질 않는 끔찍한 나날이 이어졌다. 몸과 정신이 모두 참을 수 없을 정도로 예민해져 마치 반투명한 사람이 된 것처럼, 모든 동작, 모든 소리, 모든 만남, 모든 말이 듣기도, 하기도 고통스러울 정도였다. 자면서도 그녀의 모습이 자꾸 떠올랐다. 그러는 동안은 일기장도 다시 펼치지 못했다. 그나마 위안을 얻을 수 있었던 것은 일 속에서였다. 일을 하는 동안은 10분 남짓이나마 모든 것을 잊고 몰두할 때도 있었다. 그녀가 왜 보이지 않는지 짐작조차 할 수 없었다. 어디 물어볼 수도 없었다. 증발됐을 수도 있고, 자살했을 수도 있고, 오세아니아 변경으로 전근 갔을 수도 있었다. 가장 그럼직하면서도 최악인 상황은, 그냥 생각이 바뀌어 윈스턴을 피하는 것이었다.

다음 날 그녀가 다시 나타났다. 팔에선 붕대를 풀고 대신 손목에 반창고를 붙이고 있었다. 너무나 마음이 놓인 윈스턴은 몇 초간이나 그녀에게서 눈을 돌리지 못했다. 그다음 날은 말을 거는 데 거의 성공할 뻔 했다. 식당으로 들어서니 그녀가 벽에서 꽤 떨어진 자리에 거의 혼자 앉아 있었다. 아직 시간이 일러서 식당에 사람이 다 차지 않았다. 줄이 조금씩 앞으로 움직이다가 윈스턴이 거의 배식대에 왔을 때, 앞쪽 누가 사카린 정제를 받지 못했다고 항의하는 바람에 2분

정도 지체되었다. 윈스턴이 겨우 식판을 받아 그녀가 있는 자리 쪽으로 가기 시작했을 때도 여전히 혼자였다. 심상하게 그쪽으로 걸어가면서 근처에 다른 자리를 찾아보았다. 3미터 정도 앞까지 다가갔다. 이제 2초면 된다. 그때 뒤에서 누가 윈스턴을 불렀다. "스미스!" 윈스턴은 못 들은 척했다. "스미스!" 더 크게 또 불렀다. 하는 수 없었다. 윈스턴은 돌아섰다. 금발의 실없는 젊은이, 윌셔라는 이름 말고는 잘 알지도 못하는 남자가 미소를 지으며 자기 테이블의 빈자리를 가리키고 있었다. 거절할 수가 없었다. 누가 부르는데 가지 않고 혼자 있는 여자 옆에 앉을 수는 없는 노릇이었다. 이목이 집중될 터였다. 윈스턴은 상냥한 미소를 지으며 가서 앉았다. 멍청한 금발 녀석도 실실거리며 맞아주었다. 그 얼굴 한복판에 도끼를 내리찍는 상상을 해보았다. 몇 분 지나자 그녀의 테이블도 자리가 다 찼다.

하지만 윈스턴이 자기를 향해 오는 모습을 그녀도 보았고, 어쩌려는지 눈치를 챘을 것이었다. 다음 날 윈스턴은 식당에 일찍 가려고 서둘렀다. 아니나 다를까 그녀는 어제와 거의 같은 자리에 앉아 있었고 또 혼자였다. 배식 줄에서 윈스턴 바로 앞에 서 있는 사람은 작고 몸놀림이 날랜, 딱정벌레같이 생긴 남자로 밋밋한 얼굴에 조그맣고 의심 많은 눈을 하고 있었다. 윈스턴이 배식대에서 음식을 받아 몸을 돌리는데, 앞에 있던 조그만 남자도 곧장 그 여자의 테이블 쪽으로 가고 있었다. 윈스턴은 기운이 쭉 빠졌다. 다른 테이블에도 빈자리가 있었지만 왠지 저 남자는 자기 편의를 십분 좇아 가장 많이 비어 있는 테이블을 선택할 듯한 인상이었다. 속이 쓰렸지만 윈스턴도 그 뒤를 따라갔다. 단둘이 있을 수 없으면 같이 앉아도 말을 해볼 수 없었다. 그런데 순간 와장창 소리가 요란하게 나면서 조그만 남자가 엎어지고 식판은 날아가, 수프와 커피가 바닥에 긴 자국을 남기며 쏟아졌다. 남자는 벌떡 일어나더니 윈스턴이 발을 걸었다고 의심하는 듯 사납게 흘겨보았다. 하지만 상관없었다. 5초 후에는 심장이 터질 듯 두근거리는 가운데 윈스턴이 그 테이블에 앉았다.

윈스턴은 그녀를 쳐다보지 않았다. 식판을 놓고 바로 먹기 시작했다. 누가 또 오기 전에 얼른 말을 걸어야 했지만 극심한 두려움이 윈스턴을 사로잡아버렸다. 여자가 윈스턴에게 쪽지를 전한 지 일주일이 지났다. 마음이 바뀌었는지도 몰랐다. 분명 바뀌었을 것이다! 이런 일탈이 성공적으로 끝나기는 불가능했다. 그런 일은 현실에서 일어나지 않는다. 그때 앰플포스, 귀에 털이 많은 시인이 식판을 들고 자리를 찾아 우왕좌왕하는 모습을 보지 못했더라면, 그대로 움츠러들어 아무 말도 못 걸었을지도 모른다. 앰플포스는 윈스턴에게 막연한 호감이 있으니 그들의 테이블을 보면 분명 와서 앉을 터였다. 행동을 취할 시간이 1분 남짓밖에 남지 않았다. 윈스턴과 그녀는 계속 먹고 있었다. 실상 수프인 묽은 강낭콩 스튜를 먹으며 윈스턴이 나직하게 중얼거리기 시작했다. 둘 다 고개도 들지 않고 꾸준한 숟가락질로 멀건 물질을 떠서 입으로 가져가는 사이사이 무표정하게, 나직한 목소리로 몇 마디 필요한 말을 주고받았다.

"몇 시에 퇴근?"

"18시 반."

"어디서 만나?"

"빅토리 광장, 기념비 근처."

"텔레스크린 너무 많은데."

"사람 많으면 상관없어."

"신호는?"

"없어. 사람 많이 모이기 전까진 가까이 오지 말고. 쳐다보지도 말고. 근처에만 있어."

"몇 시에?"

"19시."

"좋아."

앰플포스는 윈스턴을 보지 못하고 다른 테이블에 앉았다. 윈스턴과 여자는 다시 말을 주고받지 않았고, 같은 테이블에 마주 앉긴 했지만 가능한 서로 쳐다보지 않았다. 여자는 재빨리 식사를 끝내고 일어섰고, 윈스턴은 남아서 담배를 피웠다.

윈스턴 스미스는 약속 시간보다 일찍 빅토리 광장에 도착했다. 그가 주변을 서성이는 거대한 기둥 위에는 빅 브라더의 조각상이, 제1활주 전투에서 유라시아 비행기들을(몇 년 전만 해도 이스트아시아 비행기들이었다) 쳐부쉈던 남쪽 하늘을 응시하고 있었다. 그 앞 거리에는 올리버 크롬웰로 짐작되는, 말을 탄 남자 동상이 있었다. 약속 시간이 5분 지났지만 여자는 나타나지 않았다. 윈스턴은 다시 끔찍한 두려움에 휩싸였다. 오지 않는 게 아닐까? 마음이 바뀐 게 아닐까! 윈스턴은 천천히 광장 북쪽으로 걸음을 옮기다가 성 마틴 성당을 알아보고 희미한 기쁨을 느꼈다. 성당에 종이 있던 시절, "넌 나에게 3파딩을 빚졌지" 하면서 울렸다던 이야기가 떠올랐다. 그때 여자가 기념비 근처에서 기둥에 잔뜩 붙은 포스터를 읽는, 혹은 읽는 척하는 모습이 보였다. 사람들이 좀 더 모여들기 전에 가까이 가는 것은 위험했다. 사방 벽에 텔레스크린이 설치돼 있었다. 그때 왼쪽 어딘가에서 시끄러운 고함 소리와 함께 커다란 차량들이 달려오는 소리가 났다. 그러자 모든 사람이 광장을 가로질러 달려가는 듯했고, 여자도 재빨리 기둥 하단의 사자상들을 돌아 나가 그

물결에 합류했다. 윈스턴도 따라갔다. 뛰어가면서 여기저기서 외치는 소리를 들어보니 유라시아 포로 수송 행렬이 지나가는 것이었다. 벌써 광장 남쪽을 막다시피 군중이 잔뜩 모여 있었다. 평상시라면 이런 몸싸움이 벌어지는 곳을 무조건 멀리 피해 가던 윈스턴 스미스는 파고들고 밀어젖히면서 사람들 한가운데로 나아갔다. 곧 팔 뻗으면 닿을 거리까지 여자에게 다가갔지만, 어느 거구의 무산과 그의 아내로 보이는, 거의 동급 체구의 여자 때문에 더 이상 가까이 갈 수 없었다. 둘의 살덩이가 난공불락의 장벽을 이루고 있었다. 윈스턴이 몸을 꿈틀꿈틀 돌린 다음 둘 사이에 어깨를 쑤셔 넣어 거칠게 파고들어 었다. 잠시 배 속 내장이 두 사람의 빵빵한 엉덩이 사이에서 곤죽이 될 것 같았지만 간신히 빠져나왔다. 그는 여자 바로 옆에 섰다. 둘은 어깨를 나란히 하고 선 채 꼼짝 않고 앞만 바라보았다.

경기관총을 든 굳은 표정의 보초병들이 사방에 삼엄히 배치된 가운데 트럭들이 길게 줄지어 거리를 천천히 지나가고 있었다. 트럭 안에는 허름한 녹색 군복을 입은 조그만 황색 얼굴의 남자들이 다닥다닥 쪼그리고 앉아 있었다. 몽골 인종들은 처량하지만 완전히 무관심한 표정으로 트럭 밖을 내다보았다. 이따금씩 트럭이 덜컹이며 흔들릴 때마다 철컥철컥하는 금속성 소리가 들렸다. 포로들이 차꼬를 차고 있었던 것이다. 처량한 얼굴들을 가득가득 실은 트럭들이 계속 지나갔다. 그렇지만 윈스턴은 그 광경에 신경을 쓰고 있을 수 없었다. 여자의 어깨에서 팔꿈치까지의 팔이 윈스턴과 밀착돼 있었다. 여자의 뺨에서 나는 온기까지 전해지는 듯했다. 여자는 식당에서와 마찬가지로 즉시 이 상황을 이용해, 입술을 거의 움직이지 않고 높낮이 없는 소리로 말을 시작했다. 트럭들이 부릉대는 소리와 시끄럽게 떠드는 사람들의 소리에 묻혀 여자의 중얼거리는 소리는 잘 들리지 않았다.

"내 말 들려?"

"응."

"일요일 오후에 시간 돼?"

"응."

"그럼 잘 들어. 외워야 돼. 패딩턴 역으로 가서……." 그녀에게서 군대 못지않은 정확한 경로 설명을 듣고 윈스턴은 꽤 놀랐다. 기차를 타고 30분을 가서 역에서 나와 왼쪽으로 도로를 따라 2킬로미터를 걸으면 되었다. 빗장이 없어진 울타리 문을 지나, 들판 길을 지나, 풀이 자란 포장길을 지나, 덤불 사이 오솔길을 지나면 이끼에 덮인 죽은 나무가 나온다. 그녀의 머릿속에 지도가 들어 있는 것 같았다. "다 기억할 수 있겠어?" 하고 그녀가 속삭였다.

"응."

"처음엔 왼쪽으로, 그다음엔 오른쪽, 그리고 또 한 번 왼쪽으로 돌면 빗장 없는 울타리 문이 나와."

"알았어. 몇 시?"

"15시쯤. 기다려야 할지도 몰라. 나는 다른 길로 갈 테니까. 정말 다 기억할 수 있지?"

"응."

"그럼 가능한 빨리 여기서 떠나."

두말하면 잔소리였지만, 둘 다 한동안 군중 속에서 빠져나갈 수 없었다. 트럭들은 계속 지나가고, 사람들은 좀처럼 싫증도 내지 않고 입을 헤벌리고 지켜보았다. 처음엔 아유하는 소리도 몇 번 터져 나왔지만 그것은 군중 가운데 있던 당원들이 내는 소리였고 그마저 곧 멈추었다. 대부분의 사람들이 느끼는 감정은 단순한 호기심이었다. 유라시아든 이스트아시아든 외국인은 일종의 신기한 동물이었다. 포로가 아니고서는 모습을 볼 일이 없었고 그나마도 잠깐의 구경뿐이었다. 또한 전쟁 범죄자로 교수형당하는 소수를 제외하고는 장차 어떻게 되는지도 알 수 없었다. 나머지는 그냥 사라졌다. 강제 노역소로 갈 거라 짐작할 뿐이었다. 둥그런 몽골 인종들의 얼굴이 줄어들고 점차 더 유럽적인 얼굴들이 나타났다. 지저분하고 수염이 자라고 지친 모습이었다. 텁수룩한 광대뼈 위로 이상할 정도로 강렬한 눈빛이 번뜩이는 경우도 있었지만 금세 지나가버렸다. 수송 행렬이 끝나가고 있었다. 마지막 트럭에 실린, 수염이 희끗희끗 자란 노인 하나가 포승에 익숙한 듯 손목을 앞으로 모으고 똑바로 서 있었다. 윈스턴과 여자는 헤어질 때가 되었지만, 아직 군중에 둘러싸여 있던 마지막 순간, 여자의 손이 윈스턴의 손을 찾더니 잠시 꼭 쥐었다.

손을 맞잡은 10초도 안 됐을 그 시간이 마치 영원처럼 느껴졌다. 그녀의 손에 대해 구석구석 모두 알게 된 것 같았다. 기다란 손가락, 모양 좋은 손톱, 일하느라 굳은살이 줄줄이 박인 손바닥, 손목 아래 부드러운 살을 더듬어나갔다. 감촉뿐 아니라 모양도 떠올려볼 수 있을 것 같았다. 그 순간 그녀의 눈 빛깔을 모른다는 사실을 깨달았다. 갈색일 것 같지만, 검은 머리의 사람들 중에 파란 눈인 경우도 가끔 있다. 고개를 돌려 그녀를 본다는 것은 상상조차 할 수 없는 어리석은 짓이었다. 빽빽한 사람들 틈에서 안 보이게 손만 깍지 낀 채로, 둘은 꼼짝 않고 앞을 바라보았다. 그녀의 눈 대신, 나이 든 포로의 까치집이 된 머리카락 사이로 처연한 눈이 윈스턴을 응시했다.

2

윈스턴 스미스는 빛과 그늘이 어른거리는 포장길을 따라 걸어, 나뭇가지가 갈라질 때마다 황금 웅덩이처럼 쏟아지는 햇빛 속으로 들어섰다. 왼쪽 나무들 아래 물기를 머금은 초롱꽃이 파랗게 피어 있었다. 대기가 살갗에 입을 맞추는 듯한 5월 2일이었다. 숲속 깊은 곳 어딘가에서 산비둘기가 구구거리는 소리가 들렸다.

조금 일찍 도착했다. 찾아오는 데 어려움은 없었다. 검은 머리 여자가 너무 노련하게 알려줘서 다른 때처럼 겁이 나지도 않았다. 확실하게 안전한 장소를 찾아낸 듯했다. 보통 런던보다 시골이 더 안전하다고는 할 수 없었다. 텔레스크린은 없었지만 마이크를 숨겨놓아서 목소리가 발각될 위험은 언제든 있었다. 더구나 혼자 여행하는 사람은 이목을 끌기 쉬웠다. 백 킬로미터 이내 여행은 통행증에 승인을 받을 필요가 없었지만, 기차역 주변의 순찰대가 당원을 발견하면 신분증을 검사하고 꼬치꼬치 질문을 할 수 있었다. 하지만 오늘은 순찰대도 보이지 않았고, 여기까지 걸어오는 동안에도 그는 조심스레 뒤를 흘긋거리며 따라오는 사람이 없는지 확인했다. 기차는 여름 같은 날씨 덕에 휴일 기분을 내는 무산들로 북적였다. 윈스턴이 앉은 나무 의자 칸은 치아 없는 증조할머니부터 한 달 된 아기까지 엄청난 대가족이 차지했는데, 시골의 사돈댁에서 오후를 보내러 가는 길이며 암시장에서 버터도 좀 구할 거라고 편하게 말했다.

포장길이 트이더니 그녀가 말한 대로 오솔길이 나왔는데, 그냥 덤불 사이로 가축들이 밟아놓은 흔적에 불과하긴 했다. 시계는 없었지만 아직 13시가 안 됐을 것이었다. 초롱꽃이 너무 많이 피어 있어, 밟지 않고 가기가 불가능했다. 윈스턴은 시간도 죽일 겸 몸을 굽히고 꽃을 좀 꺾기 시작했다. 그녀를 만나면 줄 꽃다발을 만들고 싶다는 생각도 막연히 있었다. 커다란 다발을 모아 희미하게 역한 향기를 맡고 있을 때 뒤에서 잔가지를 밟는 소리가 들렸다. 틀림없는 사람 발소리에 윈스턴은 온몸이 얼어붙었지만 꽃을 계속 꺾었다. 그러는 게 최선이었다. 그녀일 수도 있고 결국 미행을 당한 것일 수도 있었다. 돌아보면 찔리는 것이 있어 보일 것이다. 윈스턴은 한 송이 또 한 송이 초롱꽃을 꺾었다. 누가 어깨에 가볍게 손을 얹었다.

고개를 들어보니 그녀였다. 그녀는 고개를 저으며 조용히 하라는 뜻을 전하고 나서, 재빨리 앞장서 덤불을 헤치며 좁은 오솔길을 따라 숲으로 들어갔다. 진흙탕을 요리조리 피하는 모양으로 봐서 많이 와본 길인 듯했다. 윈스턴도 꽃다발을 꼭 쥔 채 뒤따랐다. 처음에는 안도감이 들었지만, 앞장서 움직이는 튼튼하고 날씬한 몸과 진홍 띠를 졸라매 곡선이 그대로 드러난 엉덩이를 보고 있자니, 열등감으로 마음이 무거워졌다. 심지어 지금이라도 그녀가 몸을 돌려 그를 보게 되면 모든 걸 취소할 것만 같았다. 달콤한 공기와 싱그러운 나뭇잎에도 주눅이 들었다. 기차역에서 여기까지 걸어오는 동안 5월의 햇살을 받자 윈스턴은 자신이 지저분하고 누렇게 뜬 실내 인간이라는 자의식이 들며, 피부 모공까지 런던의 시커먼 먼지로 가득 차 있는 기분이었다. 그녀 역시 환한 대낮에 야외에서 윈스턴을 본 적은 한 번도 없었을 거라는 생각이 퍼뜩 들었다. 그들은 여자가 말했던 쓰러진 나무에 도착했다. 여자는 나무를 폴짝 뛰어넘더니 빽빽한 덤불 속으로 헤치고 들어갔다. 안에 공터 같은 게 있을 성싶지 않아 보였지만, 따라가보니 자연적으로 형성된 조그만 빈터가 나왔다. 꽤 큰 어린 나무들에 완벽히 둘러싸인, 잡초 깔린 둔덕이었다. 여자는 걸음을 멈추고 돌아섰다.

"여기야."

윈스턴은 몇 걸음 떨어져 그녀를 마주 보았다. 더 다가갈 엄두는 나지 않았다.

"오솔길에서는 아무 말도 하고 싶지 않았어. 마이크가 숨겨져 있을 수도 있으니까. 아닐 것 같긴 하지만 혹시 몰라서. 우리 목소리를 알아채는 놈들이 있을 수도 있고. 여기는 괜찮아."

윈스턴은 여전히 가까이 갈 용기는 나지 않아 "여긴 괜찮다고?" 하고 바보처럼 물었다.

"그래. 이 나무들을 봐." 주위를 둘러싼 작은 물푸레나무들은 예전에 잘렸다가 다시 빼곡히 자라난 것들로, 팔목보다 굵은 기둥은 없었다. "마이크를 숨길 만큼 큰 나무는 없어. 게다가 내가 전에 확인해봤거든."

그렇게 대화를 나누며 윈스턴은 조금씩 그녀에게 가까이 다가갈 수 있었다. 그녀는 그대로 똑바로 서서, 윈스턴의 행동이 왜 그렇게 느린지 모르겠다는 듯 살짝 빈정대는 미소를 띠고 있었다. 초롱꽃들이 땅에 떨어져 주르르 깔렸다. 자진해서 떨어져 내린 듯했다. 윈스턴이 그녀의 손을 잡았다.

"믿을지 모르겠지만, 이제야 당신 눈 색깔을 알게 됐네." 그녀의 눈동자는 다소 밝은 갈색이었고 속눈썹은 검은색이었다. "이제 나를 똑똑히 보게 됐는데, 그래도 봐줄 만해?"

"그럼, 물론."

"난 서른아홉이고, 이혼할 수 없는 아내가 있어. 정맥류도 있고. 의치도 다섯 개나 되지."

"그런 건 전혀 상관없어."

그러고 나서 누가 먼저랄 것도 없이 그녀는 윈스턴의 품에 안겼다. 처음에는 도무지 믿을 수 없는 일이라는 생각밖에 안 들었다. 젊은 육체가 윈스턴의 품에 꼭 안겨 있었고,

풍성한 검은 머리가 그의 얼굴을 간질였다. 그리고 맙소사! 그녀가 얼굴을 들었고, 윈스턴은 그 커다란 붉은 입에 키스를 했다. 그녀가 윈스턴의 목에 팔을 걸고 그를 소중한 연인이라 부르고 있었다. 윈스턴은 그녀를 바닥에 눕혔다. 그녀가 전혀 거부하지 않아서 그는 하고 싶은 대로 할 수 있었지만, 사실 윈스턴은 그냥 촉감 이외에 육체적 흥분이 느껴지지 않았다. 그저 놀랍고 뿌듯할 뿐이었다. 이런 일이 일어나서 기뻤지만 육체적 욕망이 일진 않았다. 너무 빨라서인지, 여자의 젊음과 미모에 겁을 먹어서인지, 여자 없이 사는 데 너무 익숙해져서인지, 이유를 알 수 없었다.

여자는 몸을 일으키더니 머리에 붙은 초롱꽃을 떼어냈다. 그리고 윈스턴을 마주 보고 앉아 허리에 팔을 둘렀다. "당황하지 마. 서둘 거 없잖아. 오후 내내 있을 텐데. 여기 정말 멋진 곳이지? 단체 하이킹 때 길을 잃었다가 발견했어. 누가 오면 백 미터 밖에서부터 소리가 들려."

"이름이 뭐지?" 윈스턴이 물었다.

"줄리아. 당신 이름은 알아. 윈스턴이지. 윈스턴 스미스."

"어떻게 알았어?"

"그런 거 알아내는 덴 내가 자기보다 나을걸. 얘기 좀 해 봐. 쪽지 받기 전엔 날 어떻게 생각했어?"

윈스턴은 줄리아에게 거짓말하고 싶은 마음이 조금도 없

었다. 오히려 가장 안 좋은 말부터 들려주는 것도 일종의 사랑의 선물이 될 것이었다. "꼴 보기도 싫었어. 강간한 다음 죽이고 싶었어. 2주 전에는 돌덩이로 머리를 박살 낼까 진지하게 생각해봤을 정도니까. 사실은 사상경찰과 관련 있지 않을까 생각했지."

줄리아는 즐겁게 웃으며 자신의 탁월한 위장술에 대한 칭찬으로 받아들이는 게 분명했다. "사상경찰이라니! 정말 그렇게 생각했다고?"

"뭐, 꼭 그런 건 아니지만, 당신 모습이 전반적으로…… 그냥 젊고 활달하고 건강하니까 그랬을 수도 있지. 알잖아, 당신이 정말……."

"좋은 당원이라고 생각한 거지. 말과 행동이 모두 순수하고, 현수막이며, 행진, 구호, 스포츠, 단체 하이킹 같은 것들도 모두 하고. 내게 조금의 틈만 보여도 당신을 사상범으로 고발해서 죽게 만들 거 같고."

"그래, 그랬지. 대부분 젊은 여자들이 그렇잖아."

"이 망할 것 때문에 그래." 하면서 줄리아는 청년 반성 연맹의 주홍 띠를 잡아 빼 나뭇가지 위로 던졌다. 그러고 나서 뭔가 생각난 듯 작업복 주머니에 손을 넣어 초콜릿 조각을 꺼냈다. 반으로 자르더니 한쪽을 윈스턴에게 주었다. 윈스턴은 초콜릿을 받기도 전에 냄새만으로 매우 귀한 초콜릿이라는 것을 알 수 있었다. 색이 짙고 윤이 났으며 은박지에 싸여 있었다. 초콜릿은 보통 칙칙한 갈색에 잘 부서지며 맛은, 굳이 비유를 하자면, 쓰레기를 태운 연기 같았다. 그러나 윈스턴도 언젠가 줄리아가 준 것과 같은 초콜릿을 맛본 적이 있었다. 그 초콜릿 냄새를 맡자마자 확 밀려온 기억은 딱히 무엇이라 말할 수는 없었지만 강력하고 고통스러웠다.

"어디서 구했어?" 윈스턴이 물었다.

"암시장." 줄리아가 태평스레 대답했다. "사실 난 겉보기에 그런 여자야. 스포츠에 능하고 감시단에서는 분대장이었지. 청년 반성 연맹에서는 일주일에 3일 저녁 자원봉사를 해. 런던 전역에 그놈의 허튼소리들을 붙이느라 몇 시간을 보내고, 행진을 나가면 꼭 현수막 한쪽을 들고, 언제나 활기차 보이고, 어떤 일도 주저하지 않아. 언제나 군중과 함께 함성을 지르자는 게 내 주의야. 그래야 안전하니까."

초콜릿 조각이 윈스턴의 혀 위에서 녹았다. 황홀한 맛이었다. 생각 날 듯 말 듯한 기억은 여전히 의식의 수면 아래서 맴돌았고, 뭔가 강하게 느껴지지만 명확한 모양으로 자리 잡지 못하는, 시야 주변에 숨은 물체 같았다. 되돌리고 싶지만 그럴 수 없는 과거의 일이리라 짐작은 갔지만, 그만 생각을 떨쳐버리기로 했다.

"당신은 너무 젊어." 하고 윈스턴이 말했다. "나보다 열

살이나 열다섯 살 어린 것 같은데, 나 같은 사람 어디가 마음에 든 거야?"

"뭔가 표정에서 보였어. 시도를 해보자 싶었지. 난 겉도는 사람을 잘 짚어내거든. 당신을 보자마자 그놈들에게 반감을 품고 있다는 걸 알 수 있었어."

'그놈들'이란 '당'을, 무엇보다 '내부당'을 의미하는 것 같았다. 줄리아가 거리낌 없이 증오를 드러내고 조롱을 퍼붓는 것을 보니 여기가 안전하긴 하겠지만, 윈스턴은 불안해졌다. 게다가 줄리아의 거친 언어 사용에 화들짝 놀랐다. 당원들은 욕을 하지 못하게 돼 있었고, 윈스턴 역시 적어도 큰 소리로 욕하는 일은 거의 없었다. 줄리아는 음습한 골목길 낙서 같은 말들을 사용하지 않고서는 당, 특히 내부당 이야기를 할 수 없는 듯했다. 그게 싫지는 않았다. 당과 당이 자행하는 모든 일들에 대한 저항감을 드러내는 하나의 방식일 뿐이었고 어쩐지 자연스럽고 건강해 보였다. 마치 썩은 건초 냄새를 맡은 말이 재채기를 하는 것처럼 말이다. 둘은 빈터를 떠나 다시 들쑥날쑥한 나무 그늘 사이를 돌아다녔다. 길이 넓어지면 나란히 걸으며 서로의 허리를 끌어안았다. 주홍 띠를 풀어버리니 줄리아의 허리가 훨씬 부드러워진 것 같았다. 둘은 목소리를 높이지 않고 속닥이며 대화를 나눴다. 줄리아가 공터 바깥에서는 조심해야 한다고 말했기 때문이다. 그들은 금세 숲의 가장자리에 도착했다. 줄리아가 윈스턴을 멈춰 세웠다.

"숲 밖으로 나가지 마. 누가 볼지도 몰라. 나뭇가지에 가려 있는 게 좋아."

둘은 개암나무 우거진 그늘에 서서 들판을 내다보았다. 무수한 나뭇잎 사이로 비쳐드는 햇빛이 아직 얼굴에 따갑게 느껴졌다. 윈스턴은 서서히 무언가 깨닫고 묘한 충격에 빠졌다. 이 풍경을 본 적이 있었다. 가축들이 바싹 뜯어 먹은 오래된 목초지 위로 들판길이 이리저리 나 있었고 두더지 굴이 여기저기 솟아 있었다. 저 건너편 생울타리에서 느릅나무 가지들이 산들바람에 슬쩍 흔들리며 여인의 머리처럼 빽빽한 나뭇잎들이 부르르 떨렸다. 보이지는 않지만 분명 가까운 곳에서 개울이 흐르고 푸르게 고인 물에선 황어가 헤엄칠 터였다.

"근처에 개울이 있지 않아?" 윈스턴이 속삭였다.

"응, 있지. 다음 들판 끝쪽에. 엄청 큰 물고기도 살고. 버드나무 아래 깊은 물로 가면 꼬리를 살랑거리며 떠 있는 모습이 보여."

"금빛 초원이로군. 거의……." 윈스턴이 중얼거렸다.

"금빛 초원?"

"아무것도 아냐. 꿈에서 가끔 보는 풍경이야."

"저기 봐!" 줄리아가 소곤거렸다.

웬 개똥지빠귀 새가 5미터도 안 되게 가까이 있는 나뭇가지에, 거의 둘의 얼굴 높이에 내려앉았다. 두 사람을 보지 못한 것이다. 개똥지빠귀는 햇빛 속에, 두 사람은 그늘에 있었으니까. 개똥지빠귀는 펼쳤던 날개를 조심스레 접은 다음, 태양에 대고 경례를 하듯 잠시 고개를 숙이더니, 노래를 폭포처럼 쏟아내기 시작했다. 오후의 고요 속에서 깜짝 놀랄 만한 목청이었다. 윈스턴과 줄리아는 꼭 붙어서 홀린 듯이 새소리를 들었다. 개똥지빠귀의 노래는 조금도 되풀이되는 부분 없이 경이로울 만큼 다양하게 계속, 또 계속되며 일부러 기교를 과시하는 듯했다. 가끔 몇 초가량 멈출 때면 날개를 펼쳤다가 다시 접고, 점박이 무늬의 가슴을 부풀렸다가 다시 노래를 터뜨렸다. 윈스턴은 막연한 경외심마저 느끼며 개똥지빠귀를 지켜보았다. 누구를 위해, 무엇을 위해, 저 새는 노래를 부를까? 암컷도, 경쟁자도 보이지 않는데. 왜 저토록 외로운 나뭇가지 끝에 앉아 허공을 향해 노래를 쏟아내고 있을까? 그는 근처 어딘가에 마이크가 숨겨져 있는 건 아닐지 궁금했다. 윈스턴과 줄리아의 목소리는 작아서 들리지 않았겠지만 개똥지빠귀 소리는 들릴 것이었다. 어쩌면 멀리 떨어진 기계 앞에 조그만 남자, 딱정벌레 같은 남자가 앉아서 마이크가 보내주는 소릴 열심히 들을지도,

'저' 소리에 귀를 기울이고 있을지도 모른다. 그런데 쏟아지는 노랫소리를 듣고 있자니 점점 머릿속 상념들이 사라졌다. 마치 흘러내리는 액체처럼 온몸을 적시며 나뭇잎 사이로 내리쬐는 햇살과 뒤섞였다. 윈스턴은 생각을 멈추고 그냥 느끼기 시작했다. 윈스턴의 팔에 감긴 줄리아의 허리는 부드럽고 따뜻했다. 윈스턴은 그녀를 당겨 안으며 가슴을 맞댔다. 그녀의 몸이 품 안에서 녹아내리는 듯했다. 그의 손이 가닿는 곳마다 그녀의 몸이 물처럼 감겨왔다. 그들의 입이 다시 달라붙었다. 아까와 같은 딱딱한 키스가 아니었다. 이번에 입술을 떼고 물러나면서는 둘 다 깊은 숨을 토해냈다. 개똥지빠귀는 깜짝 놀라 날개를 파닥이며 도망갔다.

윈스턴이 줄리아의 귀에 입술을 대고 말했다. "자, 이제."

"여기선 안 돼. 아까 공터가 안전해."

이따금씩 잔가지를 밟긴 했지만 둘은 재빨리 숲속을 요리조리 지나 은신처로 돌아왔다. 어린 나무들에 둘러싸인 둔덕 안으로 들어서자, 줄리아는 뒤로 돌아 윈스턴을 마주 보았다. 둘 다 숨을 몰아쉬었지만 줄리아의 입가엔 다시 예의 미소가 떠올랐다. 잠시 응시하는가 싶더니 작업복 지퍼를 더듬었다. 그리고 맙소사! 윈스턴이 꿈에서 본 거의 그대로였다. 상상에서 그랬던 것처럼 거의 순식간에 옷을 잡아채 훌렁 벗었고, 그때와 똑같이 문명 전체를 깡그리 무화시켜버릴 듯 당당한 태도로 휙 던졌다. 태양 아래 줄리아의 몸이 하얗게 빛났다. 한동안 윈스턴은 똑바로 바라보지도 못했다. 윈스턴의 시선은 방자한 미소를 보일 듯 말 듯 짓고 있는 주근깨투성이 얼굴에 고정되었다. 윈스턴은 줄리아 앞에 무릎을 꿇고 손을 잡았다.

"전에도 이런 거 해봤어?"

"물론. 수백 번. 아니, 음…… 적어도 수십 번."

"당원들과?"

"응. 언제나 당원들과."

"내부당원도?"

"그 돼지 같은 놈들과는 안 하지. 실낱같은 기회만 있어도 그럴 놈들이 쌔고 쌨지만 말이야. 겉보기만큼 성스러운 놈들이 아니니까."

윈스턴은 가슴이 뛰었다. 수십 번이나 해보았다니. 수백 번, 수천 번이었으면 좋겠다고 생각했다. 타락의 기미만 눈치 채도 윈스턴은 대책 없는 희망에 부풀었다. 혹시 아는가, 당은 안 보이는 곳에서 썩어 있는지도 몰랐다. 헌신과 금욕에 대한 숭배는 부패를 감추기 위한 눈속임인지도 몰랐다. 그들 모두에게 나병이나 매독을 옮길 수 있다면 윈스턴은 너무나 기쁘게 그렇게 했을 것이다! 당을 훼손시키고 약화시키고 썩게 만드는 것이라면 무엇이든지! 윈스턴은 줄리아를 잡아당겨 무릎을 꿇고 마주 앉았다.

“있지, 당신하고 잔 남자가 많으면 많을수록 나는 당신을 사랑해. 이해하겠어?”

“응, 완벽하게 이해해.”

“난 순수를 증오해. 선을 증오해! 미덕 따위는 그 어디에도 존재하지 않았으면 좋겠어. 모두가 뼛속까지 타락했으면 좋겠어.”

“그래, 그럼 내가 자기한테 딱이네. 난 뼛속까지 타락했으니까.”

“당신은 이 짓이 좋아? 단지 나랑 하는 거 말고. 이 짓 자체를 좋아해?”

“너무 사랑하지.”

윈스턴이 무엇보다 듣고 싶던 말이었다. 그냥 한 사람에 대한 사랑뿐 아니라 동물적 본능, 단순하고 무차별적인 욕망, 그것이 당을 갈가리 찢어놓을 힘이었다. 윈스턴은 흩어진 초롱꽃 사이 잔디 위로 줄리아를 눕혔다. 이번에는 아무 어려움이 없었다. 들썩이던 둘의 가슴이 이내 보통 때의 속도로 느려졌고, 둘은 기분 좋은 무력감을 느끼며 서로에게서 떨어졌다. 태양은 더 뜨거워진 듯했다. 둘 다 졸음이 왔다. 윈스턴은 떨어져 있던 작업복을 가져다 줄리아를 살짝 가려주었다. 그들은 거의 바로 잠이 들어 30분가량을 잤다.

윈스턴이 먼저 깨어났다. 일어나 앉아서 아직 곤히 손바닥을 베고 자는 줄리아의 주근깨투성이 얼굴을 내려다보았다. 입을 빼면 아름답다고 할 수 없는 얼굴이었다. 눈 주위에서 한두 개 주름살도 발견할 수 있었다. 짧고 검은 머리는 숱이 유난히 많고 부드러웠다. 여전히 줄리아의 성도, 사는 곳도 모른다는 생각이 문득 들었다. 이렇게 무방비로 잠들어 있으니 젊고 튼튼한 몸도 가엽고 보호해주고 싶은 기분을 불러일으켰다. 하지만 개암나무 아래서 개똥지빠귀의 노래를 듣는 동안 느꼈던, 이유 없는 애정이 완전히 돌아오지는 않았다. 윈스턴은 작업복을 치우고 줄리아의 하얗고 매끄러운 몸을 관찰했다. 옛날에는 남자가 여자의 몸을 보고 욕망을 느끼면 그것으로 되었다. 하지만 이제는 누구도 순수한 사랑이나 정욕을 품을 수 없게 되었다. 순수한 감정이라는 것은 없었다. 모든 감정이 두려움, 그리고 증오와 뒤섞이기 때문이었다. 그들의 결합은 전투였고, 절정에 오른 것은 승리였다. 당을 향해 날리는 주먹이었다. 정치적 행위였다.

3

"여기 한 번은 더 와도 돼." 줄리아가 말했다. "보통 두 번 정도는 안전해. 하지만 한두 달 이상 오면 안 되지."

줄리아는 깨어나자마자 태도가 돌변했다. 경계 태세를 갖추고 사무적으로 행동하며 옷을 입고 주홍 띠를 허리에 맸다. 또한 집으로 갈 계획을 다시 세우기 시작했다. 이런 문제는 줄리아에게 맡기는 것이 좋아 보였다. 윈스턴에겐 부족한 현실적 지략을 그녀는 자연스럽게 갖추고 있었고, 또한 수없이 다닌 단체 하이킹 덕분에 런던 주변의 시골 지리를 속속들이 알고 있었다. 돌아갈 때 이용할 경로는 이곳으로 올 때의 과정과 전혀 달랐다. "왔던 길로 그대로 돌아가면 절대 안 돼." 줄리아가 중요한 기본 원리를 천명하듯 말했다. 줄리아가 먼저 출발하고 윈스턴은 30분쯤 기다렸다가 떠나기로 했다.

그녀는 나흘 뒤 퇴근 후에 만날 장소를 알려줬다. 어느 빈민 지역 내 거리로, 야외 시장이 열려 늘 붐비고 시끄러운 곳이었다. 신발 끈이나 바느질용 실을 찾는 척하며 노점들 사이를 돌아다니기로 했다. 주변에 문제가 없다고 판단되면 줄리아가 코를 풀고, 윈스턴이 다가간다. 그러지 않으면 모르는 척 지나친다. 운이 좋으면 군중 틈에서 15분 정도 얘기를 나누고 다음 만남을 정할 수 있을 것이다.

"이제 가야겠네." 줄리아는 윈스턴이 지시 사항을 숙지하자마자 말했다. "19시 30분까지 돌아가야 해. 청년 반성 연맹에서 전단지 배포하고 하면서 두 시간을 보내야 하거든.

끔찍하지? 나 좀 털어줘. 머리에 뭐 붙어 있진 않아? 확실하지? 그럼, 안녕, 내 사랑, 안녕!" 줄리아는 윈스턴의 품에 폴짝 안겨 거칠 정도로 격하게 키스하더니, 바로 돌아서 나무 사이를 헤치며 거의 소리도 없이 숲속으로 사라졌다. 결국 윈스턴은 줄리아의 성도 주소도 알아내지 못했지만 상관없었다. 그들이 집에서 만나거나 편지를 주고받는 상황은 상상도 할 수 없기 때문이다.

그 후로 그들은 다시 그 숲속 빈터에 가지 못했다. 5월 동안 둘이 다시 만나 사랑을 나눈 것은 겨우 한 번뿐이었다. 줄리아가 알고 있는 다른 은신처에서였다. 30년 전 원자폭탄이 떨어져 거의 폐허가 된 황량한 시골의 무너져가는 성당 종탑이었다. 좋은 은신처였지만 거기까지 가기가 너무 위험했다. 그 외에는 거리에서, 매일 저녁 다른 장소를 찾아 한 번에 30분 이하로 만날 수밖에 없었다. 거리에서는 보통 어느 정도 대화가 가능했다. 사람 많은 거리에서 정처 없이 걸으며 나란히 걷지도, 서로를 바라보지도 못하고, 등대 불빛처럼 꺼졌다 켜졌다 간헐적으로 이어지는 이상한 대화를 나누다가 당원 제복이나 텔레스크린이 보이면 문장 중간에서 말을 뚝 끊었고, 몇 분 후 거기서 다시 계속했으며 예정된 장소에 도착하면 또 확 중단하고 헤어졌다가, 다음 날 다시 만나서 거의 인사도 없이 전날의 이야기를 이어나갔다.

줄리아는 이런 식의 대화에 꽤 익숙한 듯, '분할 대화'라는 이름을 붙였다. 또한 입을 움직이지 않고 말하는 데 놀랄 정도로 능숙했다. 거의 한 달간의 저녁 만남 동안 딱 한 번 겨우 키스를 할 수 있었다. 말없이 뒷골목을 걷고 있는데(줄리아는 번화가에서 멀어지면 절대 입을 열지 않았다) 귀가 먹을 듯한 폭음이 터지더니 땅이 뒤집히고 사방이 컴컴해졌다. 정신을 차려보니 윈스턴은 쓰러져 있었고 타박상을 입은 채 공포에 질렸다. 미사일이 가까운 곳에 떨어진 게 분명했다. 문득 코앞에 쓰러진 줄리아의 얼굴이 보였는데, 분필처럼, 죽은 사람처럼 창백했다. 입술까지 하얬다. 죽었구나! 윈스턴은 그녀를 꼭 끌어안고 키스하다가 따뜻한 얼굴이 살아 있음을 느꼈다. 하지만 입술에 무슨 가루가 범벅이어서 방해가 되었다. 줄리아의 얼굴뿐 아니라 윈스턴의 얼굴도 석회 가루를 뒤집어썼던 것이다.

어느 날은 접선 장소에 도착했더니 순찰대가 나타나거나 헬리콥터가 바로 위에 떠 있어서 눈짓 한 번 주고받지 못하고 그냥 지나가야 했던 경우도 몇 번 있었다. 위험한 것은 그렇다 쳐도, 만날 시간을 내기도 힘들었다. 윈스턴은 주당 60시간을 일했고, 줄리아의 근무시간은 더 길었다. 쉬는 날이 업무량에 따라 달라지기 때문에 두 사람이 일치하는 경우가 많지 않았다. 어쨌든 줄리아는 저녁에 시간을 온전히 낼 수 있는 날이 드물었다. 강연을 듣고, 집회에 참가하고, 청년 반성 연맹 문건을 배포하고, 증오 주간 현수막을 준비하고, 절약 운동 기부금을 모으는 등 활동에 엄청난 시간을 썼다. 그럴 만한 가치가 있다고, 위장을 위해서라고 줄리아는 말했다. 작은 규칙들을 지키면 큰 규칙을 어길 수 있다. 심지어 줄리아는 윈스턴에게 열성 당원들만 참여하는 군수품 봉사반에 등록하도록 권해서, 윈스턴은 그나마 남아 있던 저녁 시간마저 저당 잡혔다. 그리하여 윈스턴은 매주 하루 저녁, 외풍 심하고 침침한 작업장에서 텔레스크린의 음악 소리와 망치 두드리는 소리가 음산한 합주를 이루는 가운데, 아마도 폭탄 뇌관일 조그만 금속 조각들을 조립하며 소름 끼치도록 지루한 네 시간을 보내야 했다.

윈스턴과 줄리아는 성당 종탑에서 만났을 때에야 조각났던 대화의 파편들을 온전히 이어붙일 수 있었다. 태양이 작열하는 오후였다. 종루 위의 작은 격실은 무덥고 답답했으며 비둘기 똥내가 진동했다. 둘은 잔가지들이 널린 흙투성이 바닥에 앉아 몇 시간이고 얘기를 나누면서, 가끔 한 사람씩 일어나 활 구멍 사이로 내다보면서 오는 사람은 없는지 살폈다.

줄리아는 스물여섯 살이었다. 합숙소에서 서른 명의 여자들("여자들 암내가 가실 날이 없어! 정말 싫어!" 하고 덧붙였다)과 함께 살았고 윈스턴의 짐작대로 창작국에서 소설 작성 기계를 관리하는 일을 했다. 강력하지만 까다로운 기계인 전기 모터를 돌리고 돌보는 게 주 업무인 자신의 일을 좋아했으며, "똑똑하지는 않지만" 손재주가 좋아서 기계 다루는 일이 편하다고 말했다. 기획위원회의 기본 방향 설정부터 '고쳐쓰기 소대'의 최종 마무리 작업까지 소설 작성 과정 전체를 파악하고 있었지만, 완성된 생산물에는 관심이 없었다. "읽기에 별로 취미가 없다"고 했다. 책은 잼이나 구두끈처럼 그저 생산되어야 하는 일상품일 뿐이었다.

줄리아에게 60년대 이전에 대한 기억은 전혀 없으며, 혁명 이전에 대한 얘기를 자주 들려준 사람은 여덟 살 때 사라진 할아버지밖에 없었다. 학교 때는 하키부 주장이었고 2년 연속 체조 상패를 받았다. 감시단의 분대장이었고 청년 연맹의 분과 서기가 되었다가 청년 반성 연맹에 들어갔다. 언제나 탁월한 성품을 보여주어 '포르노과'에 선발돼(평판이 좋다는 절대적 표지) 일하기도 했다. 포르노과는 창작국에 속해 있었는데, 무산들을 위해 싸구려 포르노물을 생산하는 곳으로 내부 사람들은 '퇴비 제조장'이라 부른다고 했다. 줄리아는 여기서 1년 동안 '엉덩이 때리기'라든지 '여학교에서 하룻밤' 같은 제목을 단 책자들을 생산하고 밀봉하는 일을 도왔고, 이런 책들은 불법적인 물건이라는 인상을 풍기며 무산 청소년들에게 은밀히 팔렸다.

"그런 책들 내용은 어때?" 윈스턴이 호기심에서 물었다.

"아, 지독한 쓰레기지. 정말 지루해. 줄거리도 여섯 가지밖에 없어. 조금씩 바뀌기는 하지만. 물론 나는 만화경만 관리했어. '고쳐쓰기 소대'에는 가본 적 없어. 난 글 잘 쓰는 사람이 아니라서. 그런 걸 쓸 능력도 없다고."

알고 보니 '포르노과'의 근무자들은 과장들을 제외하고는 놀랍게도 모두 여자였다. 남자들은 여자들보다 성적 본능을 통제하기 어려워서, 더러운 것들을 다루다가 물들 위험이 더 크다는 논리였다.

"심지어 거기 결혼한 여자가 있는 것도 싫어해." 그녀가 덧붙였다. 여자들은 언제나 그렇게 순수해야 하는 것이다. 어쨌든 여기 안 순수한 여자가 하나 있었다.

줄리아는 열여섯 살 때 처음으로 정사를 경험했다. 상대는 예순 살의 당원이었는데, 후에 체포를 피하려 자살을 택했다. "잘된 일이었어. 안 그랬으면 내 이름을 불었을 테니까." 그 이후 다양한 남자들을 만났다. 줄리아의 인생관은 꽤 단순했다. 사람들은 즐기고 싶어 한다. '그들'은, 즉 당은 그것을 막으려 한다. 그러니 사람들은 최대한 규칙을 어긴다. 그런 사람들이 '그들'에게 잡히지 않으려고 노력하는 것은 '그들'이 사람들의 즐거움을 빼앗으려 하는 것만큼이나 자연스러운 일이라고 줄리아는 생각하는 듯했다. 그녀는 당을 증오했고, 그 점을 거친 말로 표현했지만, 체계적으로 비판하지는 않았다. 자신의 삶에 영향을 미치는 부분만 제외하면 당의 원칙에 관심이 없었다. 윈스턴은 그녀가 일상적으로 흔히 쓰이게 된 단어들을 제외하면 새말도 쓰지 않는다는 사실을 알아차렸다. 형제단에 대해서도 들어본 적 없었고 그런 게 존재한다고 믿지도 않았다. 당에 대한 조직적 저항은 무엇이든 실패하게 돼 있기에 어리석은 짓이라고 생각하는 것이다. 규칙을 어기는 동시에 살아남으려 노력하는 것이 현명한 행동이었다. 윈스턴은 막연히 궁금해졌다. 혁명 세상에서 자라난 젊은 세대 가운데 줄리아와 같은 이들이 얼마나 될까? 아무 대안도 알지 못하고 당을 마치 하늘처럼, 대체 불가능한 존재로 받아들이면서 당의 지배에 저항하는 게 아니라 토끼가 개를 피하듯 그저 들키지만 않으려는 사람들 말이다.

윈스턴과 줄리아는 결혼 얘기는 꺼내지 않았다. 생각해볼 가치조차 없는 너무나 가능성 없는 얘기였다. 윈스턴이 아내 캐서린과 어찌해서 이혼할 수는 있다 해도, 어떤 위원회도 이런 결혼을 승낙하지 않을 것이다. 공상 속에서도 가망 없는 일이었다.

"어떤 사람이었어, 당신 부인은?" 줄리아가 물었다.

“그 사람은…… ‘좋은생각가득한’이라는 새말 알아? 타고난 정통파라서 나쁜 생각을 할 수가 없다는 뜻인데…….”

“그 단어는 몰랐지만, 확실히 그런 사람 알아.”

윈스턴은 줄리아에게 결혼 생활 이야기를 들려주기 시작했는데, 희한하게도 그녀는 이미 본질적인 내용을 파악하고 있는 듯했다. 윈스턴의 손이 닿자마자 딱딱하게 굳던 캐서린의 몸이나 단단하게 윈스턴을 껴안고 있으면서도 온 힘을 다해 밀어내는 듯하던 느낌에 대해 줄리아는 마치 자신이 직접 보거나 경험한 것처럼 얘기를 나눌 수 있었다. 윈스턴은 줄리아와 그런 대화를 하는 것이 전혀 힘들지 않았다. 어쨌든 캐서린에 대한 기억도 이미 한참 전부터 더 이상 고통스럽지 않고 단지 싫을 뿐이었다.

“한 가지만 아니었다면 참을 수 있었을 거야.” 윈스턴은 캐서린이 매주 같은 날 밤마다 강요했던 냉정한 의식에 대해 들려주었다. “자기도 그걸 싫어하면서 무슨 일이 있어도 그만두려 하지 않았어. 그 여자가 그걸 뭐라고 불렀는지 알아? 당신은 짐작도 못할 거야.”

“당에 대한 의무.” 줄리아가 즉시 대답했다.

“어떻게 알았어?”

“자기, 나도 학교 다녔어. 열여섯 살이 넘으면 한 달에 한 번씩 성교육을 받아. ‘청년 운동’에서도. 몇 년을 귀에 딱지가 앉게 들었는데. 아마 많이 먹혔을걸. 물론 사람들 위선이 엄청나니까 알 수 없지."

그러고 나서 줄리아는 이 주제에 대해 더 많은 이야기를 시작했다. 그녀에겐 모든 것이 자신의 성 문제로 귀속되었다. 언제든 성 이야기가 나오면 대단히 예리한 통찰력을 보였다. 성에 대한 당의 엄숙주의가 어떤 내적 목표를 가지고 있는지, 윈스턴과 달리 줄리아는 파악하고 있었다. 성 본능을 가능한 파괴해야 하는 이유는 그것이 당의 통제에서 벗어난 자기만의 세상을 창조하기 때문만은 아니었다. 더 중요한 이유는 성의 결핍이 히스테리를 유발하고, 이것이 전쟁에 대한 열광과 지도자에 대한 숭배로 변환될 수 있기 때문이었다. 줄리아는 다음과 같은 설명을 했다.

"사랑을 나누면서 에너지를 다 쓰고 나면 행복감을 느끼고, 다른 것들은 어떻게 되든 상관을 안 하게 돼. '그들'은 우리가 그러는 꼴을 못 보는 거야. 우리가 늘 에너지로 들끓길 바라지. 이리저리 행진을 하고 환호성을 지르고 깃발을 흔들고 하는 게 다 그냥 성욕이 쉬어 터져 나오는 거야. 내면이 행복한 사람이면 왜 빅 브라더니, 3개년 계획이니, 2분 증오니 하는 한심한 쓰레기들에 열광을 하겠어?"

참으로 옳은 말이라고 윈스턴은 생각했다. 성적 순결주의와 정치적 정통주의는 직접적이고 긴밀하게 연결돼 있었다.

어떤 강력한 본능을 억눌러 담아 추진력으로 사용하지 않고서야, 당이 당원들에게 바라는 공포와 증오와 광신의 강도를 필요한 수준으로 유지시킬 수 없다. 당에게 성 충동은 위험한 것이므로 그들은 그것을 활용할 방도를 찾았다. 모성이나 부성 본능에도 비슷한 속임수를 사용했다. 가족 제도를 폐지시킬 순 없으니, 당은 거의 옛날과 같은 방식으로 자녀를 소중히 하라고 부모들을 계도했다. 반면에 아이들에게는 체계적으로 부모에게 적대감을 품고 감시자가 되어 고발하도록 가르쳤다. 그렇게 하여 가족은 사실상 사상경찰의 도구가 되었다. 모든 사람은 낮이나 밤이나 자신과 친밀한 고발자들에게 둘러싸이게 되었다.

윈스턴은 문득 캐서린 생각이 다시 났다. 너무 멍청했기에 망정이지 캐서린도 윈스턴의 불순한 태도를 눈치챘다면 주저 없이 사상경찰에 고발했을 것이다. 하지만 지금 캐서린이 생각난 이유는, 오늘 오후의 숨 막히는 더위로 이마에 송송 맺힌 땀방울 때문이었다. 윈스턴은 줄리아에게 이렇게 무더웠던 11년 전 여름날에 일어났던 일, 혹은 일어나지 못했던 일을 들려주기 시작했다.

결혼한 지 서너 달 됐을 때였다. 켄트 지방으로 단체 하이킹을 갔다가 길을 잃었다. 단지 몇 분 뒤처져 꾸물거렸을 뿐이었는데 길을 잘못 드는 바람에 오래된 석회암 채석장을 맞닥뜨리고 발을 멈췄다. 10미터에서 20미터에 이르는 가파른 낭떠러지 아래 낙석이 쌓여 있었다. 길을 물어볼 사람은 보이지 않았다. 길을 잃었다는 사실을 깨닫자 캐서린은 안절부절못했다. 시끄러운 하이킹 무리와 잠시라도 멀어지면 잘못된 행동을 하는 기분이 드는 모양이었다. 왔던 길로 서둘러 돌아가 다른 길을 찾아보자고 했다. 그런데 그 순간 윈스턴이 저 아래 절벽 틈에 좁쌀풀꽃이 군데군데 피어 있는 것을 발견했다. 그중 같은 뿌리에서 자란 게 분명한 한 포기에 자홍색과 벽돌색의 두 가지 꽃이 피어 있었다. 그런 걸 처음 보는지라 와서 보라고 캐서린을 불렀다.

"저거 봐, 캐서린! 바닥 가까이에 저 꽃들. 색깔이 두 종류로 난 거 보여?"

캐서린은 이미 돌아가고 있던 중이어서 다소 짜증스러워하면서도 잠시 돌아왔다. 심지어 절벽 위로 몸을 내밀고 윈스턴이 가리키는 곳을 보기까지 했다. 윈스턴은 그 뒤에 서서 허리를 잡아주었다. 그러고 있는데 별안간 주변에 아무도 없이 둘뿐이라는 생각이 났다. 새 한 마리 보이지 않았고, 나뭇잎 한 장 흔들리지 않았다. 이런 곳에는 마이크가 숨겨져 있을 위험도 아주 적었다. 설령 있다고 해도 소리만 잡아낼 수 있을 뿐이었다. 오후 중에서도 가장 뜨겁고 졸린 시간이었다. 태양은 뜨겁게 내리쬐고, 얼굴에선 땀이 송골 송골 흘러내리고. 그러자 문득 든 생각은…….

"확 밀어버리지 그랬어?" 줄리아가 말했다. "나 같으면 그랬겠다."

"그래, 자기라면 그랬겠지. 지금이라면 나도 그랬을 테고. 아니면 아마…… 잘 모르겠다."

"그러지 못한 게 후회돼?"

"응, 그런 셈이지."

둘은 먼지투성이 바닥에 나란히 앉아 있었다. 윈스턴이 줄리아를 가까이 끌어당겼다. 줄리아가 윈스턴의 어깨에 머리를 기대자, 그 상쾌한 머리카락 냄새에 비둘기 똥 냄새는 잊혔다. 줄리아는 너무 젊어서 아직 인생에 거는 기대가 컸다. 걸리적거리는 사람을 절벽 아래로 밀어버린다고 해서 해결되는 문제는 없다는 것을 이해하지 못했다.

"그래 봐야 소용없었을 거야."

"그럼 왜 안 민 게 후회가 된다는 거야?"

"소극적인 것보다는 적극적인 게 나으니까. 우리가 지금 이 게임에서 이길 수는 없지만 어떤 패배는 다른 패배보다 나아. 그래서 그래."

줄리아는 동의할 수 없다는 듯 어깨를 꿈틀거렸다. 윈스턴이 그런 말을 할 때마다 줄리아는 전혀 동의하지 않았다. 개인은 언제나 패배한다는 세상 이치를 받아들이려 하지 않았다. 한편으로는 줄리아 역시 조만간 사상경찰에 잡혀 죽임을 당할 수밖에 없음을 스스로 알고 있었지만, 왠지 마음 한 편에서는 어떻게든 은밀한 세계를 구축해서, 자신이 선택한 삶을 살 수 있으리라 믿었다. 행운과 지략과 용기만 있으면 된다. 줄리아가 이해하지 못하는 것은, 세상엔 행복 같은 게 없고 당에 전쟁을 선포한 그 순간부터 그들은 죽은 목숨이나 마찬가지이며 승리는 먼 미래의 일로, 그들이 죽은 지 한참 후에나 가능하다는 점이었다.

"우린 죽은 목숨이야." 윈스턴이 말했다.

"아직 안 죽었잖아." 줄리아가 간단히 대꾸했다.

"육체적으로는 그렇지. 6개월, 1년, 어쩌면 5년 더 살 수도 있지. 난 죽음이 두려워. 당신은 젊으니까 나보다 더 두렵겠지. 물론 가능한 오래 미뤄야 하지만 그래 봐야 큰 차이는 없을 거야. 인간이 계속 인간으로 남아 있는 한 삶과 죽음은 결국 같은 거니까."

"무슨 헛소리야? 나랑 해골 중에 선택해야 한다면, 누구랑 잘 거야? 살아 있는 게 즐겁지 않아? 이 느낌이 좋지 않냐고? 이건 나고, 이건 내 손, 이건 내 다리야. 난 진짜라고. 이렇게 만져지는 살아 있는 사람! 이게 싫어?"

줄리아는 몸을 돌려 윈스턴한테 가슴을 밀착시켰다. 윈스턴은 작업복을 통해 그녀의 풍만하고 단단한 가슴을 느낄 수 있었다. 그녀의 육체에서 윈스턴의 육체로 젊음과 활력이 쏟아져 들어오는 듯했다.

"아니, 좋아." 윈스턴이 말했다.

"그럼 죽는다는 얘기는 그만해. 그리고 내 말 잘 들어. 다음에 어떻게 만날지 정해야 해. 그때 그 숲속 빈터에 다시 한번 가는 것도 괜찮겠어. 꽤 오래 안 갔으니까. 하지만 이번엔 다른 길로 가야 해. 내가 계획을 다 세워놨어. 기차를 타는 거야. 근데 봐봐, 그림으로 그려줄게."

줄리아는 늘 그랬듯 요령을 발휘해 흙을 네모나게 쓸어 모으더니, 비둘기 둥지에서 잔가지를 하나 뽑아 바닥에 지도를 그리기 시작했다.

4

윈스턴은 채링턴 씨 가게 위 허름한 작은 방을 둘러보았다. 창문 옆에 거대한 침대가 있고 낡은 담요와 잇 없는 베개가 놓여 있었다. 벽난로 위에는 숫자판이 열두 시간으로 나뉜 구식 벽시계가 째깍거렸다. 한구석 접이식 탁자 위엔 지난번에 산 유리 문진이 침침한 어둠 속에서 부드럽게 빛났다.

채링턴 씨가 찌그러진 양철 석유난로 주위에 창살을 둘러

놓았고, 냄비와 컵 두 개가 준비돼 있었다. 윈스턴은 난로에 불을 붙이고 냄비에 물을 담아 올렸다. 빅토리 커피를 가득 담은 봉지와 사카린 정제도 몇 알 가져왔다. 시곗바늘이 7시 20분을 가리켰다. 실제 시간은 19시 20분이었다. 줄리아는 19시 30분에 올 것이다.

멍청한 짓이야, 멍청한 짓, 하는 생각이 자꾸 떠올랐다. 잘 알고 있으면서, 별 의미도 없이, 자살이나 다름없는 멍청한 짓을 저지르고 있었다. 당원이 저지를 수 있는 모든 범죄 가운데서도 이번 것만큼 들키지 않을 가능성이 적은 것도 없었다. 사실 이 생각은 처음 접이식 탁자 표면에 반사되는 유리 문진의 형태로 환영처럼 떠올랐다. 예상대로, 채링턴 씨는 주저 없이 방을 빌려주었다. 몇 달러라도 더 생겨서 기쁜 기색이 역력했다. 윈스턴이 정사를 목적으로 방을 빌린다는 사실이 분명해졌을 때도 충격을 받거나 기분 나쁘게 아는 체하지 않았다. 대신 먼 곳을 바라보며 혼잣말처럼 중얼거렸는데, 너무 조심스러운 태도여서 마치 잘 보이지 않는 하인이라도 된 것 같았다. 사생활은 굉장히 중요하며 누구나 때로 혼자 있을 공간이 필요하다고, 그리고 누군가 그런 장소를 구하게 되면 그 사실을 알게 된 다른 사람들은 비밀을 지켜주는 게 예의라고 채링턴 씨는 말했다. 그러면서 거의 그 자리에서 사라져버릴 듯한 분위기로, 이 집에는 출입구가 둘 있는데 뒤뜰로 나가는 문은 어느 골목으로 통한다고 덧붙였다.

창문 밖에서 누가 노래를 부르고 있었다. 윈스턴이 두꺼운 커튼 뒤에 숨어 내다보니, 아직 하늘 높이 떠 있는 6월의 태양이 내리쬐는 아래 뜰에서 중세 성의 기둥처럼 굳건한 거구의 여인이 억세 보이는 붉은 팔뚝을 드러내고 삼베 앞치마를 두른 채 빨래 통과 빨랫줄 사이를 쿵쿵 오가며 네모난 하얀 천들을 널고 있었다. 아기 기저귀 같았다. 입에 빨래집게를 물고 있지 않을 때면 굵직한 알토로 노래를 불렀다.

덧없는 환상이었을 뿐.
어느 4월 하루처럼 지나가버렸네.
하지만 휘저어놓은 꿈들, 눈빛 한 번, 말 한마디
내 마음 훔쳐가버렸네!

지난 몇 주간 런던을 휩쓸고 있는 노래였다. 무산들을 위해 음악국의 하위 분과에서 만든, 셀 수 없는 비슷한 노래들 가운데 하나였다. 노래 가사는 인간의 손을 전혀 거치지 않고 가사 제조기라는 기계로 만들어졌지만, 여인이 워낙 호소력 있게 부르자 끔찍한 쓰레기 같던 노래가 아름답게 들릴 지경이었다. 여인의 노랫소리와 그녀의 구두가 돌바닥에

긁히는 소리, 거리에서 아이가 우는 소리, 그리고 멀리 큰길에서 희미하게 웅웅거리는 자동차 소리가 들려왔지만, 방 안은 텔레스크린이 없으니 이상할 정도로 조용했다.

멍청한 짓이야, 멍청해, 멍청해! 윈스턴은 다시 생각했다. 잡히지 않고 몇 주 이상 이곳에 드나들 수 있으리라고는 상상도 할 수 없었다. 하지만 실내에, 가까운 곳에 둘만의 진정한 은신처를 가져보고픈 유혹이 너무 강했다. 성당 종탑에서 만난 후 한동안 둘은 약속을 잡을 수 없었다. 증오 주간이 가까워지자 근무시간이 무지막지하게 늘어났다. 실은 한 달도 더 남았지만 어마어마하고 또 복잡한 준비가 필요해 모든 사람에게 추가 업무가 떨어졌다. 겨우 둘이 같은 날 오후 시간을 비울 수 있었다. 숲속 빈터에 다시 가보자고 약속을 하고 전날 저녁에 거리에서 잠깐 만났다. 늘 그랬듯 윈스턴은 줄리아를 거의 쳐다보지 않고 인파를 따라 서로를 향해 다가갔다. 그런데 잠깐 쳐다본 줄리아의 얼굴이 평소보다 창백했다.

"다 취소야." 대화를 나눠도 안전하다는 판단이 들자마자 줄리아가 속삭였다. "내일 말이야."

"뭐?

"내일 오후에 난 못 가."

"왜?"

"맨날 똑같지 뭐. 이번에는 좀 일찍 시작했어."

잠시 윈스턴은 미친 듯이 화가 났다. 줄리아를 한 달간 만나면서 윈스턴은 자신의 욕망이 변하는 것을 느꼈다. 처음에는 줄리아에 대한 진정한 육욕이 거의 없었다. 둘의 첫 정사는 그저 의지에 의한 행위였다. 하지만 두 번째 정사 이후 달라졌다. 줄리아의 머리 냄새, 입술의 맛, 피부의 감촉이 윈스턴의 내면으로, 아니, 그를 둘러싼 공기 속으로 파고든 듯했다. 줄리아는 육체적으로 꼭 필요한 존재, 윈스턴이 원할 뿐 아니라 자신의 권리로 느끼는 존재가 되었다. 줄리아가 올 수 없다고 말하자, 윈스턴은 속았다는 생각까지 들었다. 하지만 그 순간 인파에 떠밀려 둘의 손이 우연히 맞닿았고, 줄리아가 윈스턴의 손끝을 재빨리 꼭 잡았다. 욕망이 아니라 애정을 구하는 듯했다. 그러자 여자와 살다 보면 이런 실망감은 종종 겪는 정상적인 일이라는 생각이 윈스턴의 머릿속에서 떠올랐다. 그리고 줄리아에게 전에는 느끼지 못한 깊은 애정이 갑자기 솟았다. 그들이 결혼 후 10년쯤 산 부부였으면 싶었다. 지금처럼 거리를 함께 걸어가면서도 당당하게, 두려움 없이 소소한 이야기들을 나누고 살림에 필요한 자질구레한 물건들을 사고 싶었다. 무엇보다 둘이서만 있을 수 있는 장소가 어딘가 있어서, 매번 사랑을 나누어야 한다는 의무감을 느끼지 않고도 만났으면 싶었다. 그때 당장은 아니었지만, 다음 날이 되자 윈스턴의 머릿속에는 채링턴 씨네 방을 빌리면 어떨까 하는 생각이 떠올랐다. 줄리아에게 말했더니 웬일로 곧장 찬성했다. 둘 다 미친 짓임을 알고 있었다. 자진해서 무덤가로 걸어가는 거나 마찬가지였다. 윈스턴은 침대에 앉아 기다리면서, 다시금 사랑부의 지하실들이 생각났다. 고문을 받을 걸 뻔히 알면서, 떠올렸다가 잊어버렸다가 하고 있는 것이 신기했다. 100 이전에 99가 존재하는 것만큼이나 확고한 사실로, 죽기 전에는 그곳을 거치게 돼 있었다. 누구도 피할 수 없지만 미룰 수는 있는 그 미래를 종종 의식적이며 의지적으로 앞당기고자 하는 사람들도 있었다.

그때 누가 재빨리 계단을 올라오는 발소리가 들렸다. 줄리아가 문을 벌컥 열고 들어왔다. 거친 갈색 천의 도구 가방을 들고 있었다. 윈스턴도 진실부에서 가끔 보던 모습이었다. 윈스턴이 가서 그녀를 안았지만, 줄리아는 도구 가방을 들고 있어서인지 다소 서둘러 품에서 빠져나왔다.

"잠깐만." 줄리아가 말했다. "내가 가져온 것 좀 봐. 당신은 그 끔찍한 빅토리 커피 가져왔지? 그럴 줄 알았어. 그런 건 던져버려. 우린 필요 없으니까. 자, 이거."

줄리아는 무릎을 꿇고 가방을 확 연 다음, 위에 있던 스패너와 드라이버 등을 되는대로 끄집어냈다. 맨 아래 깨끗한 종이봉투가 잔뜩 들어 있었다. 줄리아가 건넨 첫 번째 봉투를 받아 드니 왠지 친숙한 감촉이었다. 묵직하면서도 손닿는 곳마다 자국이 들어가는, 모래 같은 물질이 들어 있었다.

"설탕 아냐?" 윈스턴이 말했다.

"진짜 설탕이야. 사카린이 아니라. 게다가 빵도 한 덩이 있어. 우리가 먹는 그 형편없는 것들 아니고 제대로 된 흰 빵이야. 작지만 잼 병이랑 우유도 한 통 있어. 근데 진짜 자랑하고 싶은 건 이거야. 천으로 둘둘 싸 가지고 와야 했어. 왜냐면……."

왜 그랬는지는 말할 필요가 없었다. 벌써 향기가 방 안 가득 퍼졌기 때문이다. 그 진하고 뜨거운 향기는 윈스턴의 어린 시절로부터 스며드는 듯했다. 요즘도 가끔 맡아볼 수는 있었지만 어느 곳에서 흘러나오다가 문이 쾅 닫히거나, 붐비는 거리 한복판에서 불가사의하게 떠다니다가 스치듯 사라져버리곤 했다.

"커피네, 진짜 커피." 윈스턴이 중얼거렸다.

"내부당원용이야. 1킬로나 구했어."

"이걸 다 어디서 구했어?"

"다 내부당원용이지. 그 돼지들은 없는 게 없어. 웨이터나 시중인들이 조금씩 집어 가지고 나오는 거야. 그리고……이거 봐. 차도 조금 있어."

윈스턴도 줄리아 옆에 쭈그리고 앉아 봉투를 약간 뜯어 열었다.

"진짜 차네. 블랙베리 잎이 아니고."

"요즘 차가 많이 돌아다녀. 인도를 점령했거나 그랬나 봐." 줄리아가 말했다. "그런데 자기, 3분만 등 돌리고 있어 봐. 침대 저쪽에 가서 앉아. 창문에 너무 가까이 가진 말고. 내가 말할 때까지 돌아보면 안 돼."

윈스턴은 우두커니 커튼 사이를 바라보았다. 마당에서는 붉은 팔뚝의 여인이 여전히 빨래 통과 빨랫줄 사이를 씩씩하게 오가고 있었다. 입에서 빨래집게 두 개를 빼더니 다시 깊은 감정을 담아 노래를 부르기 시작했다.

시간이 약이라 말들 하지만,
다 잊을 수 있다 말들 하지만,
웃음과 눈물이 해마다 엇갈려,
아직도 내 마음을 아프게 해!

여인은 저 실없는 가사들을 다 외운 듯했다. 즐거운 애수가 담뿍 담긴 풍성한 여인의 노래가 달콤한 여름 공기를 타고 날아올랐다. 이 6월 저녁과 빨래가 끝나지 않고 수천 년이 계속되어도 저 여인은 기저귀에 빨래집게를 꽂으면서 쓰레기 같은 노래를 부르며 완벽하게 행복할 듯했다. 문득, 당원들이 혼자서, 자발적으로 노래를 부르는 것은 한 번도 못 보았다는 생각이 들어 궁금해졌다. 왠지 좀, 혼잣말을 하는 것만큼이나 이단적이고 위험한 기행으로 보일 듯했다. 거의 굶주리며 살 정도가 되어야 노래를 부를 일이 생기는지도 몰랐다.

"이제 돌아봐도 돼." 줄리아가 말했다.

윈스턴이 돌아섰다. 잠시 그녀를 알아보지 못할 뻔했다. 사실 윈스턴은 줄리아가 알몸을 하고 있을 거라고 기대했는데, 그게 아니었다. 훨씬 놀라운 변신이었다. 얼굴에 화장을 한 것이다. 무산 계급 지역의 어느 가게에 슬쩍 들어가서 화장품 세트를 산 게 분명했다. 입술엔 진한 빨강을 칠했고, 뺨에는 분홍빛을 들였으며, 코에는 분을 발랐다. 눈 아래도 뭘 발라서 눈이 더 빛나 보였다. 화장 기술이 그리 뛰어나 보이지는 않았지만 윈스턴의 감식안 역시 수준 높지 못했다. 얼굴에 화장품을 바른 당원 여자를 본 적도 상상해본 적도 없었다. 줄리아는 깜짝 놀랄 정도로 달라 보였다. 얼굴 몇 군데에 색 몇 가지만 더 얹었을 뿐인데 너무나 예뻐졌을 뿐 아니라, 무엇보다 훨씬 여성스러워 보였다. 짧은 머리와 남자 같은 작업복 때문에 효과가 더 강조되었다. 줄리아를 품에 안자, 합성 바이올렛 향이 코에 확 끼쳤다. 윈스턴은 예전의 그 어두침침했던 지하 부엌이, 동굴 같던 여자의 입이 생각났다. 그때와 똑같은 향수였다. 하지만 이 순간 그런 건 중요하지 않았다.

"향수까지!" 윈스턴이 말했다.

"그래, 자기. 향수도 뿌렸어. 다음번엔 뭘 할 건지 알아? 진짜 여자 치마를 구해서 이 형편없는 바지 대신 입을 거야. 실크 스타킹이랑 하이힐 구두도. 이 방에선 난 여자가 될 거야. 당원이 아니라."

둘은 옷을 벗어던지고 거대한 마호가니 침대로 들어갔다. 윈스턴이 줄리아 앞에서 옷을 다 벗은 것은 처음이었다. 지금까지 윈스턴은 허옇고 빈약한 몸이, 종아리에 불거진 정맥류 혈관이, 발목 피부의 얼룩덜룩한 부분이 너무 부끄러웠다. 시트도 없이 헌 담요뿐이었지만 부드러웠고, 침대의 크기와 탄력성에 둘 다 깜짝 놀랐다.

"빈대투성이겠지만, 뭐 어때?" 줄리아가 말했다.

요즘은 무산의 집이 아니고서야 2인용 침대를 보기도 힘들었다. 윈스턴은 어린 시절에 종종 이런 침대에서 잤지만, 줄리아는 그런 기억이 전혀 없었다.

이내 둘은 깜빡 잠이 들었다. 윈스턴이 깨어나 보니 시곗바늘이 거의 9시 근처에 다가가 있었다. 줄리아가 윈스턴의 팔을 베고 자고 있었으므로 그는 몸을 일으키지 않았다. 화장품은 윈스턴의 얼굴에 문대지거나 베개에 묻어 지워졌지만, 희미하게 연지 자국이 남은 광대뼈가 도드라져 아름다웠다. 지고 있는 태양에서 한 줄기 노란 빛이 비스듬히 침대 발치를 지나 난로를 비추었다. 난로 위 물이 맹렬히 끓고 있었다. 마당에선 여인이 노래를 멈추었고, 거리에서 외치는 아이들의 소리가 어렴풋이 흘러들어왔다. 윈스턴은 어쩐지 궁금해졌다. 파괴돼버린 저 옛날에는 침대에 이렇게 누워 있는 게 보통 있는 일이었을까. 시원한 여름 저녁, 남자와 여자가 발가벗고서 자신들이 원할 때 사랑을 나누고, 자신들이 하고 싶은 이야기를 하고, 일어나야 한다는 압박감을 느낄 필요 없이 그냥 누워서 바깥의 평화로운 소음들에 귀를 기울이는 이런 경험이 평범한 것이었을까. 정말로 이런 것이 일상인 시대가 한 번도 없었을까? 줄리아가 일어나 눈을 비비더니 몸을 일으키고 난로를 쳐다보았다.

"물이 반도 넘게 날아갔네. 일어나서 금방 커피 끓일게. 한 시간은 더 있어도 돼. 당신 집 건물에선 언제 불이 꺼져?"

"23시 30분."

"합숙소는 23시야. 하지만 그보다는 일찍 돌아가야 되는데…… 야! 꺼져, 이 더러운 놈!"

줄리아가 갑자기 몸을 홱 움직이더니 침대 아래서 구두를 집어 든 다음, 남자처럼 팔을 휘둘러 방구석을 향해 던졌다.

2분 증오 때 봤던 날, 골드스타인을 향해 사전을 집어던지던 모습과 똑같았다.

"왜 그래?" 윈스턴이 놀라서 물었다.

"쥐가 있어. 저 밑의 구멍에서 주둥이를 내밀고 있잖아. 맞진 않았지만 다신 안 나오겠지."

"쥐라고?" 윈스턴이 중얼거렸다. "이 방에!"

"온갖 데 다 있는데." 줄리아가 다시 누우며 무심하게 대꾸했다. "우리 합숙소엔 주방에서도 나와. 런던엔 쥐가 떼로 몰려다니는 곳도 있대. 아이들을 공격하기도 하는 거 알아? 진짜 그런대. 그런 데선 엄마들이 아기를 잠시도 혼자 못 둬. 커다란 갈색 쥐들 때문이야. 제일 끔찍한 건 그놈들이 늘……."

"그만!" 윈스턴이 눈을 질끈 감고 말했다.

"자기! 얼굴이 창백해. 왜 그래? 역겨워서 그래?"

"세상에서 제일 공포스러운 게 쥐야!"

줄리아가 팔다리로 윈스턴을 휘감아 꼭 껴안았다. 육체의 온기로 그를 안심시켜주려는 듯했다. 윈스턴은 바로 눈을 뜨지 못했고 잠시 그는 어린 시절부터 자주 꾸던 악몽 속으로 다시 들어간 듯했다. 늘 똑같았다. 윈스턴은 어두운 벽 앞에 서 있다. 벽 뒤에는 참을 수 없는 무언가, 너무 무서워서 차마 맞닥뜨릴 수 없는 무언가가 있다. 그 꿈속에서 윈스턴의 마음속 가장 깊숙이 자리한 감정은 늘 자기기만에 대한 느낌이었다. 왜냐하면 사실 윈스턴은 어둠의 벽 뒤에 무엇이 있는지 알고 있었기 때문이다. 뇌 조각이 튕겨 나가도록 죽어라 노력하면 정체를 밝힐 수도 있을 것 같았지만, 언제나 알아내지 못하고 깨어났다. 그런데 왠지 그것은 윈스턴이 말을 끊는 바람에 줄리아가 말하지 못한 것과 연관이 있는 듯했다.

"미안." 윈스턴이 말했다. "아무것도 아냐. 그냥 쥐가 싫어서 그래."

"걱정 마, 자기. 저 더러운 놈들 다시는 못 나오게 할 거야. 우리 가기 전에 천으로 구멍을 막고 다음에 올 때 석고를 가져와서 잘 발라버릴게."

아득하던 공포 발작이 금방 가라앉고, 약간 창피해진 윈스턴은 일어나 침대 머리에 기대고 앉았다. 줄리아는 침대에서 나가 작업복을 다시 입고 커피를 만들었다. 냄비에서 올라오는 냄새가 너무 강력하고 자극적이라, 누가 밖에서 맡고 찾아볼까 봐 창문을 닫아버렸다. 그런 커피 맛보다 더욱 좋았던 것은 커피에 더해진 설탕에 의한 비단결 같은 질감이었다. 오랜 세월 사카린밖에 없었던 윈스턴은 거의 잊고 있던 감각이었다. 줄리아는 한 손은 주머니에 넣고 다른 손엔 잼 바른 빵을 들고서 방 안을 서성거렸다. 책장을 무심하게 둘러보다가, 접이식 탁자를 고칠 방법을 생각해보더니 낡은 안락의자에 풀썩 주저앉아 편안한지 살피고는, 우스꽝스러운 열두 시간 시계를 재미있게 봐준다는 듯 관찰했다. 그러다가 유리 문진을 가지고 불빛이 더 밝은 침대로 다가왔다. 윈스턴이 그것을 받아 들고는 여전히 은은하고 영롱한 빛깔을 홀린 듯 바라보았다.

"이게 뭐야? 알아?" 줄리아가 물었다.

"아무것도 아닌 것 같아. 그러니까, 용도가 없는 물건인 거지. 그래서 좋아. 그들이 바꿔놓지 못한 역사의 단편이야. 백 년 전으로부터 온 메시지야. 읽는 방법은 몰라도."

"그럼 저 그림은," 하면서 줄리아가 건너편 벽의 판화를 가리켰다. "저것도 백 년 됐을까?"

"더 됐지. 2백 년은 됐을걸. 알 순 없지만. 이젠 어떤 것도 연대를 알아낼 수가 없어."

줄리아가 가까이 가보았다. "아까 그놈이 주둥이를 내민 게 여기야." 그러면서 그림 바로 아래 벽판을 찼다. "어디를 그린 거지? 전에 본 것 같은데."

"성당이야. 예전엔 그랬지. 성 클레멘트 데인스 성당." 채링턴 씨가 가르쳐준 노래 구절이 떠올라서 그는 왠지 향수까지 느끼면서 읊조렸다. "오렌지와 레몬이여, 성 클레멘트의 종이 노래하네!"

놀랍게도 줄리아가 가사를 이어 불렀다. "넌 나에게 3파딩을 빚졌지, 성 마틴의 종이 노래하네, 언제 갚을래? 올드 베일리의 종이 노래하네. 그다음은 생각이 안 나. 그래도 끝은 생각이 나. 널 침대로 안내할 촛불이 오네, 네 머리를 잘라버릴 도끼가 오네!"

무슨 암구호의 질문과 대답 같았다. 올드 베일리의 종이 울리네, 다음 구절이 뭘까? 궁리를 해보면 채링턴 씨의 기억을 되살려낼 수도 있을 것이다.

"누가 가르쳐줬어?" 윈스턴이 물었다.

"할아버지가. 어릴 때 불러주곤 했지. 내가 여덟 살 때 증발돼버렸지만. 어쨌든 사라졌으니까. 레몬이 뭘까 궁금해." 줄리아가 불쑥 다른 얘기로 옮겨갔다. "오렌지는 봤는데. 둥글고 껍질이 두꺼운 노란 과일이잖아."

"나는 레몬 알지." 윈스턴이 말했다. "50년대엔 꽤 흔했는데. 너무 시어서 냄새만 맡아도 이가 빠근했어."

"분명 저 액자 뒤에 벌레가 있을 거야." 줄리아가 말했다. "언제 떼서 깨끗이 씻어야지. 이제 가야 할 것 같아. 화장부터 지워야지. 짜증 나! 당신 얼굴에서도 립스틱 자국 지워줄게."

윈스턴은 몇 분 더 침대에 있었다. 방이 어두워지고 있었다. 빛을 향해 몸을 돌려 누워서 유리 문진을 들여다보았다. 봐도 봐도 싫증 나지 않는 것은 산호 조각이 아니라 유리 덩어리의 내부 그 자체였다. 거의 공기처럼 투명하면서도 이

토록 깊숙해 보였다. 유리 표면이 저 위의 창공처럼, 조그만 세상을 공기층으로 완벽하게 감싸는 듯했다. 그 안으로 들어갈 수 있을 것만 같았다. 사실 들어와 있는 것 같았다. 마호가니 침대와 접이식 탁자와 시계와 판화와 문진도 함께 말이다. 유리 문진은 윈스턴이 들어와 있는 방이고, 산호는 줄리아와 윈스턴의 생명으로, 수정 한가운데에, 일종의 영원성 안에 사로잡혀 있었다.

5

사임이 사라졌다. 어느 날 아침에 출근하지 않았다. 몇몇 부주의한 인간들이 사임의 결근을 입에 올렸지만, 다음 날에는 아무도 그에 대해 언급하지 않았다. 세 번째 날에 윈스턴은 기록국 출입구로 가서 게시판을 보았다. 그중에 사임도 포함된 체스 위원회 명단이 인쇄돼 붙어 있었는데, 전과 거의 똑같아 보였고, 줄을 긋거나 해서 지워진 인명은 없었지만 이름 하나가 줄어 있었다. 그것으로 충분했다. 사임은 더 이상 존재하지 않았다. 아니, 존재한 적이 없었다.

날이 푹푹 쪘다. 미로 같은 청사의 창문 없는 방들은 에어컨 덕에 정상 기온을 유지했지만 바깥 길바닥은 발을 델 지경이었고 통근 시간 때 지하철의 악취는 엄청났다. 증오 주간 준비는 절정에 달아 모든 부처 직원들이 야근을 하고 있었다. 행진, 회의, 사열식, 강연, 모형 제작, 전시, 영화 상영, 텔레스크린 프로그램들 모두 준비되어야 했다. 관람석을 만들고, 모형을 세우고, 구호를 짓고, 노래를 제작하고, 소문을 퍼트리고, 사진을 위조해야 했다. 창작국의 줄리아네 분과는 소설 생산을 중단하고 잔혹 행위에 관한 책자들을 찍어내고 있었다. 윈스턴은 평소 업무에 더해 매일 오랜 시간을《타임스》지난 호들을 뒤져, 연설들에 인용될 뉴스 기사들을 바꾸고 윤문해야 했다. 밤늦게 거친 무산 무리가 거리를 배회할 때면 도시는 이상한 열기를 띠었다. 미사일이 그 어느 때보다도 자주 떨어졌다. 가끔 멀리서 어마어마한 폭발이 일어났지만 아무도 설명을 안 해주었고 소문만 흉흉했다.

증오 주간의 주제가가 될「증오가」가 벌써 작곡되어 텔레스크린에서 끝도 없이 흘러나왔다. 야만스럽고 쾅쾅거리는 박자로, 음악이라 부를 수도 없는, 드럼 두드리는 소리와 비슷한 노래였다. 행진하면서 쿵쿵 발소리에 맞추어 수백 명이 외쳐 부르면 무시무시했다. 무산들이 이 노래를 좋아해 심야의 거리에서 아직도 인기 좋은「가망 없는 몽상이었을 뿐」과 경쟁을 벌였다. 파슨스네 아이들도 밤이고 낮이고 종이 피리로 불어대 참을 수 없을 정도였다. 윈스턴도 그 어느 때보다 바쁜 저녁 시간을 보냈다. 파슨스가 조직한 자원봉사단이 증오 주간 거리 장식 맡아 현수막을 만들고, 포스터를 그리고, 지붕 위에 깃대를 세우고, 위험을 무릅쓰고 거리를 가로질러 깃발들을 매달 줄을 걸기도 했다. 파슨스는 4백 미터에 달하는 깃발 장식을 이은 곳은 빅토리 맨션뿐일 거라고 으스대며 물 만난 물고기처럼 행복해했다. 더위와 육체노동을 핑계로 저녁에도 반바지를 입고 셔츠를 풀어헤치고 다녔다. 사방으로 돌아다니면서 밀고, 당기고, 톱질하고, 망치질하고, 즉석에서 일을 해결하고, 모든 동료들을 유쾌하게 격려하며, 온몸 구석구석에서 도무지 마를 날 없어 보이는 시큼한 땀내를 배출했다.

런던 전역에 새로운 포스터가 등장했다. 글자도 없이 그저 유라시아 군인의 무시무시한 형상만 3, 4미터 높이로 그려놓았는데, 무표정한 몽골 인종들이 커다란 군화를 신고 허리춤에서 기관총을 겨눈 채 진격해 오고 있었다. 어느 각도에서 보든지 원근법에 의해 확대된 총구는 바로 우리를 겨누고 있는 듯했다. 벽에 빈 곳만 있으면 이 포스터로 도배되어 빅 브라더 초상화보다도 많아 보였다. 보통 전쟁에 무관심하던 무산들도 이런 주기적 애국심의 광풍에 휩쓸렸다. 이런 분위기에 호응이라도 하듯 미사일도 평소보다 많은 수의 사람들을 죽이고 있었다. 폭탄 하나는 사람 많은 스테프

니의 영화관에 떨어져 수백 명이 잔해 속에 파묻혔다. 지역 사람들 전체가 몇 시간이나 계속된 길고 지루한 장례식을 위해 집합했는데, 사실상 궐기 대회였다. 또 어떤 폭탄은 놀이터로 이용되던 버려진 공터에 떨어져 수십 명의 아이들을 산산조각 냈다. 더욱 분노에 찬 시위가 벌어져 골드스타인 모형이 불탔고, 유라시아 군인 포스터 수백 장이 발기발기 찢겨 불길에 던져졌으며, 이 소란 통에 수많은 가게가 약탈당했다. 그러다가 첩자들이 무선 전파로 미사일의 방향을 일러주고 있다는 소문이 퍼져, 외국 출신으로 의심받던 어느 노부부가 집에서 방화를 당하고 질식사했다.

줄리아와 윈스턴은 여유가 생겨 채링턴 씨네 가게 위층 방에서 만나면 열린 창 아래 이불 없는 침대에 옷을 벗고 나란히 누워 더위를 식혔다. 쥐는 다시 나타나지 않았다. 하지만 더위에 벌레가 소름 끼치게 늘어났다. 그래도 상관없었다. 더럽든 깨끗하든, 방은 낙원이었다. 둘은 도착하자마자 암시장에서 산 후추를 사방에 뿌리고 옷을 벗어던진 다음, 땀에 젖어 사랑을 나눴다. 잠에 빠졌다가 일어나 보면 벌레들이 다시 결집해 반격을 펼치고 있었다.

네 번, 다섯 번, 여섯 번, 아니 둘은 6월에 일곱 번이나 만났다. 윈스턴은 시도 때도 없이 술을 마시던 버릇을 버렸다. 그럴 필요가 없어졌다. 살도 찌고, 정맥류성 궤양도 가라앉아 발목 위에 갈색 얼룩만 남았고, 아침에 일어나면 터져 나오던 기침 발작도 사라졌다. 참을 수 없을 것 같던 인생도 이젠 견딜 만해졌고, 텔레스크린을 무섭게 쏘아보며 고래고래 욕을 퍼부어주고 싶은 충동도 더 이상 들지 않았다. 이제 둘에게는 거의 집과 같은 안전한 은신처가 있으니 자주 만나지 못하고 몇 시간 이상 같이 있지 못하는 것도 별로 힘들지 않았다. 중요한 것은 골동품 상점 위의 방을 지키는 것이었다. 방이 침범당하지 않고 존재한다는 생각만으로도 그 안에 있는 기분이 들었다. 그 방은 하나의 세계, 멸종 동물들이 사는 고립된 과거의 생태계였다. 채링턴 씨는 또 다른 멸종 동물이라고 윈스턴은 생각했다. 그는 위층으로 올라가기 전에 잠시 채링턴 씨와 대화를 나누곤 했다. 그 노인은 거의, 아니 전혀 가게 밖으로 나가지 않는 것 같았지만, 손님은 거의 없는 것 같았다. 그는 조그맣고 어두운 가게와 그 뒤쪽에 가게보다 더욱 작은, 그가 식사를 준비하는 주방 사이를 오가며 유령 같은 삶을 이어갔다. 그곳의 여러 물건들 중에는 믿을 수 없을 만큼 오래된 축음기가 커다란 뿔 모양 스피커를 달고 있었다. 그는 말을 나눌 사람이 생겨 기쁜 기색이었다. 기다란 코에 두꺼운 안경을 얹고 구부정한 어깨에 공단 조끼를 걸친 채 쓸모없는 물건들 사이를 어슬렁거리는 채링턴 씨는 왠지 장사꾼이라기보다는 수집가 같은 인상을 풍겼다. 도자기 병마개, 깨진 담뱃갑의 알록달록한 뚜껑, 오래전 죽은 아이의 머리카락 한 가닥이 들어 있는 도금 팬던트 등, 이제는 사그라진 열정을 되살려 이런저런 잡동사니를 뒤적이면서도 윈스턴에게 구매를 권하진 않고 그저 감탄해주기를 바라는 것이었다. 그와 이야기를 나누는 일은 낡은 오르골 소리에 귀를 기울이는 것과 같았다. 그는 옛날의 기억을 더듬어 잊어버렸던 노래들을 조금 더 찾아냈다. 스물네 마리 개똥지빠귀에 대한 노래도 있었고, 뿔 하나가 찌그러진 암소에 대한 노래, 불쌍한 울새의 죽음에 대한 노래도 있었다. 조금씩 생각날 때마다 쑥스럽게 웃으며 "손님이 관심 있어 할 것 같아서" 하면서 불러주었다. 하지만 어떤 노래도 몇 구절 이상은 기억하지 못했다.

윈스턴과 줄리아는 지금 같은 상황이 오래갈 수는 없음을 어느 정도 알고 있었다. 어떤 의미에서는 한순간도 잊은 적이 없었다. 죽음이 임박했다는 사실이 둘이 누워 있는 침대만큼이나 또렷하게 느껴질 때면, 파멸의 시계가 5분 전을 가리키는 저주받은 영혼처럼 마지막 한 줌의 쾌락이라도 움켜잡으려는 절박한 육욕을 느끼며 서로 달라붙곤 했다. 하지만 지금이 안전할 뿐 아니라 영원하리라는 환상까지 드는 때도 있었다. 정말 둘이 이 방 안에 있을 때는 어떤 해도 입지 않을 것같이 느껴졌다. 방까지 오는 길은 힘들고 위험했지만 방 자체는 보호구역이었다. 마치 윈스턴이 문진 한가운데를 들여다볼 때처럼, 저 유리 세상 안으로 들어가면 시간조차 멈출 수 있는 것처럼 느껴졌다. 종종 현실 도피의 몽상에 빠지기도 했다. 행운이 언제까지나 계속되어 천수를 다하는 날까지 그냥 이렇게 밀회를 계속할 수도 있을 것 같았다. 아니면 캐서린이 우연히 죽고, 윈스턴과 줄리아가 어떻게 수를 써서 결혼을 하게 될 수도 있었다. 아니면 동반자살을 할 수도 있었다. 아니면 도망쳐서 아무도 못 알아보게 정체를 바꾸고 무산 계급의 말투를 배운 다음 공장에 취직해 뒷골목에서 들키지 않고 살아갈 수도 있었다. 다 말도 안 되는 생각이었다. 윈스턴도 줄리아도 알고 있었다. 현실에서 도망은 불가능했다. 더구나 실행 가능한 유일한 계획인 자살도, 그들은 실행할 생각이 없었다. 하루하루, 한 주 한 주 버티며 미래 없는 현재를 이어나가는 것은, 공기가 있는 한은 다음 숨을 들이쉬게 돼 있는 것처럼, 어쩔 수 없는 인간의 본능 같았다.

때로는 적극적으로 당에 반란을 일으켜볼까 하는 얘기도 했지만, 첫걸음을 어떻게 떼어야 할지 알 수가 없었다. 저 엄청난 '형제단'이 실제 존재한다고 해도, 접근 방법을 알 수 없다는 문제가 여전히 남아 있었다. 윈스턴은 이상하게 오브라이언에게 느끼는, 혹은 느낀다고 생각되는 친밀감을 줄리아에게 털어놓았다. 그리고 가끔씩 그냥 오브라이언한테 가서 당을 증오한다고, 도와달라고 말해버리고 싶은 충동을 느낀다고 말했다. 희한하게도 줄리아는 미친 짓이라며 놀라지 않았다. 그녀는 사람을 인상만으로 판단하는 데 익숙해져 있었기 때문에 윈스턴이 눈빛 한 번만으로 오브라이언을 믿는 걸 당연하게 생각했다. 거기다 줄리아는 모두가, 거의 모두가 은밀하게 당을 증오하며, 들키지만 않는다면 규칙을 어기려 할 게 분명하다고 믿었다. 그럼에도 줄리아는 광범위하고 조직적인 저항 세력이 존재할 수는 없다고 생각했다. 골드스타인이나 지하 조직 같은 것은 당이 목적이 있어서 만들어낸 헛소리들 가운데 하나 불과했고, 그들로서는 믿는 척하는 수밖에 없었다. 줄리아는 당의 집회나 자생 집회에 수도 없이 나가서, 이름도 들어본 적 없으며 죄가 있다고 눈곱만큼도 믿지 않는 사람들을 사형에 처하라고 목청이 터져라 고함쳐왔다. 공개재판이 열리면 아침부터 밤까지 법원을 에워싼 청년 연맹의 시위대 무리에 한 자리를 차지하고 "반역자에게 죽음을!"을 연호했다. 2분 증오 때는 늘 누구보다 큰 소리로 골드스타인에게 욕을 퍼부었다. 그러면서도 골드스타인이 누구인지, 무슨 주장을 했는지 거의 관심이 없었다. 혁명 이후에 자라서 50년대와 60년대의 이념 전쟁을 기억하기엔 너무 어렸던 것이다. 독립적인 정치 운동 같은 것은 상상도 할 수 없었다. 어쨌거나 당은 천하무적이었다. 당은 앞으로도 계속 존재할 것이고, 늘 똑같을 것이었다. 저항할 방법은 비밀스러운 불복종이나 기껏해야 살해나 폭파 같은 단편적 폭력 행위뿐이었다.

어떤 면에선 줄리아가 윈스턴보다 훨씬 명민해서 당의 선전에 호락호락 넘어가지 않았다. 한 번은 어쩌다 윈스턴이 유라시아와의 전쟁 얘기를 꺼냈는데, 줄리아가 전쟁 같은 건 없을지도 모른다고 심드렁하게 말해서 깜짝 놀랐다. 매일 런던에 떨어지는 미사일은 사람들이 계속 겁에 질려 있게 만들기 위해 오세아니아 정부 스스로가 쏘는 걸지도 모른다는 것이었다. 윈스턴은 한 번도 못 해본 생각이었다. 또한 줄리아는 2분 증오 때 제일 힘든 게 폭소를 참는 것이라고 해서 윈스턴의 질투심을 샀다. 하지만 줄리아는 어떤 식으로든 자신의 삶에 영향을 미칠 때만 당의 가르침에 의문을 제기했다. 그 외에는 자주, 당의 공식 거짓말을 곧이곧대로 받아들였다. 진실과 거짓의 구분이 중요하지 않아 보인다는 이유였다. 예를 들어 학교에서 배운 대로 당이 비행기를 발명했다고 믿었다. (윈스턴이 기억하기로 그가 학교를 다니던 50년대 후반에는 당이 발명했다고 주장한 것은 헬리콥터뿐이었다. 십수 년이 지나 줄리아가 학교를 다닐 때에는 비행기를 발명했다고 주장했으니, 한 세대가 더 지나면

증기기관을 발명했다고 주장할 터였다.) 그런데 윈스턴이 자기가 태어나기 전, 혁명 훨씬 전에도 비행기가 있었다고 말했을 때 줄리아는 전혀 관심을 보이지 않았다. 어차피 누가 발명하든 무슨 상관이란 말인가? 또한 4년 전만 해도 오세아니아는 이스트아시아와 전쟁 중이었고 유라시아와는 동맹국이었다는 사실을, 줄리아가 기억하지 못한다는 걸 대화 중 우연히 알게 된 윈스턴은 더욱 충격을 받았다. 줄리아는 전쟁 자체가 속임수라고는 생각하면서도 적국이 아예 바뀌었다는 사실은 깨닫지 못했다. "늘 유라시아랑 전쟁 중이었던 것 같은데" 하고 멍하니 중얼거리는 것이었다. 윈스턴은 조금 오싹하기까지 했다. 비행기가 등장한 것은 줄리아가 태어나기 한참 전이지만, 전쟁 상대가 바뀐 것은 겨우 4년 전, 줄리아도 어른이 된 후였다. 윈스턴은 거의 15분이나 입씨름을 벌인 끝에 희미하게나마 줄리아의 기억을 되살려낼 수 있었다. 하지만 이 역시 줄리아에게는 중요하지 않은 문제였다. "무슨 상관이야?" 줄리아는 짜증을 냈다. "어차피 허구한 날 전쟁질이고 뉴스는 전부 가짠데."

윈스턴은 종종 기록국 얘기를 하면서, 거기서 자기가 하는 뻔뻔스러운 위조 작업에 대해 줄리아에게 들려주었다. 줄리아는 그런 일들을 끔찍하게 여기지 않는 듯했다. 거짓이 진실로 바뀌어가는 광경 앞에서 아득한 공포를 느끼지 않는 것이었다. 윈스턴은 또 존스, 아론슨, 러더퍼드의 이야기와 잠시 자신의 손안에 들어왔었던 엄청난 사진에 대해 들려주었다. 역시 줄리아는 별 감흥을 느끼지 못했다. 처음에는 아예 그 사진의 의미를 파악하지 못했다.

"당신, 그 사람들하고 친구였어?" 줄리아가 물었다.

"아니, 그 사람들은 날 몰라. 내부당원이었던 데다가 나보다 훨씬 나이가 많았잖아. 지난 시대, 혁명 이전의 사람이지. 나도 겨우 보기만 한걸."

"근데 뭐가 걱정이야? 사형당하는 사람은 늘 있잖아?"

윈스턴은 설명을 하려 애썼다. "그건 특별한 사건이었어. 그냥 누가 사형당한 문제가 아니잖아. 어제부터 시작해 과거가 몽땅 지워지고 있다는 거 알고 있어? 겨우 살아남은 과거는, 아무 말도 담겨 있지 않은 단단한 물건들 몇 가지뿐이야. 저기 유리 덩어리처럼. 벌써 우리는 혁명에 대해서, 그리고 혁명 전의 시대에 대해서 거의 아무것도 모르게 되었어. 모든 기록이 파괴되거나 위조되고, 모든 책이 다시 써지고, 모든 그림은 다시 그려지고, 모든 동상과 거리와 건물은 다른 이름이 붙고, 날짜도 모두 바뀌고 있어. 그리고 이런 과정이 매일매일, 매분 되풀이되고 있어. 역사가 멈췄어. 당이 언제나 옳은 끝없는 현재 이외에는 아무것도 존재하지 않아. 나조차도 과거가 위조되었다는 것은 알지만 증명할 길이 없어. 심지어 내가 위조를 하는 사람인데도. 위조를 하고 나면 아무 증거도 남지 않기 때문이지. 유일한 증거는 내 머릿속에 있는데, 나와 같은 기억을 가진 사람이 또 존재하는지 전혀 확신을 할 수가 없어. 그런데 내 평생 딱 한 번, 실제적이고 구체적인 증거를 손에 쥐게 된 거야. 그 사건이 일어난 다음, 수년이 흐른 후긴 했지만."

"그게 무슨 소용인데?"

"아무 소용없지. 몇 분 있다가 버렸으니까. 하지만 만일 같은 일이 앞으로 또 일어나면 난 증거를 간직할 거야."

"어휴, 나라면 그러지 않을 거야. 위험을 무릅쓸 수는 있지만, 그럴 가치가 있어야지. 옛날 신문지 조각 따위에 목숨을 걸 순 없어. 그런 걸 가지고 뭘 할 건데?"

"뭐, 어떻게 할 순 없겠지. 하지만 그건 증거야. 누구에게 보여줄 수만 있다면, 여기저기에 의심의 씨앗을 조금씩 심을 수도 있어. 우리 시대에는 아무것도 바꿔놓지 못하겠지만, 여기저기서 조그만 저항의 싹들이 솟아나 조금씩 모이고 점차 자라나 몇몇 흔적이라도 남게 된다면, 다음 세대는 거기서부터 시작을 해나갈 수 있게 될 거야."

"자기, 난 다음 세대에 관심 없어. 우리한테만 관심이 있는걸."

"당신은 허리 아래만 반역자로군."

엄청 재치 있는 말이라 생각한 줄리아는 매우 즐거워하며 윈스턴을 꽉 껴안았다.

당의 강령이 미치는 파급 효과에 대해서, 줄리아는 조금의 관심도 없었다. 윈스턴이 이중생각, 과거의 가변성, 객관적 실재의 부정 등 영사의 이론에 대해 새말을 써가며 얘기를 시작할 때마다 줄리아는 지루해하며 혼란스러워했고, 그딴 일에는 신경 써본 적 없다고 말했다. 모두 헛소리인 걸 알면서 왜 걱정을 하냐는 것이었다. 줄리아는 언제 환호성을 지르고 언제 야유를 퍼부을지 알고 있었고, 필요한 건 그뿐이었다. 윈스턴이 그런 화제를 고집스럽게 계속해 나가면 줄리아는 당황스럽게도 잠이 들어버렸다. 그녀는 언제든 어떤 상황에서든 잠을 잘 수 있는 유형의 사람이었다. 줄리아와 대화를 하면서 윈스턴은 깨달았다. 정통이 무슨 의미인지도 모르면서 정통주의자처럼 구는 것이 얼마나 쉬운 일인지 말이다. 어떤 의미에서 당의 세계관은 그것을 이해할 능력이 없는 사람들을 통해 가장 성공적으로 구현되었다. 그들은 가장 악랄한 현실 부정도 받아들일 수 있었다. 얼마나 엄청난 문제인지 결코 온전히 이해하지 못했고, 공적인 일에 그다지 관심이 없기 때문이었다. 이해력의 부족 때문에 그들은 제정신을 유지할 수 있었다. 모든 것을 곧이곧대로 받아들였으며, 그것 때문에 상처를 입지도 않았다. 옥수수

알갱이가 소화되지 않고 새의 몸을 그대로 통과할 때처럼, 아무 잔여물도 남지 않았기 때문이다.

6

마침내 그날이 왔다. 기다리던 일이 일어난 것이다. 윈스턴은 평생 이것만을 기다려온 것 같았다. 진실부의 긴 복도를 걷고 있을 때였다. 줄리아가 쪽지를 건네주던 지점 부근이었을까, 윈스턴보다 키가 큰 사람이 바로 뒤에서 걸어오는 걸 깨달았다. 누군지 몰라도 가볍게 헛기침을 하며, 말을 걸겠다는 신호를 보냈다. 윈스턴은 우뚝 걸음을 멈추고 뒤돌아보았다. 오브라이언이었다. 드디어 둘이 얼굴을 마주하자, 윈스턴은 왠지 도망치고 싶은 생각뿐이었다. 심장이 격렬하게 뛰었다. 말도 할 수 없을 것 같았다. 하지만 오브라이언은 계속 걸어오더니, 윈스턴의 팔을 잠시 상냥하게 잡아, 둘이 나란히 걷을 수 있게 만들었다. 그리고 대다수 내부당원들과 다른 특유의 정중한 태도로 말을 시작했다. "대화를 나눠볼 기회가 있었으면 했습니다. 저번에 《타임스》에 실린 당신의 새말 기사를 읽었죠. 새말에 학문적 관심을 가지고 있더군요. 그렇죠?"

윈스턴은 정신을 조금 차렸다. "학문적이랄 수는 없죠. 연구자도 아니고, 전공도 아니었으니까요. 새말 구축 관련 작업도 해본 적이 없어요."

"하지만 아주 세련되게 구사하더군요. 나만 그렇게 생각하는 게 아닙니다. 최근에 당신 친구인 전문가와 이야기를 나눴는데, 지금은 이름이 생각 안 나네요."

다시 한번 윈스턴의 심장이 고통스럽게 빨라졌다. 사임에 대한 말인 게 너무나 명백했다. 하지만 사임은 죽었을 뿐만 아니라 지워졌다. '비인간'인 것이다. 그를 대놓고 언급한다는 건 잡혀 죽을 위험한 행동이었다. 오브라이언의 말은 분명 의도적 신호, 암시였다. 조그만 사상범죄를 공유함으로써 둘을 공모자로 묶는 행위였다. 천천히 복도를 걷던 둘의 발걸음을 오브라이언이 멈춰 세웠다. 늘 그렇듯 그는 이상하게 사람을 무장 해제시키는 친근한 몸짓으로 안경을 고쳐 쓰고서, 말을 계속했다.

"실은 내가 하고 싶은 말은, 당신 기사에 폐기된 단어가 두 개 쓰였다는 겁니다. 아주 최근에 폐기되긴 했죠. 『새말 사전』 10판을 보았나요?"

"아뇨, 아직 발간 안 된 줄 알았는데요. 기록국에선 아직 9판을 쓰고 있습니다."

"10판이 나오려면 몇 달 걸릴 겁니다. 하지만 가제본이 몇 권 돌아다니고 있어요. 나도 한 권 있습니다. 당신도 보고 싫어 할 것 같아요. 그렇죠?"

"무척요." 윈스턴이 오브라이언의 의도를 바로 짐작하고 대답했다.

"새로 발전시킨 부분 중에 정말 천재적인 점들이 있어요. 동사 수의 축소 같은 게 당신 흥미를 끌 것 같습니다. 어디 보자, 사람을 시켜 사전을 보내드릴까요? 그런데 그런 일은 맨날 잊어버려서 문제예요. 당신이 편할 때 내 집에 들르는 건 어때요? 잠깐만, 주소를 적어드리죠."

둘은 텔레스크린 앞에 서 있었다. 오브라이언은 다소 어설프게 양쪽 주머니를 뒤지더니, 작은 가죽 장정 수첩과 금장 '잉크연필'을 꺼냈다. 텔레스크린 바로 아래서, 수첩이 훤히 내려다보이는 자세로, 오브라이언은 주소를 쓴 다음 종이를 찢어 윈스턴에게 주었다.

"저녁때는 주로 집에 있습니다. 내가 없어도 시중인이 사전을 내줄 거예요."

그러고는 가버렸고, 윈스턴은 또다시 손에 종이를 쥐고 있었다. 다만 이번에는 숨길 필요가 없었다. 그럼에도 윈스턴은 주소를 주의 깊게 외운 후, 몇 시간 있다가 다른 종이 뭉치와 함께 '기억 구멍'에 버렸다.

윈스턴과 오브라이언이 대화를 나눈 시간은 기껏해야 2, 3분이었다. 이 대화의 목적은 하나뿐이었다. 오브라이언이 윈스턴에게 주소를 알려주려 꾸민 기회였다. 그럴 수밖에 없는 것이, 직접 묻지 않고서야 누가 어디 사는지 알아낼 방법이 없었다. 주소록 같은 것은 없었다. "혹시 나를 보러 오고 싶다면, 이리로 오시오." 이것이 바로 오브라이언이 윈스턴에게 한 말이었다. 사전 어딘가 전언이 숨겨져 전달될지도 모른다. 어쨌든 한 가지는 분명했다. 윈스턴이 꿈꾸던 모반 세력은 정말 존재했고, 윈스턴도 그 부근에 도달한 것이다.

윈스턴은 조만간 오브라이언의 부름에 응답할 것이었다. 내일일 수도 있고 한참 지나서일 수도 있다. 확실하진 않았다. 지금 일어나고 있는 일은 수년 전 시작된 과정의 산물일 뿐이었다. 첫 번째 단계는 자기도 모르게 생겨난, 은밀한 생각들이었다. 두 번째는 일기 쓰기였다. 윈스턴은 생각에서 시작해 글로, 이제는 행동으로 옮겨가고 있었다. 마지막 단계는 사랑부에서 일어날 것이다. 윈스턴은 받아들이고 있었다. 끝은 시작에 이미 포함돼 있었다. 하지만 무서웠다. 아니, 더 정확히 말해, 죽음을 미리 맛보는 느낌이었다. 생명이 조금 줄어든 느낌이었다. 오브라이언과 말을 나누는 동안에도, 말의 의미가 깊숙이 와닿자 오싹한 떨림이 온몸을 휘감는 기분이었다. 축축한 무덤 속으로 걸어 들어가는 듯했다. 무덤이 기다리고 있다는 것을 이미 알고 있었다고 해서 기분이 좀 낫지는 않았다.

7

윈스턴은 눈에 눈물이 가득 고인 채 깨어났다. 줄리아가 잠결에 돌아누우며 "무슨 일이야?" 같은 말을 중얼거렸다.

"꿈을 꿨는데……." 그는 말을 시작하다가 멈췄다. 설명하기가 너무 복잡했다. 꿈 자체도 있었지만 꿈과 연관된 과거의 기억도 있어, 잠에서 깨어나자마자 물밀듯이 밀려들었던 것이다.

윈스턴은 다시 누워 눈을 감았다. 여전히 꿈 생각에 푹 빠진 상태였다. 어느 여름 비 온 뒤 저녁 풍경처럼 전 생애가 눈앞에 펼쳐진 듯 방대하고 명징한 꿈이었다. 모든 것이 유리 문진 안에 들어 있었고, 유리 표면은 저 위의 창공이었다. 하늘 아래 모든 것을 비추는 맑고 부드러운 빛이 넘쳐흘러 끝없이 멀리까지 파악할 수 있었다. 또한 그 꿈은 윈스턴의 어머니가 했던 팔 동작으로 의미를 이해할 수 있었는데, 정말이지 어떤 면에서는 꿈이 그 팔 동작의 일부였다. 그것은 또한 30년 후 윈스턴이 뉴스 영상에서 본, 헬리콥터의 총탄으로부터 작은 소년을 지키려 부질없이 애쓰던 유대인 여자의 팔 동작이기도 했다.

"있잖아, 나는 지금까지 내가 어머니를 죽였다고 생각했어."

"왜 어머니를 죽였어?" 줄리아가 반쯤 잠결에 물었다.

"직접 죽인 건 아니었어."

꿈속에서 윈스턴은 어머니의 마지막 모습을 기억해냈고, 그 꿈에서 깨어나는 순간, 그때 상황을 둘러싼 자잘한 일들이 모두 한꺼번에 되살아났다. 오랜 세월 동안 윈스턴이 고의로 의식에서 밀어냈던 게 분명한 기억이었다. 연도는 확실치 않아도 최소한 열 살은 넘었고 아마도 열두 살 때였던 것 같다.

아버지는 그보다 전에 사라졌다. 정확히 얼마 전이었는지는 기억나지 않았다. 그보다는 당시의 뒤숭숭하고 소란스러웠던 분위기가 더 잘 기억났다. 주기적 공중 폭격으로 난리가 나고, 지하철역으로 대피하고, 사방에 잔해 더미가 쌓이고, 거리에 나붙은 알 수 없는 선언문들, 온통 같은 색 셔츠를 입은 젊은이 무리, 빵 가게 밖에 엄청나게 늘어선 줄, 멀리서 이따금씩 들려오는 기관총 소리, 무엇보다 먹을 것이 항상 부족했다는 사실이 기억났다. 다른 소년들과 함께 오후 내내 쓰레기통과 쓰레기장을 뒤지며 양배추 심과 감자 껍질, 심지어 가끔은 묵은 빵 껍질 조각들을 주워서 탄 부분을 꼼꼼하게 긁어내고 먹었다. 또 매번 같은 길로 지나가는 가축 사료 트럭을 기다리다가, 울퉁불퉁한 길에서 트럭이 덜컹거릴 때 깻묵 조각이 떨어지면 주워 먹었다.

아버지가 사라졌을 때, 어머니는 놀라지 않았고 격하게

슬퍼하지도 않았지만 다른 변화가 일어났다. 어머니는 완전히 넋이 나간 사람 같았다. 어린 윈스턴조차도 어머니가 반드시 일어나리라 예상하고 있는 어떤 일을 기다리고 있다는 것이 분명히 보였다. 어머니는 해야 하는 일들은 모두 했다. 요리하고, 설거지하고, 수선하고, 침대를 정리하고, 바닥을 쓸고, 선반의 먼지를 털었지만, 아주 느릿느릿, 마치 움직이는 마네킹처럼 신기할 정도로 꼭 필요한 동작만 했다. 어머니의 크고 모양 좋은 몸이 원래의 정물로 퇴보하는 듯했다. 그렇게 어머니는 몇 시간씩 거의 꼼짝도 않고 침대에 앉아서 여동생을 돌보곤 했다. 두세 살가량의 조그맣고 허약하고 아주 조용했던 여동생은 말라서 원숭이 같은 얼굴을 하고 있었다. 어머니는 아주 가끔 아무 말없이 윈스턴을 오랫동안 품에 꼭 안아주었다. 윈스턴은 너무 어리고 이기적이었음에도 불구하고, 앞으로 일어날, 아무도 말하지 않는 일 때문에 그러는구나 하고 알 수 있었다.

살던 집도 기억났다. 어둡고 답답한 냄새가 나던 방은 하얀 이불이 덮인 침대가 반을 차지했다. 벽난로 안에는 가스버너가 있었고 음식 보관 찬장도 하나 있었다. 바깥 복도에는 몇 가구가 함께 쓰는 갈색 타일 싱크대가 있었다. 어머니가 가스버너 위로 꼿꼿한 몸을 숙이고 냄비에서 뭔가 젓고 있던 기억도 났다. 무엇보다 늘 윈스턴을 괴롭히던 허기와,

식사 시간마다 벌어지던 격렬하고 추한 싸움이 떠올랐다. 윈스턴은 어머니에게 먹을 게 더 없냐며 캐묻고 또 캐묻다가, 고함치고, 윽박지르고(변성기가 시작되어 이따금 괴상하게 울리던 자신의 목소리까지 기억났다), 그러다 안 되면 불쌍한 척 훌쩍이기까지 하면서 원래 자기 몫보다 더 얻어내려 애썼다. 어머니는 윈스턴에게 기꺼이 더 주려 했다. 윈스턴이 '남자아이'니까 제일 많이 먹는 게 당연하다고 생각했다. 하지만 어머니가 얼마를 더 주어도 윈스턴은 무조건 더 달라고만 했다. 식사 때마다 어머니는 이기적으로 굴지 말라고, 아픈 여동생도 먹어야 한다고 애원했지만 소용없었다. 어머니가 음식을 퍼주다 멈추면 윈스턴은 분노에 차서 고함을 치거나, 냄비를 빼앗으려 하거나, 여동생 접시의 음식을 먹어버렸다. 자기 때문에 어머니와 여동생이 굶주린다는 사실을 알았지만 어쩔 수 없었다. 심지어 자기한테는 그럴 권리가 있다는 생각까지 들었다. 배 속의 절박한 요구가 자신의 행동을 정당화시켜주는 듯했다. 식사 시간이 아닐 때도 어머니가 지키고 있지 않으면 초라한 식품 보관 선반에서 끊임없이 음식을 훔쳤다.

하루는 초콜릿이 배급되었다. 몇 주, 몇 달 만에 처음이었다. 그때의 소중했던 조그만 초콜릿 조각이 지금도 꽤 또렷이 생각났다. 식구 셋 앞으로 나온 2온스 조각 하나였다. (그 당시는 아직 '온스'라는 단위를 쓰고 있었다.) 셋이 똑같이 나눠 먹는 게 당연했다. 그런데 마치 다른 사람의 목소리처럼, 커다랗게 왕왕거리며 전부 다 먹겠다고 주장하는 윈스턴의 목소리가 들렸다. 어머니가 욕심부리면 안 된다고 타일렀다. 소리 지르고, 툴툴거리고, 울고, 타이르며, 진 빠지는 입씨름이 끝도 없이 반복되었다. 조그만 여동생은 진짜 아기 원숭이처럼 어머니의 어깨를 두 손으로 꼭 붙잡고 커다랗고 음울한 눈으로 윈스턴을 바라보았다. 결국 어머니는 초콜릿의 4분의 3을 잘라 윈스턴에게 주었고, 4분의 1만 여동생에게 주었다. 아기는 그것을 쥐고 먹는 건지 몰라서인 듯 멍하니 바라보았다. 윈스턴은 잠시 지켜보다가 별안간 잽싼 동작으로 여동생의 손에서 초콜릿을 낚아채 밖으로 도망쳤다.

"윈스턴, 윈스턴!" 어머니가 불렀다. "돌아와! 동생한테 초콜릿 돌려줘라!"

윈스턴은 우뚝 멈추었지만 돌아가지는 않았다. 괴로워하는 어머니와 눈이 마주쳤다. 지금도 그때 왜 그랬는지 모르겠다는 생각이 들었다. 여동생은 뭔가를 빼앗겼다는 것을 깨닫고 힘없이 울음을 터뜨렸다. 어머니는 아기를 팔로 감싸 품에 꼭 끌어안았다. 어머니의 그런 몸짓을 보고 있자니, 왠지 여동생이 죽어가고 있다는 예감이 들었다. 윈스턴은 몸을 돌려 계단을 뛰어 내려갔다. 초콜릿은 벌써 손안에서 끈끈하게 녹고 있었다.

그러고 나서 윈스턴은 어머니를 다시 보지 못했다. 초콜릿을 먹어치우고 나서 어느 정도 수치심을 느끼며 몇 시간이나 길을 쏘다니다가 배가 고파 어쩔 수 없이 집으로 돌아왔다. 돌아와보니 어머니가 사라지고 없었다. 그때 이미 흔해진 일이었다. 어머니와 여동생이 사라진 것 말고는, 방에서 바뀐 것이 없었다. 옷도 그대로였다. 어머니는 외투도 가져가지 않았다. 오늘날까지도 윈스턴은 어머니가 죽었는지 전혀 알 수 없었다. 강제 노동 수용소로 끌려갔을 가능성도 얼마든지 있었다. 여동생은 윈스턴처럼, 내전으로 생겨난 집 없는 아이들을 위한 집합소('재생 시설'이라고 불렀다)로 갔거나, 어머니를 따라 강제 노동 수용소로 갔거나, 아니면 그냥 어딘가 버려져 죽었을 수도 있다. 아직도 머릿속에 꿈의 장면이 생생했다. 특히나 팔로 보호하듯 감싸 안던 동작 안에 모든 의미가 담겨 있는 듯했다. 두 달 전 꾸었던 꿈도 다시 생각났다. 어머니가 아기를 꼭 안고 구질구질하게 흰 누비 이불 위에 앉아 있던 모습 그대로, 저 아래 가라앉는 배에 앉아 점점 더 깊이 빠지며 어두워가는 창을 통해 윈스턴을 올려다보던 모습 말이다.

윈스턴은 줄리아에게 어머니가 사라지던 날 이야기를 들

려주었다. 줄리아는 눈도 뜨지 않고 몸을 뒤척여 좀 더 편한 자세를 취했다.

"그때 당신은 사나운 돼지 새끼나 마찬가지였어." 줄리아가 웅얼거렸다. "애들은 다 그래."

"그래. 하지만 이 얘기의 핵심은……."

숨소리로 보아 줄리아는 다시 잠이 든 게 분명했다. 윈스턴은 어머니 이야기를 계속하고 싶었다. 윈스턴이 기억하기로 어머니는 특이한 사람도, 더구나 지적인 사람도 아니었다. 그러나 어머니에겐 어떤 고귀함이, 일종의 순수성 같은 것이 있었다. 그건 그저 어머니가 따르는 규범들이 개인적인 것들이었기 때문이다. 어머니의 감정은 자기 스스로의 것이었고 외부의 영향으로 바뀌지 않았다. 그녀는 소용없는 행동이 의미가 없다고 생각하지 않았다. 누군가를 사랑하면 그저 사랑을 주고, 별달리 줄 게 없다고 해도 사랑을 주면 되었다. 초콜릿이 다 없어져버렸을 때 어머니는 아기를 꼭 안아주었다. 그래봐야 소용없었고, 아무것도 바뀌지 않았으며, 그런다고 초콜릿이 생기지도, 아기와 어머니의 죽음을 막을 수도 없었지만, 어머니에게는 그렇게 하는 것이 당연했다. 배에 타고 있던 피난민 여자 역시 날아오는 총탄을 막는 데 종잇장만큼이나 소용없는 팔로 남자아이를 감쌌다. 당이 저지른 끔찍한 짓은 단순한 충동, 단순한 감정은 아무

가치가 없다고 사람들을 세뇌시키면서 동시에 물질 세계에 대한 모든 힘을 빼앗은 점이었다. 누구든 일단 당의 손아귀에 들어가고 나면, 무엇을 느끼든 느끼지 않든, 무엇을 하든 하지 않든 아무 차이가 없었다. 어떤 사람에게 무슨 일이 일어나든, 사라져버리고 나면 다시는 그 사람에 대해서도 그 일에 대해서도 들을 수 없게 된다. 역사의 흐름에서 제거되어 지워진다. 그럼에도 불구하고 겨우 두 세대 전의 사람들에게 이런 문제는 그다지 중요하지 않을 수도 있었다. 왜냐하면 역사를 바꾸려 하지 않았으니까. 그들은 의문의 여지가 없는 개인적 진심을 따랐다. 중요한 것은 개인적 관계였고, 죽어가는 사람에게 건네는 한마디, 포옹, 눈물 같은 완전히 무기력한 몸짓도 그 자체로 가치가 있었다. 윈스턴은 문득, 무산들은 여전히 그런 상태로 남아 있다는 생각이 들었다. 무산들은 당이나 나라나 이념에 진심을 바치지 않았다. 서로에게 진심을 바쳤다. 윈스턴은 평생 처음으로 무산들을 경멸하거나 그저 언젠가 떨쳐 일어나 세상을 혁신할 비활성 세력으로 생각하지 않게 되었다. 무산들은 인간성을 유지하고 있었다. 내면이 딱딱하게 굳지 않았다. 윈스턴이 의식적인 노력을 통해 다시 익혀야 했던 원초적 감정들을 보유하고 있었다. 그런 생각을 하다 보니 뜬금없이 몇 주 전 일이 기억났다. 길바닥에 잘린 손이 떨어진 것을 보고 그게 무슨 양배추 줄기라도 되는 양 하수구로 걷어차 넣었더랬다.

"무산들이 인간이야." 윈스턴은 큰 소리로 말했다. "우린 인간이 아니야."

"왜 아냐?" 줄리아가 다시 깨어나 물었다.

윈스턴은 잠시 생각에 잠겼다. 그러고 나서 물었다. "이런 생각 해본 적 있어? 우리한테 최선의 행동은, 너무 늦어버리기 전에 여기서 나가서, 다시는 만나지 않는 거라고."

"그럼, 자기, 나도 그런 생각 했어. 몇 번이나. 하지만 난 그러지 않을 거야."

"우린 운이 좋았어. 하지만 오래가긴 힘들 거야. 당신은 젊어. 순수하고 평범해 보이지. 나 같은 사람들만 멀리하면 앞으로 50년은 더 잘 살 거야."

"아니. 나도 다 생각해봤는데, 당신이 계속하면, 나도 계속하려고. 그러니까 기운 내. 내가 살아남는 능력이 좀 있잖아."

"앞으로 6개월 더, 어쩌면 1년 더 만날 수 있겠지. 알 순 없지만. 아무튼 결국엔 끝이 나게 돼 있어. 그렇게 되면 얼마나 철저히 혼자가 될지 모르겠어? 놈들한테 잡히면, 우리는 서로를 위해 아무것도, 그야말로 아무것도 할 수 없을 거야. 내가 자백을 해도 놈들은 당신을 쏠 테고, 내가 자백을 안 해도 놈들은 당신을 쏘겠지. 내가 무슨 짓을 하든, 무슨 말을 하든, 무슨 말을 하지 않든, 당신의 죽음을 5분도 늦추지 못할 거야. 심지어 우린 서로의 생사 여부도 알지 못하겠지. 우리에겐 그 어떤 힘도 없겠지. 다만 하나 중요한 건, 우리가 서로 배신하지 않는 거야. 그래도 달라지는 건 전혀 없겠지만 말이야."

"자백하지 말자는 거면" 하고 줄리아가 말했다. "어차피 하게 될 텐데. 모두 항상 자백을 하잖아. 어쩔 수 없어. 고문을 당할 테니까."

"자백 이야기가 아니야. 자백은 배신이 아니니까. 무슨 말을 하게 되든, 무슨 일을 하게 되든, 그런 건 중요하지 않아. 중요한 건 감정이야. 만일 내가 당신을 사랑하지 않게 된다면, 그게 진짜 배신이겠지."

줄리아는 잠시 생각해보더니 "놈들은 그렇게 할 수 없어" 하고 말했다. "놈들이 할 수 없는 유일한 일이야. 무슨 말이든 하게 만들 수 있고, 무슨 짓이든 하게 만들 수 있겠지만, 머릿속까지 마음대로 할 순 없어. 생각까지 바꿔놓을 순 없어."

"그렇지." 윈스턴은 좀 더 희망에 차서 말했다. "정말 그래. 우리 머릿속까지 건드릴 순 없어. 인간성을 지키는 게 가치 있는 일이라고 느끼는 한, 겉으로는 그렇게 못 한다 해도, 이미 우리가 이긴 거야."

윈스턴은 결코 잠들지 않는 귀를 가진 텔레스크린을 생각했다. 놈들은 밤낮으로 우리를 감시할 수 있지만, 정신만 똑바로 차리면 우리도 놈들을 속일 수 있다. 놈들이 아무리 똑똑해도 다른 사람의 생각까지 알아내는 방법은 터득하지 못했다. 물론 실제로 잡히면 상황이 어떨지 모른다. 사랑부에서 무슨 일이 일어나는지 알 수가 없으니까. 짐작은 간다. 고문, 약물, 신경 작용을 측정하는 정교한 기계들, 불면과 고립, 끈질긴 취조로 점점 약해질 것이다. 어쨌거나 사실을 계속 숨길 순 없다. 심문을 통해 추적해내고 고문을 통해 쥐어짜낼 것이다. 하지만 만일 살아남는 것이 아니라 인간성을 지켜내는 것이 목표라면, 궁극적으로 무엇이 달라질 것인가? 놈들은 우리 감정을 바꿔놓을 수 없다. 사실 우리조차도 우리 감정을 원하는 대로 변경시킬 수 없다. 우리의 모든 행동, 말, 생각을 극히 자세하게 까발릴 수는 있겠지만, 내면의 감정, 자신조차도 알 수 없는 마음의 작용은 어쩌지 못할 것이다.

8

저지르고 말았다. 결국 일을 저지르고 만 것이다! 지금 윈스턴과 줄리아가 서 있는 방은 길쭉한 모양이었고 부드러운 조명이 밝혀져 있었다. 텔레스크린은 음량을 줄여, 작게 웅얼거리는 소리만 들렸다. 풍성한 짙은 푸른색 양탄자를 밟으니 공단 같은 느낌이었다. 방 저쪽, 오브라이언이 앉아 있는 탁자에 녹색 갓을 씌운 램프가 켜져 있고 양쪽으로 서류 더미가 잔뜩 쌓여 있었다. 시중인이 줄리아와 윈스턴을 데리고 들어와도 고개조차 들지 않았다.

윈스턴은 심장이 너무 세차게 뛰어 말도 안 나올 것 같았다. 머릿속엔 온통, 오고 말았어, 결국 오고 말았어, 하는 생각뿐이었다. 여기 온 자체가 분별없는 행동이었는데, 줄리아와 함께 오기까지 하다니 완전 미친 짓이었다. 물론 둘은 서로 다른 길로 왔고 오브라이언의 집 앞에서 만나긴 했다. 이런 곳에 들어오는 것만도 상당한 용기를 내야 했다. 내부 당원의 주거지에 들어가는 일, 그들이 사는 지역에 와보는 일조차 굉장히 드물었다. 거대한 지역 내 주거 건물들이 이루는 전체적 분위기, 모든 것이 풍요롭고 널찍널찍한 환경, 좋은 음식과 좋은 담배가 풍기는 낯선 냄새, 믿을 수 없을 만큼 빠르게 올라가고 내려가는 조용한 엘리베이터, 분주히 오가는 하얀 재킷의 시중인들, 모든 것에 주눅이 들었다. 비록 윈스턴에게는 여기 올 충분한 구실이 있었지만, 어디선가 검은 제복을 입은 경비들이 돌연 나타나서 신분증을 요구하고 나가라고 명령하지 않을까 겁에 질려 매 순간이 살얼음판을 걷는 듯했다. 그러나 오브라이언의 시중인은 아무 이의도 제기하지 않고 두 사람을 들여보내주었다. 작은 몸집에 하얀 재킷을 입은 그 남자는 검은 머리에 다이아몬드 모양의, 완벽하게 무표정한 얼굴을 하고 있어서 중국인처럼 보였다. 시중인을 따라 들어간 복도에는 부드러운 양탄자가 깔려 있었고 크림색 벽지를 바르고 하얀 벽판을 두른 실내는 눈부시도록 깨끗했다. 역시 주눅이 들었다. 때가 묻어 지저분하지 않은 복도 벽을 본 적이 있는지, 윈스턴은 기억이 나지 않았다. 오브라이언은 종이 한 장을 들고 골똘히 들여다보고 있었다. 커다란 얼굴을 숙이고 있어서 우뚝 선 콧날이 보였는데, 무섭기도 하고 지적으로 보이기도 했다. 그는 20초가량 꼼짝도 않고 앉아 있었다. 그러더니 '말쓰기'를 잡아당겨 진실부의 은어로 빠르게 말을 시작했다.

항목들 하나 쉼표 다섯 쉼표 일곱 승인된 스러웁게 마침 제안 포함된 항목 여섯 갑절더 우스꽝스러운 죄생각에 가까운 취소 마침 비진행 건설스럽게 비얻기 갑절스러운 평가 기계 상위 마침 전언 끝

오브라이언은 유유히 의자에서 일어나 소리가 나지 않는 양탄자 위를 걸어서 그들을 향해 다가왔다. 새말을 쓰던 사무적인 분위기는 약간 누그러진 듯했지만, 표정은 평소보다 험상궂었다. 방해를 받아서 불쾌한 듯했다. 윈스턴은 이미

느끼고 있던 공포에 더해, 뜻밖의 실례까지 저지른 것 같아 어쩔 줄 모르게 되었다. 그냥 바보 같은 실수를 저지른 걸지도 모른다는 생각이 들었다. 오브라이언이 무슨 정치적 음모에 가담하고 있다는 증거가 대체 어디에 있단 말인가? 눈빛 한 번, 단 한 번의 모호한 대화뿐. 그 이외에는 꿈을 근거로 윈스턴 혼자 상상한 게 다였다. 심지어 줄리아를 데리고 왔으니, 이제는 사전을 빌리러 왔다는 핑계도 댈 수 없는 처지였다.

오브라이언은 텔레스크린을 지나가다가 무슨 생각이 들었는지, 멈춰 서더니 몸을 돌려 벽에 붙은 스위치를 눌렀다. 딸깍하는 소리가 울리더니 텔레스크린의 소리가 뚝 그쳤다.

줄리아가 놀라서 조그맣게 꺅 소리를 질렀다. 겁이 나서 정신없던 윈스턴조차 깜짝 놀라 자기도 모르게 말이 튀어나왔다.

"텔레스크린을 끌 수가 있군요!"

"네." 오브라이언이 대답했다. "우린 끌 수 있죠. 그런 특권이 있으니까."

오브라이언이 와서 섰다. 단단한 체구가 둘 바로 앞에 버티고 섰으나 그 표정은 여전히 해독이 안 됐다. 오브라이언은 다소 엄숙하게, 윈스턴이 말을 하길 기다리고 있었지만, 무엇에 대해 말을 해야 한단 말인가? 오브라이언은 그저 방해를 받아 짜증이 나면서도 어리둥절한 상태인지도 모른다. 아무도 입을 열지 않았다. 텔레스크린이 꺼지니 방 안은 죽은 듯 고요했다. 시간이 째깍째깍 휙휙 흘러갔다. 윈스턴은 시선을 피하지 않고 오브라이언을 똑바로 바라보려 애썼다. 그러자 문득 그 딱딱했던 표정이 풀어지며 슬며시 미소 같은 게 떠오르는 듯했다. 특유의 동작으로 오브라이언이 콧날 위 안경을 추켜올렸다.

"내가 말할까요? 아니면 당신이?" 오브라이언이 말했다.

"내가 하죠." 윈스턴이 얼른 대답했다. "저건 정말 꺼진 겁니까?"

"예, 모두 꺼졌죠. 우리뿐이오."

"우리가 온 이유는……." 윈스턴은 말을 잠시 멈췄다. 처음으로 자신의 동기가 분명하지 않다는 걸 깨달았기 때문이다. 사실 오브라이언에게 어떤 도움을 원하는지 윈스턴 자신도 알 수가 없었고, 왜 여기까지 왔는지 말하기가 쉽지 않았다. 윈스턴은 어쨌든 말을 시작했고, 나약하면서도 허세를 부리는 것으로 들릴 수 있다는 점을 의식하고 있었다.

"우린 모종의 비밀 조직이 있을 거라고 생각했습니다. 당에 저항하는 사람들이 있고, 당신이 관계하고 있을 거라고요. 우리도 참여해서 일하고 싶습니다. 우린 당을 증오해요. 영사의 강령에 반대합니다. 우린 사상범이고 불륜 커플이에요. 이런 말을 하는 이유는 우리를 당신 처분에 맡기고 싶어서입니다. 우리가 또 다른 죄를 저지르길 당신이 원한다면, 우린 그럴 준비가 돼 있어요."

윈스턴은 말을 멈추고, 문이 열리는 것 같아 흘긋 돌아보았다. 과연 조그만 노란 얼굴의 시중인이 노크도 없이 들어왔다. 디캔터와 유리잔들을 쟁반에 받쳐 들고 있었다.

"마틴도 우리 편입니다." 오브라이언이 태연히 말했다. "마실 것을 이리 가져와, 마틴. 원탁에 놔. 의자는 다 있나? 그럼 다 같이 앉아서 편히 얘기하는 게 좋겠군. 자네 의자도 가지고 와, 마틴. 일 이야기를 해야 하니까. 10분 동안은 시중인 역할을 하지 않아도 돼."

조그만 남자는 자리에 앉아 꽤 편해 보였지만 여전히 시중인 같은 분위기는 있었다. 특권을 즐기는 시중인의 분위기였다. 윈스턴은 호기심을 누르지 못하고 곁눈질로 시중인을 관찰했다. 이 남자는 평생 연기를 해왔고 역할을 잠시라도 내려놓으면 위험하다고 느끼리라는 생각이 불현듯 들었다. 오브라이언은 유리병의 목을 잡고 검붉은 액체로 유리잔들을 채웠다. 그걸 보고 있자니 윈스턴이 오래전에 벽이나 광고판에서 본 것 같은 그림의 기억이 어렴풋이 떠올랐다. 전기 불빛으로 만들어진 그림이었는데, 거대한 병이 오르락내리락하면서 내용물을 잔에 따르는 모습이었다. 붉은 액체는 위에서 보면 거의 검게 보였지만 유리병에 담긴 모습은 루비처럼 반짝거렸다. 시큼하고 달콤한 냄새가 났다. 줄리아는 호기심을 솔직하게 드러내며 자기 잔을 들어 냄새를 맡아보고 있었다.

"포도주라고 하는 겁니다." 오브라이언이 미소를 약간 지으며 말했다. "책에서는 읽어보았겠지요. 외부당원에게 공급되는 일은 많지 않을 것 같으니까요." 오브라이언의 얼굴이 다시 엄숙해지더니 그가 잔을 들며 말했다. "건배를 들고 이야기를 시작하는 게 좋을 것 같네요. 우리의 지도자, 이매뉴얼 골드스타인을 위해!"

윈스턴도 잔을 들며 잔뜩 기대를 했다. 글을 읽으며 상상만 해오던 포도주였다. 유리 문진이나 채링턴 씨의 반쯤 잊힌 노래처럼 포도주도 이제는 사라져버린, 윈스턴이 남몰래 '옛 시절'이라 부르는 감상적 과거에 속하는 물건이었다. 왠지 윈스턴은 포도주가 블랙베리 잼처럼 강렬하게 달콤한 맛에다 즉시 취하게 만드는 술일 거라고 생각해왔다. 그런데 막상 마셔보니 꽤 실망스러웠다. 오랫동안 진을 마셔온 윈스턴은 포도주의 맛을 거의 느낄 수 없게 되었던 것이다. 그는 빈 잔을 내려놓았다.

"그럼 골드스타인 같은 사람이 실제로 있단 말입니까?" 윈스턴이 물었다.

"그래요. 골드스타인은 살아 있어요. 어디 있는지는 모르지만."

"그럼 지하 조직은요? 그런 것도 진짜 있나요? 사상경찰이 그냥 지어낸 얘기 아닙니까?"

"아니에요. 실제 있습니다. '형제단'이라고 하지요. 하지만 실제 존재하고 우리가 거기 소속돼 있다는 것 말고는 더 이상 알려줄 수가 없군요. 곧 다시 얘기하죠." 오브라이언은 손목시계를 들여다보았다. "내부당원이라 해도 텔레스크린을 30분 이상 꺼두는 것은 현명하지 못해요. 당신들은 여기 같이 오면 안 됐어요. 갈 때는 따로 가야 해요. 동무, 당신(하면서 오브라이언은 줄리아에게 고갯짓을 했다) 먼저 나가요. 아직 20분쯤 남았으니, 먼저 내가 질문을 몇 가지 하게 해줘요. 대충 어느 정도까지 할 준비가 돼 있습니까?"

"우리가 할 수 있는 건 뭐든지요." 윈스턴이 말했다.

오브라이언은 의자에서 몸을 약간 틀어 윈스턴을 보고 있었다. 줄리아는 거의 무시했는데, 윈스턴하고만 말하면 되는 게 당연하다고 생각하는 듯했다. 잠시 오브라이언의 눈꺼풀이 파르르 떨리는가 싶더니, 낮고 단조로운 목소리로 질문들을 시작했다. 마치 늘 해오던, 정해진 교리문답 같았고 대부분 답변이 어떻게 나올지 이미 알고 있는 듯했다.

"목숨을 바칠 각오가 돼 있나요?"

"네."

"살인을 할 각오가 돼 있나요?"

"네."

"무고한 사람이 수백 명 죽을 수도 있는 파괴 공작은?"

"네."

"외국을 위해 조국을 배신하는 건?"

"네."

"속이고, 위조하고, 협박하고, 아이들의 정신을 타락시키고, 중독 약물을 배포하고, 성매매를 조장하고, 성병을 퍼뜨리고, 당의 권력을 약화시키고 혼란을 일으킬 어떤 행위든 할 준비가 돼 있습니까?"

"네."

"만일, 예를 들어 어린아이 얼굴에 황산을 뿌릴 필요가 있다고 하면, 그럴 수 있겠습니까?"

"네."

"정체성을 포기하고 평생 웨이터나 부두 노동자로 살아야 한다면?"

"네."

"자살 명령을 받는다면, 당장 할 수 있습니까?"

"네."

"당신 둘이 헤어져 다시는 서로 보지 못한다면?"

"안 돼요!" 줄리아가 불쑥 끼어들었다.

그리고 윈스턴이 입을 열기까지 오랜 시간이 흐른 듯했다. 한동안 말할 능력까지 잃어버린 듯했다. 그의 혀는 움직였으나 소리를 내지 못하고 단어의 첫 음절을, 그리고 다음 음절을 자꾸자꾸 만들어나갔다. 말이 나오기 전까지는 어떤 음절을 말할지 자신도 알 수 없었다.

"아뇨." 마침내 윈스턴이 말했다.

"잘 말해주었어요." 오브라이언이 말했다. "우리가 모두 아는 것이 중요합니다." 오브라이언은 줄리아를 향하더니 좀 더 감정이 담긴 목소리로 덧붙였다. "윈스턴이 죽지 않는다고 해도 전혀 다른 사람이 될 수 있다는 걸 알고 있나요? 새로운 정체성이 부여될 수도 있고요. 얼굴, 몸짓, 손 모양, 머리색깔, 목소리조차 달라질 겁니다. 당신도 마찬가지예요. 우리 편의 의사들이 외모를 몰라보게 바꿔놓을 수 있습니다. 그래야 할 때가 있지요. 어떤 때는 팔이나 다리를 절단하기도 해요."

윈스턴은 또 한 번 마틴의 몽골 인종 얼굴을 훔쳐보지 않을 수 없었다. 얼굴에 상처 자국은 안 보였다. 줄리아는 얼굴이 한층 더 창백해져서 주근깨가 드러나 보일 정도였지만, 오브라이언을 당당하게 마주 보고 있었다. 그리고 뭐라 웅얼거리며 동의라 할 수 있을 의사를 표현했다.

"좋아요. 그럼 됐습니다."

탁자 위엔 은제 담뱃갑이 놓여 있었다. 오브라이언이 좀 멍한 표정으로 담뱃갑을 둘 앞으로 밀어주고 자기도 하나 집은 다음 일어나서 생각에 잠긴 듯 천천히 왔다 갔다 하기 시작했다. 굉장히 좋은 담배로, 아주 두툼하고 빽빽하고 처음 보는 매끄러운 종이로 만들어져 있었다. 오브라이언이 다시 손목시계를 보았다.

"마틴은 주방으로 돌아가는 게 좋겠어. 15분 후면 켜야 하니까. 가기 전에 이 동무들 얼굴을 잘 봐둬. 다시 보게 될 테니까. 나는 아니겠지만."

현관문에서 그랬던 것과 똑같이, 그 조그만 남자의 검은 눈이 윈스턴과 줄리아의 얼굴을 재빠르게 훑었다. 그 표정에 호의가 담긴 낌새는 없었다. 외모를 기억에 담아둘 뿐이었고, 아무 관심도 느끼지 못하는 모양이었다. 인공적으로 성형한 얼굴은 표정 변화가 안 되는 모양이라는 생각이 들었다. 아무 말도 없이, 그 어떤 인사도 없이 마틴이 나가며 조용히 문을 닫았다. 오브라이언은 왔다 갔다 하면서 한쪽 손을 검은 작업복 주머니에 찔러 넣고 다른 손으로 담배를 들었다.

"당신들이 어둠 속에서 싸우게 되리라는 건 알고 있겠죠. 늘 어둠 속에 있게 될 거요. 명령을 받고 복종하면서도 이유는 알지 못하고. 나중에 책 하나를 보내주겠소. 그걸 읽으면 우리가 살고 있는 사회의 진정한 본질과 파괴 전략에 대해 배우게 될 거예요. 다 읽고 나면 형제단의 정식 일원이 되는 겁니다. 하지만 우리가 싸우는 궁극의 목표와 당장의 수행 과제 사이의 관계는 결코 알지 못할 거예요. 형제단이 존재한다는 건 알려드릴 수 있지만, 단원이 수백 명인지 수천만 인지는 알려드릴 수 없습니다. 당신들은 열 명 이상 만나지 못할 거예요. 서너 명과 접선을 하면서 연락책이 사라지고 바뀌고 하겠죠. 이렇게 찾아와서 첫 접선이 이뤄졌으니, 이 관계는 유지될 거예요. 당신들이 받는 명령은 내가 줄 겁니다. 연락해야 할 때는 마틴을 통해서 할 겁니다. 결국 당신들이 잡히면 자백을 하게 되겠죠. 그건 어쩔 수 없습니다. 하지만 당신들이 저지른 일 이외에는 자백할 게 별로 없을 거예요. 별로 중요하지 않은 몇 명 이외에는 고발할 수 없겠죠. 아마 나도 고발할 수 없을 겁니다. 그때면 이미 죽거나, 전혀 다른 얼굴의 다른 사람이 돼 있을 테니까."

오브라이언은 부드러운 양탄자 위에서 계속 왔다 갔다 했다. 육중한 몸집에도 불구하고 그의 움직임은 유난히 우아했다. 심지어 주머니에 손을 찔러 넣거나 담배를 만지작거리는 동작도 세련돼 보였다. 그는 권위보다도, 냉소가 곁들여진 이해심과 자신감이 있는 사람이라는 인상을 주었다.

아무리 진지하고 심각할 때라도 외골수 광신도 같은 면모는 보이지 않았다. 살인, 자살, 성병, 사지 절단, 얼굴 성형 같은 말을 할 때도 희미한 냉소의 기색이 서려 있었다. "어쩔 수 없는 일이지만" 하고 오브라이언의 태도가 말하는 듯했다. "지금은 단호히 해치워야 하는 일이지만, 다시 세상이 좋아지면 그럴 필요가 없게 될 겁니다." 윈스턴은 거의 숭배에 가까운 존경의 감정이 솟구쳤다. 골드스타인처럼 어렴풋한 존재는 잠시 잊었다. 오브라이언의 든든한 어깨와 너무나 못생겼지만 너무나 세련된 투박한 얼굴을 보고 있으면, 그가 패배할 수도 있다고 생각하기가 힘들었다. 오브라이언이 감당할 수 없는 전략, 내다보지 못하는 위험은 없어 보였다. 줄리아도 감명을 받은 듯했다. 담배가 그냥 꺼져버리도록 열심히 듣고 있었다. 오브라이언이 말을 계속했다.

"소문은 들어봤을 겁니다. 형제단이 어떤 곳인지 나름대로 상상도 해봤을 테고요. 아마 공모자들이 거대한 지하 조직을 형성하고 창고에서 비밀스레 모이고 벽에 낙서 같은 전언을 남기고, 암구호나 특수한 손짓을 이용해 서로를 알아볼 거라 생각했을지도 모릅니다. 하지만 그런 건 아닙니다. 형제단의 단원들은 서로 알아볼 방법이 없어요. 아무도 소수의 몇 명 이상은 동지들에 대해 알지 못합니다. 골드스타인조차도, 혹시 사상경찰에 잡힌다 해도, 단원 명단을 전부 주거나 할 수 없어요. 그런 명단이 존재하지 않으니까. 형제단을 일소해버릴 수 없는 이유는 그것이 일반적인 의미에서의 조직이 아니기 때문이에요. 그들을 한데 묶어주는 것은 파괴시켜버릴 수 없는 이념뿐입니다. 그 사상 이외에는 아무것도 당신을 지탱해주지 않을 겁니다. 동지애도 경험할 수 없고, 격려도 받을 수 없습니다. 나중에 체포되어도 어떤 도움도 받을 수 없죠. 우리는 단원들을 돕지 않습니다. 기껏해야, 반드시 침묵시켜야 하는 경우 이따금 면도날을 감방에 몰래 넣어주죠. 성과도 없고 희망도 없이 살아가는 데 익숙해져야 합니다. 한동안은 일을 하다가, 잡히고, 자백을 한 다음에 죽겠죠. 당신들의 앞날엔 이 결말뿐입니다. 우리 생전에 어떤 가시적 변화를 볼 가능성은 없어요. 우리는 죽은 사람들입니다. 우리의 진정한 삶은 미래에 있어요. 우리는 몇 줌의 흙과 뼛조각으로 참여하게 되는 거죠. 하지만 그 미래가 얼마나 있어야 올지는 알 수 없어요. 천 년 후가 될 수도 있죠. 현재 할 수 있는 일은 건강한 정신의 영역을 조금씩 확장하는 것뿐이에요. 집단적 행동도 할 수 없어요. 개인적으로, 다음 세대로, 우리가 알고 있는 것들을 좀 더 널리 퍼뜨릴 뿐이죠. 사상경찰에 맞서는 방법은 그뿐입니다."

오브라이언은 말을 맺고 세 번째로 손목시계를 보았다.

"동무는 이제 갈 때가 됐네요." 오브라이언이 줄리아에게 말했다. "잠깐. 병이 아직 반이나 남았네요."

그는 잔들을 채운 다음 자기 잔 기둥을 잡고 들어 올렸다.

"이번엔 무엇을 위해 건배할까요?" 오브라이언의 말투에는 여전히 살짝 냉소의 느낌이 배어 있었다. "사상경찰의 혼란을 위해? 빅 브라더의 죽음을 위해? 인류를 위해? 미래를 위해?"

"과거를 위해 하죠." 윈스턴이 말했다.

"과거가 더 중요하죠." 오브라이언이 진지하게 동의했다. 셋은 잔을 비웠고, 줄리아는 곧 일어나 나갔다. 오브라이언이 어느 진열장 위에서 조그만 상자를 내려 납작하고 하얀 알약을 꺼내 줄리아에게 주었다. 혀 위에 놓고 있으라며, 승강기 안내원이 매우 관찰력이 좋기 때문에 와인 냄새를 풍기며 나가면 안 된다고 했다. 줄리아가 나가자마자 오브라이언은 줄리아에 대해 잊어버린 듯했다. 다시 몇 발짝 서성이다가 그가 멈췄다.

"좀 더 의논할 세부 사항이 있어요." 오브라이언이 말했다. "은신처 같은 게 있습니까?"

윈스턴이 채링턴 씨네 가게 윗방에 대해 설명했다.

"한동안은 괜찮겠군요. 나중에 다른 곳을 찾아보죠. 은신처를 자주 바꾸는 게 중요해요. '그 책'도 곧 보내도록 하겠습니다." 오브라이언은 심지어 '그 책'이라는 말을 발음할 때

강조점이라도 찍듯 힘을 주었다. "골드스타인의 책 말입니다. 최대한 빨리 보내죠. 구하는 데 며칠 걸릴 수도 있습니다. 짐작하시겠지만, 남은 게 많지 않아서. 새로 만들어내자마자 사상경찰들이 찾아내 파괴해버리니까요. 그래봐야 별 소용 없습니다. 그 책은 파괴되지 않아요. 마지막 한 권까지 없앤다 해도, 우린 거의 글자 하나 틀리지 않게 다시 만들어낼 수 있습니다. 출퇴근 때 가방을 가지고 다니나요?" 오브라이언이 물었다.

"보통 그러죠."

"어떻게 생긴 거죠?"

"검은색이고, 많이 낡았고, 손잡이가 둘 달리고요."

"검은색에 손잡이 둘, 많이 낡았다…… 좋아요. 언제 가까운 시일에, 정확한 날짜는 몰라도 오전 업무 중에 오자가 난 지시문을 받게 될 거예요. 그러면 정정해서 다시 보내달라고 요청하세요. 그다음 날은 가방 없이 출근하세요. 그러면 거리에서 어떤 사람이 '가방 떨어뜨린 거 아닙니까?' 하면서 가방을 줄 겁니다. 그 가방에 골드스타인의 책이 들어 있을 거예요. 책은 14일 내에 반납해야 합니다."

윈스턴과 오브라이언 사이엔 잠시 침묵이 흘렀다.

"아직 시간이 몇 분 남았어요." 오브라이언이 말했다. "우린 다시 만나게 될 거요. 다시 만날 때는……."

윈스턴이 고개를 들었다. "어둠이 없는 곳에서요?" 주저하며 말했다.

오브라이언은 놀라는 기색도 없이 고개를 끄덕였다. "어둠이 없는 곳에서." 의미를 알아들은 듯했다. "그리고, 가기 전에 뭐 하고 싶은 말 없습니까? 부탁이나 질문이라도?"

윈스턴은 생각해보았다. 더 이상 묻고 싶은 것은 없었다. 그렇다고 거창한 일반론을 피력하고픈 욕심은 더욱 없었다. 그렇다 보니 오브라이언이나 형제단과 직접 연관된 문제 대신, 어린 시절 어머니와 살던 어두운 방과 채링턴 씨 가게 위의 작은 방과 유리 문진, 장미목 액자에 담긴 판화 같은 것들의 모습만 뒤섞여 마음속에 떠올랐다. 윈스턴은 될 대로 되라는 심정으로 불쑥 입을 열었다.

"이런 옛날 노래 들어본 적 있습니까? 오렌지와 레몬이여, 성 클레멘트의 종이 노래하네, 넌 나에게 3파딩을 빚졌지, 성 마틴의 종이 노래하네."

오브라이언은 고개를 끄덕였다. 그리고 일종의 엄숙한 예를 갖추어 노래를 마저 불렀다.

오렌지와 레몬이여, 성 클레멘트의 종이 노래하네
넌 나에게 3파딩을 빚졌지, 성 마틴의 종이 노래하네
언제 갚을래? 올드 베일리의 종이 노래하네

부자가 되면, 쇼디치의 종이 노래하네

"마지막 소절을 아시네요!" 윈스턴이 말했다.

"알죠. 그런데 이젠 가야 할 때 같네요. 하지만 잠깐, 당신도 이 알약을 하나 먹는 게 좋겠어요."

윈스턴이 일어서자 오브라이언이 손을 내밀었다. 손아귀 힘이 어찌나 센지 뼈가 부서지는 것 같았다. 문가에서 윈스턴이 돌아보았지만, 오브라이언은 벌써 윈스턴을 잊어버릴 준비가 다 돼 있는 것 같았다. 손을 텔레스크린 스위치에 올리고 기다리고 있었다. 그 너머로 책상과 녹색 램프와 '말쓰기' 기계와 서류가 잔뜩 들어 있는 철망 바구니들이 보였다. 사건은 종결되었다. 30초도 안 돼 오브라이언은 아까 중단됐던, 당을 위한 중요한 일에 몰두할 것이다.

9

윈스턴은 피곤으로 온몸이 젤라틴처럼 흐물흐물해졌다. 젤라틴이라는 비유가 알맞다는 생각이 절로 들었다. 몸이 허약해졌을 뿐 아니라 심지어 투명해진 것 같았다. 손을 들어보면 태양빛이 그대로 통과할 것 같았다. 지독한 과로에 피와 체액이 다 빠져나가고, 신경, 뼈, 피부만 가느다랗게 남아버린 것 같았다. 모든 감각이 확장되었다. 작업복이 어깨를 파고들고, 발바닥 아래서 보도블록이 따끔따끔하게 느껴졌고, 심지어 손을 쥐었다 폈다 하는 행동도 관절들이 삐걱대면서 힘이 들었다.

5일 동안 90시간이 넘게 일을 했다. 진실부 내의 모든 사람이 그랬다. 이제 모두 끝났고, 윈스턴은 그야말로 할 일이 없었다. 내일 아침까지 어떤 업무도 없었다. 은신처에서 여섯 시간을 보내고 나서 자기 침대에서 아홉 시간을 잘 수도 있었다. 온화한 오후 햇살을 받으면서 지저분한 거리를 느릿느릿 걸으며 채링턴 씨네 가게로 향했다. 한편으로는 순찰대를 경계하고 있었지만, 오늘 같은 오후에는 누구한테도 방해받을 위험이 없다는 비합리적인 확신이 들었다. 들고 있던 무거운 가방이 걸을 때마다 계속 무릎을 치며 다리 피부를 찌릿찌릿 자극했다. 가방 안에는 그 책이 들어 있었다. 벌써 6일째 가지고 다녔지만 들여다보기는커녕 아직 펴보지도 못했다.

증오 주간의 여섯째 날에 행렬, 연설, 환호, 상영, 전시, 북을 치고 트럼펫을 꽥꽥대고 쿵쿵 행진하고 탱크가 으르렁거리며 굴러가고 비행기들이 떼를 지어 하늘을 울리고 총소리가 귀청을 찢던 6일이 지난 후에, 집단 오르가즘이 절정으로 치닫고 유라시아에 대한 광범위한 증오가 끓어올라 정신병

수준에 도달해, 만일 군중이 마음대로 할 수 있었더라면 마지막 날 공개 교수형을 당한 2천 명의 유라시아 전쟁범죄자들은 조각조각 났을 게 분명했는데, 바로 그 시점에, 오세아니아가 유라시아와 전쟁 중이 아니라는 발표가 나왔다. 오세아니아는 이스트아시아와 전쟁 중이었다. 유라시아는 동맹이었다.

물론 상황이 바뀌었다고 인정하는 언급은 없었다. 그냥 너무나 갑작스레, 사방에서 동시에, 유라시아가 아니라 이스트아시아가 우리의 적이라는 사실이 알려졌을 뿐이었다. 윈스턴은 그때 런던 중심부 어느 광장에서 집회에 참가하고 있었다. 밤이었고, 눈부신 조명에 하얀 얼굴들과 주홍 현수막들이 섬뜩하게 빛났다. 광장에는 감시단의 제복을 입은 천여 명의 아이들을 포함해 수천 명의 군중이 빽빽하게 모여 있었다. 주홍색 천이 덮인 연단에서 작고 마른 몸에 어울리지 않는 긴 팔, 커다란 머리통 위에 얼마 안 남은 머리카락이 맥없이 뒤엉킨 내부당의 연사가 군중을 향해 열변을 토하고 있었다. 동화에 나오는 사악한 난쟁이 같은 인물이, 증오에 뒤틀린 얼굴로, 한 손으론 마이크를 틀어쥐고, 뼈만 남은 팔 끝에 달린 커다란 손으로는 허공을 위협적으로 할퀴어댔다. 확성기를 통해 쨰져 나오는 목소리가 왕왕 울려 퍼지며 잔혹 행위, 학살, 추방, 약탈, 강간, 포로 고문, 민간인 폭격, 거짓 선전, 부당한 침략, 조약 위반 등을 끝도 없이 늘어놓았다. 그걸 들으면서 즉각 믿고 격분하지 않기란 거의 불가능했다. 군중의 분노가 계속 끓어올라, 수천 명의 목청에서 미친 듯 터져 나오는 야수 같은 함성 속에 연사의 목소리는 수시로 묻혀버렸다. 가장 사나운 함성을 지르는 것은 아이들이었다. 연설이 20분쯤 지났을 때 전령이 서둘러 단상으로 올라가더니 연사에게 쪽지 하나를 건네주었다. 연사는 쉬지 않고 연설을 계속하면서 쪽지를 펴서 읽었다. 목소리도, 표정도, 말하는 내용도, 그 무엇도 변함이 없는 채, 돌연 나라 이름만 바뀌었다. 무슨 말이 나오진 않았지만 군중들 위로도 알아들었다는, 수용의 파장이 너울거렸다. 오세아니아는 이스트아시아와 싸우고 있었다! 다음 순간, 엄청난 소란이 일어났다. 광장을 장식하고 있는 현수막과 포스터가 몽땅 틀렸다! 거의 절반에 이르는 현수막과 포스터에 잘못된 얼굴이 들어가 있었다. 방해 공작 때문이었다! 골드스타인의 첩자들 짓이었다! 잠시 동안 벽에 붙인 포스터를 뜯고 현수막을 갈기갈기 찢어 발로 짓밟는 소동이 일어났다. 감시단은 지붕으로 기어올라 굴뚝에 매달려 거리에서 펄럭이던 깃발 달린 끈들을 끊는, 비범한 활약상을 보여주었다. 그러나 소동은 2, 3분 내에 끝났다. 연사는 계속 마이크를 부여잡고, 몸을 있는 대로 앞으로 내밀고, 나머지 손을 날카롭게 휘저으며 연설을 계속 이어나갔다. 1분 후에는 다시 군중에게서 흉포한 고함이 터져 나왔다. 표적이 변한 것이외에는, 조금 전과 똑같은 증오 행사가 계속되었다.

생각해보면 윈스턴이 감명받은 점은, 연사가 문장 하나를 끝마치기도 전에 말을 바꾸었다는 것이다. 잠시 말을 끊지도 않았고, 문법을 틀리지도 않았다. 하지만 소동이 벌어지던 순간 윈스턴은 다른 일에 정신이 쏠려 있었다. 포스터가 뜯기는 혼란스러운 와중에 얼굴을 미처 보지 못한 어떤 남자가 어깨를 톡톡 두드리더니 말을 걸었다. "실례합니다. 가방을 떨어뜨리셨네요." 윈스턴은 아무 말 못 하고 황망히 가방을 받았다. 수일 내로는 가방을 들여다볼 기회가 없다는 것을 알고 있었다. 집회가 끝나자마자, 23시가 다 되었지만 윈스턴은 곧장 진실부로 갔다. 진실부의 직원들 모두 그렇게 했다. 벌써 텔레스크린에서 직장으로 돌아가라는 명령이 나오고 있었지만, 굳이 그럴 필요도 없었다.

오세아니아는 이스트아시아와 전쟁 중이었다. 오세아니아는 언제나 이스트아시아와 전쟁 중이었다. 5년간의 정치 문서들이 이제 대부분 문제가 되었다. 모든 종류의 기록, 신문, 책, 문서, 영화, 녹음, 사진, 모두 번개 같은 속도로 수정되어야 했다. 국장들로부터 딱히 지시는 없었지만 일주일 내에 유라시아와의 전쟁에 대한, 이스트아시아와의 동맹에 대한 모든 언급을 없애버려야 한다는 것을 모두 알고 있었다. 감당하기 힘든 업무량이었다. 게다가 관련된 업무들을 제대로 지칭할 수도 없었다. 기록국 사람들은 모두 하루에 열여덟 시간씩 일하며 두세 시간씩 쪽잠을 잤다. 지하실에서 매트리스를 가져와 복도에 부려놓았다. 구내식당 직원들이 샌드위치와 빅토리 커피로 이루어진 식사를 수레로 날라주었다. 자러 갈 차례가 되어 자리를 뜨기 전에 윈스턴은 되도록 책상 위의 일들을 다 해치우고 가려고 노력했지만, 눈을 억지로 뜨고 쑤시는 몸을 이끌고 자리로 돌아와보면, 매번 다시 눈사태처럼 쏟아져 내린 종이 두루마리가 책상 위를 뒤덮어 '말쓰기'도 반쯤 파묻고 바닥까지 흘러넘쳐 있었다. 그래서 늘 제일 먼저 할 일은 종이들을 가지런히 쌓아 일할 공간을 만드는 것이었다. 무엇보다 힘든 것은 순전히 기계적으로 처리할 수 있는 일이 절대 아니라는 점이었다. 그저 단어 하나를 다른 단어로 대체하기만 해도 되는 경우도 있었지만, 사건들을 상세히 설명한 글은 주의력과 상상력이 필요했다. 이쪽 어떤 곳에서 일어난 전쟁을 다른 쪽 어떤 곳으로 옮기려면 지리 지식도 상당해야 했다.

사흘째가 되자 눈이 참을 수 없도록 아팠고, 몇 분마다 안경을 닦아줘야 했다. 온몸을 쥐어짜는 노역과 사투를 벌이는 기분이었다. 그것은 마치 거부할 권리가 있지만 그럼에도 불구하고 해내고 싶어 집착적으로 매달리는 업무 같았다. 그에게 그것을 기억할 시간이 있는 한, 그가 '말쓰기'에 대고 중얼거리는 말이나 '잉크연필'로 쓰는 글자들이 뻔뻔한 거짓말이라는 사실이 괴롭지는 않았다. 윈스턴은 기록국에서 일하는 그 누구보다도 위조가 완벽하기를 열망했다.
여섯째 날 아침, 종이 두루마리 나오는 속도가 느려졌다. 30분 동안 하나도 나오지 않더니, 하나가 더 나오고, 더 이상 아무것도 나오지 않았다. 거의 비슷한 시점에 사무실 전체가 한가해지기 시작했다. 여기저기서 깊고 은밀한 한숨이 새어 나왔다. 결코 입 밖에 낼 수 없는 엄청난 과업을 완수한 것이다. 이제 어느 누구도 오세아니아가 유라시아와 전쟁을 했었단 문서 증거를 내밀 수 없게 되었다. 12시가 되자 뜻밖에도 모든 직원이 내일 아침까지 쉬어도 좋다는 지시가 내려왔다. 윈스턴은 그동안 일할 때는 양발 사이에 끼워두고 잠잘 때는 깔고 자던 '그 책'이 든 가방을 가지고 집으로 가서, 면도를 하고 거의 졸면서 미지근한 물에 목욕을 했다.
도발적일 정도로 우두둑거리는 무릎 관절을 끌고 윈스턴은 채링턴 씨네 가게 윗방으로 올라갔다. 피곤했지만 더 이상 졸리지 않았다. 창문을 열고, 더럽고 조그만 기름 난로에 불을 피우고 커피를 끓일 물을 한 냄비 올렸다. 줄리아가 곧 도착할 터였다. 그러는 동안 책을 봐야 했다. 후줄근한 안락의자에 앉아 가방을 열었다. 묵직한 책은 어설픈 검은 제본에, 표지에는 아무 이름도 제목도 씌어 있지 않았다. 인쇄 상태 역시 좀 고르지 못했다. 여러 사람의 손을 거친 듯 종이 가장자리가 헤어져 있고 책장이 쉽게 넘어갔다. 속표지에는 제목이 이렇게 씌어 있었다.

과두적 집산주의의 이론과 실제

이매뉴얼 골드스타인 저

윈스턴은 읽기 시작했다.

1장 무지는 힘

역사가 기록되기 시작한 이래, 대략 신석기 시대가 끝난 이후로 세상에는 상층, 중간층, 하층, 세 부류의 사람이 존재했다. 여러 가지 세부 계층으로 나뉘었고, 셀 수 없이 다양한 이름으로 생겨났으며, 상호적인 태도뿐 아니라 차지하는 비율 역시 시대에 따라 달랐지만, 사회의 근본 구조는 바뀐 적이 없었다. 엄청난 격변과 돌이킬 수 없어 보이는 변화가 일어난 후에도 같은 구조가 다시 나타났다. 자이로스코프를 한쪽으로 아무리 최대한 밀어도 언제나 평형 상태로 되돌아가는 것처럼 말이다.

이 세 집단의 목표는 결코 양립할 수 없다…….

윈스턴은 잠시 읽기를 멈추고 자신이 안전하고 편안하게 책을 읽고 있다는 사실 자체를 음미했다. 텔레스크린도 없고, 열쇠 구멍으로 엿듣는 사람도 없고, 주위를 두리번거리거나 손으로 책을 가리고픈 불안한 충동도 들지 않았다. 달콤한 여름바람이 뺨을 간질였다. 어디 멀리서 아이들 고함소리가 희미하게 들려왔다. 방 안에는 깔짝거리는 시계 소리뿐이었다. 윈스턴은 안락의자에 몸을 푹 기대고 벽난로 가로대에 발을 올려놓았다. 이 순간이 축복이자 영원처럼 느껴졌다. 문득 윈스턴은, 결국에 한 단어도 빠짐 없이 모두 읽고 또다시 읽을 책임을 아는 사람이 종종 그러듯이, 지금 읽는 곳을 덮고 다른 곳을 펼쳐보았다. 3장이었다.

3장 전쟁은 평화

세계가 세 개의 초거대 국가들로 나뉘는 것은 20세기 중반 이전에 예상 가능했고, 또 예측되었던 일이다. 러시아가 유럽을 흡수하고 미국이 영국을 흡수하면서 현재의 3대국 가운데 유라시아와 오세아니아의 상당 부분이 형성되었다. 세 번째 이스트아시아는 혼란스러운 전쟁이 10년 더 이어진 끝에 틀이 잡혔다. 세 개의 초거대 국가들 사이 국경은 임의적인 곳도 있고 전황에 따라 유동적인 곳도 있지만, 대체로 지리적 경계를 따랐다. 유라시아는 유럽의 북부 전체와 아시아의 광활한 면적을 차지하며 포르투갈에서 베링 해협까지 가로질렀다. 오세아니아는 아메리카 대륙과 대서양 섬들, 영국제도, 호주 등 남양주, 아프리카 남부를 차지했다. 이스트아시아는 이보다 좀 작고 서쪽 경계는 뚜렷하지 않지만, 중국과 그 남쪽 나라들, 일본열도, 드넓지만 변동성이 큰 만주 지방, 몽고, 티베트를 포함했다.

이들 세 초거대 국가는 지난 25년간 서로 이렇게 또 저렇게 동맹을 맺고 끊임없이 전쟁 중이다. 그러나 전쟁은 더 이상 20세기 초에 그랬던 것처럼 필사적이고 파멸적인 싸움이 아니다. 서로를 파괴할 수 없는 초거대 국가는 제한적 목적하에 전쟁을 벌이며, 싸움에 물질적 원인이 있는 것도 아니고 진정한 이념적 차이로 인해 갈라진 것도 아니다. 그렇다고 해서 전쟁 방식이나 상대에 대한 감정이 덜 잔인하거나 더 신사적인 것도 아니다. 그 반대로 전쟁의 광기가 모든 나라에 광범위하고 지속적으로 퍼져 있으며, 강간, 약탈, 아동 학살, 전주민의 노예화, 포로를 삶아 죽이거나 산 채로 묻는 등의 앙

갚음이 태연하게 자행되며, 적이 아니라 자기편이 행했을 경우는 공덕으로까지 간주된다. 하지만 실질적 차원에서 전쟁에는 아주 적은 수의 인원만 참가하며, 대부분 고도로 훈련된 전문가들에 의해 수행되어 사상자의 수는 얼마 안 된다. 전투가 일어난다 해도 보통 사람들은 잘 모르는 완충 국경 지대나 해상 교통로의 요충지를 지키는 해상 요새 주변에서 벌어진다. 후방의 도시에서 전쟁이란 그저 만성적 소비재 부족과 간헐적 미사일 폭격, 그에 따른 사상자 수십 명으로 체감될 뿐이다. 사실 전쟁의 성격은 바뀌었다. 보다 정확히 말해 전쟁을 벌이는 이유의 중요도 순서가 바뀌었다. 20세기 초 대규모 전쟁 때도 이미 존재했으나 역할이 적었던 동기들이 이제는 지배적 동기들이 되었고 의식적으로 인지되며 활약하고 있다.

몇 년마다 동맹이 바뀌어도 전쟁은 항상 똑같기 때문에, 현대 전쟁의 본질을 이해하기 위해서는, 우선 전쟁으로 결판나는 게 없다는 사실을 깨달아야 한다. 세 초거대 국가 가운데 어느 둘이 동맹을 맺는다 해도 나머지 하나를 확실히 정복할 수가 없다. 국력이 너무 대등하여 자연적 방어 조건도 너무 굳건하다. 유라시아는 광대한 영토의 보호를 받고, 오세아니아는 대서양과 태평양을 끼고 있으며, 이스트아시아는 주민들의 다산성과 근면함이 방패막이가 돼준다. 두 번째로, 더 이상 물질적으로 얻어낼 것이 없다. 자족적 경제가 확립되어 생산과 소비가 제대로 맞물리면서 이전 전쟁들의 주원인이었던 시장을 둘러싼 경쟁이 종식되었고, 자원 쟁탈전도 더 이상 생사여탈의 문제가 아니다. 어쨌든 세 초거대 국가 모두 광대하다 보니 필요한 물자는 거의 다 자국 내에서 조달할 수 있는 것이다. 전쟁에 직접적인 경제적 목적이 있다고 하면 그것은 노동력의 확보다. 초거대 국가들의 경계 사이에는 그 어느 편에도 영구적으로 복속되지 않는, 모로코의 탕헤르, 콩고의 브라자빌, 호주의 다윈, 홍콩을 꼭짓점으로 하는 사각형의 지역이 존재하는데, 이곳의 인구가 세계 인구의 약 5분의 1을 차지한다. 이 인구 밀집 지역과 북극을 차지하기 위해 세 초거대 국가가 끊임없이 싸우는 것이다. 누구도 이 분쟁 지역 전체를 온전히 소유해본 적이 없다. 이런저런 지역의 지배국이 끊임없이 변하며, 이런저런 지역을 조금이라도 차지하기 위한 기습적 배신 행위들 때문에 동맹 관계가 끊임없이 변한다. 분쟁 지역들에는 모두 귀한 광물 자원이 묻혀 있으며, 추운 지역에서는 상대적으로 비싼 비용을 들여 합성해야 하는, 고무나무와 같은 중요한 식물이 몇몇 곳에서 재배된다. 하지만 무엇보다 이들 지역은 저렴한 노동력의 무한한 보고다. 아프리카 적도 부근, 중동 지역, 인도 남부, 인도네시아 군도를 차지하는 세력은 수천, 수억의 값싸고 튼튼한 일꾼들을 손에 넣게 된다. 이 지역 주민들은 공공연한 노예 상태로 전락하여 이 세력의 지배에서 저 세력의 지배로 넘어가면서, 더 많은 무기를 생산하고 더 많은 영토를 획득하고 더 많은 노동력을 확보하는 경쟁 속에 석탄이나 석유와 다를 바 없이 소모된다. 그렇게 해서 또 더 많은 무기를 생산하고 더 많은 영토를 획득하고 더 많은 노동력을 확보하자는, 끝도 없는 반복이다. 결코 분쟁 지역 너머로는 전쟁이 확대되지 않는다는 점을 주목해야 한다. 유라시아 국경은 콩고 분지와 지중해 북부 해안 사이를 오락가락한다. 인도양과 태평양 섬들은 끊임없이 오세아니아와 이스트아시아에 점령당하고 탈환당한다. 몽골에서는 유라시아와 이스트아시아를 가르는 국경선이 정착될 날이 없다. 극지는 사실상 대부분 사람이 살지도 않고 탐험도 되지 않은 거대한 땅이지만 세 초거대 국가 모두 소유권을 주장한다. 그럼에도 불구하고 세 국가 간의 힘의 균형은 늘 비슷하게 유지되고 각국의 중심부 지역은 침략당하는 일이 없다. 더구나 적도 부근 주민들의 노동력 착취가 세계 경제에 꼭 필요한 것도 아니다. 세상의 풍요에 어떤 기여도 하지 않는다. 그들이 생산한 것은 모두 전쟁 목적으로 사용되며, 전쟁의 목적은 언제나 또 다른 전쟁을 시작하는 데 더 나은 입지를 창출하기 위해서이기 때문이다. 노예 노동은 끝없는 전쟁을 더욱 가속화시킬 뿐이다. 노예 노동이 없다고 해도 세계의 사회 구조와 그 유지 과정은 본질적으로 달라지지 않을 것이다.

현대 전쟁의 1차적 목적은 (이중생각의 원리에 의하면 내부당 수뇌부는 이 목적을 인정하면서도 인정하지 않는데) 전반적인 생활수준을 향상시키지 않고 기계로 생산된 제품들을 다 써버리는 것이다. 19세기 말 이후 산업 사회에는 잉여 소비재 처리 문제가 내포돼 있었다. 그러나 현재의 인류 대다수가 먹을 것도 충분치 않은 지금으로선 분명 긴급한 사안이 아니고 인위적인 노력을 하지 않아도 문제가 되지 않을 수 있었다. 오늘날 세계는 1914년 이전에 비해 쇠락하고 굶주리고 있으며 그 당시 사람들이 상상했던 미래와 비교하면 더욱 황폐하다. 20세기 초 지식인들이 대부분 마음 한구석에서 상상해 보았던 미래는, 믿을 수 없을 만큼 부유하고 여유롭고 질서정연하며 효율적인, 유리와 금속과 눈처럼 흰 콘크리트로 이루어진, 반짝이는 무균 사회였다. 과학과 기술이 비범한 속도로 발전하고 있었고 자연히 계속 그렇게 발전하리라 기대되었다. 하지만 그렇게 되지 않았다. 계속 이어진 전쟁과 혁명들이 야기한 빈곤 때문이기도 했고, 도전적 사고방식이 필요한 과학과 기술의 진보는 엄격한 통제 사회에서 살아남을 수 없기 때문이기도 했다. 그리하여 전반적으로 세상은 50년 전보다 퇴보했다. 몇몇 문제적 영역들이 발전했고 전쟁이나 감시 통제 관련 기기들이 다양하게 발달했지만, 실험이나 발명은 대부분 중단되었고 1950년대 원자탄으로 인한 파괴는 온전히 복구되지 못했다. 게다가 문명의 기계화로 인해 잠재된 위험은 여전히 남아 있다. 기계가 처음 등장했을 때 모든 지식인은 인간이 더 이상 단순 노동을 할 필요가 없어질 것이며 아예 인간 사회의 불평등까지 대부분 사라질 거라 확신했다. 만일 기계가 그런 목적을 위해 사용된다면 몇 세대 지나지 않아 굶주림, 과로, 더러움, 문맹, 질병 등은 없어질 것이다. 기계가 실제로 그러한 의도로 사용되지는 않았지만, 일종의 자연스러운 과정의 결과로, 부가 생산되자 때로는 분배되지 않을 수 없었기에 19세기 말과 20세기 초 약 50년간 인간의 평균 생활 수준이 획기적으로 향상되었다.

그러나 전반적인 부의 증가는 계급사회를 위협했고 실제로 붕괴시키기도 했다. 모든 사람의 노동시간이 줄어들고 충분한 영양을 섭취하며 주거 내 욕실과 냉장고가 있고 개인이 자동차나 심지어 비행기를 소유하는 사회에서는, 가장 두드러지며 그래서 아마도 가장 중요할 형태의 불평등은 이미 사라진 것이다. 부가 보편화되면 그것으로는 차이를 구분지을 수 없다. 물론 개인적 소유물과 향락이라는 방식으로 '부'가 골고루 분배되는 반면에 '힘'은 여전히 소수의 특권 계층이 쥔 세상도 상상 가능하다. 그러나 실제로 그런 사회는 오래 안정을 유지할 수 없다. 왜냐하면 모두 똑같은 여유와 안전을 누리게 되면, 보통은 가난에 마취돼 있던 대다수의 인류가 지식을 습득하게 되고 자신을 위해 생각하는 법을 배우게 되기 때문이다. 그렇게 되면 소수의 특권층이 쓸모없다는 걸 조만간 깨닫게 되어 싹 쓸어버릴 것이다. 장기적으로 볼 때 계급사회란 결국 가난과 무지를 기반으로 할 때만 가능하다. 20세기 초 몇몇 사상가들이 꿈꾼 것처럼 과거 농경 사회로 되돌아가는 것은 실질적인 해결책이 아니다. 거의 세계 전역에서 본능과도 같은 경향이 된 기계화의 흐름에 역행하는 문제일 뿐만 아니라, 산업적으로 뒤처진 나라는 군사적으로 허약해져서 다른 발전한 경쟁국의 직간접적 지배를 받을 수밖에 없기 때문이다.

그렇다고 해서 재화 생산을 제한해 대중을 빈곤 상태에 묶어두는 것도 만족할 만한 해결책은 아니다. 1920에서 1940년 사이 자본주의의 최종 단계 때 상당 정도 자행된 일이었다. 많은 국가들의 경제가 침체 속에 방치되었고, 땅은 경작되지 않았으며, 자본 설비는 보충되지 않고, 상당수의 인구가 일자리를 얻지 못한 채 국가 구호금으로 근근이 살았다. 그러나 이 역시 군사력 약화를 유발했고, 궁핍을 벗어날 수 있는 길이 뻔히 보였으므로, 저항이 일어날 수밖에 없었다. 문제는 산업의 바퀴를 계속 굴리면서도 진정한 사회적 부를 증가시키지 않을 방법이었다. 재화는 생산되어야 했지만 분배되어서는 안 되었다. 이를 실현할 방법은 끊임없는 전쟁뿐이었다.

전쟁은 본질적으로 파괴 행위다. 꼭 인간의 생명이 아니어도, 노동의 생산물을 파괴하면 된다. 전쟁은 대중을 너무 편안하게, 그리하여 지나치게 똑똑하게 만들 수도 있는 재화들을 산산조각 내고 허공에 쏟아버리고 바닷속에 가라앉히는 수단이다. 심지어 전쟁에서 무기들이 꼭 부서지지 않더라도, 무기를 제조해서 노동력을 낭비함으로써 다른 소비재가 생산되지 않도록 하는 편리한 방편으로 삼는다. 일례로 해상 요새 한 곳만 해도, 화물선 수백 척을 건조할 수 있는 노동력을 묶어둔다. 결국 누구에게도 물질적 이득이 되지 못한 채 해상 요새가 노후해 폐물이 되면, 더욱 엄청난 노동력을 투입해 또 다른 해상 요새가 건설된다. 원칙적으로 전쟁은 국민들의 기본적 필요를 충족시키고 남는 잉여분을 소진하도록 계획된다. 하지만 실제로 국민들의 필요는 항상 과소평가되고 그 결과 생필품의 반은 만성 부족 상태가 된다. 하지만 이는 오히려 이점으로 간주된다. 특혜 집단도 의도적으로 궁핍 상태 직전에 두는 정책을 시행하는 것이다. 전반적인 부족 사태가 악화되면 작은 특전도 중요해지고 집단 간 차이도 부각된다. 20세기 초를 기준으로 보면 오늘날 내부당원들조차 고생스럽고 내핍한 생활을 한다. 그럼에도 불구하고 그들이 누리는 커다랗고 설비가 잘 된 아파트, 질 좋은 옷, 더 좋은 음식과 술과 담배, 두세 명의 하인들, 개인 자동차나 헬리콥터 등의 얼마 안 되는 사치 행태가 내부당과 외부당을 다른 세상처럼 나누고, 또한 외부당원들은 소위 '무산'이라는 극빈 대중과 비교해 비슷한 우위를 누린다. 이런 사회 분위기는 적군에 포위된 중세 시대 성 내부와 비슷해서 말고기 한 덩이로 부자와 빈자가 나뉜다. 동시에 전쟁 중이라는, 즉 위기 상황이라는 의식 때문에 소수 계층의 권력 독점이 당연하면서 생존에 불가피한 선택이라 느껴지게 된다.

전쟁은 꼭 필요한 파괴 작업을 수행하지만, 파괴 작업이 심리적으로 수용 가능한 방식으로 수행되어야 한다는 것을 알 수 있다. 원칙적으로는 신전과 피라미드를 짓거나, 구멍을 팠다가 다시 메우거나, 막대한 양의 재화를 생산했다가 불을 질러버리는 식으로 간단히 잉여 노동력을 낭비할 수 있다. 그러나 이렇게 하면 경제적인 해결은 될망정 계급사회의 감성적 기반은 충족시켜주지 못한다. 여기서 중요한 것은, 열심히 일만 하면 되고 태도는 상관없는 대중의 의욕이 아니라, 당원들의 의욕이다. 가장 별 볼 일 없는 당원이라도 유능하고 부지런하며 심지어 제한된 범위에서나마 지적이어야 하지만, 또한 공포, 증오, 추종, 열광과 도취 같은 감정들에 금방 휘둘리는, 순진하고 무지한 광신도여야 할 필요가 있다. 한마디로 전시에 적합한 정신 구조여야 하는 것이다. 실제로 전쟁이 일어나고 있는지는 문제가 안 된다. 그리고 어차피 완전한 패배나 승리는 불가능하므로, 전황이 좋든 나쁘든 상관이 없다. 그저 전쟁 상태이기만 하면 된다. 당원들에게 요구되는 지성의 분열은 전쟁 분위기에서 더 쉽게 달성되며 이제 거의 보편화되었지만, 직급이 올라갈수록 더 두드러진다. 전쟁 광증과 적국에 대한 증오가 가장 강한 것은 분명 내부당원들이다. 관리자로서의 위치 때문에 내부당원은 종종 이런저런 전쟁 보도가 사실이 아니라는 것을 알 필요가 있고, 전쟁 전부가 위장이어서 아예 일어나지 않았거나 공언된 목적과 실제로는 다른 목적하에 벌어지고 있음을 알 수도 있다. 하지만 그런 지식은 이중생각의 기술로 쉽게 중화된다. 그러고 나면 전쟁은 진짜이고 오세아니아가 전 세계를 확고하게 정복하는 승리가 예정되어 있다는 내부당원들의 불가사의한 믿음은 한순간도 흔들리지 않는다.

모든 내부당원은 이런 정복의 날 도래를 신조로 믿는다. 영토를 점진적으로 복속시키거나 어떤 혁신적이고 대적 불가능한 무기를 발명하여 압도적인 힘의 우세를 달성하리라는 것이다. 신무기 개발은 부단히 계속되고 있으며, 이는 창의적이며 탐구적인 유형의 사람들이 출구를 찾을 수 있는, 몇 가지 남지 않은 활동 가운데 하나다. 오늘날 오세아니아에는 과거와 같은 의미에서의 과학은 거의 존재하지 않는다. 새말에는 '과학'이라는 단어가 없다. 과거의 모든 과학적 성과의 기초를 이룬 실험적 사고방식은 영사의 가장 기본적 원칙에 위배된다. 그리고 기술은 그 생산물이 어떤 식으로든 인간의 자유를 축소하는 데 쓰일 때만 발전한다. 모든 쓸모 있는 기술들에 대해 세상은 멈춰 있거나 퇴보 중이다. 여전히 밭은 말이 쟁기를 끌어 경작하는 반면에 책은 기계가 쓴다. 그래도 극히 중요한 문제, 즉 전쟁과 치안 감시 기술에 대해서는 실험적 접근이 여전히 장려된다. 혹은 적어도, 용인된다. 당의 두 가지 목표는 지표면을 몽땅 정복하는 것과 독립적 사고의 가능성을 끝까지 근절시키는 것이다. 그리하여 당이 풀어내고자 하는 두 가지 큰 과제는, 타인의 생각을 본인의 의사와 관계없이 알아낼 방법, 그리고 미리 들키지 않고 수억 인구를 몇 초 만에 죽이는 방법이다. 오늘날까지도 계속되는 과학적 연구는 이 주제에 대해서뿐이다. 오늘날 과학자들은 아주 미세하고 평범한 얼굴 표정, 몸짓, 어조의 의미를 탐색하거나 약물, 충격 요법, 최면, 육체적 고문의 실토 효과를 시험하는 심리학자와 심문관이 혼합된 형태거나, 생명을 빼앗는 일과 관련된 특정 분야만 연구하는 화학자, 물리학자, 생물학자 들이다. 평화부의 수많은 실험실과 브라질 밀림, 호주 사막, 남극의 외딴 섬들에 숨겨진 과학 기지들에서 전문가들이 지칠 줄 모르고 연구하고 있다. 오직 미래 전쟁의 병참술만 개발하는 전문가들도 있고, 더욱더 큰 미사일, 더욱더 강력한 폭발, 더욱더 뚫기 어려운 장갑판을 고안하는 전문가들도 있다. 대륙 전역의 식물을 일시에 고사시킬 분량의 수용성 독극물 생산 방안이나 새로운 치명적인 독가스, 온갖 항체를 무력화시킬 병균 배양을 연구하는 과학자들도 있다. 또 어떤 과학자들은 마치 물속을 다니는 잠수함처럼 땅속으로 다닐 수 있는 운송 수단을, 선박처럼 기지에 매이지 않아도 되는 비행기를 만들기 위해 애를 쓰거나, 심지어 더욱 가능성이 희박해 보이는, 수천 킬로미터 떨어진 우주에 걸린 렌즈를 통해 태양 광선을 모으거나 지구 중심부의 열을 건드려 인공 지진과 해일을 일으키는 연구를 한다.

하지만 이런 연구 가운데 조금이라도 현실화된 경우는 전혀 없으며, 세 초거대 국가 가운데 다른 나라보다 현저히 앞서 나간 곳도 없다. 이보다 주목할 만한 점은, 세 나라 모두 원자탄이라는, 현재의 어떤 연구 작업이 생산해낼 무기보다 훨씬 강력한 무기를 이미 가지고 있다는 점이다. 당은 늘 그랬듯 당이 원자탄을 발명했다고 주장하지만, 원자탄이 처음 등장한 것은 이미 1940년대이며 약 10년 뒤에 처음 대규모로 사용되었다. 당시 주로 러시아의 유럽 지역과 서유럽 및 북미의 산업 중심지에 수백 대의 원자탄이 떨어졌다. 그 결과를 본 모든 국가의 지배 집단은 원자탄이 조금만 더 사용되었다간 인간 사회가 멸망하리라는, 즉 자신들의 권력이 끝장나리라는 점을 깨달았다. 그 후로, 정식 협약이 체결되거나 제의가 나오지도 않았지만, 더 이상 원자탄은 투하되지 않았다. 세 국가 모두 그냥 원자탄을 계속 생산하며 조만간 꼭 닥치리라 모두가 믿는 결정적 기회에 대비해 차곡차곡 비축하고 있다. 그러는 동안 전쟁 기술은 30년 혹은 40년째 거의 정체 상태다. 헬리콥터가 예전보다 많이 사용되고, 폭격기는 대부분 미사일 발사로 대체되었으며, 이동성은 뛰어나지만 침몰하기 쉬운 전함 대신 거의 난공불락인 해상 요새가 이용되고 있다. 그 이외에는 거의 발전이 이루어지지 않고 있다. 탱크, 잠수함, 어뢰, 기관총, 심지어 소총과 수류탄도 여전히 사용된다. 인쇄 매체와 텔레스크린에서 보도하는 끝없는 살상 소식에도 불구하고, 예전 전쟁들처럼 몇 주 만에 수십만, 심지어 수백만이 전사하기도 하는 무모한 전투는 결코 되풀이되지 않는다.

세 국가 가운데 누구도 심각한 패배의 위험을 무릅쓰는 작전을 시도하지 않는다. 대규모 작전은 보통 동맹국에 기습 공격을 가할 때 계획된다. 세 국가가 가지고 있는, 혹은 가지고 있는 척하는 전략은 모두 똑같다. 그러니까 교전, 협상, 시기적절한 뒤통수치기, 이 세 가지를 조합하여 경쟁국 중 하나를 완전히 에워싸는 기지들을 구축한다. 그런 다음 그 경쟁국과 강화조약을 맺고 오랜 세월 평화 관계를 유지하며 의심을 잠재운다. 이 시기 동안 원자탄을 탑재한 미사일들을 모든 요충지에 모아놓는다. 마침내 동시에 모두 발사되어 보복이 불가능할 정도로 무참히 파괴시킨다. 그런 다음엔 남아 있는 국가와 강화조약을 맺어서 다음 공격을 준비할 차례다. 말할 필요도 없지만, 이런 책략은 실현될 수 없는 백일몽일 뿐이다. 더욱이 적도와 극지 주변 분쟁 지역 외에선 교전이 일어난 적이 없다. 적국 영토는 절대 공격하지 않는다는 말이다. 몇몇 지역에서 초거대 국가들 간의 국경이 미확정인 이유다. 예를 들어 유라시아는 지리적으로 유럽의 일부인 영국 제도를 손쉽게 차지할 수 있고, 오세아니아는 독일의 라인강이나 폴란드의 비슬라강까지 국경선을 확장시켜볼 수도 있지만, 그렇게 되면 공식화된 적은 없어도 모두가 암묵적으로 인정하는 원칙을 위반하고 문화적 통일성을 해치게 된다. 만일 오세아니아가 한때 프랑스나 독일이었던 지역을 병합하고자 한다면, 그곳 주민들을 몰살시키는 엄청난 물리력을 고생스레 동원해야 하거나, 기술적으로는 오세아니아와 비슷한 수준으로 발전한 1억에 가까운 인구에 대해 동화 사업을 벌여야 한다. 다른 초거대 국가들도 사정은 마찬가지다. 이런 구조에서 제한적인 예외, 즉 전쟁 포로나 유색인 노예가 아닌 다음에야 외국인과 접촉해서는 절대 안 된다. 심지어 현재의 공식 동맹국에게도 항상 최악의 의심을 품어야 한다. 전쟁 포로를 제외하면 오세아니아의 일반 주민이 유라시아나 이스트아시아의 주민을 구경할 기회는 없고, 외국어 습득도 금지돼 있다. 외국인을 만나게 되면 그들 역시 우리와 다르지 않은 존재임과 그동안 외국인들에 대해 들었던 대부분의 말이 거짓임을 알게 될 것이고, 그동안 폐쇄되어 살아온 세계가 무너지고, 공포와 증오와 독선에 의지하고 있던 믿음은 허공 속으로 흩어져버릴 것이기 때문이다. 그러므로 이란, 이집트, 인도네시아, 스리랑카의 점령군이 아무리 자주 바뀌어도, 폭탄을 제외한 그 무엇도 국경선들을 넘어가서는 안 된다는 것을, 모든 초거대국가들이 깨닫고 있다.

저런 거짓말들 근저에는, 입 밖에 내서 말하는 사람은 없어도 암묵적으로 이해되며 적용되는 사실이 하나 있다. 즉 세 국가의 삶의 환경이 모두 아주 비슷하다는 점이다. 오세아니아의 지배 이념은 '영사'라고 한다. 유라시아에서는 '신 볼셰비즘', 이스트아시아에서는 보통 '죽음 숭배'라고 번역되는 중국말인데, '자아 말살'이라고 해석하는 게 나을 것이다. 오세아니아의 주민은 다른 두 이념에 대해 아무것도 알아서는 안 되지만, 그들의 도덕과 상식에 대해서는 천인공노할 놈들이라 혐오하도록 교육받는다. 사실 세 이념은 거의 구분이 불가능하며 그 이념이 떠받치는 사회 체제 역시 구분이 무의미하다. 모두 똑같은 피라미드 구조에, 똑같이 반쯤 신격화된 지도자를 숭배하고, 계속되는 전쟁에 의해, 전쟁을 위해 경제가 돌아간다. 따라서 세 국가는 서로를 정복할 수 없을 뿐 아니라, 그렇게 해봤자 얻는 이득도 없다. 반대로 세 국가는 경쟁 상태를 유지함으로써 서로에게 버팀목이 돼준다. 서로 기대고 선 세 다발의 짚단처럼 말이다. 늘 그렇듯 세 국가의 지배 집단은 자신들이 하고 있는 짓을 의식하면서도 동시에 의식하지 않는다. 그들은 세계 정복에 평생을 헌신하면서도 또한 전쟁이 승리 없이 영원히 계속되어야 함을 안다. 한편으로는 정복당할 위험이 없기 때문에 현실 부정이 가능해지는 것이 영사와 그 경쟁 사상 체제들의 특징이기도 하다. 여기서 아까 말했던 내용을 다시 한번 되새길 필요가 있을 것 같다. 즉 끊임없는 지속성으로 인해 전쟁의 성격이 근본적으로 바뀌었다는 점이다.

과거에 전쟁은 개념상 보통 틀림없는 승리나 패배로 조만간 귀결되는 사건이었다. 과거에 전쟁은 또한 인간 사회가 물리적 현실과 접촉을 유지하는 주요 도구 가운데 하나였다. 어떤 시대든 통치자들은 피지배자들에게 거짓된 세계관을 심어주려 노력해왔지만, 군사적 효율성을 해칠 만한 환상을 심어줄 여유는 없었다. 전쟁의 패배가 주권 상실이나 여타 전반적으로 바람직하지 못한 결과를 초래하는 한, 패배하지 않도록 아주 조심할 수밖에 없었다. 물리적 사실을 무시할 수도 없었다. 이념, 종교, 윤리, 정치로는 2 더하기 2를 5라고 할 수도 있었지만, 총기나 비행기를 설계할 때는 4가 되어야만 했기 때문이다. 비효율적인 국가들은 언젠가 정복을 당하게 돼 있었고, 효율을 따지다 보면 환상이 들어설 자리는 좁아진다. 더구나 효율성을 높이기 위해서는 과거로부터 배워야 했다. 즉 과거에 일어난 일에 대해 상당히 정확한 지식을 가지고 있어야 한다. 물론 신문과 역사책은 편향되고 왜곡되기 마련이었지만, 오늘날 자행되는 방식과 같은 위조는 불가능했을 것이다. 전쟁은 정신을 깨어 있도록 만드는 든든한 안전장치 가운데 하나였고, 지배 계급에게 있어서는 가장 중요한 안전장치일 수도 있었다. 전쟁에 승리와 패배가 엄존하는 한, 어떤 지배 계급도 완전히 비효율적일 수는 없었다.

그런데 전쟁이 그야말로 계속 이어지게 되면, 전쟁은 더 이상 위험하지 않게 된다. 전쟁이 끊임없이 계속되면, 군사적 필수 요건 같은 것도 없어진다. 기술 발전은 멈추고, 너무나 명백한 사실들도 부정되거나 간과된다. 앞서 보았듯 과학이라 부를 수 있는 연구들이 여전히 전쟁을 위해 수행되고 있지만, 본질적으로는 일종의 공상에 불과하며 결과를 보여주지 못하고 실패해도 상관없다. 효율성은, 심지어 군사적 효율성도, 더 이상 필요치 않다. 오세아니아에서는 사상경찰을 제외하면 그 어떤 것도 효율적이지 않다. 초거대 국가들이 서로 정복될 수 없으니, 각각 사실상 분리된 우주처럼 그 안에서는 거의 어떤 왜곡된 생각도 문제없이 실행해볼 수 있다. 현실의 힘은 오직 일상적 생존 욕구를 통해서만 발휘된다. 먹고, 마시고, 집과 옷을 얻고, 독극물이나 추락 사고를 피하고자 하는 등의 욕구 말이다. 생존과 죽음, 육체적 쾌감과 통증은 여전히 구분할 수 있지만, 그게 다다. 외부 세계와도 과거와도 접촉이 끊긴 오세아니아 주민들은 항성 간 우주의 허공에 떠 있는 사람처럼 어느 쪽이 위고 어느 쪽이 아래인지도 알 수 없게 되었다. 그런 국가의 통치자들은 파라오나 카이사르도 넘보지 못한 절대적 지위를 누린다. 짐스러울 만큼 많은 수의 피지배자들이 굶어 죽지 않게 신경 써야 하고 경쟁국들과 같은 수준의 군사력은 유지해야 하지만, 최소한의 의무만 챙기고 나면 현실은 멋대로 뒤틀어놓을 수 있다.

그리하여 예전 기준으로 봤을 때 오늘날의 전쟁은 사기에 불과하다. 마치 반추 동물의 뿔이 그런 각도로 나 있어서는 싸워봤자 서로를 해칠 수 없는 것과 같다. 그러나 이런 전쟁이 비현실적이라고 해서 의미가 없다고 할 수는 없다. 잉여 소비재를 소진시키며, 계급사회에 필요한 특유의 정신적 분위기를 조성시켜주기 때문이다. 전쟁은, 앞으로 보게 되겠지만, 이제 순전한 국내 문제가 되었다. 과거에는 모든 나라의 지배 집단이, 물론 그들도 공통의 이익 지점을 인지하고 있어서 전쟁의 파괴 행위를 제한하긴 했지만, 진심으로 상대편과 싸움을 벌였고 승리한 쪽이 패배한 쪽의 모든 재화를 빼앗는 것이 당연했다. 우리 시대의 지배 집단은 서로 싸우지 않는다. 전쟁은 지배 집단이 자국의 피지배층을 상대로 벌이는 것이며, 전쟁의 목표는 타국의 영토를 빼앗거나 자국의 영토를 지키는 것이 아니라 사회 구조를 고스란히 유지하는 것이다. 그러므로 '전쟁'이라는 단어 자체가 오해되고 있다. 끝없이 계속되기 때문에 전쟁은 더 이상 존재하지 않게 되었다고 하는 편이 정확할 것이다. 신석기 시대와 20세기 초 사이에 인간에게 발휘되었던 전쟁의 특별한 힘은 사라졌고, 뭔가 아주 다른 것이 되었다. 세 국가가 서로 싸우는 대신 각자의 국경선 내에서 침범받지 않고 영원히 평화롭게 살기로 합의한다고 해도 결과는 거의 비슷할 것이다. 그렇게 해도 외부의 위협이라는 각성적 자극만 사라져버린 채, 각자 자족적 우주를 이룰 것이기 때문이다. 진정 영원한 평화는 영원한 전쟁과 똑같다. 대다수 당원들은 깊이 이해하지 못하지만, 이것이 '전쟁은 평화'라는 당의 표어가 품고 있는 진짜 뜻이다.

윈스턴은 잠시 읽기를 멈췄다. 어딘가 멀리서 미사일이 폭발하는 굉음이 울렸다. 금지된 책을 읽으며 텔레스크린

없는 방에 혼자 있다는 행복한 기분은 그대로였다. 고독과 안전하다는 감각이 어쩐지 육체적으로 느껴지면서 몸의 피로와 안락의자의 푹신함, 창에서 불어드는 산들바람에 간질거리는 뺨의 촉감 같은 것들과 뒤섞였다. 윈스턴은 책에 푹 빠졌다. 더 정확히 말하면, 윈스턴에게 확신을 주었다. 어떤 의미에선 책이 하고 있는 말엔 새로울 것이 없었지만, 그래서 더 끌리기도 했다. 윈스턴의 두서없던 생각들을 대신 질서 있게 표현해주었다. 윈스턴과 비슷하지만 훨씬 강하고 체계적이고 두려움이 없는 정신의 소유자가 쓴 책이었다. 최고의 책이란 이미 우리가 아는 내용을 말해주는 책이라는 생각이 들었다. 다시 1장을 펴는데 계단에서 줄리아의 발소리가 들렸다. 윈스턴은 의자에서 일어나 줄리아를 맞았다. 줄리아는 갈색 도구 가방을 바닥에 던져놓고 윈스턴의 품 안으로 뛰어들었다. 일주일 만에 만나는 거였다.

"그 책 받았어." 몸을 떼며 윈스턴이 말했다.

"아, 그랬어? 잘됐네." 줄리아가 무심하게 대꾸하고 거의 즉시 난로 옆에 무릎을 꿇고 커피를 끓이기 시작했다.

둘은 침대에서 30분을 보내고 나서야 다시 책 이야기를 꺼냈다. 저녁이 되자 선선해서 이불을 한 겹 더 덮고 싶을 정도였다. 창문 밖에서는 친숙한 노랫소리와 돌바닥에 장화 부딪는 소리가 들려왔다. 이 방에 처음 오던 날 보았던 억센 붉은 팔뚝의 여자는 거의 붙박이처럼 늘 그 마당에 나와 있었다. 낮 시간 내내 빨래 통과 빨랫줄 사이를 힘차게 왔다 갔다 하며, 빨래집게를 입에 물고 있지 않을 때는 신나게 노래를 불러댔다. 줄리아는 침대 한쪽에 누워 벌써 잠에 빠져들고 있었다. 윈스턴이 바닥에 손을 뻗어 책을 집어 들고 침대 머리맡에 기대앉았다.

"같이 이걸 읽어야 해." 윈스턴이 말했다. "당신도. 형제단이면 읽어야지."

"당신이 읽어줘." 줄리아가 눈을 감고 말했다. "큰 소리로. 그게 제일 좋겠어. 그다음엔 설명해줘."

시곗바늘이 6을 가리키고 있었다. 18시라는 뜻이니, 서너 시간 더 있을 수 있었다. 윈스턴을 책을 무릎에 놓고 읽기 시작했다.

1장

무지는 힘

역사가 기록되기 시작한 이래, 대략 신석기 시대가 끝난 이후로 세상에는 상층, 중간층, 하층, 세 부류의 사람이 존재했다. 여러 가지 세부 계층으로 나뉘었고, 셀 수 없이 다양한 이름으로 생겨났으며, 상호적인 태도뿐 아니라 차지하는 비율 역시 시대에 따라 달랐지만, 사회의 근본 구조는 바뀐 적이 없었다. 엄청난 격변과 돌이킬 수 없어 보이는 변화가 일어난 후에도 같은 구조가 다시 나타났다. 자이로스코프를 한쪽으로 아무리 최대한 밀어도 언제나 평형 상태로 되돌아가는 것처럼 말이다.

"줄리아, 자?" 윈스턴이 물었다.

"아니, 내 사랑, 듣고 있어. 계속해. 훌륭하네."

윈스턴은 계속 읽었다.

이 세 집단의 목표는 결코 양립할 수 없다. 상층의 목표는 자신들의 위치를 유지하는 것이다. 중간층의 목표는 상층의 자리를 차지하는 것이다. 하층은 늘 변함없는 고된 일상에 치여 그 밖의 문제에 대해서는 일시적인 관심 이상을 가지기 힘든 특성이 있긴 하지만, 만일 하층민에게 목표가 있다면, 그것은 모든 차별을 폐지하고 모든 사람이 평등한 사회를 만드는 것이다. 그리하여 역사 속에서 비슷한 형태의 투쟁이 반복적으로 일어난다. 오랜 세월 상층이 확고한 권력을 누리는 듯해도, 자신에 대한 믿음이나 통치 능력을 잃는 때가 조만간 반드시 찾아온다. 그렇게 되면 중간층이 자유와 정의를 위해 싸우는 척 하층을 자기편으로 끌어들여 상층을 전복한다. 중간층은 목표를 달성하자마자 하층을 예전의 억압 상태로 다시 밀어 넣고 자기들이 상층이 된다. 그러고 나면 곧 새로운 중간층 사람들이 상층이나 하층에서, 혹은 둘 다에서 갈라져 나오고 투쟁이 다시 시작된다. 상층, 중간층, 하층 가운데 잠깐이라도 자신들의 목표를 달성해보지 못한 이들은 하층뿐이다. 역사를 통틀어 물질적 의미에서의 진보가 일어난 적이 없다고 하면 지나친 과장일 것이다. 쇠퇴기에 들어선 오늘날에조차 평균적인 삶의 물리적 조건이 몇 세기 전보다 훨씬 좋다. 하지만 부의 확장도, 방식의 온건화도, 개혁이나 혁명도, 인간의 평등에는 조금도 기여하지 못했다. 하층의 입장에서는 어떤 역사적 변화도 지배층의 이름이 바뀐 것 이상의 의미는 없다.

19세기 말이 되자 이런 역사의 반복을 많은 사람들이 의식하게 되었다. 그러자 역사를 순환의 과정으로 해석하는 사상가 학파들이 등장해, 불평등이 인간 사회의 불가피한 원리임을 주장하기 시작했다. 물론 이런 주의를 신봉하는 자들은 늘 있었지만, 주장 방식에 중대한 변화가 나타났다. 과거에 계급 구조가 필요하다는 주장은 분명 상층을 위한 것이었다. 왕과 귀족들 혹은 사제나 법관 같은 기생 집단이 늘어놓던 주장이었고, 사후에 공상적 세계에서 보상받으리란 감언이설이 보통 덧붙었다. 중간층은, 권력을 차지하려 분투 중인 경우에는

는 자유, 정의, 인류의 형제애 같은 말을 들먹였다. 그런데 이제, 아직 권력을 차지하지 못했으나 곧 그리되기를 바라는 지위의 사람들이 형제애 같은 관념을 공격하기 시작했다. 과거에 중간층은 평등의 기치 아래 혁명을 일으켰고, 낡은 폭압 정치를 무너뜨리자마자 새로운 폭압 정치를 일으켜 세웠다. 그러나 새로운 중간층은 자기들도 폭압 정치를 하겠다고 사실상 미리 공표했다. 사회주의는 19세기 초에 등장한 이론으로서, 고대 노예 반란까지 거슬러 올라가는 사상의 연쇄 과정 중 마지막 고리이면서, 지난 시대들의 유토피아 이론에 깊은 영향을 받았다. 그러나 20세기 이후 등장한 사회주의의 다양한 변형들은 자유와 평등을 실현하겠다는 목표를 더욱더 공공연히 포기해버렸다. 20세기 중반 나타난 새로운 기치인 오세아니아의 '영사', 유라시아의 '신 볼셰비즘', 이스트아시아의 소위 '죽음 숭배'는 비자유와 불평등을 영속화하겠다는 의식적 목표를 가지고 있다. 이 새 기치들은 물론 옛날 이념에서 자라 나온 것이라, 옛날 이름을 유지하고 입에 발린 말을 하려는 성향이 있다. 어쨌든 이 셋의 목표는 모두 진보를 저지하고 일정 시점에 역사를 동결시키는 것이다. 낯익은 진자 운동이 한 번 더 일어나고 멈추려 하고 있었다. 늘 그랬듯 상층이 중간층에 의해 전복되고 중간층은 상층이 되려 했다. 그런데 이번엔, 의식적 전략 수립을 통해, 지배 집단이 자신들의 위치를 영구히 유지할 수도 있게 되었다.

이런 전략이 가능했던 것은, 역사 지식이 축적되고 19세기 이전에는 거의 불가능했던 역사적 통찰이 깊어진 덕분이기도 했다. 역사의 순환을 이제는 쉽게 이해할 수 있었다. 또는 그런 것 같았다. 그리고 이해가 가능하다면, 변경도 할 수 있을 것 같았다. 그런데 가장 중요하며 기반을 이루는 요인은, 20세기 초에 이미 사회적 평등이 기술적으로 가능해졌다는 점이었다. 인간은 타고난 재능이 동등하지 않으니, 어떤 이들은 남들보다 더 특혜를 받을 수 있는 방식으로 역할이 나뉘어야 한다는 것은 여전히 사실이다. 하지만 더 이상 계급 차별이나 부의 격차 같은 것이 벌어질 필요는 없는 것이다. 옛날에는 계급 차별이 불가피했을 뿐 아니라 바람직했다. 불평등은 문명의 대가였다. 그러나 기계를 이용한 생산의 발달로 상황이 바뀌었다. 여전히 다양한 일을 할 다양한 사람들이 필요하다고 해도, 더 이상 그들 사이에 사회적, 경제적 격차가 벌어질 필요는 없었다. 그러므로 권력을 막 장악하려는 신흥 세력의 입장에서 보면 인간의 평등은 더 이상 싸워 얻어내야 할 이상이 아니라 피해야 할 위험이었다. 무지했던 시대에는 정의롭고 평화로운 사회란 사실상 불가능했고, 그래서 그런 이상을 믿기도 쉬웠다. 법도 없고 잔혹한 노동도 없는 지상낙원에서 형제애로 함께 살아가자는 이상은 수천 년간 인류의 상상력을 끈질기게 괴롭혔다. 그리고 이러한 전망은 각각의 역사적 격변으로 실질적 이득을 얻은 집단들에게도 영향을 미쳤다. 프랑스, 영국, 미국 혁명의 후손들은 나름대로 인간의 보편권, 언론의 자유, 법 앞의 평등에 대해 일정 부분 믿었고, 어느 정도는 영향을 받아 국정을 운영했다. 하지만 20세기 중반이 되자 모든 정치 사상의 주류는 독재정치가 되었다. 지상낙원은 그것의 실현이 가능해진 바로 그 순간 불신의 대상이 되었다. 모든 신흥 정치 이론은, 스스로를 무어라 부르든 간에, 계급 제도와 통제 사회로 되돌아갔다. 또한 1930년경부터 시작된 전반적인 정세의 경색으로, 재판 없는 투옥, 전쟁 포로의 노예화, 공개 처형, 자백을 받아내기 위한 고문, 인질의 이용, 집단 추방 등 오래전에, 심지어 수백 년 전에 폐지되었던 방식들까지 다시 횡행하게 되었을 뿐 아니라, 소위 진보적이며 깨어 있다고 하는 사람들에 의해서 용인과 옹호를 받게 되었다.

영사와 다른 경쟁 정치 이론들이 완전히 체계를 갖추고 등장한 것은 국제전, 내전, 혁명, 반혁명이 세계 전역에서 10년에 걸쳐 일어난 후였다. 하지만 이런 이념들의 불길한 전조였던, 전체주의라 통칭되는 여러 체제들이 20세기 초에 이미 등장했고, 이렇게 확산되던 혼돈으로부터 출현할 세계의 대체적인 윤곽도 이미 오래전에 분명해졌다. 어떤 집단이 이런 세계를 지배할지도 마찬가지로 분명해졌다. 새로운 귀족은 대부분 관료, 과학자, 기술자, 노조 운동가, 홍보 전문가, 사회학자, 교사, 언론인, 정치가들로 구성되었다. 이들은 원래 중간층 봉급생활자와 노동 계급의 상류층 출신으로, 독점 산업자본과 중앙 집권 정부가 만들어낸 삭막한 세상에서 결집되고 형성되었다. 과거의 지배층과 비교하면 덜 탐욕스럽고 덜 사치스러웠으나 순수한 권력욕에는 더욱 굶주려 있었다. 무엇보다 자기들이 현재 하고 있는 일에 대해 제대로 자각을 하고 있었으며 반대 세력의 분쇄에 더욱 열심이었다. 이 마지막 차이점이 참 중요하다. 오늘날과 비교하면 과거의 독재정치는 모두 열의가 부족하고 비효율적이었다. 지배 집단이 늘 어느 정도 자유주의 사상에 물들어 이런저런 문제점들을 방기하면서, 겉으로 드러나는 움직임만 주시하고 피지배자들의 생각에는 관심이 없었다. 심지어 중세의 카톨릭 성당도 현대의 기준으로 보면 관용이 넘쳤다. 과거엔 주민들을 지속적으로 감시할 역량이 없었기 때문이기도 하다. 그러다가 인쇄술의 발명으로 여론 조작이 쉬워졌고, 영상과 음성 방송 기술의 발달로 더욱 상황이 가속되었다. 하나의 기계로 동시에 영상을 보내고 받을 수 있는 기술까지 개발되자 사생활은 종말을 고했다. 모든 주민, 혹은 적어도 감시할 필요가 있는 주민은 하루 24시간 경찰의 감시와 정부의 선전에 노출되고, 다른 통로는 모두 차단당하게 만들 수 있었다. 역사상 처음으로 정부의 뜻에 대한 완전한 복종뿐 아니라 모두에게 획일적 의견을 강요하는 일이 가능해졌다.

1950-1960년대 혁명기를 거친 후 사회는 언제나 그랬듯 상층, 중간층, 하층으로 재편성되었다. 하지만 이번 상층은 그냥 본능에 따라 행동하던 예전 모든 지배자들과 달리 자기 지위를 지키기 위해 어떻게 해야 하는지 알고 있었다. 과두정치의 유일하게 확실한 기반은 집산주의임을 오래전에 깨달았던 것이다. 부와 특권은 공동으로 소유했을 때 가장 쉽게 방어될 수 있다. 20세기 중반에 일어난 소위 '사유재산'의 폐지는 사실상 이전보다 더 소수의 사람들에게 부를 집중시키는 것이었다. 하지만 차이는 있었다. 새로운 부의 소유자들은 다수의 개인이 아니라 하나의 집단이었다. 사소한 소지품을 제외하고 당원은 개인적으로 아무것도 소유하지 않는다. 오세아니아에서는 집산주의에 따라 당이 모든 것을 소유한다. 당의 판단에 따라 생산물을 처분하고 모든 것을 통제한다. 혁명 이후 수년에 걸쳐 차곡차곡 장악해가면서도 당이 거의 저항을 받지 않은 이유는 이 모든 과정이 집산화 절차로 설명되었기 때문이다. 자본가 계급이 축출되고 나면 으레 사회주의가 오는 것으로 당연히 생각되었고, 의문의 여지 없이 자본가들은 축출되었다. 이들로부터 빼앗은 공장, 광산, 토지, 주택, 교통수

단 등 모든 것이 더 이상 사유재산이 아니니, 공공의 재산이 되는 것이 수순이었다. 초기 사회주의 운동에서 자라나 용어들을 물려받은 영사는 실제로 사회주의의 주요 과제들을 실천했다. 그 결과 이전에 예견되고 의도된 대로 경제적 불평등은 영구화되었다.

하지만 계급사회의 영속화를 위해서는 이것만으로 부족하다. 지배 집단이 권력을 잃는 경우는 네 가지뿐이다. 외부 세력의 공격을 받거나, 비효율적 통치로 민중이 반란을 일으키거나, 강력한 중간 계급 내 불만 집단이 등장하도록 방치하거나, 지배 집단 자체가 자신감과 의욕을 잃거나 하는 경우다. 이런 요인들은 단독으로 작용하기보다 통상 네 가지가 다 어느 정도씩 존재한다. 이 모두를 막을 수 있는 지배 집단은 영원히 지배할 수 있을 것이다. 결국 결정적 요소는 지배 집단의 정신 자세다.

20세기 중반 이후 사실상 외부 세력의 위험은 사라졌다. 지금 세계를 분할하고 있는 세 초거대 국가들은 현실적으로 정복이 불가능하다. 점진적이나마 인구에 변화가 생길 때는 가능하겠지만, 광범위한 권력을 가진 정부로서는 쉽게 해결할 수 있는 문제다. 민중의 반란 역시 이론적 위험에 불과하다. 대중은 결코 스스로 반란을 일으키지 않으며, 압제를 받는다고 해서 반란을 꾀하지도 않는다. 정말이지 비교 대상을 볼 기회가 주어지지 않는다면, 압제를 받는지도 알지 못할 것이다. 과거의 주기적 경제 위기는 전혀 필요가 없어졌으므로 이제는 일어날 수 없지만, 다른 못지않은 문제적 혼란이 일어나더라도 정치 문제가 되진 않는 이유는 불만 지점을 명확히 표현할 방법이 없기 때문이다. 기계 기술의 발달로 인한 우리 사회의 만성 과잉 생산 문제는 끊임없는 전쟁으로 해결(3장을 보라)되는데, 또한 대중의 정신 자세를 다잡기에도 유용한 수단이다. 그러므로 현재 지배 집단에게 유일한 진짜 위험은 그들 내부로부터 자유주의와 회의주의가 자라나, 능력 이하의 일을 하느라 권력에 굶주린 이들이 갈라져 나오는 사태다. 말하자면 문제는 교육이다. 지도자 집단과 그 바로 아래 인원이 더 많은 실행자 집단, 양쪽의 의식을 끊임없이 성형시켜야 한다. 대중의 의식은 그저 적당히 주무르면 된다.

이런 배경을 알고 나면 누구나 오세아니아 사회의 전반적인 구조를 유추할 수 있을 것이다. 피라미드의 정점에는 빅 브라더가 있다. 빅 브라더는 완전무결하고 전능하다. 모든 성공, 모든 업적, 모든 승리, 모든 과학적 발견, 모든 지식, 모든 지혜, 모든 행복, 모든 미덕이 빅 브라더의 직접 지도나 감화를 받은 결과다. 빅 브라더를 본 사람은 아무도 없다. 광고판에 그려진 얼굴, 텔레스크린에서 나오는 목소리뿐이다. 언제 태어났는지도 상당히 애매한 데다, 합리적으로 추론해볼 때

죽을 리도 없는 인물임을 알 수 있다. 빅 브라더란 당이 세상에 자신을 보여주기 위해 사용하는 가면 같은 존재다. 조직보다는 개인에게 바치기가 쉬운 사랑, 두려움, 숭배 등 감정들을 모으는 초점 역할을 한다. 빅 브라더 아래는 내부당이 있다. 인원은 6백만가량으로, 오세아니아 인구의 2퍼센트 미만으로 제한된다. 내부당 아래는 외부당으로, 내부당이 나라의 두뇌에 비유된다면 외부당은 손으로 비유될 수 있다. 그 아래는 우리가 습관적으로 '무산'이라 부르는 어리석은 민중이 있으며, 인구의 85퍼센트에 달한다. 앞서 말한 분류법으로는 '하층'에 해당한다. 끊임없이 점령군이 바뀌는 적도 부근 지역의 노예 인구는 이런 구조하에서 영구적이거나 필수적인 요소는 아니다.

원칙적으로 이 세 계급은 세습이 아니다. 이론상 내부당원의 아이가 날 때부터 내부당원이 되는 것은 아니다. 입당은 열여섯 살에 치르는 시험으로 결정된다. 인종차별이나 딱히 압도적인 지역적 우대도 없다. 유대인, 흑인, 순수 인디오 혈통의 남미인 모두 당의 최고위층에서 볼 수 있고, 지역 관리들은 언제나 지역 주민 가운데서 나온다. 멀리 떨어진 수도에 의해 통치를 받는 식민지 주민이라는 기분이 드는 곳은 오세아니아 어디에도 없다. 오세아니아에는 수도가 없고 허울상의 수장이 어디에 있는지 아무도 모른다. 영어가 제1공용어이고 새말이 공식 언어라는 것만 빼면 어떤 식으로도 중앙 집권화 되어 있지 않다. 지배 집단은 혈연 관계가 아니라 공동의 원칙에 대한 충성심으로 묶여 있다. 우리 사회가 일견 세습제처럼 보일 정도로 매우 엄격하게 계급화돼 있는 것은 사실이다. 서로 다른 계급 간의 상하 이동은 자본주의나 심지어 산업 시대 이전보다도 훨씬 힘들다. 내부당과 외부당 사이에는 어느 정도 이동이 일어나지만, 내부당에서 허약한 부분들을 몰아내고 야심만만한 외부당원을 승진시켜 문제가 일어나지 않도록 하는 정도다. 무산 계급은 사실상 당원이 될 수 없다. 출중한 자들, 불만의 핵이 될 가능성이 있는 자들은 사상경찰에 간단히 찍혀 제거된다. 하지만 이런 원칙이 있는 것도 아니고, 이런 상황이 앞으로도 계속될 필요는 없다. 당은 과거와 같은 의미의 계급이 아니다. 권력을 자식들에게 물려주려는 것이 목표가 아니므로, 가장 능력 있는 사람들을 상층에 유지시킬 다른 방법이 없다면 언제든 새로운 세대 전체를 무산 계급 내에서 충원할 준비가 돼 있다. 당이 세습제가 아니라는 점은 격변의 시기에 저항을 중화시키는 데 대단한 역할을 했다. 구식 사회주의자들은 소위 '계급 특권'에 맞서 싸우는 습관이 들었기에 세습이 아닌 것은 영구적일 수 없다고 생각했다. 과두정치가 친족에 의해 지속될 필요가 없음을 예견하지 못했고, 세습 귀족제는 언제나 단명한 반면, 카톨릭 성당 같은 채용 조직은 때로 수백 수천 년을 지속했다는 점을 성찰하지 못했다. 과두제 통치의 정수는 아버지에서 아들로 이어지는 상속이 아니라, 이전 세대에서 새 세대로 이어지는 특정 세계관과 생활 방식의 유지에 있다. 후계자를 지명할 수 있는 한, 지배 집단은 동일하게 유지된다. 당이 관심을 기울이는 것은 혈통의 지속이 아니라 당 자체의 지속이다. 지배 구조가 동일하게 유지되는 한, '누가' 권력을 휘두르는지는 중요하지 않다.

우리 시대를 특징짓는 모든 신념, 관습, 취향, 정서, 정신 자세가 당에 대한 신비감을 지키고 현 사회의 진짜 본질을 가리기 위해 기획된다. 실질적 반란이나 반란 이전의 어떤 사전 움직임도 현재로선 가능하지 않다. 무산 계급에 대해서는 아무것도 두려워할 것이 없다. 그들끼리 내버려두면, 수 세기를 이어 세대를 거듭하는 동안 일하고, 번식하고, 죽으며, 반역 충동을 느끼기는커녕 세상이 지금과 다를 가능성조차 인식하지 못할 것이다. 산업 기술의 진보로 무산 계급에 대한 교육이 더 필요해질 경우는 위험할 수 있겠지만, 군사적, 상업적 경쟁이 더 이상 의미가 없어진 이래 대중 교육의 수준은 사실상 낮아지고 있다. 대중이 무슨 생각을 하는지, 혹은 무슨 생각을 하지 않는지는 중요하지 않다. 그들은 지성이 없기 때문에 지적 자유도 가질 수 있다. 반면에 당원들은, 전혀 중요하지 않은 문제에 대한 아주 작은 일탈적 생각도 허용되지 않는다.

당원들은 태어나서 죽을 때까지 사상경찰의 감시하에서 산다. 혼자일 때조차 정말 혼자라고 확신할 수 없다. 어디에 있든, 수면 중이거나 깨어 있든, 작업 중이거나 쉬든, 목욕 중이거나 침대에 있든, 어떤 통보도 없이 조사를 받을 수 있으며, 알지도 못하는 새 감시당할 수 있다. 예사로이 넘길 수 있는 행동은 아무것도 없다. 교우 관계, 휴식 시간, 아내와 자식들에 대한 행동, 혼자 있을 때의 표정, 잠꼬대, 심지어 특유의 버릇조차 모두 면밀히 관찰된다. 실제 저지른 비행뿐 아니라 아무리 작은 기행이라도, 내적 갈등의 징후일 수 있는 신경질적 행동이나 습관의 변화는 반드시 감지해낸다. 그러나 막상 행동을 규제하는 법이나 명확히 체계화된 행동 규칙은 없다. 오세아니아에는 법이 없다. 발각되면 죽을 게 확실한 생각과 행동도 공식적으로는 금지돼 있지 않고 끝없는 숙청, 체포, 고문, 감금, 증발 등은 실제로 저지른 범죄에 대한 처벌이 아니라 앞으로 죄를 저지를 가능성이 있는 자들을 제거하기 위한 조치다. 당원들은 올바른 생각을 가져야 할 뿐 아니라 올바른 본능을 가져야 한다. 당원들에게 요구되는 자세와 신념은 많은 경우 어디에도 공공연히 명시돼 있지 않으며, 명확히 하려다가는 영사에 내재한 모순을 만천하에 까발릴 수밖에 없다. 타고난 정통파(새말로는 '좋은생각자')라면 굳이 생각해보지 않아도 어떤 상황에서든 무엇이 진정한 믿음 혹은 바람직한 감정인지 알 수 있을 것이다. 그러나 어쨌든 어린 시절에 정교한 정신 훈련을 거치며 '범죄멈춤, 흑백, 이중생각' 같은 새말 단어들로 사고가 범주화된 당원들은, 어떤 주제에 대해서도 깊이 생각할 능력이 없고 그러고 싶어 하지도 않는다.

당원들은 사적인 감정을 가지거나 열광 상태에서 벗어나서는 안 된다. 지속적으로 외국의 적들과 반역자들에 대해 광분하고, 승리를 환호하고, 당의 권위와 지혜 앞에서 겸손해야 한다. 삭막하고 힘든 삶에 대한 불만을 열심히 외부로 돌리며 '2분 증오' 같은 방법을 통해 표출하고, 회의적이거나 반항적인 태도를 유발할 가능성이 있는 통찰력은 조기 정신 교육을 통해 미리 죽인다. 어린아이들에게도 적용되는 이런 교육의 첫 번째이자 가장 기본적인 단계는 새말로 '범죄멈춤'이라 한다. 범죄멈춤이란 마치 본능처럼 위험한 생각을 시작 때부터 딱 멈추는 방법을 뜻한다. 여기에는 유사점을 파악하고 논리적 오류를 인지하지 못하는 능력, 영사에 불리하면 아주 간단한 논쟁도 오해하는 능력, 이단적 방향으로 흘러갈 소지가 있는 생각은 지루해하거나 반발심을 느끼는 능력도 포함된다. '범죄멈춤'은 간단히 말해 방어적 멍청함을 뜻한다. 하지만 멍청함만으로는 부족하다. 온전한 의미에서의 정통파는 마치 곡예사의 몸처럼 자신의 사고 과정을 마음대로 구부릴 수 있어야 한다. 오세아니아 사회의 궁극적 기반은 빅 브라더의 전지전능과 당의 무오류에 대한 신념이다. 하지만 실제로는 빅 브라더가 전지전능하지도 않고 당이 오류를 저지르지 않는 것도 아니어서, 그때그때 유연하게 현실을 대하면서도 지치지 않을 필요가 있다. 이때 중요한 말이 '흑백'이다. 다른 수많은 새말이 그렇듯 '흑백'은 두 가지 상호 모순되는 의미를 담고 있다. 적에게 사용할 때는, 검은 것이 흰 것이라는 말도 안 되는 주장을 뻔뻔스레 하는 습성을 의미한다. 당원에게 사용하면, 당이 지시하면 검은 것도 흰 것이라 기꺼이 말하는 충성심을 의미한다. 또한 '흑백'은 검은 것이 흰 것임을 '믿는' 능력, 더 나아가 검은 것이 흰 것임을 '아는' 능력, 그리고 그 반대를 자신이 믿었다는 사실을 잊어버리는 능력도 의미한다. 그러기 위해서는 끊임없이 과거를 변조시켜야 하는데, 이러한 것을 모두 포용하는 사고 체계를 새말로 '이중생각'이라 한다.

과거의 변조는 두 가지 이유에서 필요하다. 두 가지 중 하나는 부수적인, 즉 예방적인 이유다. 당원들도 무산 계급과 마찬가지로 비교 기준이 없어서 현재의 불만들을 참고 있으니, 외국과는 물론 과거와도 단절될 필요가 있는 것이다. 그래야 예전보다 지금이 더 잘살며 생활수준이 끊임없이 높아지고 있다고 믿을 수 있다. 하지만 과거를 위조해야 하는 훨씬 더 중요한 이유는 당의 무오류성을 지켜줘야 하기 때문이다. 당의 예측이 모든 경우에 들어맞았다는 것을 보여주기 위해 온갖 연설, 통계, 기록을 부단히 갱신해야 할 뿐만 아니라, 원칙의 변화나 정치적 동맹국의 변화 역시 인정해선 안 된다. 생각을 바꾸거나 심지어 정책을 바꾼다는 건 나약함을 내보이는 짓이다. 예를 들어 유라시아든 이스트아시아든 지금 우리의 적국이라고 하면, 그 나라는 언제나 적국이었어야 한다. 만일 이와 다른 사실이 존재한다면 그 사실은 변경되어야 한다. 그렇게 역사는 부단히 다시 씌어진다. 진실부가 수행하는 이런 매일매일의 위조는 사랑부가 수행하는 억압과 감시 활동만큼이나 체제의 안정에 필요하다.

과거의 가변성은 영사의 핵심 교리다. 과거의 사건은 객관적으로 존재하지 않으며 오직 기록된 자료와 인간의 기억 속에서만 존재한다고 주장된다. 과거는 기록과 기억의 합치점이다. 그러므로 당이 모든 기록을 완전히 통제하고 당원들의 정신을 마찬가지로 완벽히 통제하는 한, 당연히 과거는 당이 선택한 대로 존재한다. 또한 당연히, 과거가 변경 가능하다고 해도, 어떤 특정한 과거 사건이 변경된 적은 전혀 없다. 왜냐하면 그때그때 필요에 따라 재창조된 과거는, 그것이 바로 진정한 과거가 되고, 그 어떤 다른 과거도 존재한 적이 없었던 것이기 때문이다. 자주 그렇듯, 같은 사건이 한 해 동안에도 여러 번, 몰라볼 정도로 변경되는 일이 있을 때도 마찬가지다. 언제나 당은 절대적 진실을 보유하며 그 절대적 진실은 지금과 다른 적이 결코 있을 수 없다. 그렇다면 과거의 통제는 무엇보다 기억의 훈련에 달려 있음을 알 수 있다. 어떤 시기의 정설이 모든 문서의 기록과 일치하도록 만드는 것은 단순하고 기계적인 해결책이다. 바람직한 방향으로 사건이 일어났다고 기억도 해야 하는 것이다. 문서 기록을 조작하고 또한 기억도 재정비했다면, 그런 일을 했다는 사실조차 잊어버려야 할 필요가 있다. 이런 기술은 다른 정신 훈련과 마찬가지로 배울 수 있다. 대부분의 당원들, 그리고 특히 정통적일 뿐 아니라 지적인 사람들은 누구나 이 기술을 배운다. 옛말에서는 이를 그냥 솔직하게 '현실 통제'라고 부르지만, 새말에서는 '이중생각'이라고 부른다. 그러나 '이중생각'은 많은 다른 의미도 가지고 있다.

'이중생각'은 두 가지 모순된 신념을 동시에 보유하고 수용할 수 있는 능력이다. 당의 지식인들은 자신의 기억을 어느 쪽으로 수정해야 하는지 알고 있으며, 따라서 자신이 현실을 속이고 있다는 것도 안다. 하지만 또한 '이중생각'을 실행하여 현실은 침해당하지 않았다고 자신을 안심시킬 수도 있어야 한다. 이런 과정은 의식적으로 이루어져야 충분한 정확성이 확보될 수 있지만, 또한 무의식적으로 실행되지 않으면 허위를 저지르는, 그리하여 죄를 짓는 기분을 느끼게 될 수 있다. '이중생각'은 영사의 중심을 차지한다. 왜냐하면 의식적으로 기만을 저지르면서도 완벽한 정직성을 지니고 목적을 확고히 하는 것이 당원들의 핵심 행동 원칙이기 때문이다. 의도적 거짓말을 하면서 진심으로 믿는 것, 불필요한 사실은 잊어버리는 것, 그러고 나서 다시 필요해지면, 꼭 필요한 만큼만 망각에서 끄집어내는 것, 객관적 현실의 존재를 부정하는 것, 그러면서도 부정하는 현실에 충분한 주의를 기울이는 것, 이 모든 것이 꼭 필요하다. '이중생각'이라는 말을 사용할 때조차 이중생각을 실행해야 한다. 그 말을 사용한다는 것은 자신이 현실을 조작하고 있다는 사실을 받아들이는 것이기 때문이다. 다시 한번 이중생각을 작동시켜 그 사실을 지우고, 이런 식으로 무한정 반복되며 거짓말이 항상 진실을 한발 앞서 나간다. 이렇게 해서 이중생각을 통해 당은 역사의 과정을 붙잡아둘 수 있었으며, 우리가 아는 한 앞으로도 수천 년간 계속 그렇게 할 수 있을지도 모른다.

과거의 과두정치 체제들이 권력을 잃은 것은 모두 너무 굳어지거나 물러졌기 때문이다. 멍청하고 거만해져서 변화하는 환경 적응에 실패하고 전복당하거나, 자유주의 사상에 물들고 나약해져서 무력을 사용해야 할 때 양보하다가 또 전복당했다. 즉 그들은 의식적으로든 무의식적으로든 실패했던 것이다. 두 가지 상태가 동시에 존재 가능한 사상 체계를 만들어낸 것이 당의 업적이다. 당의 지배는 이런 지적 토대 위에서만 영속될 수 있다. 지배를 하고자 한다면, 그리고 그 지배가 계속되길 바란다면, 현실감을 교란시킬 수 있어야 한다. 통치의 비결은, 자신은 실수하지 않는다는 확신과 과거의 실수로부터 배우는 능력의 결합에 있다.

말할 필요도 없이, 이중생각을 가장 교묘하게 실행할 수 있는 건 이중생각의 창안자들이며, 그들도 그것이 광대한 정신적 사기 체계란 사실을 잘 알고 있다. 우리 사회에서 현재 벌어지고 있는 일에 대해 가장 잘 알고 있는 사람들이 또한 세상을 가장 있는 그대로 보지 않는 사람들이다. 일반적으로, 이해를 더 잘할수록 망상도 더 크고, 더 지적일수록 더 제정신이 아니다. 이 사실을 잘 보여주는 일례가, 사회적 지위가 올라갈수록 전쟁 광증도 더욱 거세진다는 사실이다. 전쟁을 대하는 태도가 그래도 가장 이성적인 사람들이 분쟁 지역의 피지배민들이다. 이 사람들에게 전쟁은 그저 해일처럼 그들 몸 위로 쓸려 왔다 쓸려 가는 끊이지 않는 재해일 뿐이다. 어느 쪽이 이기는지는 전혀 관심이 없다. 지배자가 바뀌어도 피지배민들은 예전 주인과 똑같은 방식으로, 그들을 대하는 새 주인을 위해 전과 똑같은 일을 할 뿐이라는 걸 알고 있다. 그나마 조금 대우를 받는 일꾼들, 우리가 '무산'이라 부르는 사람들은 전쟁이 일어나고 있다는 걸 이따금씩 깨달을 뿐이다. 필요할 때면 부추기는 대로 공포와 증오의 광란에 동참하지만, 그냥 내버려두면 전쟁에 대해선 오랫동안 잊고 지낼 수 있다. 진정한 전쟁광들은 당 내에, 특히 내부당에 있다. 세계 정복이 불가능함을 알고 있는 자들이 제일 확고하게 세계 정복을 믿는다. 이런 특정 반대 항들의 결합, 즉 앎과 무지, 냉소와 광신의 연결은 오세아니아 사회의 가장 두드러진 특징 가운데 하나다. 공식 이념은 아무 실질적인 필요가 없을 때조차 모순으로 가득 차 있다. 그리하여 당은 사회주의 운동이 원래 지향했던 모든 원칙들을 거부하고 비방하면서도 사회주의의 이름으로 그렇게 한다. 당이 노동 계급에 대해 설파하는 경멸이 과거 수 세기 동안 유례를 찾아볼 수 없을 정도인데도 당원들에게는 한때 육체노동자의 상징이었던 옷을 제복으로 입힌다. 당은 또 체계적으로 가족 간 애정을 훼손하면서 당의 지도자에게는 가족 간 유대감을 정서적으로 유발시키는 명칭을 사용한다. 국민을 통치하는 네 개 부처의 이름은 의도적으로 현실을 뒤집어 붙이는 뻔뻔스러움을 내보인다. 평화부는 전쟁을 관리하고, 진실부는 거짓을, 사랑부는 고문을, 풍요부는 굶주림을 관장한다. 이런 모순들은 우연이 아니며 평범한 위선의 산물도 아니다. '이중생각'의 의도적 실천인 것이다. 왜냐하면 권력은 모순들의 화합을 통해서만이 언제까지나 유지될 수 있기 때문이다. 다른 방법으로는 예로부터 계속되어 온 역사의 순환을 막을 수 없다. 인간이 평등해지는 사태를 저지하기 위해서는, 즉 지금의 상층 자리를 영구 보전하기 위해서는, 통제된 광기가 일반적 정신 상태가 되어야 한다.

하지만 지금까지 우리가 거의 무시해온 질문이 하나 있다. 즉, 왜 인간의 평등을 막아야 하는가, 라는 질문이다. 지금까지 그 과정의 역학이 제대로 기술되었다면, 이렇게 정밀하게 계획된 엄청난 노력을 기울여 역사를 특정 순간에 동결시키고자 하는 동기는 무엇인가?

여기서 우리는 핵심 비밀에 도달한다. 지금까지 보았듯이 당의 비법, 특히 내부당의 비법은 '이중생각'에 의존하고 있다. 하지만 이보다 더 깊은 곳에 자리한 근원적 동기, 의문이 제기된 바 없는 본능이 처음 권력을 탈취하도록 이끌었으며, 이후에 이중생각, 사상경찰, 끝없는 전쟁 등 다른 모든 필요한 번잡한 수단들을 낳았다. 이 동기는…….

새로운 소리가 나면 알아채는 것처럼, 윈스턴은 문득 주위의 고요를 깨달았다. 줄리아는 아까부터 꼼짝도 안 하는 듯했다. 줄리아는 발가벗은 상반신을 드러낸 채 뺨을 받친 손을 베개 삼고서 옆으로 누워 있었다. 검은 머리카락이 흘러내려 눈을 가렸고, 가슴이 천천히 규칙적으로 오르내렸다.

"줄리아?"

대답이 없었다.

"줄리아, 자?"

대답이 없었다. 그녀는 잠들어 있었다. 윈스턴은 책을 덮어 조심스레 바닥에 놓고 누우며 이불을 두 사람 위로 끌어당겼다. 그리고 생각했다. 아직도 최종적 비밀은 알아내지 못했다고. '어떻게' 이렇게 되었는지는 이해했지만, '왜' 이렇게 되었는지는 알지 못했다. 3장처럼 1장에도 사실상 윈스턴이 모르는 내용은 없었다. 이미 알고 있던 내용이 체계화되어 있을 뿐이었다. 하지만 책을 읽고 나자 자신이 미치지 않았다는 사실을 전보다 더 잘 알게 되었다. 소수에 속한다고 해도, 심지어 혼자뿐이라고 해도, 미쳤다고는 할 수 없다. 진실은 존재하고 거짓도 존재하니, 내가 세상 전체에 맞서 진실을 고집한다 해도 나는 미친 것이 아니다. 기울어가는 태양에서 노란 빛줄기가 창문을 통해 비스듬히 들어와 베개 위로 내리쬐었다. 윈스턴은 눈을 꼭 감았다. 얼굴에 쏟아지는 햇살과 몸에 와 닿는 여자의 부드러운 살결을 느끼면서 졸음이 오는 동시에 강한 자신감이 들었다. 윈스턴은 잠에 빠져들며 중얼거렸다. "정상은 통계로 결정되는 게 아냐." 심오한 지혜가 담긴 말이라는 느낌이 들었다.

10

오래 잔 듯한 기분에 일어나보니 구식 시계는 겨우 20시 30분을 가리키고 있었다. 깜빡깜빡 잠에 빠지며 한동안 누워 있는데, 아래 뜰에서 예의 우렁찬 노랫소리가 시작되었다.

덧없는 환상이었을 뿐
4월 어느 하루처럼 지나가버렸네
하지만 휘저어놓은 꿈들, 눈빛 한 번, 말 한마디
내 마음 훔쳐가버렸네!

저 천치 같은 노래가 아직도 인기를 끄는 모양이었다. 여전히 사방에서 들려왔다. 「증오가」보다도 오래 살아남았다. 줄리아도 노랫소리에 깨어나 기분 좋게 기지개를 켜더니 일어나 침대에서 나왔다.

"배고파." 줄리아가 말했다. "커피 더 끓이자. 젠장! 난로가 꺼져서 물도 식었어." 줄리아가 난로를 들어 올려서 흔들었다. "기름이 다 떨어졌어."

"채링턴 노인한테 좀 얻어볼까?"

"이상하네. 분명히 꽉 차 있었는데. 옷을 입어야겠어." 하고 줄리아는 덧붙였다. "추워진 것 같아."

윈스턴도 일어나서 옷을 입었다. 지칠 줄 모르는 목소리는 계속 노래를 부르고 있었다.

> 시간이 약이라 말들 하지만,
> 다 잊을 수 있다 말들 하지만,
> 웃음과 눈물이 해마다 엇갈려,
> 아직도 내 마음을 아프게 해!

작업복의 벨트를 조이며 창문 쪽으로 슬슬 가보니 태양은 이미 집들 뒤로 저물어 안뜰에는 더 이상 빛이 들지 않았다. 보도의 판석들이 방금 씻은 듯 젖어 있었고, 하늘 역시 누가 씻은 듯 굴뚝 사이로 너무나 청명하고 파랗게 빛났다. 여인은 지치지도 않고 힘차게 왔다 갔다 하며 빨래집게를 물었다가 뺐다가, 노래를 불렀다가 멈췄다가 하면서 기저귀를 널고, 또 널고, 또 널었다. 윈스턴은 저 여인이 빨래 일을 받아 먹고사는 건지 아니면 그냥 2, 30명쯤 되는 손주들 빨래를 해줘야 하는 건지 궁금했다. 줄리아도 윈스턴 옆으로 와서 함께 뜰아래 여인의 억센 모습을 홀린 듯 내려다보았다. 여인 특유의 자세, 두꺼운 팔을 빨랫줄로 뻗으며 암말처럼 힘이 넘치는 엉덩이를 쑥 내미는 몸짓을 보다가, 윈스턴은 문득 처음으로 그녀가 아름답다는 생각이 들었다. 50대 여인의 몸이, 아이들을 낳느라 엄청난 몸집으로 불어났다가 노동으로 딱딱해지고 거칠어져 마침내 너무 익은 순무처럼 갈라진 여인의 몸이 아름다울 수 있다는 생각을 전에는 해 본 적이 없었다. 하지만 그랬다. 그렇지 않을 이유가 뭐란 말인가? 소녀의 몸이 장미라면, 화강암 덩어리처럼 단단한 무곡선의 몸, 울긋불긋한 피부는 장미 열매였다. 열매가 꽃에 비해 열등할 이유가 뭐란 말인가?

"아름다워." 윈스턴이 중얼거렸다.

"엉덩이 넓이가 1미터는 되겠는데." 줄리아가 말했다.

"그것도 아름다운 거야." 윈스턴이 말했다. 그는 줄리아의 나긋나긋한 허리를 한 팔로 감싸 안았다. 허리에서 무릎까지 줄리아의 옆부분이 윈스턴에게 밀착되었다. 그들의 몸에서는 어떤 아이도 나오지 않을 것이다. 그것은 그들이 결코 할 수 없는 일이었다. 오직 입에서 나오는 말로만, 정신에서 정신으로만, 그들은 비밀을 전할 수 있었다. 저 아래 여인에겐 생각이 없었다. 여인에겐 그저 강인한 팔과 뜨거운 심장, 비옥한 배가 있을 뿐이었다. 여인이 아이를 몇 명이나 낳았을까 궁금했다. 족히 열다섯 명은 되지 않을까. 그녀에게도 잠깐 들장미처럼 아름다움을 꽃피우던 시기가 1년쯤 있었을 것이다. 그러고 나서 갑자기 수정된 씨방처럼 부풀어 올라 딱딱해지고 붉어지고 거칠어졌을 것이고, 그러고 나서는 처음에는 아이들을 위해, 그다음에는 손주들을 위해, 빨래하고, 솥질하고, 바느질하고, 요리하고, 비질하고, 걸레질하고, 수리하고, 또 솥질하고, 빨래하는 생활을 꼬박 30년 동안 하며 살아왔을 것이다. 그런 삶의 끝자락에서도 여전히 여인은 노래를 부르고 있다. 그런 그녀에게 윈스턴은 알 수 없는 경외를 느끼며, 굴뚝들 너머로 멀리 끝없이 뻗어나가는 빛나는 맑은 하늘을 바라보았다. 하늘은 누구에게나, 유라시아에서나 이스트아시아에서나 이곳에서나 똑같다고 생각하니 이상했다. 그리고 그 하늘 아래 사는 사람들 역시 똑같았다. 이 세상 어디에서나 똑같은 수천, 수만, 수억 명의 사람들이, 서로에 대해 모른 채 증오와 거짓의 벽에 의해 분리되어 있었지만 그럼에도 불구하고 거의 똑같은 사람들이, 생각하는 법을 배운 적은 없지만 심장 속에, 배 속에, 근육 속에 언젠가는 세상을 뒤엎을 힘을 축적하고 있었다. 희망이 가능하다면 그것은 무산들에게 있다! 책을 끝까지 읽지 않고도 윈스턴은 골드스타인의 최종 메시지를 알 수 있었다. 미래는 무산들에게 있다. 그리고 때가 오면 그들이 건설할 세상은 당이 만든 세상만큼이나 윈스턴 스미스에게 끔찍하지 않을 거라고 확신할 수 있을까? 그렇다. 왜냐하면 적어도 그 세상은 제정신일 것이니까. 평등이 있는 곳에 건강한 정신이 깃들 수 있다. 조만간 일어나리라. 잠재력이 의식으로 전환될 것이다. 무산들은 불멸의 존재다. 뜰아래

저 억센 여인을 보면 의심할 수 없었다. 결국 무산들이 깨어날 때가 올 것이다. 수천 년이 걸릴지는 몰라도 그날이 올 때까지 무산들은 모든 역경을 이기고 살아남을 것이며, 당은 가지지도 못하고 없애지도 못하는 활력을, 새들처럼 몸에서 몸으로 물려줄 것이다.

"기억나?" 윈스턴이 물었다. "들판에서 처음 만난 날 우리한테 노래를 불러주던 종달새 말이야."

"우리한테 노래를 불러준 게 아니었어." 줄리아가 말했다. "스스로 즐거워서 부른 거였어. 아니, 그냥 부른 거였지."

새는 노래 부른다. 무산들도 노래 부른다. 당은 노래 부르지 않는다. 온 세상에서, 런던과 뉴욕에서, 아프리카와 브라질에서, 국경 너머 불가사의한 금지된 땅에서, 파리와 베를린의 거리에서, 끝없는 러시아 평원의 마을에서, 중국과 일본의 저잣거리에서, 어디에나 버티고 있는 저 여인과 똑같이 굳건하고 정복 불가능한 사람들이, 노동과 출산으로 거대해진 몸으로, 태어나서 죽을 때까지 고생하면서도 여전히 노래를 부른다. 저 강인한 몸뚱이에서 언젠가 의식 있는 종족이 출현할 것이다. 우리는 죽은 사람들이다. 그들이 미래다. 하지만 그들의 육체가 살아 있듯이 우리의 정신이 살아 있는 한, 그래서 2 더하기 2는 4라는 은밀한 신조를 전달하는 한, 우리도 그 미래에 동참할 수 있을 것이다.

"우린 죽은 사람들이야." 윈스턴이 말했다.

"우린 죽은 사람들이지." 줄리아도 고분고분 동의했다.

"너희는 죽은 사람들이다." 등 뒤에서 냉혹한 목소리가 말했다.

윈스턴과 줄리아는 소스라치며 서로 떨어졌다. 윈스턴은 내장이 얼어붙는 듯했다. 휘둥그레 뜬 줄리아의 눈동자 위아래로 흰자가 드러났다. 얼굴은 누렇게 변했다. 아직도 양쪽 뺨에 남아 있던 연지 자국이 마치 피부와 분리된 듯 도드라져 보였다.

"너희는 죽은 사람들이다." 냉혹한 목소리가 다시 한번 말했다.

"그림 뒤에 있었어." 줄리아가 속삭였다.

"그림 뒤에 있었다." 목소리가 말했다. "그 자리에서 꼼짝 마라. 명령이 있을 때까지 움직이지 말도록."

시작되었다, 드디어 시작되었다! 둘은 서로의 눈을 빤히 보며 서서 아무것도 할 수 없었다. 살아보려 도망치거나, 너무 늦기 전에 집 밖으로 나가거나, 그런 것은 생각할 수도 없었다. 벽에서 들리는 냉혹한 목소리에 복종하지 않겠다는 생각은 떠오르지 않았다. 걸쇠가 풀린 듯 뭔가 딸깍하더니 와장창 유리 깨지는 소리가 났다. 그림이 바닥에 떨어져 그 뒤에 있던 텔레스크린이 드러났다.

"이제 우리가 보일 거야." 줄리아가 말했다.

"이제 너희가 보인다." 목소리가 말했다. "방 가운데로 가서 서로 등을 대고 서라. 손을 머리 뒤로 올려 깍지를 껴. 둘이 붙어 있지 말고 떨어져."

윈스턴과 줄리아는 떨어져 섰지만, 윈스턴은 줄리아의 몸이 떨리는 것을 느낄 수 있었다. 아니면 윈스턴 자신의 몸이 떨려서 그런지도 몰랐다. 이가 딱딱 부딪는 것은 겨우 멈추었지만, 무릎은 어쩔 수 없었다. 아래쪽 집 안팎에서 군홧발이 쿵쿵거리는 소리가 들렸다. 마당으로 사람들이 가득 들어온 듯했다. 무언가 돌바닥 위에서 질질 끌려가고 있었다. 여인의 노래도 뚝 그쳤다. 빨래통이 내팽개쳐진 것처럼 아래 뜰에서 무언가 한참 데굴데굴 구르더니, 화난 고함 소리들이 어지러이 터져 나오다가 외마디 고통스러운 비명으로 끝났다.

"집이 포위됐어." 윈스턴이 말했다.

"집이 포위됐다." 목소리가 말했다.

줄리아의 이가 부딪는 소리가 들렸다. "작별 인사를 하는 게 좋을 것 같아." 그녀가 말했다.

"작별 인사를 하는 게 좋을 거다." 목소리가 말했다. 그러고 나서 꽤 다른 목소리, 가늘고 교양 있으며 전에 들어본 것 같은 목소리가 끼어들었다. "작별 인사 이야기가 나오니 말인데, '널 침대로 안내할 촛불이 오네, 네 머리를 잘라버릴 도끼가 오네!'"

윈스턴의 뒤쪽에서 뭔가 침대에 부딪는 소리가 났다. 사다리 머리 부분이 창문으로 쑥 들어왔다. 누군가 올라오고 있었다. 계단으로도 군홧발들이 저벅저벅 올라왔다. 검은 제복을 입고 징 박은 군화를 신고 곤봉을 손에 쥔 튼실한 남자들로 방 안이 가득 찼다.

윈스턴은 더 이상 떨리지 않았다. 눈동자도 거의 움직이지 않았다. 중요한 것은 한 가지였다. 가만히 있는 것, 가만히 있어서 저들에게 때릴 구실을 주지 않는 것이었다! 권투 선수처럼 날렵한 턱에 입술이 보이지 않을 정도로 얇은 남자가 엄지와 검지 사이에 곤봉을 끼고 균형을 잡으며 윈스턴 앞에 와서 멈췄다. 윈스턴은 그의 눈과 마주치자 발가벗겨진 기분이 들었다. 손을 머리에 올리고 얼굴이며 몸을 모두 드러낸 그 기분을 참기 힘들었다. 남자는 하얀 혀끝을 내밀어 자신의 입술 부위를 핥더니 그냥 지나가버렸다. 또다시 와장창 소리가 났다. 누가 탁자에 있던 유리 문진을 난로 바닥에 집어던져 산산조각 낸 것이다.

그 안에 들어 있던, 케이크 위의 설탕 장미 봉오리처럼 조그맣게 주름진 산호 조각이 깔개 위를 굴렀다. 정말 작구나, 하고 윈스턴은 생각했다. 정말 작은 것이었지! 뒤에서 퍽 소리와 함께 헉 소리가 나더니 뭔가 윈스턴의 발목을 세게 쳐서 하마터면 넘어질 뻔했다. 누가 줄리아의 명치를 주먹으로 쳤고, 마치 휴대용 눈금자처럼 허리가 구부러진 그녀는 바닥에서 꿈틀거리며 숨을 쉬려 애썼다. 윈스턴은 감히 1밀리미터도 고개를 돌리진 못했지만, 납빛이 된 줄리아의 헐떡이는 얼굴이 조금씩 시야에 들어왔다. 윈스턴은 공포에 질린 중에도 그 고통이 자기 몸에 가해지는 것처럼 느껴졌다. 그러나 지독한 고통마저도 숨을 다시 쉬려는 몸부림만큼 절박하지는 않았다. 끔찍한 고통이 느껴지는데도, 다른 무엇보다 다시 숨을 쉬는 것이 중요하기에, 고통을 느낄 여유가 없는 절박함을 윈스턴은 알 수 있었다. 그때 두 남자가 줄리아의 어깨와 다리를 들고 마치 자루를 옮기듯 방 밖으로 내갔다. 언뜻 거꾸로 본 그녀의 얼굴은 눈이 꼭 감겨 있었고 양 볼엔 여전히 연지 자국이 남아 있었다. 그것이 그가 본 그녀의 마지막 모습이었다.

윈스턴은 계속 꼼짝 않고 서 있었다. 아직은 아무도 그를 때리지 않았다. 전혀 관심도 없는 생각들이 제멋대로 떠올라 머릿속을 스쳐 지나갔다. 채링턴 씨도 체포됐는지, 뜰아래 여인은 어떻게 됐는지 생각했다. 문득 몹시 오줌이 마렵다는 것을 깨닫고 좀 놀랐다. 겨우 두세 시간 전에 소변을 봤던 것이다. 벽난로 위의 시계가 9를 가리키고 있으니 21시였지만 너무 밝았다. 8월에 21시면 빛이 거의 약해져야 하지 않나? 혹시 시간을 착각한 건가 의문이 들었다. 시계가 한 바퀴 돌도록 잠을 자다 일어나서, 실은 다음 날 아침 8시 30분이었는데 20시 30분이라고 생각한 게 아닐까. 하지만 윈스턴은 더 이상 생각을 이어가지 않았다. 상관없었다.

복도에서 묵직하지 않은 발소리가 들렸다. 채링턴 씨가 방으로 들어왔다. 검은 제복의 남자들이 갑자기 공손한 태도가 되었다. 채링턴 씨의 모습 또한 달라져 있었다. 바닥에 떨어진 유리 문진 파편들을 보더니 날카롭게 말했다.

"조각들 주워."

남자 하나가 명령을 받고 허리를 숙였다. 빈민가 말씨는 사라져 있었다. 윈스턴은 흠칫 몇 분 전 텔레스크린에서 들은 목소리가 누구였는지 깨달았다. 채링턴 씨는 여전히 낡은 공단 재킷을 입고 있었지만, 거의 하얗던 머리는 검게 바뀌어 있었다. 또한 안경도 쓰고 있지 않았다. 윈스턴이 맞는지 확인하려는 듯 한 번 날카로운 눈길로 쳐다보고 난 다음에는 더 이상 관심을 주지 않았다. 채링턴 씨가 틀림없었지만 전혀 다른 사람이 돼 있었다. 자세도 쭉 펴져 키가 커 보였다. 얼굴에 일어난 변화는 사소했지만 그럼에도 완벽한 변신을 이루어냈다. 검은 눈썹도 숱이 줄었고, 주름살이 사라져 얼굴선 전체가 바뀌었다. 심지어 코도 짧아진 듯했다.

서른다섯 살 가량 남자의 빈틈없고 차가운 얼굴이었다. 윈스턴은 자신이 난생처음으로 사상경찰의 얼굴을 확인하게 되었음을 깨달았다.

3부

1

윈스턴은 어디에 와 있는지 알 수 없었다. 사랑부일 것이라고 짐작은 했지만 확인할 길이 없었다.

천장이 높고 창문이 없는 감방은 보이지 않는 전등에서 나오는 차가운 불빛으로 가득했고, 벽은 눈부시게 하얀 타일로 둘러싸여 있었다. 환기 시설에서 나는 듯 낮게 웅 하는 소리가 계속됐다. 벤치라고 해야 할지 선반이라고 해야 할지 걸터앉을 수 있을 정도 넓이의 판자가 감방문을 제외한 벽을 빙 두르고 있었고, 문 맞은편에는 변기 하나가 나무 시트도 없이 설치돼 있었다. 네 벽에는 텔레스크린이 붙어 있었다.

배가 살살 아팠다. 폐쇄된 승합차에 실려 한참 오는 내내 그랬다. 또한 배도 고팠다. 배 속을 할퀴는 듯, 음침한 굶주림이었다. 무얼 먹은 지 24시간 이상 지난 상태였다. 36시간인지도 몰랐다. 아침에 체포되었는지 저녁에 체포되었는지 여전히 알 수 없었고, 앞으로도 결코 알지 못할 것이다. 체포된 이후로 아무것도 먹지 못했다.

윈스턴은 좁은 벤치에 앉아 무릎에 손을 올리고 가능한 가만히 앉아 있었다. 그래야 한다는 걸 진작 배웠다. 예상치 못한 행동을 하면 텔레스크린에서 고함이 터져 나왔다. 하지만 배고픔이 점점 심해지고 있었다. 무엇보다 빵 한 조각이 절실했다. 작업복 주머니에 빵 부스러기가 좀 들어 있는 것 같았다. 이따금씩 뭔가 다리를 건드리는 것으로 보아, 심지어 꽤 큰 빵 조각이 들어 있을 수도 있었다. 결국 한번 알아보고픈 유혹이 공포심을 이겼다. 윈스턴은 주머니에 손을 넣었다.

"스미스!" 텔레스크린에서 고함이 터졌다. "6079 스미스, 윈스턴! 감방 안에서는 주머니에 손을 넣지 않는다!"

윈스턴은 다시 손을 무릎 위에 올리고 가만히 있었다. 이리 오기 전에 잠시 다른 곳에도 갔는데, 일반 감옥 아니면 순찰대가 사용하는 임시 유치장일 터였다. 정확히는 몰라도 몇 시간쯤 거기 있었을 것이다. 시계도 없고 햇빛도 들어오지 않아 시간을 가늠하기 어려웠다. 소란스럽고 악취가 나던 그곳에서 지금과 비슷하지만 심하게 더러운 감방에 갇혀 있었는데, 열 명에서 열댓 명 사이 수감자들로 계속 붐볐다. 대부분은 일반 범죄자들이었지만 정치범도 몇 있었다. 윈스턴은 지저분한 사람들 사이에서 부대끼며 조용히 벽에 붙어 앉아 있었다. 공포와 배 속 통증으로 정신이 없어 주변 환경에 신경 쓸 여유가 없었지만, 그럼에도 당원 출신 수감자들과 다른 이들의 태도 차이를 깨닫고 놀라지 않을 수 없었다. 당원 수감자들은 하나같이 말이 없고 겁에 질려 있는 반면, 일반 수감자들은 거리낄 게 없어 보였다. 경비들에게 욕설을 해대고, 소지품을 압수당하면 격렬하게 저항하고, 바닥에 음란한 낙서를 휘갈겼으며, 옷 안 어딘가에 불가사의하게 감춰두었던 먹을 것을 꺼내고, 텔레스크린에서 조용히 시키면 오히려 맞고함을 질렀다. 한편 그들 중 몇몇은 경비들과 사이좋은 척하며 별명까지 부르면서 문에 뚫린 감시 구멍으로 담배를 얻어내려 애썼다. 경비들 역시, 거칠게 다뤄야 할 때조차, 일반 범죄자들에겐 어느 정도 너그러움을 보였다. 대부분의 수감자가 가게 될 예정인 강제 노동 수용소에 대한 이야기도 많이 나왔다. 종합해보면 연줄을 잘 잡고 요령만 알면 거기도 '괜찮다'고 했다. 뇌물이 제일이었고 온갖 협잡에, 동성애와 성매매, 심지어 감자로 만든 밀주까지 있다고 했다. 요직은 일반 범죄자, 특히 조직 폭력배와 살인자들에게만 돌아갔고, 그들이 일종의 귀족층이 되었다. 천한 일은 전부 정치범들이 했다.

마약상, 도둑, 강도, 암거래상, 주정뱅이, 매춘부 등 온갖 종류의 수감자들이 쉼 없이 들어오고 나갔다. 술 취한 이들 중에는 너무 난리를 부려서 다른 죄수들이 힘을 합쳐 제압해야 한 경우도 있었다. 예순 살쯤 돼 보이는 거구의 만신창이 여인이 큰 가슴을 출렁이며 숱 많은 흰 곱슬머리를 사방으로 풀어헤친 채, 고함치고 발버둥 치면서 경비 넷에게 들려 실려왔다. 경비들은 발길질을 피해 장화를 벗기고는 여인을 윈스턴의 무릎 위에 놓아버렸고, 윈스턴은 하마터면 허벅지 뼈가 부러질 뻔했다. 여인은 벌떡 몸을 일으키더니 경비들 뒤에 대고 고함을 질렀다. "저런 씹…… 후레자식들!" 그러더니 자기가 누구를 깔고 앉았는지 보고는 옆의 벤치로 비켜나 앉았다.

"안녕, 실례했네. 내가 깔고 앉으려던 게 아니라, 저 자식들이 내려놓아서. 숙녀를 이렇게 대접하면 안 되지. 안 그래?" 여인이 말을 멈추고 가슴을 두드리더니 트림을 꺽 했다. "실례. 내가 지금 상태가 좀 그래서." 그러고는 몸을 숙이더니 바닥에 잔뜩 토해놓았다. "이제 좀 살겠네." 하면서 뒤로 기대어 눈을 감았다. "참으면 안 된다고. 배 속에서 아직 생생할 때 게워내야지."

여인은 기운을 차리더니 다시 윈스턴을 돌아보고 이내 호감을 느낀 눈치였다. 거대한 팔을 윈스턴의 어깨에 두르더니 자기 쪽으로 끌어당겼다. 맥주와 토사물 내가 얼굴에 끼쳤다.

"자기는 이름이 뭐야?"

"스미스입니다." 윈스턴이 말했다.

"스미스라고? 거 참 재밌네. 나도 스미스인데." 그러고 나서 감상적으로 덧붙였다. "내가 엄마일 수도 있겠는걸!"

그럴 수도 있다고 윈스턴은 생각했다. 나이와 체격도 비슷한 데다 20년 동안 강제 노동 수용소에 있다 보면 사람이 좀 바뀌기도 할 테니까.

그녀 이외에는 아무도 윈스턴에게 말을 걸지 않았다. 일반 범죄자들은 놀라울 정도로 당원 출신 수감자들을 무시했다. 무관심하면서도 경멸적으로 '정범'들이라고 불렀다. 당원들은 누구에게도, 특히나 서로에게 말 걸기를 겁내는 듯했다. 딱 한 번, 여자인 당원 둘이 벤치에 붙어 앉아 있다가 소란 중에 서둘러 몇 마디 속삭이는 것을 들었는데, 특히 뭔가 '101호' 어쩌고 하는 말이 들렸지만 뭔지 알 수 없었다.
이 감방으로 온 지 두세 시간쯤 되었을 때였다. 묵직한 배속 통증은 여전했지만 좋아졌다 나빠졌다 했고, 그에 따라 생각도 많아졌다가 적어졌다가 했다. 통증이 심해지면 그것과 배고픔밖에 생각할 수 없었고, 나아지면 두려움이 덮쳐왔다. 때로는 앞으로 일어날 일이 너무나 현실적으로 상상돼 심장이 마구 뛰고 숨이 멎을 듯했다. 팔뚝을 내려치는 곤봉과 정강이를 걷어차는 군홧발이 느껴지는 듯했다. 자신이 바닥에서 구르며 깨진 잇새로 살려달라 비명을 지르는 모습이 떠올랐다. 줄리아 생각은 거의 나지 않았다. 그녀 생각에 집중할 수가 없었다. 그녀를 사랑했고, 배신하지 않을 것이지만, 그건 그냥 수학 공식처럼 윈스턴이 알고 있는 사실에 불과했다. 줄리아에 대한 사랑을 느낄 수 없었고, 그녀에게 무슨 일이 일어나고 있는지 궁금하지도 않았다. 그보다는 가물거리는 희망처럼 오브라이언 생각이 더 자주 났다. 윈스턴이 체포되었다는 것을 알지도 모른다. 형제단은 절대 단원들을 구하지 않는다고 했다. 하지만 면도날은 넣어주기도 한다. 경비가 들이닥치기 전 5초쯤 여유가 있을 것이다. 면도날이 불꽃처럼 냉혹하게 윈스턴을 파고들 것이고, 면도날을 잡고 있던 손가락마저 뼈까지 베일 것이다. 아주 작은 통증에도 움츠러들어 떠는 윈스턴의 허약한 몸에 모든 것이 생생하게 다가오는 듯했다. 면도날을 받아도 사용할 수 있을지 확신이 들지 않았다. 고문을 바로 앞두고도 다음 10분이라도 더 목숨을 이어가려 하며 순간순간 살아갈 게 뻔했다.

때때로 감방 벽의 타일 수를 세어보기도 했다. 어려울 것 없는 일이었지만 언제나 중간에 수를 놓쳐버렸다. 그보다는 여기가 어디인지, 하루 중 몇 시쯤인지 생각할 때가 많았다. 어떨 때는 지금 밖은 환한 대낮일 게 분명하다는 확신이 들다가, 곧 캄캄한 어둠일 거라는 확신이 똑같이 들었다. 윈스턴은 본능적으로 이곳에서 불빛이 꺼지는 일은 없으리라 알 수 있었다. 어둠이 없는 곳이었다. 저번에 윈스턴이 했던 말을 오브라이언이 어떻게 알아들었는지 이제야 알 수 있었다. 사랑부에는 창문이 없었다. 윈스턴의 감방은 건물 한가운데 있을 수도, 외벽과 붙어 있을 수도 있었다. 지하 10층일 수도, 지상 30층일 수도 있었다. 윈스턴은 이리저리 이동하는 자신을 머릿속에서 그려보며, 자신이 지상 높이 올라가 있는지 지하 깊이 파묻혀 있는지 육감으로 판단해보려고 애썼다. 밖에서 군홧발 소리가 저벅이더니 철문이 텅 하고 열리며 젊은 장교가 절도 있는 발걸음으로 들어섰다. 윤나는 가죽 장식 덕에 번쩍거리는 세련된 검은 제복을 입고, 허연 얼굴과 굳은 표정은 밀랍 가면 같았다. 밖의 경비에게 손짓해 데리고 온 죄수를 들어오게 했다. 시인 앰플포스가 비틀거리며 감방 안으로 들어왔다. 문이 다시 텅 하고 닫혔다.

앰플포스는 나가는 다른 문이라도 찾는 것처럼 머뭇머뭇

오른쪽 왼쪽으로 발걸음을 옮기다가, 감방 안을 어슬렁거리기 시작했다. 아직 윈스턴의 존재를 알아채지 못하는 듯했다. 근심 가득한 눈이 윈스턴의 머리 높이보다 1미터 위쪽을 응시하고 있었다. 그는 신발을 신지 않아서 양말 구멍들 밖으로 더러운 발가락이 큼직하게 비어져 나왔다. 면도도 일주일 정도 못 한 모습이었다. 구저분한 수염이 광대뼈까지 얼굴을 덮어, 크기만 할 뿐 허약한 체구와 불안한 몸짓과 어울리지 않는 악당 분위기를 풍겼다.

윈스턴은 무감각 상태에서 약간 정신을 차렸다. 텔레스크린에서 호통을 치더라도 앰플포스에게 말을 걸고 싶었다. 혹시 면도날을 가지고 온 걸지도 몰랐다.

"앰플포스." 윈스턴이 말했다.

텔레스크린에서는 아무 말이 없었다. 앰플포스는 조금 놀라며 걸음을 멈춰, 눈의 초점을 천천히 윈스턴에게 맞췄다.

"아, 스미스! 너도!"

"어떻게 온 거야?"

"솔직히 말하면……." 앰플포스가 윈스턴 맞은편 벤치에 엉거주춤 앉았다. "죄는 하나뿐이잖아. 안 그래?"

"그럼 그 죄를 저지른 거야?"

"그랬나 보지."

앰플포스는 손을 이마에 올리더니 기억을 해내려는 듯 관자놀이를 잠시 눌렀다.

"이렇게 된 거지." 그가 멍하니 말을 시작했다. "한 가지 일이 생각나. 아마 그 일 때문일 거야. 물론 경솔한 짓이었지. 우린 키플링 시집 결정판을 만들고 있었어. 내가 어느 행 끝에 신God이라는 단어를 그냥 놔뒀거든. 어쩔 수 없었어!" 앰플포스가 고개를 들고 윈스턴을 보면서 거의 화를 내듯 덧붙였다. "바꾸는 게 불가능했어. 막대기rod와 각운을 맞춘 거였거든. 그 각운을 맞출 수 있는 단어는 영어 전체를 통틀어 열두 개밖에 안 된다는 거 알아? 며칠 동안이나 머리를 쥐어짜도 다른 방법이 없더라고."

앰플포스의 얼굴 표정이 바뀌었다. 짜증이 사라지고 일순 거의 행복해 보였다. 일종의 지적 열의, 쓸모없는 사실을 발견해낸 현학자의 기쁨이 지저분하고 초라한 수염 덮인 얼굴에서 빛났다.

"이런 생각 해본 적 있어?" 앰플포스가 말했다. "각운 맞출 단어가 부족한 어휘 수 때문에 영시의 전 역사가 결정되었다고."

아니, 윈스턴은 딱히 그런 생각을 해본 적이 없었다. 게다가 이런 와중에 그런 생각이 아주 중요하거나 흥미롭게 느껴지지도 않았다.

"지금 몇 시인지 알아?" 윈스턴이 물었다.

앰플포스는 다시 놀란 표정이 되었다. "그 생각은 못 해봤는데. 체포를 당했을 때가⋯⋯ 이틀 전이었을 수도 있고⋯⋯ 혹시 사흘인가." 어디 창문이 있을 거라 기대라도 하는 것처럼 앰플포스가 두리번거렸다. "여기는 밤낮 구별이 없어. 시간 계산은 어떻게 하는지 몰라."

둘은 두서없이 몇 분 더 대화를 나누었는데, 그러다가 아무 이유 없이 텔레스크린에서 고함이 터지며 조용히 하라고 명령했다. 윈스턴은 손을 모으고 가만히 앉아 있었다. 앰플포스는 좁은 벤치에 편히 앉기에는 너무 커서, 안절부절못하며 마른 손을 깍지 껴 처음에는 이 무릎을 감쌌다가 그다음에는 저 무릎을 감쌌다 하면서 움직였다. 텔레스크린이 꼼짝 말고 있으라고 소리를 질러댔다. 시간이 흘렀다. 20분, 한 시간, 정확히 알 수는 없었다. 다시 한번 밖에서 발소리가 들렸다. 윈스턴은 내장이 움츠러들었다. 곧, 금방, 아마도 5분 이내, 어쩌면 지금, 저 군화 발소리가 윈스턴의 차례가 왔음을 의미할지도 몰랐다.

문이 열렸다. 냉혹한 표정의 젊은 장교가 감방 안으로 들어왔다. 그가 짧은 손짓으로 앰플포스를 가리키며 말했다. "101호실."

앰플포스는 멍하면서도 불안하고 어리둥절한 표정으로 경비들 사이에 끼어 비틀거리며 밖으로 나갔다.

그 후 오랜 시간이 흐른 듯했다. 다시 배가 아팠다. 닫힌 회로 내부 일련의 구멍들 속으로 다시 또다시 떨어지는 공처럼, 윈스턴의 생각이 같은 곳들을 맴돌았다. 여섯 가지 생각밖에 안 났다. 아픈 배, 빵 조각, 피와 비명, 오브라이언, 줄리아, 면도날. 다시 배 속에서 경련이 일었다. 묵직한 발소리가 또 났다. 문이 열리면서 휙 일어난 바람결에 강렬한 식은땀내가 풍겨 들어왔다. 파슨스가 감방 안으로 들어왔다. 카키 반바지와 스포츠 셔츠를 입고 있었다.

이번에는 윈스턴도 놀라서 얼결에 소리쳤다.

"자네가 여기에!"

파슨스는 관심도 놀라움도 담기지 않은 비참한 표정으로 흘긋 쳐다볼 뿐이었다. 가만히 있을 수가 없는지 몸을 움찔거리며 왔다 갔다 서성이기 시작했다. 발을 옮길 때마다 통통한 무릎이 눈에 띄게 후들거렸다. 눈을 휘둥그레 뜨고 허공에 있는 무언가를 봐야겠다는 듯 노려보는 표정이었다.

"여기는 어떻게 왔어?" 윈스턴이 물었다.

"사상범죄지!" 파슨스가 울먹이며 대답했다. 그 말투에는 자신의 죄에 대한 완전한 인정과 동시에 그런 죄를 내가 짓다니 도저히 믿을 수 없다는 공포감이 동시에 담겨 있었다. 파슨스는 윈스턴 앞에 멈춰 서더니 열심히 하소연하기 시작했다. "설마 날 쏘진 않겠지, 친구? 실제로 저지른 일은 아무것도 없는데 쏘진 않을 거야. 생각만 한 건데, 나도 모르게. 그렇게 사정하면 들어주겠지? 맞아, 그럴 거야! 그동안의 기록이 있잖아. 안 그래? 내가 어떤 녀석인지 다 나와 있는데. 그래도 나쁜 놈이 아니라고. 물론 똑똑하진 않지만 열심이었잖아. 당을 위해 최선을 다했어. 안 그래? 5년 형이면 되겠지? 아니면 10년 형? 나 같은 녀석은 노동 수용소에서도 꽤 쓸모 있다고. 딱 한 번 엇나갔다고 해서 쏘진 않겠지?"

"죄를 지은 거야?" 윈스턴이 물었다.

"물론 지었지!" 파슨스가 텔레스크린을 비굴하게 흘긋거리며 울부짖었다. "죄도 없는데 당이 체포할 거라고 생각하는 건 아니지?" 개구리 같은 얼굴이 조금 침착해지더니 심지어 약간 경건해지기까지 했다. "사상범죄는 무서운 거야, 친구." 그가 훈계조로 말했다. "한시도 방심을 할 수가 없어. 자기도 모르는 새 걸려든다고. 내가 어떻게 사상범죄를 지었는지 아나? 잠자다가! 그래, 사실이야. 나는 소임을 다하려 노력하면서 열심히 일했을 뿐인데, 나쁜 생각 같은 게 마음속에 들어온지는 전혀 몰랐어. 그런데 잠꼬대를 하기 시작한 거야. 내가 뭐라고 했는지 알아?"

파슨스는 의학적 설명 때문에 외설적 단어를 써야 하는 사람처럼 목소리를 낮췄다.

"빅 브라더를 타도하라! 그래. 내가 그랬어. 계속, 계속 그렇게 말했나 봐. 우리끼리니까 하는 말인데, 친구, 일이 더 심각해지기 전에 날 체포해줘서 얼마나 기쁜지 몰라. 내가 법정에 가면 뭐라고 이야기할지 알아? 감사합니다, 할 거야. 너무 늦기 전에 구해줘서 감사합니다, 할 거라고."

"누가 고발한 거지?" 윈스턴이 물었다.

"우리 딸아이." 파슨스가 서글픈 자부심을 드러내며 말했다. "열쇠 구멍으로 들었대. 잠꼬대를 듣고 바로 다음 날 순찰대에 고해바쳤지. 일곱 살치고는 꽤 똑똑하지, 어? 그거에 대해선 아무 악감정 없어. 사실 딸아이가 자랑스러워. 어쨌든 내가 제대로 키웠다는 증거니까."

파슨스는 몇 차례 더 왔다 갔다 몸을 뒤틀며 변기를 간절한 눈길로 바라보더니, 불쑥 반바지를 벗어 내렸다.

"미안해, 친구. 도저히 못 참겠어."

파슨스는 커다란 둔부를 변기에 철썩 내려놓았다. 윈스턴은 손으로 얼굴을 가렸다.

"스미스!" 텔레스크린이 소리를 질렀다.

"6079 스미스 윈스턴! 손을 내려라. 감방에선 얼굴을 가리지 않는다."

윈스턴은 손을 내렸다. 파슨스는 요란하고 푸지게 변기를 사용했다. 그러고 나서 보니 변기가 고장 나 있어서, 그 후로 몇 시간 동안 감방에선 지독한 악취가 풍겼다.

파슨스가 나가고 알 수 없는 죄수들이 더 들어오고 나갔다. 여자 하나가 또 '101호실'에 배정되었는데, 그 말을 듣자 움츠러들며 안색이 변하는 것을 윈스턴은 보았다. 여기 들어온 때가 아침이라면 오후일 시간이 되었다. 혹은 여기 들어온 때가 오후라면 한밤중일 시간이 되었다. 감방에 남녀 합쳐서 여섯 명의 죄수가 있었다. 모두 가만히 앉아 있었다. 윈스턴의 맞은편에는 턱이 없고 이가 튀어나와서 꼭 커다랗고 무해한 설치류처럼 생긴 남자가 앉아 있었다. 통통하고 얼룩덜룩한 뺨이 어찌나 축 처졌는지, 거기에 먹을 걸 비축해두지 않았다고 믿기 힘들 정도였다. 밝은 회색 눈동자를 살살 움직이며 소심하게 사람들 얼굴을 훑다가 눈이 마주치면 재빨리 시선을 피했다.

문이 열리고 또 죄수가 들어왔는데, 그를 보자 윈스턴은 순간 오한이 들었다. 흔히 보는 심술궂게 생긴 남자로 기술자나 공학자 부류일 것 같았다. 하지만 섬뜩할 정도로 여윈 얼굴이었다. 마치 해골 같았다. 너무 말라붙어서 입과 눈이 불균형하게 커 보였고, 눈동자는 누군가에 대한, 혹은 무언가에 대한 억누를 수 없는 흉흉한 증오로 가득한 듯했다.

남자는 윈스턴과 조금 떨어진 벤치에 앉았다. 윈스턴은 다시 그를 쳐다보지 않았지만, 끔찍한 해골 같은 얼굴이 바로 눈앞에 있는 것처럼 머릿속에 생생했다. 문득 윈스턴은 뭐가 문제인지 깨달았다. 남자는 굶어 죽어가고 있었다. 거의 동시에 감방 안 모두에게 같은 생각이 떠오른 듯했다. 벤치에 둘러앉은 사람들 사이에서 희미한 동요가 일어났다. 턱 없는 남자가 계속 해골 남자를 흘긋거리다가 괴로운 듯 고개를 돌리더니, 다시 유혹을 이기지 못하고 쳐다보았다. 이제 턱 없는 남자는 자리에서 안절부절못하기 시작했다. 마침내 일어서더니 감방을 가로질러 어색하게 뒤뚱뒤뚱 가면서, 작업복 주머니에 손을 넣어 뒤졌다. 그리고 쑥스러워하면서 지저분한 빵 한 조각을 해골 남자에게 내밀었다.

텔레스크린에서 분노에 찬, 귀가 먹먹할 정도의 고함 소리가 터져 나왔다. 턱 없는 남자는 펄쩍 뛰어 물러섰다. 해골 같은 남자는 재빨리 손을 등 뒤로 돌려 그 선물을 거절한다는 뜻을 만천하에 보여주려 했다.

"범스테드!" 텔레스크린이 외쳤다. "2713 범스테드 J! 빵 조각을 버려라!"

턱 없는 남자가 빵 조각을 바닥에 떨어뜨렸다.

"그 자리에 서라. 문을 향해 돌아서. 움직이지 마라."

턱 없는 남자가 그대로 했다. 늘어진 커다란 뺨이 마구 떨렸다. 문이 텅 하고 열렸다. 젊은 장교가 들어온 다음 한쪽으로 비키자, 그 뒤로 땅딸한 몸집에 팔과 어깨가 거대한 경비가 들어왔다. 그가 턱 없는 남자 앞에 자리 잡고 서더니,

장교가 신호하자 온몸의 체중을 실은 무시무시한 주먹을 정통으로 남자의 입에 날렸다. 바닥에 그대로 뭉개버리고도 남을 위력이었다. 남자는 감방 저편으로 날아가 변기 아래쪽에 처박혔다. 잠시 기절한 듯 누워 있는 그의 입과 코에서 검은 피가 흘러나왔다. 의식이 없는 듯하면서도 희미한 신음 같은 것이 새어 나왔다. 그러더니 몸을 뒤틀며 비틀비틀 손을 짚고서 무릎으로 일어났다. 피와 침이 줄줄 흐르는 중에 입에서 깨진 의치 두 조각이 떨어져 나왔다.

수감자들은 무릎 위에 손을 모으고 꼼짝 않고 앉아 있었다. 턱 없는 남자도 다시 의자로 기어올라갔다. 얼굴 한쪽 살 전체가 검푸르게 변해갔다. 입이 부어올라 가운데 검은 구멍이 난 형체 없는 버찌색 덩어리가 되었다. 이따금씩 작업복 앞자락에 핏방울이 떨어졌다. 그의 회색 눈동자는 더욱 주눅이 들어, 이 사람 저 사람 기색을 살피며 자신의 짓거리가 얼마나 경멸받는지 알아내고 싶은 듯했다.

문이 열렸다. 장교가 크지 않은 손짓으로 해골 남자를 가리키며 말했다. "101호실."

윈스턴 옆에서 기겁하며 허둥거리는 소리가 들렸다. 해골 남자가 아예 바닥에 무릎을 꿇고 손을 맞잡았다. "동무! 장교!" 그가 울부짖었다. "거기로 데려갈 필요는 없잖아! 벌써 다 말했잖아? 뭘 더 알고 싶은 거야? 이제 자백할 게 없어,

아무것도! 말만 하면 뭐든 당장 털어놓을게. 쓰면 서명도 할게, 아무거나! 101호실만은 안 돼!"

"101호실!" 장교가 말했다.

이미 창백할 대로 창백했던 해골 남자의 얼굴은 도저히 가능할 거라고 믿기지 않는 색으로 변했다. 윈스턴이 보기에 그것은 분명, 틀림없이, 녹색이었다.

"뭐든 마음대로 해도 돼!" 해골 남자가 소리쳤다. "벌써 몇 주를 굶겼잖아. 그만 끝내고 날 죽여. 총을 쏴. 목을 매달아. 25년 형을 내려. 내가 또 고발할 사람이 있어? 누군지 말만 해. 원하는 대로 다 해줄게. 누구한테 무슨 짓을 하든 상관없어. 나한테 아내와 세 아이가 있어. 맏아이가 여섯 살도 안 됐지. 전부 잡아다가 내 눈앞에서 목을 베어도 꿈쩍 않고 쳐다만 볼게. 하지만 101호실은 안 돼!"

"101호실." 장교가 말했다.

해골 남자는 미친 듯이 다른 수감자들을 둘러보며 자기 대신 들어갈 사람을 찾는 듯하더니 턱 없는 남자의 뭉개진 얼굴에 시선을 고정했다. 그리고 가느다란 팔을 쭉 뻗었다.

"내가 아니라 저자를 데려가야 해! 얻어맞은 다음에 뭐라고 했는지 못 들었지? 내가 다 알려줄게. 내가 아니라 저자가 당의 반역자야."

경비들이 앞으로 나왔다. 해골 남자의 외침은 비명이 되었다.

"당신들은 못 들었잖아! 텔레스크린이 잘못됐나 봐. 저자를 데려가야 해. 내가 아니라 저자야!"

억센 경비 둘이 남자의 양팔을 잡았지만, 그 순간 남자가 몸을 날려 벤치를 받치는 쇠다리를 잡았다. 그러고는 짐승처럼 으르렁거리기 시작했다. 경비들이 남자를 떼어놓으려 했지만 그는 놀라운 힘으로 매달렸다. 20초쯤 잡아당겼을 것이다. 수감자들은 손을 모으고 가만히 앞만 보며 앉아 있었다. 매달리는 것 이외엔 다른 걸 할 힘이 남지 않은 남자가 으르렁거리길 멈추었고, 이어서 비명 소리가 울렸다. 경비 하나가 발로 차서 그의 손가락을 부러뜨렸던 것이다.

경비들이 남자를 일으켜 세우자 장교가 말했다. "101호실."

남자는 고개를 푹 숙이고 부러진 손을 어루만지며 비틀비틀 끌려 나갔다. 모든 투지가 빠져나간 듯했다.

긴 시간이 흘렀다. 해골 남자가 끌려 나간 게 자정이었다면 지금은 아침일 것이었다. 만일 그게 아침이었다면 지금은 오후일 것이었다. 윈스턴은 몇 시간째 혼자 있었다. 좁은 벤치에 앉아 있는 고통이 너무 심해 가끔 일어나서 왔다 갔다 하며 걸어보았지만, 텔레스크린에서는 아무 소리도 나지 않았다. 턱 없는 남자가 떨어뜨린 빵 조각은 여전히 그 자리에 있었다. 처음에는 쳐다보지 않기가 몹시 힘들었지만 지금은 허기보다 갈증이 심했다. 입이 끈적거리고 역한 맛이 났다. 웅 하는 잡음과 변함이 없는 하얀 불빛 때문인지 현기증이 일었고 머리가 텅 비는 것 같았다. 뼈가 아파 더 이상 참을 수가 없어서 일어났다가, 어지러워 제대로 서 있을 수가 없어서 거의 바로 다시 주저앉곤 했다. 조금 기운을 차릴 수 있게 되면 어김없이 공포가 되살아났다. 어쩔 때는 꺼져가는 불빛처럼 오브라이언과 면도날 생각이 떠올랐다. 혹시 음식을 준다면 거기 면도날이 숨겨져 들어올 수도 있다. 아주 희미하게 줄리아 생각도 났다. 어디에선가 그녀도, 아마도 윈스턴보다 더 심하게 고통받을 것이었다. 지금쯤은 고통에 못 이겨 비명을 지르고 있을지도 몰랐다. 윈스턴은 생각했다. '만약 내가 두 배로 고통을 당해서 줄리아를 구할 수 있다면, 난 그렇게 할 수 있을까? 그래, 그렇게 할 거야.' 하지만 그건 그래야 한다는 것을 알기에 내린, 이성적인 판단에 불과했다. 실감은 나지 않았다. 이런 곳에 있으면 고통과 고통의 예측 이외에는 아무것도 느낄 수 없었다. 더구나, 실제로 고통을 겪는 사람이 어떤 이유에서든 자신의 고통이 증가되기를 바란다는 게 가능하기나 한 일일까? 하지만 이 의문에는 아직 답을 할 수 없었다.

다시 군홧발 소리가 다가왔다. 문이 열렸다. 오브라이언이 들어왔다.

윈스턴이 벌떡 일어났다. 그를 본 충격으로 모든 조심성을 잊고 말았다. 오랜 세월을 지내오며 처음으로 윈스턴은 텔레스크린의 존재 자체를 잊었다.

"당신도 잡혔군!" 윈스턴이 외쳤다.

"오래전에 잡혔지." 오브라이언이 부드럽게, 거의 유감스럽다는 듯 비꼬는 투로 말했다. 오브라이언이 옆으로 비키자, 그 뒤에서 어깨가 떡 벌어진 경비가 긴 검은 곤봉을 손에 들고 나타났다.

"넌 알고 있었어, 윈스턴." 오브라이언이 말했다. "자신을 속이지 마. 넌 알고 있었어. 언제나 알고 있었지."

그렇다. 이제 보니 윈스턴은 언제나 알고 있었다. 하지만 그 생각을 할 겨를이 없었다. 윈스턴의 모든 관심이 향한 곳은 경비의 손에 들린 곤봉뿐이었다. 어디로 날아올지 몰랐다. 정수리, 귀, 팔뚝, 팔꿈치…….

팔꿈치였다! 윈스턴은 얻어맞은 팔꿈치를 다른 손으로 부여잡고 마비된 듯 푹 무릎을 꿇었다. 온 세상이 노란 빛으로 폭발하는 듯했다. 한 방이 이런 고통을 일으킬 수 있다니, 이해할 수 없는, 도저히 이해할 수 없는 일이었다! 노란 빛이 걷히고 두 사람이 윈스턴을 내려다보는 모습이 보였다. 경비는 뒹구는 윈스턴을 보며 웃었다. 어쨌든 한 가지 의문은 답을 얻었다. 그 어떤 이유에서도 고통이 더 커지기를 바랄 수는 없었다. 고통에 대해서라면, 오직 한 가지, 고통이 멈추기만을 바랄 수밖에 없었다. 세상 어떤 것도 육체적 고통만큼 괴롭지는 않았다. 고통 앞에서 영웅은 없었다. 영웅은 없다고 윈스턴은 생각하고 또 생각하면서, 움직일 수 없게 된 왼팔을 부질없이 부여잡고 바닥에서 몸부림쳤다.

2

윈스턴은 간이 침상 같은 곳에 누워 있었지만, 바닥에서 꽤 높았고 몸이 어떻게 해서인지 고정되어 움직일 수 없었다. 보통 때보다 더욱 강하게 느껴지는 빛이 얼굴을 비추었다. 오브라이언이 옆에 서서 지그시 그를 내려다보고 있었다. 다른 옆에는 하얀 가운을 입은 남자가 주사기를 들고 서 있었다.

눈을 뜬 후에도 윈스턴은 주위 상황을 한 번에 파악할 수 없었다. 어떤 아주 다른 세상, 저 물아래 세상에서 이 방 안으로 조금씩 헤엄쳐 올라온 듯한 느낌이었다. 얼마나 그러고 있었는지는 알 수 없었다. 체포된 순간부터 어둠도 햇빛도 보지 못한 데다, 기억도 뚝뚝 끊겼기 때문이다. 잠잘 때도 이어지게 마련인 의식마저 뚝 끊겼다가 공백 후에 다시 시작되는 일이 반복되었다. 하지만 그 공백들이 며칠인지 몇 주인지 그저 몇 초뿐이었는지 알 길이 없었다.

팔꿈치로 날아온 첫 번째 가격과 함께 악몽이 시작되었다. 나중에야 깨닫게 되었지만, 그때의 매질은 그저 예고편, 체포된 거의 모든 죄수가 겪는 의례적 심문에 불과했다. 간첩 행위, 파괴 공작 등 죄목을 적은 긴 목록이 준비돼 있어서, 모두 당연한 자백의 과정을 거쳐야 했다. 자백은 형식적이었지만 고문은 진짜였다. 얼마나 많은 구타를 당했고 얼마나 오래 구타가 이어졌는지 기억나지 않았다. 늘 한꺼번에 대여섯 명의 남자들이 검은 제복을 입고 윈스턴을 둘러쌌다. 어떤 때는 주먹이었고, 어떤 때는 곤봉, 때로는 쇠막대기, 때로는 군홧발이었다. 어떤 때는 수치심도 잊고 짐승처럼 바닥을 뒹굴고 이리저리 몸을 마구 뒤틀며 발길질을 피해보려 했지만, 더욱더 많은 발길질이 갈비뼈, 배, 팔꿈치, 정강이, 사타구니, 고환, 꼬리뼈에 가해질 뿐이었다. 맞고 또 맞다 보면, 경비들이 계속 때리는 것보다도 자신이 기절을 하지 못하는 것이 더 잔인하고 사악하고 용서할 수 없는 일이라는 생각이 들었다. 어떤 때는 매질이 시작되기도 전에 너무나 겁에 질린 나머지 살려달라고 고래고래 외치고, 상대가 주먹을 쥐는 것만 봐도 실제는 물론 꾸며낸 범죄까지 줄줄 쏟아내기도 했다. 아무것도 고백하지 않으리라 결심하고 시작했다가, 고통의 신음 사이로 간신히 토막토막

말을 내뱉는 날도 있었다. 또 어떤 때는 힘없이 절충을 시도하면서 '고백은 하겠지만 지금은 아니야. 참을 수 없을 때까지 기다릴 거야. 세 번만 더 차면, 두 번만 더 차면, 그다음에 원하는 대로 말해줄 거야' 하고 스스로 다짐을 하는 날도 있었다. 어떤 때는 일어설 수도 없을 때까지 두들겨 맞은 후 어느 감방 돌바닥 위에 감자 자루처럼 던져졌다가 몇 시간 지나 정신을 차리면 다시 끌려가 맞기도 했다. 또한 회복 시간이 더 길 때도 있었다. 주로 자거나 인사불성 상태였기에 또렷이 기억나지는 않았다. 나무 침대, 벽에 붙은 선반, 주석 세면대, 뜨거운 수프와 빵, 때로 커피를 곁들인 식사 등이 기억났다. 무뚝뚝한 이발사가 와서 그의 턱수염을 밀고 머리도 자르던 기억과 흰 가운을 입은 냉정하고 사무적인 사람들이 맥박을 재고 반사 신경을 확인하고 눈꺼풀을 뒤집어보고 부러진 뼈가 없나 거친 손길로 더듬은 다음 팔에 주사를 놓아 잠들게 했던 기억도 났다.

차츰 구타의 빈도가 줄고 주로 협박으로만 사용됐다. 대답이 만족스럽지 못하면 언제든 구타실로 돌려보내겠다는 공포심을 심어주는 것이었다. 이제 심문관들은 검은 제복을 입은 깡패들이 아니라 당의 지식인들, 작고 통통하며 동작이 빠르고 안경을 번뜩이는 남자들이었고, 확실하진 않지만 열 시간에서 열두 시간까지 계속해서 번갈아 윈스턴을 상대했다. 이 심문관들도 약간의 폭력을 행사하긴 했지만 꼭 신체적 고통만 이용하진 않았다. 뺨을 때리고, 귀를 비틀고, 머리카락을 잡아당기고, 한 다리로 서 있게 하고, 소변을 못 보게 하고, 얼굴에 눈부신 빛을 비춰 눈물이 흐르게 했지만, 이런 것들의 목적은 그저 모욕을 주는 동시에 논쟁하고 사고할 힘을 빼앗는 것이었다. 그들의 진정한 무기는 몇 시간이고 반복해서 가차 없는 질문을 던지고 또 던지며, 덫을 놓아 넘어뜨리고 윈스턴이 하는 말마다 비틀어 거짓과 자가당착에 빠지게 만들어서 결국에는 정신적 피로뿐 아니라 수치심으로 울음을 터뜨리게 만드는 것이었다. 때로 윈스턴은 한차례 심문에 대여섯 번의 울음을 터뜨렸다. 대부분 심문관들은 고함치고 욕을 하면서, 윈스턴이 어물거릴 때마다 다시 경비들에게 보내겠다고 위협했다. 하지만 때로는 갑자기 태도를 바꾸어 동무라고 부르고 영사와 빅 브라더의 이름으로 호소하며, 그래도 아직 당에 대한 충성심이 남아 있지 않느냐, 저지른 악행을 되돌리고 싶지 않느냐고 슬프게 묻곤 했다. 수 시간에 걸친 심문으로 신경이 너덜너덜해져 있을 때는 이런 호소에도 흐느끼며 눈물을 흘리곤 했다. 결국 이런 집요한 목소리들이 경비들의 발길질과 주먹질보다 윈스턴을 더 철저히 무너뜨렸다. 결국 윈스턴은 그저 이들의 요구대로 말하는 입, 서명하는 손이 되었다. 윈스턴의 유일한 관심사는 이들이 윈스턴에게 무슨 자백을 원하는지 알아내고, 괴롭힘이 또 시작되기 전에 재빨리 자백하는 것이었다. 윈스턴은 당의 저명인사 암살, 폭동 선동 책자 배포, 공금 횡령, 군사 기밀 유출, 온갖 종류의 방해 공작을 자백했다. 일찍이 1968년부터 이스트아시아 정부의 돈을 받고 간첩으로 활동해 왔다고 자백했다. 또한 독실한 종교인, 자본주의 숭배자이며 성도착자라고 자백했다. 심지어 윈스턴의 아내가 살아 있다는 걸 윈스턴도 알고 심문관도 아는 게 분명한데도, 아내를 죽였다고 자백했다. 자신이 수년 동안 골드스타인과 개인적으로 접촉해온 지하 조직의 일원이며, 지금까지 아는 사람 대부분이 거기 포함돼 있다고 자백했다. 모든 것을 자백하고 모두를 끌어들이는 편이 더 나았다. 더구나 어떤 의미에서 그것은 사실이기도 했다. 윈스턴이 당의 반역자라는 것은 사실이었고, 당의 입장에서 볼 때에는 생각이나 행동이나 마찬가지였다.

또 다른 종류의 기억들도 있었다. 그 기억들은 마치 검은 배경의 사진처럼 맥락 없이 머릿속에서 떠올랐다.

윈스턴은 어두울 수도 있고 밝을 수도 있는 감방 안에 있었다. 한 쌍의 눈 이외에는 아무것도 볼 수 없었기 때문에 감방이 어두운지 밝은지 알 수 없었던 것이다. 한쪽 손 부근에 어떤 장치 같은 것이 천천히 규칙적으로 째깍거리고 있었다. 한 쌍의 눈이 점점 커지고 밝아졌다. 문득 윈스턴은 자리에서 붕 떠올라 그 눈 속으로 풍덩 빠져들었다.

윈스턴은 눈부신 불빛 아래 의자에 묶여 계기판들에 둘러싸여 있었다. 하얀 가운을 입은 남자가 계기판을 읽고 있었다. 밖에서 저벅저벅 묵직한 발소리가 들렸다. 문이 텅 열렸다. 밀랍 같은 얼굴의 장교가 두 명의 경비와 함께 절도 있게 들어왔다.

"101호실." 장교가 말했다.

하얀 가운을 입은 남자는 돌아보지 않았다. 윈스턴을 보지도 않았다. 오직 계기판만 쳐다볼 뿐이었다.

윈스턴은 1킬로미터 너비의, 휘황한 금색 불빛으로 가득한 거대한 복도를, 미친 듯이 웃어대며 고래고래 자백을 외쳐대며 굴러 내려가고 있었다. 모든 것을, 고문을 받으면서도 어찌어찌 말하지 않았던 것들조차 모두 자백했다. 자신의 모든 개인사를 이미 아는 청중에게 굳이 들려주었다. 경비들, 다른 심문관들, 하얀 가운 입은 남자들, 오브라이언, 줄리아, 채링턴 씨, 모두 복도에서 그와 함께 굴러가며 낄낄거리고 외쳐댔다. 미래에 예정돼 있던 끔찍한 일은 어쨌선지 건너뛰어 일어나지 않게 되었다. 이제는 아무 문제도 없었고, 더 이상 고통받지도 않았다. 윈스턴의 인생사 가운데 최근의 마지막 사건들까지 모두 있는 그대로 밝혀지고, 이해되고, 용서받았다.

어쩐지 오브라이언의 목소리를 들은 것만 같아, 윈스턴은 나무 침대에서 벌떡 일어났다. 심문 과정 내내, 비록 한 번도 보지는 못했지만, 바로 곁에 오브라이언이 있는 기분이 들었다. 오브라이언이 모든 것을 지휘했고, 경비들을 윈스턴에게 배치한 것도, 죽이지 못하게 막은 것도 오브라이언이었다. 윈스턴이 언제 고통으로 비명을 지를지, 언제 휴식할지, 언제 먹고, 언제 잘지, 언제 팔에 약물을 주사받을지 결정한 것도 오브라이언이었다. 질문을 하고 대답을 가르쳐 준 것도 오브라이언이었다. 오브라이언이 고문 기술자였고 보호자였으며 심문관이자 친구였다. 그리고 한 번은, 약에 취해 있을 때인지, 아니면 그냥 잠이 들었을 때인지, 아니면 또렷이 깨어 있을 때인지 기억나지 않았지만, 웬 목소리가 귓가에서 속삭였다. "걱정 마, 윈스턴. 너는 내가 보살피고 있으니까. 널 7년 동안이나 지켜봤어. 이제 전환점이 온 거야. 내가 널 구해줄게. 널 완벽하게 만들어줄게." 그것이 오브라이언의 목소리인지는 확실하지 않았지만, 7년 전에 꿈에서 "어둠이 없는 곳에서 만나게 될 것"이라고 했던 목소리와 같은 이였다.

심문이 어떻게 끝났는지 아무 기억도 나지 않았다. 암전의 시간이 지나고 나서 보니 감방 안, 혹은 방 안이었고, 차츰 정신이 들며 주변이 눈에 들어왔다. 등을 대고 거의 똑바로 누운 채 움직일 수 없는 상태였다. 온몸이 묶여 있었다. 심지어 머리도 어떻게 해선지 고정돼 있었다. 오브라이언이 엄숙하면서도 다소 슬픈 표정으로 윈스턴을 내려다보았다. 윈스턴이 올려다본 오브라이언의 얼굴은 거친 살결에 눈 밑의 늘어진 살과 입가의 움푹한 주름으로 초췌해 보였다. 생각보다 나이가 많다는 생각이 들었다. 마흔여덟이나 쉰쯤 되었을 것이다. 그는 손잡이가 달려 있고 주위에 숫자들이 써 있는 계기판 위에 손을 올리고 있었다.

"내가 말했지." 오브라이언이 말했다. "우리가 다시 만나게 되면 이런 곳에서일 거라고."

"네." 윈스턴이 말했다.

아무 경고도 없이 오브라이언이 손만 약간 움직이자, 고통이 밀물처럼 윈스턴의 육체를 덮쳤다. 어떻게 된 건지 알 수 없어 더욱 무서운 고통이었다. 어떤 치명상을 입은 느낌이었다. 정말 그렇게 된 건지 아니면 전기 자극 효과인지 알 수 없었지만, 몸이 마구 뒤틀리고 관절들은 천천히 찢겨 나가고 있었다. 고통으로 이마에 땀이 솟았고, 가장 무서운 것은 등뼈가 부러질 것 같다는 공포였다. 윈스턴은 이를 악물고 코로 힘겹게 숨을 쉬면서 가능한 오래 신음을 내지 않으려 노력했다.

"두려워하는군." 오브라이언이 윈스턴을 보면서 말했다. "당장이라도 어디가 부러질 것 같지? 특히 등뼈가 부러질까 봐 무서울 거야. 척추가 뚝 부러지고 척수가 줄줄 흘러나오는 모습이 생생히 떠오르지? 안 그래, 윈스턴?"

윈스턴은 대답하지 않았다. 오브라이언이 계기판의 손잡이를 놓자, 고통이 다시 빠르게 사라져갔다.

"이게 40이었어." 오브라이언이 말했다. "계기판 숫자가 100까지 돼 있는 거 보이지? 우리 대화 중 언제라도 내가 선택한 만큼 너에게 고통을 가할 수 있다는 걸 기억해둬. 조금이라도 거짓말을 하거나, 어떤 식으로든 얼버무리려 하거나, 아니면 평소의 지적 수준 이하로 떨어지기만 해도, 너는 즉시 고통으로 울부짖게 될 거야. 이해했나?"

"네." 윈스턴이 대답했다.

오브라이언의 태도가 약간 누그러졌다. 신중하게 안경을 고쳐 쓰더니 한두 걸음 서성였다. 다시 입을 여는 목소리는 차분하고 너그러웠다. 벌주기보다는 이해시키고 설득하려는 의사나 교사, 심지어 성직자 같은 태도였다.

"내가 너를 위해 애를 쓰는 이유는, 윈스턴, 네가 그럴 가치가 있기 때문이다. 너도 네가 무엇이 문제인지 완벽하게 알고 있지. 오랜 세월 스스로 잘 알고 있었지만, 그 사실을 받아들이지 못하고 반항해왔지. 넌 정신적으로 혼란을 겪고 있어. 기억력 결함이지. 실제 사건들은 기억을 못하면서, 일어나지도 않은 사건들은 기억한다고 스스로를 설득시키고 있잖아. 다행히 고칠 수는 있어. 그동안은 네가 마음을 먹지 않아서 고칠 수 없었던 거야. 준비가 되면 작은 의지력을 발휘하는 것만으로도 가능해. 그런데 넌 아직도 질병을 미덕이라고 착각하면서 집착하고 있다는 걸 난 알아. 예를 들어볼까? 지금 오세아니아와 전쟁 중인 나라가 어디지?"

"내가 체포됐을 때 오세아니아는 이스트아시아와 전쟁 중이었습니다."

"이스트아시아. 좋아. 그리고 오세아니아는 늘 이스트아시아와 전쟁 중이었지. 그렇지?"

윈스턴은 숨을 들이마시고 입을 벌렸지만 말을 하지 않았다. 계기판에서 눈을 뗄 수가 없었다.

"진실을 말해, 윈스턴. 네가 생각하는 진실을. 네가 기억한다고 생각하는 걸 말해봐."

"내가 체포되기 일주일 전만 해도 우리는 이스트아시아와 전쟁 중이 아니었습니다. 그들과는 동맹이었고, 유라시아와 4년 동안 전쟁 중이었습니다. 그 전에는……."

오브라이언이 손을 들어 말을 멈추게 했다. "다른 예를 들어보지. 몇 년 전에는 정말이지 아주 심각한 착란을 일으켰지. 한때 당원이었던 존스, 아론슨, 러더퍼드라는 세 남자가 반역과 파괴 공작에 대해 모든 자백을 하고 처형되었는데, 너는 그들이 죄가 없다고 믿었지. 그들의 자백이 거짓임을 확실히 증명하는 문서를 보았다고 믿었어. 환각 속에서 사진도 봤어. 실제로 손으로 잡기까지 했다고 믿었지. 바로 이런 사진이었어."

오브라이언이 길쭉한 신문 조각을 내밀었다. 약 5초쯤 윈스턴의 눈앞에 대주었다. 그것은 사진이었고, 그 정체에 대해서는 의심의 여지가 없었다. 그 사진이었다. 11년 전에 우연히 발견하고 즉시 태워버린, 뉴욕의 당 대회에 참석한 존스와 아론슨과 러더퍼드의 사진이 또 존재했던 것이다. 잠시 윈스턴 앞에 나타났던 사진이 다시 사라졌다. 하지만 윈스턴은 그것을 보았다. 의문의 여지가 없었다. 본 것이다! 윈스턴은 마구 발버둥 치며 몸을 일으키려 애썼다. 어느 방향으로도 1센티미터 이상 움직이기가 불가능했다. 윈스턴은 잠시 계기판에 대해서도 잊었다. 오직 그 사진을 다시 손에 쥐고 싶다는, 아니면 적어도 다시 보고 싶다는 생각뿐이었다.

"그게 아직 있군요!" 윈스턴이 외쳤다.

"아니." 오브라이언이 대꾸했다.

오브라이언은 방을 가로질러 건너편 벽의 '기억 구멍'으로 갔다. 그리고 창살을 들어 올렸다. 보이지는 않았지만 그 얇은 종잇조각은 따뜻한 바람을 타고 깊숙한 안쪽으로 빨려

들어갔을 것이다. 그리고 불길에 사라져버렸을 것이다.

오브라이언이 벽에서 돌아섰다. "재가 되었지. 알아볼 수도 없는 재가. 재는 존재하지 않는 것이야. 존재하지 않았던 것이지."

"하지만 존재했었잖아! 존재한다고! 기억 속에 존재해. 나는 기억해. 당신도 기억하고."

"나는 기억하지 않아." 오브라이언이 말했다.

윈스턴은 기운이 쑥 빠졌다. '이중생각'이었다. 극도의 무력감이 윈스턴을 덮쳤다. 오브라이언이 거짓말을 하고 있다는 확신만 든다면, 문제는 없었다. 하지만 오브라이언이 정말 사진에 대해 잊어버렸을 가능성도 얼마든지 있었다. 또한 그렇다면, 오브라이언은 이미 기억을 부인했던 것도 잊어버렸을 것이고, 그다음엔 잊어버린 행위 자체를 잊어버릴 것이다. 이것을 단순한 속임수라고 치부할 수 있을까? 어쩌면 정말 정신착란을 일으켰던 건지도 몰랐다. 윈스턴을 좌절시킨 것은 이 생각이었다.

오브라이언이 찬찬히 그를 내려다보고 있었다. 그 어느 때보다도 교사 같은 모습, 전도유망하지만 정도를 벗어난 아이를 위해 고생하는 교사 같은 모습이었다.

"과거 통제에 대한 당의 표어가 있지. 괜찮으면 읊어보겠나?"

"과거를 통제하는 자가 미래를 지배하며, 현재를 지배하는 자가 과거를 통제한다." 윈스턴이 순순히 읊었다.

"현재를 지배하는 자가 과거를 통제한다." 오브라이언이 천천히 고개를 끄덕이며 되풀이했다. "과거가 실제 존재한다는 게 자네 의견인가, 윈스턴?"

다시 한번 무력감이 윈스턴을 사로잡았다. 그는 고통을 당하지 않으려면 '예'가 답인지 '아니요'가 답인지 알 수 없었을 뿐 아니라 자기가 어떤 답을 진실이라고 믿는지도 알 수 없어서, 계기판을 흘긋거릴 수밖에 없었다.

오브라이언이 희미하게 미소를 띠었다. "넌 철학자가 아니야, 윈스턴. 지금까지 '존재'라는 게 무슨 뜻인지도 생각해본 적 없잖아. 좀 더 정확히 질문해주지. 과거란 공간 속에 구체적으로 존재하는 건가? 어딘가 어느 장소에 실제 사물들로 이뤄진 세상이 있어서 과거가 여전히 일어나고 있나?"

"아니요."

"그럼에도 과거가 존재한다면, 어디에 존재하지?"

"기록 속에. 문서로 기록되어."

"기록 속에. 그리고 또……?"

"머릿속에. 인간의 기억 속에."

"기억 속에. 아주 좋아. 그럼, 우리가, 당이 모든 기록을 통제하고 모든 기억을 통제한다면, 과거를 통제하는 게 아닌가?"

"하지만 사람들이 기억하는 걸 어떻게 막을 수 있어?" 윈스턴이 다시 잠시 계기판을 잊고 소리쳤다. "무의식적인 건데. 자기도 어쩔 수 없다고. 당신들이 어떻게 기억을 통제해? 내 기억도 통제 못 했잖아!"

오브라이언의 태도가 다시 엄해졌다. 손을 계기판 위에 올렸다. "그 반대로, 네가 네 기억을 통제 못 한 거지. 그래서 여기 와 있는 거잖나. 순종과 절제에 실패해서 이리 오게 됐지. 제정신을 지키는 데 필요한 복종을 하지 않으려 했잖아. 소수의 미치광이가 되는 길을 택했지. 훈련된 정신만이 현실을 볼 수 있어, 윈스턴. 너는 현실이 뭔가 객관적이고 외부적인 것, 제 힘으로 존재하는 거라고 생각하고 있어. 또한 현실의 본질이 자명하다고 믿지. 뭔가 보인다고 생각하는 착란에 빠지면 다른 사람들도 모두 똑같은 걸 본다고 믿게 되지만, 윈스턴, 현실은 외부에 있지 않아. 현실은 인간의 정신 속에 있을 뿐이야. 게다가 현실은 개개인의 정신 속에 있는 게 아니야. 오류를 일으킬 수도 있고 예외 없이 머잖아 죽어 없어질 개개인의 정신 속에 현실이 있는 게 아니라, 집합적이며 불멸인 당의 정신 속에만 있는 거야. 당이 진실이라고 하는 것이 바로 진실이야. 당의 눈을 통해서가 아니면 현실을 보기란 불가능해. 그것이 네가 다시 배워야 하는 사실이야, 윈스턴. 그러려면 자기 파괴와 의지력의 발휘가 필요해. 겸손하지 않고서는 건강한 정신을 얻을 수 없지."

오브라이언은 잠시 멈추고 자신의 말이 윈스턴에게 충분히 이해되길 기다리는 듯했다.

"일기장에 썼던 것 기억나나? 자유는 2 더하기 2가 4라고 말할 수 있는 거라고 했지."

"네." 윈스턴이 대답했다.

오브라이언이 왼손을 들어 손등을 윈스턴 쪽으로 향하게 하고 엄지는 접어 숨긴 채 네 손가락을 폈다.

"내가 손가락 몇 개를 들고 있지?"

"넷이요."

"그런데 만일 넷이 아니라 다섯이라고 당이 말하면, 몇 개지?"

"넷……."

윈스턴은 대답을 채 마치지 못하고 고통에 숨이 막혔다. 계기판의 바늘이 55까지 올라갔다. 온몸에서 땀이 솟아났다. 공기가 폐를 찢을 듯 밀려들어왔다가 이를 악물어도 멈출 수 없는 깊은 신음과 함께 새어나왔다. 오브라이언은 네 손가락을 편 채 윈스턴을 지켜보았다. 손잡이를 놓았지만 이번에는 고통이 조금밖에 줄어들지 않았다.

"손가락이 몇 개지, 윈스턴?"

"넷."

바늘이 60까지 치솟았다.

"손가락이 몇 개지, 윈스턴?"

"넷! 넷! 아니면 뭐란 말이오? 넷!"

바늘이 다시 올라간 게 분명했지만, 윈스턴은 그쪽을 보지 않았다. 커다란 엄한 얼굴과 손가락 네 개가 시야를 가로막았다. 손가락들이 거대한 기둥들처럼 눈앞에서 흐릿하게 어른대며 흔들렸지만, 틀림없이 넷이었다.

"손가락이 몇 개지, 윈스턴?"

"넷! 멈춰, 멈춰! 대체 왜 이러는 거요? 넷! 넷!"

"손가락이 몇 개지, 윈스턴?"

"다섯! 다섯! 다섯!"

"아니 윈스턴, 그래봐야 소용없어. 넌 거짓말을 하고 있어. 아직도 넷이라고 생각하잖아. 손가락이 몇 개인지 말해볼까?"

"다섯! 다섯! 넷! 뭐든 마음대로 해. 제발 멈추기만 해, 멈춰요!"

갑자기 윈스턴은 오브라이언의 부축을 받고 일어나 앉아 있었다. 수 초간 의식을 잃었던 듯했다. 묶여 있던 몸이 풀려 있었다. 추위가 몹시 느껴져 몸이 마구 떨리면서 이가 딱

딱 부딪혔다. 눈물이 뺨으로 줄줄 흘러내렸다. 윈스턴은 한동안 아기처럼 오브라이언에게 몸을 맡긴 채 자신의 어깨를 안은 육중한 팔에 이상할 정도로 위안을 느꼈다. 오브라이언은 보호자이고 고통은 어디 다른 외부에서 온 것처럼, 오브라이언이 거기서 윈스턴을 구해준 것처럼 느껴졌다.

"배우는 속도가 느리군, 윈스턴." 오브라이언이 상냥하게 말했다.

"나보고 어쩌란 말입니까?" 윈스턴이 울먹였다. "눈앞에 보이는 걸 어쩌란 말이에요? 2 더하기 2는 4라고요."

"가끔은 말이야, 윈스턴, 가끔은 5이기도 해. 3이기도 하고. 어떤 때는 동시에 모두 다 될 수 있어. 더 열심히 노력해야지. 건강한 정신이 되는 건 쉬운 게 아니야."

오브라이언이 윈스턴을 침대에 눕혔다. 팔다리가 다시 단단히 묶였지만 고통은 빠져나가고 떨림도 멈춰서 윈스턴은 그저 기운이 없고 춥기만 했다. 오브라이언이 하얀 가운 입은 남자에게 고갯짓하자 내내 꼼짝 않고 서 있던 남자가 와서 윈스턴의 눈을 자세히 들여다보고 맥을 재고 가슴에 귀를 대보고 여기저기 두드려본 다음 오브라이언에게 고개를 끄덕였다.

"다시 해보지." 오브라이언이 말했다.

고통이 윈스턴의 몸속으로 흘러들었다. 바늘은 70, 75까지 올라갔을 것이다. 이번에 윈스턴은 눈을 감았다. 눈앞에 여전히 손가락 넷이 있을 걸 알고 있었다. 중요한 것은 어떻게든 경련이 끝날 때까지 살아 있는 것이었다. 자신이 울부짖고 있는지 그렇지 않은지도 알 수 없었다. 다시 고통이 줄어들었다. 윈스턴은 눈을 떴다. 오브라이언이 손잡이를 놓았다.

"손가락이 몇 개지, 윈스턴?"

"넷이요. 넷일 거라고 생각합니다. 할 수만 있으면 다섯으로 볼 거예요. 다섯으로 보려고 노력하고 있어요."

"원하는 게 뭐지? 다섯이 보인다고 날 설득하고 싶은가 아니면 정말 다섯으로 보고 싶은가?"

"정말 다섯으로 보는 거요."

"다시 해보지." 오브라이언이 말했다.

아마 바늘은 80, 90이 되었을 것이다. 윈스턴은 왜 이런 고통을 당해야 하는지 간헐적으로 기억했다. 까뒤집힌 눈꺼풀 뒤에서 손가락 기둥들이 춤추듯 포위하며 다가왔다가, 서로 엇갈리며 사라졌다가 다시 나타났다. 손가락 수를 세어보려 노력했지만 왜 세어야 하는지는 기억나지 않았다. 세는 것이 불가능하며 4와 5 간의 불가사의한 동일성 때문에 그런 것 같다는 사실만은 알 수 있었다. 다시 고통이 사라졌다. 윈스턴은 눈을 뜨고 여전히 같은 것이 보이는지 알아보았다. 수많은 손가락들이 움직이는 나무들처럼 이리저리 교차하며 스쳐 지나갔다. 윈스턴은 다시 눈을 감았다.

"내가 손가락을 몇 개 들고 있지, 윈스턴?"

"모르겠어요. 모르겠어. 또 그걸 올리면 난 죽을 거요. 넷, 다섯, 여섯, 정말이지 나는 모르겠어요."

"좀 낫군." 오브라이언이 말했다.

주삿바늘이 윈스턴의 팔에 꽂혔다. 거의 동시에 기분 좋고 따뜻한 치유의 기운이 몸 전체에 퍼졌다. 고통은 벌써 잊혀갔다. 눈을 뜨고 감사의 마음으로 오브라이언을 올려다보았다. 너무나 못생기고 너무나 지적인, 커다랗고 주름진 얼굴을 보자 심장이 쿵쾅거렸다. 움직일 수 있었다면 손을 뻗어 오브라이언의 팔을 잡았을 것이다. 이 순간만큼 그를 깊이 사랑한 적은 없었다. 그가 고통을 멈춰주었기 때문만은 아니었다. 근본적으로는 오브라이언이 친구인지 적인지 상관없었던 예전 감정이 되살아났다. 오브라이언에게는 말을 해볼 수 있었다. 어쩌면 사람은 사랑받기보다 이해받기를 더 원하는 건지도 몰랐다. 오브라이언은 윈스턴을 미쳐버리기 직전까지 고문했고 얼마 안 있어 윈스턴을 죽음에 이르게 만들 것이 분명했다. 그래도 상관없었다. 어떤 의미에서 그들은 우정보다 더 심오한 친밀한 관계가 되었다. 언젠가는 둘이 만나서 이야기를 나눌 여지가 있었다. 비록 실제로 말을 할 일은 없겠지만 말이다. 오브라이언이 같은 생각을 하고 있을 것도 같은 표정으로 윈스턴을 내려다보고 있었다. 이번에는 스스럼없는 편한 어조로 말을 걸었다.

"지금 여기가 어딘지 아나, 윈스턴?"

"모르죠. 사랑부라고 짐작은 하지만."

"여기 얼마나 있었는지 아나?"

"모릅니다. 며칠, 몇 주, 몇 달…… 몇 달 됐을 것 같군요."

"그럼 우리가 왜 사람들을 이리 데려오는지는 알겠나?"

"자백을 시키려고요."

"아냐, 그래서가 아니지. 다시 생각해봐."

"벌주려고."

"아냐!" 오브라이언이 외쳤다. 목소리가 다른 때와 완전히 달라졌고 얼굴 표정은 단호하면서도 활기를 띠었다. "아니라고. 단지 자백을 끌어내고 벌주기 위해서가 아니야. 우리가 너를 왜 이리 데려왔는지 말해줄까? 치료해주려고! 제정신으로 만들려고! 이해하겠나, 윈스턴? 우리가 이리 데려온 사람 가운데 치료되지 않고 나간 사람은 없다는 걸? 네가 저지른 바보 같은 범죄들엔 흥미가 없어. 당은 공공연한 행위에는 관심이 없다네. 우리가 모든 관심을 기울이는 것은 생각이야. 그냥 적을 파괴하는 것이 아니라 바꿔놓는 거야. 그 의미를 알겠나?"

오브라이언이 고개를 숙여 윈스턴 바로 위로 얼굴을 들이댔다. 그렇게 가까이서 올려다보자 얼굴은 거대하고 흉측해 보였다. 더욱이 그 표정은 일종의 열의, 광적인 흥분으로 가득 차 있었다. 다시 한번 윈스턴은 심장이 오그라들었다. 기운이 쭉 빠졌다. 가능했다면 침대 속으로 파고들며 몸을 웅크렸을 것이다. 오브라이언이 순전한 변덕에서 계기판 손잡이를 밀어 올릴 것만 같았다. 그러나 그 순간 오브라이언이 돌아섰다. 한두 걸음 서성이더니 감정을 약간 가라앉혔다.

"가장 먼저 알아둘 것은, 여긴 순교자 따위는 없다는 거야. 예전의 종교 박해에 대해 읽어봤겠지. 중세에는 종교 재판소가 있었어. 실패작이었지. 이단을 근절하려 했는데 결국 이단을 영속화시켰지. 이단 하나를 화형시키면 수천 명의 이단이 더 생겨났어. 왜 그랬을까? 적들을 공개적으로, 회개시키지 않은 상태에서 죽였기 때문이야. 사실상 회개하지 않는다고 죽인 거지. 사람들이 진정한 신념을 버릴 수 없기 때문에 죽어간 거야. 당연히 모든 영광은 희생자들에게 돌아갔고 그들을 화형시킨 재판관들은 수치스럽게 됐어. 나중에 20세기에 전체주의자라고 하는 사람들이 나타났지. 독일 나치들과 러시아 공산주의자들이었는데, 러시아인들은 이단들을 종교 재판보다 더욱 잔인하게 박해했어. 그러면서도 과거의 실수로부터 배웠다고 생각했지. 어쨌든 순교자를 만들어내지는 말아야 한다는 걸 알았으니까. 희생자들을 공개재판에 세우기 전에 작정하고 그들의 존엄을 파괴해버렸어. 고문과 고립으로 무너지게 만들어서, 야비하게 굽실거리는 비참한 모습으로 시키는 대로 다 자백하고 더러운 말을 쏟아내고 서로서로 비난하고 발뺌하며 자비를 구걸하게 했지. 하지만 그랬는데도 겨우 몇 년 지나자 똑같은 일이 일어났어. 죽은 사람들은 순교자가 되었고 그들의 추락은 잊혔어. 또 왜 그랬을까? 애초에 그들의 자백이 강요된 것이고 사실이 아닌 게 명백했기 때문이야. 우리는 그런 실수를 하지 않아. 여기서 자백된 말은 진실이야. 우리가 진실로 만들지. 그리고 무엇보다 우리는 죽은 자들이 다시 일어나게 놔두지 않아. 그러니 후손들이 너를 복권시켜줄 거라는 공상은 버려, 윈스턴. 후손들은 결코 너에 대해 듣지 못할 거야. 너는 역사의 흐름에서 깨끗하게 도려내질 거야. 우리는 너를 기체로 만들어 성층권으로 날려버릴 거야. 너에 관한 건 아무것도 남지 않아. 심지어 이름도 기록되지 않고, 살아 있는 사람들의 두뇌에 기억으로 남지도 않을 거야. 미래는 물론 과거에도 없던 존재가 된다. 존재했던 적이 없는 사람이 되는 거지."

그렇다면 왜 굳이 고문을 하는 거지? 하고 윈스턴은 잠시 씁쓸하게 생각했다. 윈스턴이 그 생각을 큰 소리로 입 밖에 내기라도 한 것처럼 오브라이언이 걸음을 멈칫했다. 커다랗고 추한 얼굴이 눈을 가늘게 뜨고 가까이 다가왔다.

"이렇게 생각하겠지. 결국은 완전히 없애버릴 거라면, 그래서 말이나 행동도 조금의 영향도 남지 않게 만들어버릴 거라면, 왜 먼저 심문하는 수고를 무릅쓰는 거지? 그렇게 생각하고 있었지, 아닌가?"

"그래요." 윈스턴이 말했다.

오브라이언이 미소를 띠었다. "너는 무늬 속의 흠결이야, 윈스턴. 닦아내야 할 얼룩이야. 방금 내가 우리는 과거의 박해자들과 다르다는 이야기를 하지 않았나? 우리는 소극적 복종에는 만족하지 못해. 아무리 비참한 굴복이라 해도 마찬가지야. 네가 우리에게 마침내 항복할 때는 네 자신의 자유의지로 그렇게 하게 될 거야. 우리는 이단을 없애버리지 않는다. 이단이 우리에게 저항하는 한은 결코 없애버리지 않아. 우리는 이단을 개종시킨다. 내면을 장악하고 다시 만들어. 모든 사악한 마음과 환각을 연소시켜 버리고 우리 편으로 만들지. 겉으로만이 아니라 진심으로, 마음과 영혼으로. 우리 중 하나로 만들고 나서야 죽인다. 아무리 은밀하고 무기력하다고 해도, 세상 어딘가에 잘못된 생각이 존재하고 있다는 건 참을 수 없는 일이야. 죽음의 순간에조차 일탈은 허용될 수 없어. 옛날에는 이단들이 여전히 이단임을 뽐내며 당당히 화형대로 갔지. 심지어 러시아의 숙청자들도 마음속에 저항을 단단히 품고 총살대로 갔어. 하지만 우리는 뇌를 날려버리기 전에 먼저 완벽하게 만든다. 옛날 압제 정치의 명령은 '하지 말지어다'였어. 전체주의는 '할지어다'였고. 우리 명령은 '될지어다'야. 이곳으로 데려온 사람 가운데 버텨낸 사람은 없어. 모두 깨끗하게 세뇌되었지. 네가 예전에 무죄라고 믿은 존스, 아론슨, 러더퍼드, 그 한심했던 반역자 셋도 결국에는 무너졌지. 나도 심문에 참여했는데, 점차 허물어지고, 울먹이고, 빌고, 흐느끼게 되었는데, 마지막에는 고통이나 두려움 때문이 아니라 오로지 후회 때문이었어. 모든 과정이 끝날 때엔 껍데기만 남은 사람이 되었지. 자기들이 저지른 일에 대한 슬픔과 빅 브라더에 대한 사랑 이외에는 아무것도 남지 않았어. 빅 브라더에 대한 사랑이 얼마나 깊은지 감동적일 정도였지. 그들은 빨리 쏘아달라고 애원했어. 계속 마음이 깨끗한 채로 죽을 수 있게 말이야."

오브라이언은 거의 꿈을 꾸는 듯한 목소리가 되었다. 광적 열정과 흥분에 들뜬 얼굴은 그대로였다. 연기가 아니라고 윈스턴은 생각했다. 오브라이언은 위선자가 아니다, 그는 자신의 말을 있는 그대로 믿는다. 윈스턴의 마음을 가장 괴롭히는 것은 지적 열등감이었다. 윈스턴의 시야에 들어왔다 나갔다 하면서 서성이는 육중하지만 우아한 모습을 바라보고 있자니, 오브라이언이 모든 면에서 윈스턴보다 큰 존재라는 생각이 들었다. 윈스턴이 해본, 그리고 해볼 수 있는 생각 중에 오브라이언이 오래전에 알았고, 시험해보았고, 폐기하지 않은 생각은 없었다. 오브라이언의 정신은 윈스턴의 정신을 포함하고 있었다. 그렇다면 어떻게 오브라이언이 미쳤다고 할 수 있을까. 미친 것은 윈스턴일 수밖에 없었다. 오브라이언이 멈추더니 윈스턴을 내려다보았다. 목소리가 다시 엄해졌다.

"아무리 완벽하게 항복하더라도, 살아남을 수 있을 거라고 기대하지 말아, 윈스턴. 한번 엇나갔던 사람은 결코 살려둘 수 없어. 그리고 우리가 널 수명대로 살 수 있게 놔주기로 결정했다고 해도, 결코 우리로부터 도망칠 순 없을 거야. 여기서 겪은 일은 영구적이지. 미리 알아둬. 우린 돌이킬 수 없는 지경까지 너를 파괴해버릴 거야. 천 년을 산다 해도 회복될 수 없는 조치들이 취해질 거야. 너는 다시는 평범한 인간적인 감정들을 느낄 수 없을 거야. 내면이 전부 죽어버리고 사랑도, 우정도, 삶의 기쁨도, 웃음도, 호기심도, 용기도, 온전함도 느낄 수 없을 거야. 우리는 너에게서 모든 것을 짜내고 텅 비운 다음, 대신 네 안에 우리 자신을 채워 넣을 거야."

오브라이언이 말을 멈추고 하얀 가운 입은 남자에게 서명을 해주었다. 윈스턴은 뭔가 무거운 장비들이 머리 위쪽으로 밀려오는 것을 알 수 있었다. 오브라이언이 침대 옆에 앉아 얼굴이 윈스턴과 거의 같은 높이가 되었다.

"3천" 하고 오브라이언이 윈스턴의 머리 위에 있는 하얀 가운의 남자에게 말했다. 폭신하고 약간 촉촉한 두 개의 패드가 윈스턴의 관자놀이 양쪽에 고정되었다. 윈스턴은 움찔했다. 고통이 밀려오고 있었다. 새로운 종류의 고통이었다. 오브라이언이 안심시키듯, 거의 상냥하게 윈스턴의 손 위에 자기 손을 얹었다.

"이번에는 아프지 않을 거야. 내 눈을 똑바로 보고 있으면 돼."

그 순간 넋이 빠져나가는 듯한 폭발, 혹은 폭발처럼 보였지만 어떤 소리가 들렸는지는 불확실한 어떤 일이 일어났다. 분명 눈이 멀 듯한 섬광은 일었다. 아프지는 않았다. 기진맥진해졌을 뿐이었다. 아까부터 누워 있었지만, 그 일을 당하고서는 쓰러져 뻗은 듯 묘한 기분이 되었다. 무시무시한 고통 없는 충격에 윈스턴은 완전히 뻗어버렸다. 또한 머릿속이 어떻게 되었다. 다시 눈이 보이게 되자 자신이 누구인지, 여기가 어디인지, 자신을 보고 있는 얼굴이 누구인지, 기억이 되살아났다. 하지만 뇌의 일부가 떨어져 나간 것처럼, 어디엔가 커다란 구멍이 났다.

"괜찮아질 거야." 오브라이언이 말했다. "내 눈을 봐. 오세아니아가 어느 나라와 전쟁 중이지?"

윈스턴은 생각해보았다. 오세아니아가 무엇인지도 알았고 자신이 오세아니아의 국민이라는 것도 알았다. 또한 유라시아와 이스트아시아도 기억났다. 하지만 누가 누구와 전쟁 중인지는 알 수 없었다. 사실 전쟁이 일어나고 있는지도 알지 못했더랬다.

"모르겠습니다."

"오세아니아는 이스트아시아와 전쟁 중이야. 이제 알겠나?"

"예."

"오세아니아는 늘 이스트아시아와 전쟁 중이었어. 네가 태어난 이후부터 계속. 당이 만들어진 이후 계속, 역사가 시작된 이래로, 전쟁이 중단 없이 계속되고 있지, 언제나 같은 전쟁이. 기억할 수 있겠나?"

"예."

"11년 전 너는 반역죄로 처형된 세 남자에 대한 전설을 창작해냈어. 그들의 무죄를 증명하는 문서 한 장을 본 척했지. 그런 문서는 존재한 적이 없었어. 네가 만들어낸 거고 나중에는 믿어버리게 되었지. 처음 그 문서를 만들던 순간이 이제 기억날 거야. 기억나지?"

"예."

"방금 내가 손가락을 들어 보였어. 손가락 다섯 개가 보였지. 기억하나?"

"예."

오브라이언이 왼손을 들어 펴 보이면서 엄지는 감추었다.

"손가락이 다섯 개 있지. 다섯 개 손가락이 보이나?"

"예."

찰나의 순간, 윈스턴은 정말 손가락을 보았고, 그러고 나서 머릿속 풍경이 바뀌었다. 다섯 개 손가락이 보였고 거기에는 아무 이상도 없었다. 그러고 나서 모든 것이 다시 원래대로 돌아갔다. 이전의 공포, 증오, 당황이 다시 밀어닥쳤다. 그러나 밝게 빛나는 확신의 순간이 있었다. 잘은 몰라도 30초쯤 되었던 그 확신의 순간에 오브라이언의 새로운 지시들이 머릿속 빈 구멍을 채우고 절대적 진실이 되었으며, 필요하다면 2 더하기 2는 5만큼이나 쉽게 3도 될 수 있게 되었다. 오브라이언이 손을 내리기도 전에 그 순간은 사라졌지만, 그 순간을 되돌릴 수는 없어도, 기억할 수는 있었다. 마치 지금과 다른 사람이나 마찬가지였던 과거 인생의 어떤 순간을 생생한 경험으로 기억해낼 수 있는 것처럼 말이다.

"이제 알겠지." 오브라이언이 말했다. "어쨌든 가능하다는 걸 말이야."

"예." 윈스턴이 대답했다.

오브라이언이 만족한 분위기로 일어났다. 그 왼쪽 뒤로 하얀 가운의 남자가 주사기를 약병에 넣어 약물을 채우고 있었다. 오브라이언이 미소를 지으며 윈스턴을 들여다보았다. 거의 옛날 모습 그대로 코 위로 안경을 밀어 올렸다.

"일기에 쓴 거 기억나?" 오브라이언이 물었다. "널 이해하고 말을 들어주기만 하면 내가 친구든 적이든 상관없다고 했지. 네 말이 맞아. 난 너랑 이야기하는 게 즐거워. 네 생각은 매력이 있어. 네가 정신이 온전치 못하다는 것만 빼면 내 생각과 닮았거든. 자, 이제 끝내기 전에, 궁금한 게 있으면 질문을 해도 좋아."

"뭐든 괜찮습니까?"

"뭐든지." 오브라이언은 윈스턴이 계기판에 눈길을 주는 것을 보았다. "꺼놨어. 첫 번째 질문이 뭐지?"

"줄리아는 어떻게 됐나요?"

오브라이언은 다시 미소를 지었다. "널 배신했지, 윈스턴. 한순간도 망설이지 않고. 그렇게 신속하게 바뀌는 사람은 처음 봤어. 다시 만나도 알아보기 힘들걸. 모든 반항심, 속임수, 어리석음, 타락, 전부 깨끗이 타버렸으니까. 교과서적인 완벽한 개조였지."

"고문했나요?"

오브라이언은 대답하지 않았다. "다음 질문."

"빅 브라더는 존재하나요?"

"물론 존재하지. 당도 존재하고. 빅 브라더는 당의 화신이야."

"내가 존재하는 것과 같은 방식으로 존재하는 건가요?"

"너는 존재하지 않아." 오브라이언이 말했다.

다시 한번 윈스턴은 무력감에 휩싸였다. 자신의 비존재를 증명할 주장들에 대해서는 알고 있었다. 혹은 짐작할 수 있었다. 하지만 그것은 허튼소리, 말장난에 불과했다. "너는 존재하지 않아"라는 선언은 논리적으로 부조리하지 않은가? 하지만 그렇게 말해봐야 무슨 소용인가? 오브라이언이 윈스턴을 무너뜨리는 데 사용할, 반박할 수 없는 정신 나간 주장들에 대해 생각하니 기운이 빠졌다.

"나는 존재하는 것 같은데요." 윈스턴이 힘없이 말했다. "내가 누구인지 의식하고 있으니까. 나는 태어났고 죽을 테지요. 팔도 있고 다리도 있고. 이 공간에서 일정한 부분을 차지하고 있습니다. 나와 동시에 이 부분 차지할 수 있는 물체는 없습니다. 그런 의미에서 빅 브라더는 존재하는 겁니까?"

"그런 건 중요하지 않아. 빅 브라더는 존재하니까."

"빅 브라더도 죽나요?"

"물론 죽지 않지. 어떻게 죽을 수가 있어? 다음 질문."

"형제단은 존재하나요?"

"그거는, 윈스턴, 너는 절대 알 수 없을 거야. 우리가 너를 처리한 뒤 풀어주기로 결정한다고 해도, 네가 90세까지 산다고 해도, 절대 그 질문에 대한 대답은 알 수 없을 거야. 사는 내내 네 마음속에 풀리지 않는 수수께끼가 되겠지."

윈스턴은 말없이 누워 있었다. 가슴이 조금 더 빨리 오르내렸다. 아직도 제일 먼저 떠오른 질문을 던지지 않았다. 질문을 해야 했지만 혀가 마음대로 움직이지 않는 것 같았다. 오브라이언의 얼굴에 재미있어하는 기색이 떠올랐다. 안경마저 빈정대는 빛을 띠는 듯했다. 아는구나, 하고 윈스턴은 생각했다. 내가 무슨 질문을 할지 알아! 그러자 질문이 불쑥 튀어나왔다.

"101호실엔 뭐가 있죠?"

오브라이언의 표정은 바뀌지 않았다. 그리고 건조하게 대답했다. "101호실에 뭐가 있는지 알잖아, 윈스턴. 모두가 알지."

오브라이언이 하얀 가운의 남자에게 손짓해 보였다. 이제 끝난 모양이었다.

팔에 주삿바늘이 꽂혔다. 윈스턴은 즉시 깊은 잠에 빠져들었다.

3

"재통합에는 3단계가 있어." 오브라이언이 말했다. "배움, 이해, 수용이지. 너는 두 번째 단계에 들어갈 때가 됐어."

늘 그렇듯 윈스턴은 누워 있었다. 하지만 최근 들어 결박이 느슨해졌다. 여전히 침대에 묶여 있었지만 무릎도 조금 움직일 수 있었고 머리도 양옆으로 돌릴 수 있었으며 팔도 팔꿈치부터는 들어 올릴 수 있었다. 계기판 역시 이제는 덜 무섭게 느껴졌다. 재빨리 기지를 발휘하면 그 격통을 모면할 수도 있었다. 오브라이언이 손잡이를 당길 때는 주로 윈스턴이 멍청하게 굴 때였다. 때로는 손잡이를 사용하지 않고 면담을 마칠 때도 있었다. 면담을 몇 번이나 거쳤는지 기억나지 않았다. 몇 주 정도 되는 것 같은 전체 과정이 막연히 계속 늘어나는 기분이었다. 면담 사이 간격이 며칠씩 되는 기분이 들 때도 있었고, 한두 시간 간격일 때도 있었다.

"그렇게 누워 있다 보면" 하고 오브라이언이 말했다. "종종 궁금하겠지. 나한테 묻기도 했고. 왜 사랑부가 너한테 이토록 많은 시간과 수고를 들이는지. 이전에도 너는 본질적으로 같은 의문으로 고민했어. 이 사회의 역학은 파악할 수 있지만 기저의 동기는 파악할 수 없다고. 일기에 쓴 걸 기억하나? '방법은 알겠다. 하지만 이유는 모르겠다.' 네 자신이 제정신이 아닐지도 모른다고 의심했던 건 '이유'에 대해 생각했을 때였어. 넌 그 책, 골드스타인의 책도 일부 읽었지. 몰랐던 내용이 조금이라도 들어 있던가?"

"당신도 읽었나요?" 윈스턴이 물었다.

"내가 썼어. 정확히 말하면 집필에 참여했지. 알다시피 개인 혼자 써내는 책은 없으니까."

"거기 써 있는 게 사실인가요?"

"설명은 사실이야. 하지만 거기서 제시하는 전망은 헛소리야. 은밀한 지식의 축적, 점진적인 계몽의 전파, 마침내 무산 계급의 반란, 당의 전복. 그런 게 씌어 있으리라 너도 짐작했겠지. 다 헛소리야. 무산 계급은 결코 혁명을 일으키지 못해. 천년이 지나도 만년이 지나도. 못 하지. 그 이유를 내가 굳이 말해줄 필요는 없겠지. 이미 알고 있을 테니. 조금이라도 과격한 전복을 꿈꾸었다면 포기해. 당이 전복되는 일은 없어. 당의 지배는 영원해. 그걸 생각의 출발점으로 삼도록."

오브라이언이 침대 가까이로 오며 되풀이했다. "영원히! 그러니 이제 '방법'과 '이유' 문제로 돌아갈까. 당이 어떻게 권력을 유지하는지는 충분히 이해한다고 했지. 이제 우리가 왜 권력에 집착하는지 말해볼까. 우리의 동기가 무엇이지? 우리는 왜 권력을 원하는 거야? 말해봐."

윈스턴은 잠시 입을 열지 않았다. 피로가 엄습했다. 오브라이언의 얼굴은 다시 희미한 광적 열기를 띠고 있었다. 오브라이언이 뭐라 할지는 이미 알고 있었다. 당은 자신을 위해 권력을 추구하는 게 아니라고, 다수의 이익을 위해서라고. 대중은 허약하고 한심한 존재들이라 자유나 진실을 감당할 수 없기에, 더 강한 자들의 통치를 받거나 체계적 기만 속에 보호를 받아야 한다고. 인류는 자유냐 행복이냐는 선택의 기로에 놓여 있으며 인류 대다수를 위해서는 행복이 더 낫다고. 당은 약자들의 영원한 보호자, 헌신적 분파로서, 선을 위해 악을 행하며 약자들의 행복을 위해 자신의 행복을 포기했다고. 끔찍한 일은, 이런 말을 오브라이언이 정말 믿는 거라고, 윈스턴은 생각했다. 그의 얼굴을 보면 알 수 있었다. 오브라이언은 모르는 것이 없었다. 윈스턴보다 천 배쯤 더 세상을 잘 알았다. 인류의 대다수가 얼마나 비천한 상태에서 살고 있는지, 당이 어떤 거짓말과 야만적인 방법으로 그들을 억압하는지 잘 알았다. 오브라이언은 모든 것을 이해하고, 모든 것을 재어보았는데도, 그래도 변함이 없었다. 궁극의 목적을 위해 모든 것이 정당화되었다. 나보다 더 똑똑한 정신병자한테, 나의 주장을 충분히 들어주고도 자신의 생각을 그대로 고집하는 광신도에게 내가 대항할 수 있을까, 하고 윈스턴은 생각했다.

"당신들은 우리를 위해서 우리를 지배하고 있지요." 윈스턴이 힘없이 말했다. “인류는 스스로를 다스릴 능력이 없다고 믿기 때문에…….”

윈스턴은 소스라치게 놀라 울부짖을 뻔했다. 날카로운 통증이 온몸을 관통했다. 오브라이언이 계기판 손잡이를 35까지 올렸다.

“멍청하군, 윈스턴, 멍청한 소리! 그보단 똑똑할 줄 알았는데.”

오브라이언은 손잡이를 도로 내리고 말을 계속했다. “내가 대신 답을 해주지. 이런 거야. 당은 순전히 자신을 위해서 권력을 추구해. 우리는 타인의 이익에는 관심이 없어. 우리는 오직 권력에만 관심이 있어. 부도, 사치도, 장수도, 행복도 관심 없어. 오직 권력, 순수한 권력에만 관심이 있는 거야. 순수한 권력이 뭔지는 곧 이해하게 될 거야. 우리는 과거의 어떤 독재 집단과도 달라. 우리가 무엇을 하고 있는지 잘 알고 있기 때문이지. 다른 독재 집단은 모두, 우리와 비슷했던 집단들까지도, 겁쟁이에 위선자들이었지. 독일 나치와 러시아 공산당은 방식에 있어서는 우리와 아주 근접했지만, 그들 역시 자신의 동기를 인정할 용기는 없었어. 그들은 내키지 않지만 잠시 동안 권력을 잡을 뿐 조금 있으면 모두가 자유롭고 평등한 낙원이 올 거라 말했고, 심지어 진짜 그렇게 믿었어. 우리는 그러지 않아. 장차 양보할 의도로 권력을 잡는 자는 아무도 없다는 걸 우리는 알아. 권력은 수단이 아니야. 목표지. 혁명을 지키기 위해 독재정치를 하는 게 아니라, 독재정치를 하기 위해 혁명을 일으키는 거야. 박해의 목적은 박해야. 고문의 목적은 고문이고. 권력의 목적은 권력이지. 이제 좀 이해하겠나?"

윈스턴은 이전에도 그랬듯이, 오브라이언의 얼굴에 드러난 피로감에 충격을 받았다. 살찌고 강인하고 잔혹한 얼굴, 윈스턴을 무력하게 만드는 지성이 충만하고 모종의 절제된 열정으로 가득한 얼굴이었지만 피곤에 절어 보였다. 눈 밑에는 주름이 처지고 뺨의 피부도 늘어져 있었다. 오브라이언이 허리를 굽혀 얼굴을 일부러 가까이 들이댔다.

"내 얼굴이 늙고 지쳤다고 생각하지?" 오브라이언이 말했다. "권력에 대해 떠들고 있지만 내 육신의 쇠락 하나 막지 못한다고 생각하겠지. 이해를 못 하겠나, 윈스턴? 개인은 그저 하나의 세포 덩어리일 뿐이다. 세포의 노화로 유기체는 활력을 얻는 거야. 손톱을 깎는다고 사람이 죽나?"

오브라이언은 침대 곁을 떠나 한 손을 주머니에 넣고 다시 방 안을 왔다 갔다 하기 시작했다.

"우리는 권력의 사제들이야. 권력은 신이지. 현재의 너에겐 그냥 단어 하나에 불과하겠지만. 이제 권력이 무얼 의미하는지 좀 가르쳐줄 때가 됐군. 먼저 깨달아야 할 것은, 권력은 집단적이라는 거야. 개인은 개인이기를 단념할 때만 권력을 소유할 수 있어. 당의 구호 알지? '자유는 억압이다.' 뒤집을 수도 있는 말이라는 거, 생각해봤나? 억압이 자유라고. 혼자인 자유로운 인간은 언제나 패배하게 돼 있어. 그럴 수밖에 없지. 모든 인간이 죽을 수밖에 없는 운명이니까. 모든 패배 중에서도 가장 큰 패배지. 그런데 만일 완전하고 철저한 복종을 할 수 있다면, 자신의 독자성에서 벗어날 수 있다면, 그래서 당과 융합될 수 있다면, 당과 하나가 된다면, 곧 전능한 존재가, 불사의 존재가 되는 거야. 네가 두 번째로 깨달아야 할 점은, 권력이란 인간에 대한 권력이라는 사실이야. 신체뿐 아니라 무엇보다 정신을 지배해야 해. 물질에 대한 지배, 소위 외부적 현실에 대한 권력은 중요하지 않아. 물질에 대한 우리의 지배는 이미 절대적이니까."

잠시 윈스턴은 계기판을 잊었다. 일어나 앉으려 맹렬히 몸부림쳤지만 고통스레 몸만 비틀 뿐이었다.

"하지만 어떻게 물질을 지배할 수 있다는 거요?" 윈스턴이 외쳤다. "날씨도, 중력의 법칙도 지배하지 못하면서. 질병에, 고통에, 죽음……."

오브라이언이 손을 움직여 윈스턴을 조용히 시켰다. "우리는 정신의 지배를 통해 물질을 지배하는 거야. 현실은 두개골 안에 있어. 차츰 배우게 될 거야, 윈스턴. 우리가 못 하는 일은 없어. 투명 인간, 공중 부양, 뭐든지 할 수 있지. 나도 원하면 바닥에서 비눗방울처럼 떠오를 수 있어. 하지만 나는 그러고 싶지 않아. 당이 원하지 않으니까. 물리법칙에 대한 19세기 식 관념은 지워버려야 해. 물리법칙은 우리가 만드니까."

"하지만 그러지 못하잖아요! 이 지구조차 지배하지 못하면서. 유라시아와 이스트아시아는 뭐죠? 아직 그들도 정복 못 했잖아요."

"중요하지 않아. 알맞은 때가 되면 정복할 거고. 그리고 정복 못 한다 한들, 뭐가 달라지지? 존재하지 않는 것으로 만들어버릴 수도 있어. 오세아니아가 바로 지구다."

"하지만 지구 자체도 조그만 흙덩이에 불과해요. 인간은 또 얼마나 힘없는 미미한 존재인데! 인간이 존재한 지 얼마나 되었나요? 지구조차 수백만 년 동안 인류 없이 존재해 왔어요."

"말도 안 되는 소리. 지구는 우리와 나이가 같아. 어떻게 우리보다 지구가 오래될 수 있어? 인간의 의식 없이는 아무것도 존재하지 않아."

"하지만 바위에서 멸종한 동물들의 뼈가 잔뜩 나오잖아요. 인간이 나타나기 훨씬 전에 살았던 매머드며 거대 동물, 파충류들이 있고."

"그 뼈들 본 적 있나, 윈스턴? 물론 없겠지. 19세기 생물학자들이 지어낸 거야. 인류 이전엔 아무것도 없었어. 만일 인류가 종말을 맞는다면, 그 후엔 아무것도 없을 거고. 인간이 아니면 아무것도 존재할 수 없어."

"하지만 인간이 없어도 우주는 저렇게 존재하잖아요. 별들을 봐요. 어떤 것들은 수백만 광년 떨어져 있고. 우리가 영원히 닿을 수 없는 곳에 존재하잖아요."

"별이 뭐지?" 오브라이언이 건조하게 물었다. "몇 킬로미터 떨어진 불덩어리들이지. 우리가 원하면 가볼 수도 있지. 아니면 꺼버릴 수도 있어. 지구는 우주의 중심이야. 태양과 별들은 우리 주위를 돌아."

윈스턴은 또다시 몸부림을 쳤지만 이번에는 아무 말도 하지 않았다. 오브라이언은 윈스턴이 뭐라고 반박한 것처럼 답변을 이어갔다.

"물론 특정 목적하에서는, 틀린 말이야. 대양을 항해하거나 일식을 예측할 때는 지구가 태양 둘레를 돌며, 별들이 수백, 수억 킬로미터 떨어져 있다는 가정이 편리하다는 사실을 종종 발견하게 돼. 하지만 그래서 뭐? 천문학이 두 종류 체계로 이루어져선 안 될 이유가 있나? 우리 필요에 따라 별들이 가까이 있을 수도, 멀리 있을 수도 있어. 우리 수학자들이 그걸 감당 못 할 것 같나? '이중생각' 잊었어?"

윈스턴은 다시 움츠러들었다. 무슨 질문을 하든 신속한 답변이 윈스턴을 납작하게 뭉개놓았다. 그럼에도 윈스턴은 알았다. 자신이 옳다는 것을 알고 있었다. 우리의 정신 외부에 아무것도 존재하지 않는다는 믿음이 잘못되었음을 보여줄 방법이 분명 있는데? 오래전에 오류가 드러나지 않았나? 심지어 명칭도 있는데, 생각이 안 났다. 윈스턴을 내려다보는 오브라이언의 입가가 희미한 미소로 꿈틀거렸다.

"말했잖아, 윈스턴." 오브라이언이 말했다. "형이상학은 자네 장기가 아니라고. 지금 생각해내려 애쓰는 단어는 유아론이라고 해. 하지만 잘못 알았어. 이건 유아론이 아니야. 집단 유아론이라고 할 수도 있겠지만 그것과도 좀 달라. 사실상 그 반대야. 이런 건 다 지엽적인 문제인데." 오브라이언이 달라진 어조로 덧붙였다. "진정한 권력, 우리가 얻기 위해 밤낮으로 싸워야 하는 권력은 물질에 대한 것이 아니라, 인간에 대한 권력이야." 오브라이언이 잠시 말을 멈추더니 다시 한번 전도유망한 학생에게 질문을 던지는 교장 선생 같은 태도가 되었다. "한 사람이 다른 사람에게 어떻게 권력을 발휘하나, 윈스턴?"

윈스턴은 생각했다. "고통을 줌으로써."

"맞았어. 고통을 가함으로써. 복종만으로는 충분치 않아. 고통을 받고 있지 않다면, 스스로의 의지로 행동하는지 아니면 복종의 행동인지, 어떻게 알겠어? 권력은 고통과 모욕을 가하는 데 있어. 인간의 정신을 조각조각 부수고 새로운 모양을 선택해 다시 짜맞추는 거야. 자, 우리가 어떤 세상을 창조하고 있는지 알겠나? 옛날 개혁론자들이 상상한 어리석고 쾌락주의적인 유토피아와는 정반대야. 공포와 배반과 고문의 세상, 짓밟고 짓밟히는 세상, 세련되어갈수록 자비로워지는 게 아니라 무자비해질 세상. 우리 세상에서 진보란 더 많은 고통을 향해 진보하는 거야. 예전 문명들은 자기들이 사랑이나 정의에 기초해 있다고 주장했지. 우리는 증오에 기반하고 있어. 우리 세상에선 공포, 분노, 승리감, 자기 비하 이외의 감정은 사라질 거야. 그 밖의 모든 것을, 모든 것을 우리는 파괴할 거야. 이미 우리는 혁명 이전의 생각 습관들을 파괴시키고 있어. 아이와 부모의 관계, 그리고 남자와 여자의 관계, 또한 남자들 사이의 관계 역시 단절시키고 있지. 아무도 더 이상 아내나 자식이나 친구를 감히 믿지 못해. 하지만 미래에는 아내도, 친구도 없어질 거야. 달걀을 암탉한테서 꺼내 오는 것처럼, 아기는 태어나자마자 어머니한테서 떼어놓을 것이고 성 본능은 근절될 거야. 인간의 재생산은 배급 카드의 갱신처럼 연례 행사가 될 거야. 오르가즘도 없애버릴 예정이지. 우리 신경과학자들이 지금 연구 중이야. 당에 대한 충성 말고는 어떤 의리나 충성심도 없어질 거야. 빅 브라더에 대한 사랑 이외에는 사랑도 없어질 거야. 적의 패배에 대한 승리에 찬 웃음 이외에는 웃음도 없어질 거고 예술, 문학, 과학도 없어질 거야. 우리가 전능한 존재가 되고 나면 과학도 더 이상 필요 없지. 미와 추의 구별도 없어질 거고. 호기심도, 인생의 즐거움도 없어질 거고. 모든 상충되는 쾌락들은 파괴될 거야. 하지만 언제나, 이 점은 잊지 말게, 윈스턴, 언제나 권력에 대한 도취는 부단히 증가하고 부단히 더욱 정교해질 거야. 언제나, 어느 순간이나, 승리의 전율, 무기력한 적을 짓밟는 쾌감은 남아 있을 거야. 미래를 그려보고 싶으면 인간의 얼굴을 짓밟는 군홧발을 상상하라고. 영원히."

오브라이언이 말을 멈추고 윈스턴이 말을 하기를 기대하는 듯했다. 윈스턴은 있는 대로 몸을 움츠리고 있을 뿐이었다. 아무 말도 할 수 없었다. 심장이 얼어붙은 듯했다. 오브라이언이 말을 계속했다.

"기억하라고. 영원히 그러하리라는 걸 말이야. 얼굴은 언제나 짓밟힐 거야. 이단들, 사회의 적들도 언제나 존재하면서 다시 또다시 패배하고 굴욕을 당하게 될 거야. 여기 들어온 이후 네가 겪은 모든 일이, 이 모든 일이 앞으로도 계속될 거고 더 심해질 거야. 간첩질, 반역질, 체포, 고문, 처형, 실종 등이 끝나는 날은 없을 거야. 이곳은 승리의 세계일 뿐 아니라 공포의 세계가 될 테니까. 당이 더욱 강력해질수록 관용은 더욱 줄어들 거야. 반대가 약해질수록 독재는 더욱 거세질 거야. 골드스타인과 이단자들도 영원히 계속되겠지. 매일, 매 순간, 그들은 패배하고 비난받고 모욕과 비웃음을 당하겠지만 늘 살아남을 거야. 너와 내가 7년 동안 벌여온 이런 연극도 다시 또다시 세대를 거듭해 더욱 정교해지며 계속되겠지. 이단들은 언제나 이곳에서 완벽한 통제하에 고통으로 신음하다 망가져 한심한 존재가 된 다음, 마침내 회개하고 자신으로부터 구원을 받아 자발적으로 우리 발 앞에 엎드리게 되겠지. 이것이 우리가 준비하고 있는 세상이야, 윈스턴. 승리 이후에 승리가 계속되는 세상, 이기고 이기고 또 이기며 권력의 한계를 끝없이 밀어붙이고 밀어붙이고 또 밀어붙이지. 이제 어떤 세상이 될지 깨닫기 시작하는 것 같군. 하지만 결국에는 단순한 이해 이상이 될 거야. 받아들이고, 환영하고, 그 일부가 될 거야."

윈스턴이 말할 정도의 기력을 회복했다. "그럴 수 없어요." 하고 힘없이 말했다.

"그게 무슨 뜻이지, 윈스턴?"

"그런 세상을 창조할 수 없을 거라는 말입니다. 환상일 뿐이에요. 불가능해."

"왜?"

"공포와 증오와 잔인성에 기반한 문명을 건설하는 건 불가능해요. 유지될 수 없을 겁니다."

"어째서?"

"생명력이 없을 테니까. 허물어져버릴 거예요. 자멸할 거예요."

"터무니없는 소리. 증오가 사랑보다 더 소모적이라는 생각에서 그러는 거겠지. 왜 꼭 그렇다고 생각하지? 설사 그렇다고 해도, 무슨 문제가 있지? 우리가 더 빨리 노쇠해지기로 선택했다고 해도, 수명의 속도를 가속시켜서 서른에 늙기 시작한다고 해도, 무슨 문제가 있겠나? 개인의 죽음은 죽음이 아니라는 사실을 이해 못 했나? 당은 죽지 않아."

언제나 그랬듯 이런 소리에 윈스턴은 무력감에 휩싸였다. 게다가 더 고집을 부리면 오브라이언이 손잡이를 다시 올릴지도 몰라 두려워졌다. 그럼에도 불구하고 윈스턴은 가만히 있을 수 없었다. 힘없이, 논리도 없이, 오브라이언의 말에 대한 뭐라 할 수 없는 공포 이외에는 아무 근거도 없이, 윈스턴은 다시 반박을 시작했다.

"모르겠어요. 어쨌든 당신들은 실패할 거예요. 뭔가 그럴 수밖에 없는 이유가 있을 거예요. 삶이 당신들을 패배시킬 거예요."

"삶은 우리가 지배해, 윈스턴. 삶의 모든 단계를. 너는 인간의 본성 같은 게 있어서 우리가 하는 일에 분노하고 우리한테 맞서게 될 거라고 기대하고 있어. 하지만 인간의 본성은 우리가 창조해. 인간은 무한히 조작 가능한 존재거든. 아니면 무산 계급이나 노예들이 들고 일어나 우리를 전복시키리라는 옛날 관념을 또 들고 나온 건가? 그런 생각은 집어치워. 그들은 무기력해. 동물이나 마찬가지야. 인간성은 바로 당이다. 그 밖의 모든 것은 인간성과 아무 상관이 없어."

"몰라요. 어쨌든 그들이 당신들을 패배시킬 거예요. 조만간 그들은 당신들 실체를 꿰뚫어볼 거고, 당신들을 산산조각 낼 거예요."

"그런 일이 일어나고 있다는 증거가 있나? 아니면 그래야만 하는 이유가 있나?"

"없어요. 하지만 나는 믿습니다. 당신들이 패배하리라는 걸 알아요. 우주에는 뭔가 있어요……. 나는 모르지만, 뭔가 정신이, 원리가, 당신들은 절대 이기지 못할 거예요."

"신을 믿나, 윈스턴?"

"아니요."

"그럼 그게 뭐지? 우리를 패배시킬 거라는 그 원리가 뭐야?"

"몰라요. 인간의 정신이겠죠."

"그럼 자네는 인간이라고 생각하나?"

"네."

"자네가 인간이라면, 윈스턴, 최후의 인간이야. 네 족속은 멸종되었어. 우리가 그 후계자야. 네가 혼자뿐이라는 사실을 알고 있나? 너는 역사 바깥에 있어. 너는 비존재야." 오브라이언은 태도가 바뀌어 더 사납게 말하고 있었다. "그런데 너는 거짓말하고 잔인한 우리보다 자신이 도덕적으로 우월하다고 생각하지?"

"그래요, 우월하다고 생각합니다."

오브라이언은 말을 하지 않았다. 대신에 다른 두 목소리가 울려 나오고 있었다. 잠시 후 윈스턴은 그중 하나가 자신의 목소리라는 사실을 깨달았다. 형제단에 가담하던 날 밤, 오브라이언과 나눈 대화 녹음이었다. 윈스턴은 자신이 거짓말하고 도둑질하고 사기 치고 살인하고 중독과 매춘을 조장하고 성병을 퍼뜨리고 아이들 얼굴에 염산을 뿌리겠다고 약속하는 말을 들었다. 오브라이언이 짜증스러운 몸짓을 하며, 이런 녹음은 틀 가치도 없다고 말하는 듯했다. 그러고 나서 스위치를 꺼 목소리들을 멈췄다.

"침대에서 일어나." 오브라이언이 말했다.

조여 있던 끈이 저절로 느슨해졌다. 윈스턴이 침대에서 일어나 바닥에 내려서 비틀거렸다.

"너는 최후의 인간이야." 오브라이언이 말했다. "인간 정신의 보루지. 이제 있는 그대로의 네 모습을 봐봐. 옷을 벗어."

윈스턴이 입고 있던 작업복의 끈을 풀었다. 지퍼는 오래전에 떨어져 나갔다. 체포된 이후 한 번이라도 옷을 모두 벗은 적이 있는지 기억나지 않았다. 작업복 안의 몸은, 속옷의 잔해임을 겨우 알아볼 수 있는, 더럽기 짝이 없는 누리끼리한 천 조각을 걸치고 있었다. 그것 역시 바닥에 벗어놓고 나자 방 저쪽에 3면으로 이루어진 거울이 있는 것이 보였다. 그리로 가다가 윈스턴은 우뚝 멈춰 섰다. 자기도 모르게 비명이 터져 나왔다.

"계속 가." 오브라이언이 말했다. "거울들 안으로 들어가서 서. 옆모습도 볼 수 있게."

윈스턴은 너무 놀라 멈춰 섰던 것이다. 구부정한 회색의 해골 같은 것이 자신을 향해 다가오고 있었다. 그게 자신이라는 것을 알아서만이 아니라, 그 모습 자체가 너무 끔찍했다. 윈스턴은 거울에 가까이 다가갔다. 그의 얼굴은 구부정한 몸 때문에 앞으로 튀어나와 있었다. 절망적인 죄수의 얼굴은 번듯한 이마가 벗겨져 대머리로 이어졌다. 콧날은 굽고 광대뼈는 멍든 듯하고 눈은 흉흉한 경계의 빛을 뿜었다. 뺨은 푹 꺼졌고 입은 안으로 말려 들어갔다. 분명 윈스턴의 얼굴이었지만 윈스턴의 내면보다 더 바뀐 듯했다. 그 얼굴이 나타내는 감정은 그가 느끼는 감정과 다를 것 같았다. 부분적으로 대머리가 되기도 했다. 처음에는 머리가 세었다고 생각했다. 하지만 잿빛 두피가 드러난 것이었다. 손과 얼굴만 빼놓고 온몸이 오래 찌든 때로 잿빛이 되었다. 여기저기 붉은 상처가 나 있었고 종아리에는 정맥류성 궤양이 잔뜩 덧나 피부가 조각조각 벗겨지고 있었다. 하지만 제일 끔찍한 것은 쇠약해진 몸이었다. 몸통은 갈비뼈에 피부가 찰싹 달라붙어 있었다. 다리 역시 뼈 굵기만큼 쪼그라들어 허벅지보다 무릎이 두꺼웠다. 오브라이언이 왜 옆모습도 보라고 했는지 알 수 있었다. 척추의 만곡은 무서울 정도였다. 여윈 어깨가 앞으로 움츠러들어 가슴이 움푹 들어가고 앙상한 목은 두개골의 무게 때문에 반으로 접힐 지경이었다. 모르고 보았다면 심각한 병을 앓는 60대 노인의 몸이라고 했을 것 같았다.

"넌 가끔 내 얼굴을 보면서" 하고 오브라이언이 말했다. "내부당원의 얼굴을 보면서 늙고 지쳐 보인다고 생각했지. 네 얼굴을 보니 어떻지?"

오브라이언이 윈스턴의 어깨를 잡고 휙 돌려세워 자신을 보게 했다.

"네 몸의 상태를 봐." 오브라이언이 말했다. "온몸의 더러운 때를 보라고. 발가락 사이에 낀 오물을 봐. 다리에서 번지고 있는 염증은 어떻고. 자네한테서 가축 같은 악취가 나는 걸 알고 있나? 이젠 익숙해져서 느끼지 못하겠지만. 얼마나 야위었는지 봐. 네 이두근은 내가 엄지와 검지로 감싸 쥘 수 있어. 목은 당근처럼 부러뜨릴 수 있고. 여기 들어온 후 25킬로그램이 빠진 걸 알고 있나? 머리칼도 한 줌씩 빠지고 있어. 봐!" 하면서 오브라이언은 윈스턴의 머리에서 머리카락을 한 줌 뽑아냈다. "입을 벌려봐. 이가 아홉, 열, 열한 개 남아 있군. 들어오기 전엔 이가 몇 개였지? 남아 있는 것마저 빠지고 있어. 이거 봐!"

오브라이언이 윈스턴은 앞니 하나를 엄지와 검지로 세게 잡았다. 날카로운 통증이 턱을 찌르는 듯했다. 오브라이언이 흔들리는 이를 뿌리째 뽑아내 방 저쪽으로 던졌다.

"넌 썩어가고 있어." 오브라이언이 말했다. "만신창이가 되어가고 있어. 어떤가? 넌 오물 자루나 마찬가지야. 이제 돌아서 다시 거울을 봐. 너와 마주 보고 있는 괴물이 보여? 그게 최후의 인간이야. 만일 네가 인간이라면, 그게 인간성이야. 이제 다시 옷을 입어."

윈스턴은 뻣뻣한 동작으로 천천히 옷을 입기 시작했다. 이렇게까지 여위고 약해졌는지 깨닫지 못했던 것이다. 한 가지 생각밖에 나지 않았다. 이곳에서 생각보다 오래 있었던 것 같다는. 그러고 나서 갑자기 형편없는 누더기를 걸쳐 입는데, 자신의 망가진 몸에 대한 연민의 감정이 울컥 솟았다. 윈스턴은 자기도 모르게 침대 옆 작은 걸상에 주저앉아 울음을 터트렸다. 자신이 얼마나 추잡해 보일지, 가차 없는 하얀 불빛 아래 더러운 속옷을 두른 뼈다귀 같은 몰골로 울고 있다는 걸 알고 있었지만 멈출 수가 없었다. 오브라이언이 거의 상냥하기까지 한 태도로 어깨에 손을 얹었다

"계속 이 꼴일 필요는 없어. 원하면 언제든 벗어날 수 있어. 모든 게 너한테 달렸어."

"당신이 이 꼴로 만들었잖아!" 윈스턴이 흐느꼈다. "이런 짓을 하다니."

"아니, 윈스턴, 네가 스스로를 이런 몰골로 만들었어. 당에 맞서기로 했을 때 이미 받아들인 모습이야. 그 첫 번째 행동 안에 모두 포함되어 있었지. 네가 예견하지 못한 일은 아무것도 일어나지 않았어."

오브라이언이 잠시 멈추었다가 말을 이었다.

"우리는 널 두들겨 팼어, 윈스턴. 널 부쉈지. 방금 본 네 몸처럼 네 정신도 같은 상태야. 이제 자존심은 별로 남아 있지 않을 거라고 생각해. 발길질과 매질과 모욕을 당했고 고통에 비명 지르고 자신의 피와 토사물 위에서 뒹굴었지. 자비를 애걸하며 모든 사람과 모든 것을 배신했어. 더 이상 추락할 일이 남아 있다고 생각하나?"

윈스턴이 울음을 멈췄다. 여전히 눈물은 솟아나고 있었지

만, 오브라이언을 올려다보며 말했다.

"줄리아는 배신하지 않았잖아요."

오브라이언이 가만히 내려다보더니 말했다.

"그래, 그건 정말 완벽한 진실이야. 줄리아를 배신하지 않았지."

다시 한번 윈스턴의 마음에 오브라이언에 대한 기묘한 존경심이 용솟음쳤고, 어떤 것으로도 파괴할 수 없을 듯했다. 얼마나 지성적인가, 하고 윈스턴은 생각했다. 얼마나 지적이야! 오브라이언은 무슨 말이든 이해 못 하는 법이 없었다. 세상 다른 사람들은 모두, 윈스턴이 줄리아를 배반했다고 즉시 대꾸했을 것이다. 고문으로 윈스턴에게서 짜내지 못한 말이 뭐가 있던가? 줄리아에 대해 아는 것은 모두, 그녀의 습관, 성격, 과거사, 모두 불었다. 그들의 밀회 때 있었던 일은 전부, 아무리 사소한 사항까지, 그가 한 말, 그녀가 한 말, 암시장 음식, 간통, 당에 저항할 막연한 계획, 다 자백했다. 그럼에도 불구하고 윈스턴이 의도한 의미에서 볼 때는, 줄리아를 배반하지 않은 것이다. 윈스턴은 줄리아에 대한 사랑을 멈추지 않았다. 그녀를 향한 감정은 그대로였다. 오브라이언은 설명할 필요도 없이 윈스턴의 말뜻을 알아들었던 것이다.

"말해줘요." 윈스턴이 물었다. "언제 날 쏴 죽일 건가요?"

"오래 걸릴 수도 있지." 오브라이언이 말했다. "너는 까다로운 경우라서. 하지만 희망을 잃지 말게. 조만간 모두 치료가 되니까. 그리고 결국 우리는 너를 쏴 죽일 테고."

4

윈스턴은 많이 회복되었다. 날이 지나가는지는 알 수 없었지만, 날마다 살이 붙고 힘이 생겼다.

하얀 불빛과 웅 하는 잡음은 여전했지만, 감방은 예전에 있던 곳보다 조금 더 편해졌다. 나무 침상에 베개와 매트리스도 놓였고 걸상도 하나 있었다. 목욕도 시켜주었고 양철 세면대에서 꽤 자주 씻을 수 있게 해주었다. 심지어 씻으라고 더운물도 주었다. 새 속옷과 새 작업복 한 벌을 주었다. 정맥류성 궤양에도 완화 연고를 발라 치료해주었다. 남은 이는 뽑아내고 새로 의치를 해주었다.

수 주, 수개월이 지나가는 듯했다. 식사가 정기적인 간격을 두고 나오는 듯하니, 마음만 먹으면 시간의 경과도 헤아려볼 수 있을 듯했다. 24시간에 세 번 식사가 나오는 것 같았는데, 밤에 나오는 건지 낮에 나오는 건지 가끔 그냥 궁금해지기도 했다. 음식은 놀랄 만큼 훌륭했고 세 번에 한 번씩 고기가 나왔다.

한번은 담배도 한 갑 주었다. 성냥은 없었지만, 음식을 가져오고 절대 말은 하지 않는 경비가 불을 붙여주곤 했다. 처음에는 담배를 피우니 속이 울렁거렸다. 하지만 꾹 참았고 식사 후에 한 개비씩, 한 갑을 오래 아껴 피웠다.

몽당연필이 매달린 하얀 메모판도 제공받았다. 처음에는 사용하지 않았다. 깨어 있을 때도 윈스턴은 완전히 늘어져 있었다. 주로 한 끼 식사에서 다음 식사까지 누워서 거의 꼼짝도 않고 조금씩 자거나, 반쯤 깨어 비몽사몽 헤맬 때도 굳이 눈을 뜨지 않았다. 강한 빛을 얼굴에 받으며 자는 데는 오래전에 익숙해졌다. 꿈이 더욱 일관성 있어졌다는 것을 빼고는 달라진 게 없는 듯했다. 그러는 내내 엄청 많은 꿈을 꾸었다. 늘 행복한 꿈이었다. '금빛 초원'에 있는 꿈이거나, 거대하고 화려한 태양이 비치는 유적 가운데 앉아 어머니, 줄리아, 오브라이언과 함께 아무 일도 하지 않고 그냥 햇빛을 받으며 평화로운 이야기를 나누었다. 깨어 있을 때 하는 생각도 주로 꿈에 대해서였다. 고통이라는 자극이 사라지니, 지적인 생각을 할 힘을 잃은 듯했다. 지루하지도 않았고 대화나 기분 전환을 하고 싶은 마음도 들지 않았다. 그저 혼자 있고, 매 맞지 않고, 심문당하지 않고, 먹을 것이 충분하고, 모두 깨끗한 것이 너무나 만족스러웠다.

점차 잠은 줄었지만, 여전히 침대에서 일어나고 싶은 마음은 생기지 않았다. 조용히 누워 체력이 붙어가는 몸 상태를 느끼고만 싶었다. 근육이 자라고 피부가 팽팽해지는 것이 환각이 아닌지 확인하기 위해 여기저기 몸을 만져보기도 했다. 마침내 살이 찌고 있다는 것이 의심할 바 없는 사실로 확인되었다. 허벅지도 분명히 무릎보다 굵어졌다. 그러고 나자 처음에는 내키지 않았지만, 스스로 규칙적인 운동을 하게 되었다. 조금 지나자 감방 안에서도 걸음 수로 재어 3킬로미터를 걸을 수 있게 되었다. 굽었던 어깨도 점점 펴졌다. 좀 더 힘든 운동을 시도했다가, 간단한 동작 이상을 할 수 없다는 걸 깨닫고 놀라며 굴욕감을 느꼈다. 걷기 이상으로는 다리를 움직일 수 없었고 한 발로 서려 하면 반드시 넘어졌다. 걸상을 손에 들고 팔을 펼 수 없었으며 쪼그려 앉았다가 일어서면 허벅지와 종아리가 몹시 아팠다. 배를 바닥에 대고 엎드렸다가 손을 짚고 몸을 들어 올리려 했지만 턱도 없었다. 1센티미터도 들어 올릴 수 없었다. 하지만 며칠 더 지나고 식사를 몇 번 더 하자, 그 위업도 성취해냈다. 여섯 번을 연속으로 해내는 날도 왔다. 윈스턴은 자신의 몸을 자랑스레 여기게 되었고 얼굴 역시 정상으로 돌아가고 있으리라는 희망도 간간이 품게 되었다. 벗겨진 머리를 어쩌다 만져보게 되었을 때만, 지난번 거울 속에서 자신을 마주 보고 있던, 황폐한 얼굴이 생각났다.

정신도 더 활발해졌다. 나무 침상에 앉아 벽에 등을 기댄 채 메모판을 무릎에 놓고 자신을 재교육시키는 작업을 찬찬히 시작했다.

윈스턴은 어느 정도 항복한 상태였고 그건 합의된 바였다. 이제 와 생각해보면 사실 그는 결정을 내리기 오래전부터 항복할 준비가 돼 있었다. 사랑부에 들어온 순간부터, 심지어 줄리아와 무기력하게 서서 텔레스크린의 차가운 목소리로부터 지시를 받는 동안에도, 당의 권력에 맞서려 했던 자신의 시도가 얼마나 경박하고 부질없는 짓이었는지 잘 알고 있었다. 이제는 사상경찰이 7년 동안 자신을 확대경 아래 놓인 딱정벌레처럼 지켜보고 있었음도 알게 되었다. 그들이 지켜보지 않은 행동과 말은 하나도 없었고 추측해내지 못한 사고 과정도 없었다. 심지어 일기장 표지에 올려두었던 허연 먼지 알갱이도 세심하게 도로 제자리에 놓았다. 윈스턴에게 녹음을 틀어주었고 사진을 보여주었다. 줄리아와 윈스턴의 사진도 있었다. 심지어…… 그랬다. 윈스턴은 더 이상 당에 대항해 싸울 수 없었다. 더구나 당은 옳았다. 당연히 그랬다. 불멸의 집단 두뇌가 어떻게 틀릴 수 있나? 그 판단을 비판할 외부적 기준이 어디 있단 말인가? 정상은 통계적으로 결정된다. 그저 그 생각 방식을 배우면 되는 문제였다. 다만!

손에 쥔 연필이 굵고 불편하게 느껴졌다. 머릿속에 떠오르는 생각들을 적어나가기 시작했다. 먼저 커다랗고 서툰 대문자로 다음과 같이 썼다.

자유는 억압이다

그러고 나서 계속 그 아래 다음과 같이 썼다.

2 더하기 2는 5이다

하지만 그러고 나서 막힌 듯했다. 뭔가 꺼림칙한 것을 피할 때처럼 집중이 되지 않았다. 다음에 써야 할 것이 무엇인지 막연히 알았지만, 순간적으로 떠오르질 않았다. 다음에 무엇을 써야 할지 의식적으로 추론을 해보고 나서야 생각이 났다. 저절로 떠오른 것이 아니었다. 어쨌든 윈스턴은 다음과 같이 썼다.

신은 권력이다

윈스턴은 모든 것을 받아들였다. 과거는 바뀔 수 있었다. 과거는 바뀐 적이 없었다. 오세아니아는 이스트아시아와 전쟁 중이었다. 오세아니아는 언제나 이스트아시아와 전쟁 중이었다. 존스, 아론슨, 러더퍼드는 기소당한 죄목들을 저질렀다. 그들의 무죄를 증명하는 사진은 본 적이 없다. 존재하지 않는 것을 윈스턴이 만들어냈다. 모순된 일들을 기억하고 있다는 것을 기억했지만, 가짜 기억, 자기 기만의 산물 때문이었다. 모두 얼마나 쉬운 일인가! 포기만 하면 모든 것이 해결된다. 흐름을 거슬러 헤엄치면서 아무리 애를 써도 밀려나기만 하다가 갑자기 몸을 돌리기로 결정하고 흐름을 따라가는 것 같았다. 자신의 태도 이외에는 바뀐 것이 없었다. 운명으로 예정된 일은 어떻게 해서든 일어난다. 윈스턴은 자기가 왜 반항을 하게 됐는지 이해도 잘 안 갔다. 모든 것이 쉬웠다. 다만!

무엇이든 진실이 될 수 있다. 물리법칙이란 헛소리다. 중력의 법칙도 헛소리. '내가 원하기만 하면' 하고 오브라이언은 말했다. '지금 바닥에서 비눗방울처럼 떠오를 수도 있어.' 윈스턴은 다음과 같이 해석했다. '만일 오브라이언이 바닥에서 떠오른다고 생각하고, 동시에 내가 그가 떠오르는 것을 본다고 생각하면, 그 일은 일어나는 것이다.' 문득, 가라앉았던 난파선의 잔해가 수면 위로 불쑥 솟아올라오는 것처럼, 다음과 같은 생각이 머릿속에 떠올랐다. '실제로 일어난 일이 아니야. 둘 다 상상한 거지. 환각이나 마찬가지야.'

윈스턴은 즉시 그 생각을 눌러버렸다. 오류는 명백했다. 세상 어딘가 우리 외부에 '진짜' 일들이 일어나는 '진짜' 세상이 있다는 가정을 하고 있었다. 하지만 그런 세상이 어떻게 존재할 수가 있나? 우리가 가지고 있는 인식 가운데 우리 머릿속을 거치지 않은 것이 있단 말인가? 모든 일은 머릿속에서 일어난다. 모든 사람의 머릿속에서 일어나는 일이라면 모두 진짜로 일어나는 일인 것이다.

윈스턴은 손쉽게 오류를 처리했고 오류에 굴복할 위험도 없었다. 그럼에도 불구하고, 결코 그런 생각을 해서는 안 되었다는 걸 깨달았다. 위험한 생각이 떠오를 때를 대비해 정신의 맹점을 개발해야 했다. 자동적이고 본능적으로 작동이 되어야 했다. '새말'에서는 '범죄멈춤'이라 부르는 것이었다.

윈스턴은 '범죄멈춤' 훈련을 시작했다. '당은 지구가 평평하다고 말한다'나 '당은 얼음이 물보다 무겁다고 말한다' 같은 명제를 준비한 다음, 거기 반대되는 주장은 보지도, 이해하지도 않는 연습을 했다. 쉽지 않았다. 대단한 논리력과 순발력이 필요했다. 예를 들어 '2 더하기 2는 5이다' 같은 문장으로 인해 야기되는 계산 문제는 윈스턴의 지적 포용력을 넘어섰다. 또한 정신의 운동 능력 같은 것이 필요해서, 어떤 순간엔 아주 치밀한 논리를 사용하다가도 또 다음 순간에는 아주 미숙한 논리적 오류도 의식하지 못할 수 있어야 했다.

지성만큼이나 멍청함도 필요했고, 체득하기가 쉽지 않았다.

그러는 내내 마음 한구석에서는, 언제 총살당할지 궁금했다. '모든 게 너한테 달렸어'라고 오브라이언이 말했지만, 그날을 의식적 행동으로 앞당길 수 있는 것도 아니었다. 지금으로부터 10분 후일 수도 있고 10년 후일 수도 있었다. 몇 년이고 독방에 가둬둘 수도 있고, 노동 수용소로 보낼 수도 있었고, 종종 그러듯 한동안 풀어줄 수도 있었다. 총살 전에 또 체포되어 심문당하면서, 이 모든 난리를 되풀이하게 될 가능성도 아주 컸다. 한 가지 분명한 사실은, 죽음은 결코 예상한 순간에 찾아오지 않으리라는 점이었다. 전통, 아무도 말하진 않아도 다들 알고 있는 전통에 따르면, 늘 총알은 뒤에서 날아온다고 했다. 아무 사전 경고 없이, 감방과 감방 사이 복도를 걸어가는 동안, 뒤에서 쏘아 죽인다고 했다.

그러던 어느 날, 낮일 수도 있고 한밤중일 수도 있는 시간에, 윈스턴은 이상하고도 행복한 꿈결에 빠져들었다. 그는 총알을 기다리며 복도를 걷고 있었다. 금방이라도 총알이 날아오리라는 것을 알고 있었다. 모든 것이 해결되고 정돈되고 안정되었다. 더 이상 의심도, 논쟁도, 고통도, 공포도 없었다. 몸은 건강하고 튼튼했다. 윈스턴은 햇빛 속을 걸어가는 기분으로 즐거이 움직이며 편안히 걸어갔다. 더 이상 사랑부의 좁고 흰 복도가 아니라, 햇빛이 비치는 1킬로미터 폭의 거대한 통행로여서 마치 약물에 의한 환각 속을 걷고 있는 것 같았다. 그는 '금빛 초원'에서 토끼가 풀을 뜯는 오래된 들판을 가로지르는 오솔길을 따라 걷고 있었다. 발아래 짧은 풀들이 푹신하게 밟혔고 얼굴을 비추는 햇살은 부드러웠다. 들판 끝에는 느릅나무들이 바람에 살랑대며 그 너머 어딘가에는 냇물이 흘러, 버드나무 아래 깊은 웅덩이에 황어가 노닐고 있었다.

갑자기 윈스턴은 공포에 휩싸여 벌떡 일어났다. 등줄기에서 땀이 솟았다. 자기가 큰 소리로 울부짖는 소리를 들었던 것이다. "줄리아! 줄리아! 줄리아! 내 사랑, 줄리아!"

잠시 윈스턴은 줄리아가 곁에 있는 듯한 강렬한 환각에 사로잡혔다. 그냥 곁에 있는 것이 아니라, 안에 들어와 있는 것 같았다. 살결 안으로 들어온 듯했다. 그 순간 윈스턴은 둘이 함께 자유로웠던 그 어느 때보다도 훨씬 더 줄리아를 사랑했다. 또한 어딘가 줄리아가 아직 살아 있으며 윈스턴의 도움이 필요하다는 것을 알 수 있었다.

윈스턴은 도로 침대에 누워 마음을 진정시키려 애썼다. 무슨 짓을 저지른 걸까? 한순간의 나약함 때문에 몇 년이나 더 형벌을 치러야 할까?

이제 곧 밖에서 군홧발 소리가 들릴 것이다. 이런 감정의 폭발을 처벌받지 않고 넘어갈 리 없다. 윈스턴이 약속을 어졌다는 것을, 전에는 몰랐다 해도, 이제는 알 수 있을 터였다. 윈스턴은 당에 복종했지만, 여전히 당을 미워하고 있었다. 예전에는 겉으로는 순응하는 척하면서 이단적 마음을 숨기고 있었다면, 이제는 한 단계 더 후퇴해, 마음으로도 복종을 했지만, 마음속 깊은 곳은 더럽히지 않고 지키고 싶어 했다. 잘못임을 알고 있었지만, 잘못하는 게 더 좋았다. 이해해줄 것이다. 오브라이언은 이해할 것이다. 바보 같은 울부짖음 한 번에 모든 것이 다 자백되었다.

처음부터 모두 다시 시작해야 할 것이다. 수년이 걸릴지 모른다. 윈스턴은 손으로 얼굴을 더듬으며 새로운 얼굴 모습을 파악해보려 애썼다. 뺨이 푹 패어 광대뼈가 두드러졌으며 코가 납작해졌다. 게다가 지난번에 마지막으로 거울을 본 이후 의치를 전부 새로 받았다. 자기 얼굴이 어떻게 생겼는지도 모르면서 속을 알 수 없는 표정을 짓기란 쉽지 않았다. 어쨌든 단순한 표정 관리만으로는 충분치 않았다. 비밀을 감추려면 자기 자신으로부터도 감추어야 한다는 사실을, 윈스턴은 처음으로 인식했다. 그러는 동안에 비밀이 존재한다는 것은 계속 알고 있어야 하지만, 필요해지기 전에는 절대 또렷한 형태로 의식에 떠오르게 해서는 안 된다. 지금부터는 올바른 생각만 할 뿐 아니라, 올바른 것만 느껴야 하고, 올바른 꿈만 꿔야 한다. 그리고 증오는 문제 덩어리처럼, 우리의 일부이지만 우리 몸과 연결되지는 않은 종양처럼, 깊은 곳에 가둬두어야 한다.

언젠가 그들은 윈스턴을 총살하기로 결정할 것이다. 언제인지는 몰라도, 몇 초 전에는 미리 알 수 있을 것이다. 언제나 뒤에서, 복도를 걷고 있을 때다. 10초면 충분할 것이다. 그 10초 동안 윈스턴의 내면세계가 뒤집힐 수 있다. 그러고 나면 갑자기, 한마디 말도 없이, 발걸음도 멈추지 않고, 얼굴 표정 하나 변함없이, 갑자기, 가면이 벗겨지면서 쾅! 하고 증오의 충전기가 폭발할 것이다. 포효하는 거대한 불꽃처럼 증오가 윈스턴을 가득 채울 것이다. 그리고 거의 동시에 탕! 하고 총알이 날아오겠지만, 너무 늦거나 너무 이를 것이다. 윈스턴을 개심시키지 못하고 머리를 박살낸 것이다. 이단적 생각이 처벌받지도, 회개되지도 않은 채, 영원히 그들 손을 벗어나는 것이다. 당의 완벽성에 구멍을 낸 것이다. 그들을 증오하면서 죽기, 그것이 자유였다.

윈스턴은 눈을 감았다. 그것은 지적 통제를 받아들이는 것보다 힘든 일이었다. 자신을 퇴화시키고 불구로 만드는 일이었다. 그가 가장 더럽고 천하게 추락해야 했다. 그중에서도 가장 끔찍하고 역겨운 게 뭘까? 윈스턴은 빅 브라더를 생각했다. 두툼한 검은 콧수염과 어디든 따라다니는 눈을 가진 커다란 얼굴(계속 포스터로 봐서 그런지 언제나 1미터 너비로만 생각되었다)이 저절로 머릿속에 떠올랐다. 빅 브라더에 대한 윈스턴의 진정한 감정은 무엇이었을까?

복도에서 쿵쿵거리는 발소리가 들렸다. 철문이 텅 하며 활짝 열렸다. 오브라이언이 감방으로 들어왔다. 그 뒤에 밀랍 같은 얼굴의 장교와 검은 제복의 경비들이 서 있었다.

"일어나." 오브라이언이 말했다. "이리 와."

윈스턴이 그 앞에 가서 섰다. 오브라이언이 억센 손으로 윈스턴의 어깨를 잡고 유심히 들여다보았다.

"날 속일 생각을 했지. 어리석은 짓이야. 똑바로 서. 내 얼굴을 봐."

오브라이언이 잠시 멈추었다가 좀 더 온화한 어조로 말을 이었다.

"너는 나아지고 있어. 지적으로는 아주 조그만 문제밖에 없어. 더 나아가지 못하는 건 감정적인 부분뿐이야. 말해봐, 윈스턴. 거짓말하면 안 된다는 거 기억하지? 내가 언제나 알아챈다는 거 잊지 마. 말해봐. 빅 브라더에 대한 진짜 감정이 어떻지?"

"난 그를 증오해요."

"증오한다고. 좋아. 그러면 마지막 단계를 밟을 때가 왔군. 너는 빅 브라더를 사랑해야 해. 복종만으로는 충분치 않아. 사랑해야 해."

오브라이언이 윈스턴의 어깨를 놓으며 경비들 쪽으로 슬쩍 밀었다.

"101호실로." 하고 말했다.

5

비록 창문 없는 건물 안이었지만 윈스턴은 매번 다른 감방에 갇힐 때마다 자신이 어디쯤에 있는지 알 수 있었다. 아니, 알 것 같았다. 기압이 살짝 달랐다. 경비들에 구타를 당하던 감방은 지하였다. 오브라이언의 심문을 받던 방은 꼭대기 가까이 높이 있었다. 지금 이곳은 지하로 한참 내려온 곳에, 불가능할 정도로 깊은 곳에 있었다.

그동안 갔던 대부분의 감방보다 컸다. 하지만 윈스턴은 주위를 거의 보지 못했다. 눈앞에 보이는 것은 녹색 천을 깐 두 개의 조그만 탁자였다. 하나는 1-2미터밖에 안 떨어져 있었고 다른 하나는 저쪽에, 문 가까이 있었다. 윈스턴은 의자에 똑바로 앉아 묶여 있었는데, 어찌나 단단히 묶었는지 머리도 전혀 움직일 수 없었다. 머리 뒤의 받침대 같은 것에 고정되어서 똑바로 앞을 바라볼 수밖에 없었다.

잠시 혼자 있자니 문이 열리고 오브라이언이 들어왔다.

"전에 나한테 물었지." 오브라이언이 말했다. "101호실에 뭐가 있냐고. 나는 네가 이미 답을 알고 있다고 해줬지. 모두가 알고 있다고. 101호실에는 세상에서 제일 무서운 게 있어."

문이 다시 열리고, 철망으로 만든 상자 혹은 바구니 같은 것을 가지고 경비 하나가 들어왔다. 문 앞의 탁자 위에 내려놓았다. 오브라이언이 그 앞을 막고 있어서 윈스턴은 그게 뭔지 볼 수 없었다.

"세상에서 제일 무서운 건, 사람에 따라 달라. 생매장당하는 걸 수도 있고, 불에 타 죽거나 물에 빠져 죽는 것, 혹은 말뚝에 박혀 죽거나, 뭐 수십 가지 다른 게 있겠지. 하지만 그런 위험한 게 아니라, 꽤 사소한 경우도 있어."

오브라이언이 한쪽으로 조금 비켜나서, 탁자 위에 놓인 물건이 드디어 보였다. 길쭉한 상자형 철망 우리였는데, 들고 다닐 수 있게 위에 손잡이가 달려 있었다. 앞면에는 뭔가 펜싱 마스크 같은 것이, 우묵한 면이 바깥으로 향하게 붙어 있었다. 3-4미터 떨어져 있었지만, 길게 두 부분으로 나뉘고 각각 무슨 동물이 든 게 보였다. 쥐였다.

"네 경우에는 세상에서 제일 무서운 것이 쥐라지."

상자를 처음 보는 순간, 일종의 예고 같은 전율, 무언지 모를 공포가 윈스턴을 훑고 지나갔었다. 하지만 오브라이언의 말을 듣는 순간, 앞에 달린 마스크 같은 것의 의미를 덜컥 깨달았다. 내장이 녹아내리는 듯했다.

"이러지 말아요!" 윈스턴이 째지는 목소리로 울부짖었다. "이럴 순 없어, 이럴 순 없어! 절대 안 돼!"

"기억나나?" 오브라이언이 말했다. "꿈에 자주 나왔던 공포의 순간 말이야. 눈앞에 컴컴한 벽이 있고 귀에는 으르렁거리는 소리가 들리지. 벽 너머에는 뭔가 끔찍한 게 있어. 너는 그게 뭔지 안다는 걸 알지. 하지만 감히 의식 밖으로 끌어낼 용기가 없지. 벽 너머 있는 것은 쥐들이야."

"오브라이언!" 윈스턴이 목소리를 가다듬으려 노력하며 말했다. "이럴 필요 없잖아요. 나한테 원하는 게 뭐예요?"

오브라이언은 윈스턴의 말에 대꾸하지 않았다. 그저 간혹 그랬던 것처럼 교장 선생님 같은 태도로 말을 이을 뿐이었다. 생각에 잠긴 듯 먼 곳을 바라보면서, 마치 윈스턴 뒤쪽에 있는 청중에게 연설을 하는 듯했다.

"고통만으로는 절대 충분하지 않아. 인간은 고통에 맞서 버티는 경우가 있거든. 심지어 기꺼이 죽기도 하지. 하지만 누구나 참을 수 없는 게 있기 마련이야. 생각하기조차 불가능한 게 있지. 용기 있고 비겁하고의 문제가 아니야. 절벽에서 떨어질 때 밧줄을 잡는 게 겁쟁이는 아니니까. 물속 깊이 들어갔다가 올라와서 한가득 숨을 들이켜는 게 겁쟁이는 아니지. 죽지 않으려는 본능일 뿐이야. 쥐도 마찬가지야. 너는 쥐들을 참을 수 없어. 버텨내고 싶어도 버텨낼 수 없는 괴로움을 줘. 너는 결국 우리 요구에 따르게 될 거야."

"하지만 요구가 뭐예요, 뭔가요? 뭔지도 모르는데 어떻게 하겠어요?"

오브라이언이 상자를 들어 가까운 탁자로 가지고 왔다. 녹색 천 위에 조심스레 내려놓았다. 윈스턴은 피가 몰리며 귀에서 윙윙거리는 소리를 들을 수 있었다. 철저한 고독 속에 앉아 있는 기분이었다. 아무것도 없는 광막한 평원, 태양이 작열하는 평평한 사막 한가운데 있는 동안 아주 먼 곳으로부터 모든 소리들이 전해 오는 듯했다. 그러나 쥐들이 들어 있는 상자는 2미터도 떨어져 있지 않았다. 쥐들은 엄청나게 컸다. 그들은 주둥이가 억세고 사나워지며 털은 아직 회색이 아니라 갈색인 나이대의 시궁쥐들이었다.

"쥐는" 하고 오브라이언이 여전히 보이지 않는 청중에게 연설을 했다. "설치류지만 육식성이지. 너도 잘 알아. 여기 빈민가에서 어떤 일이 일어나는지 들었을 거야. 어떤 동네에서는 여자들이 집에서 아기를 5분도 혼자 두지 못한대. 쥐들이 습격할 것이 분명하기 때문이지. 그 짧은 시간에 찢어발겨 뼈만 남길 수도 있다는군. 아픈 사람도 공격해. 인간이 무기력할 때를 알아채는 놀라운 지능을 지녔지."

상자에서 찍찍거리는 소리가 터져 나왔다. 윈스턴에게는 멀리서 들려오는 소리 같았다. 쥐들이 싸우고 있었다. 철망 사이로 서로를 공격하려 애쓰고 있었다. 절망에 찬 신음도 들렸다. 그것 역시 자신이 아닌 어디 다른 곳에서 들려오는 듯했다. 오브라이언이 상자를 들어서 뭔가 눌렀다. 찰칵 소리가 났다. 윈스턴은 의자에서 미친 듯 발버둥쳤지만 소용없었다. 온몸이, 심지어 머리도 꼼짝 못 하게 묶여 있었다. 오브라이언이 상자를 더 가까이 가져왔다. 이제 윈스턴 얼굴에서 1미터도 안 되었다.

"이제 첫 번째 손잡이를 눌렀어." 오브라이언이 말했다. "이 상자가 어떤 원리인지 알겠지? 마스크를 네 얼굴에 맞춰 갖다 대는 거야. 다른 손잡이를 누르면 문이 위로 올라가. 이 굶주린 짐승들이 총알처럼 튀어나오겠지. 쥐가 뛰어오르는 모양을 본 적 있나? 네 얼굴에 뛰어올라 곧장 파고 들어갈 거야. 어떤 때는 눈부터 공격해. 어떤 때는 뺨을 뚫고 들어가 혀부터 먹어치우지."

상자가 더 가까이 다가왔다. 어딘가 위쪽에서 날카로운 비명 소리가 계속 울려 퍼지는 듯했다. 하지만 윈스턴은 공포와 맹렬히 싸우고 있었다. 생각을 하자, 생각을 해. 단 1초가 남았어도, 그동안 생각을 해내야 산다. 갑자기 퀴퀴한 지저분한 냄새가 코에 훅 끼쳤다. 경련처럼 격한 욕지기가 치밀어 올랐고 거의 정신을 잃을 것 같았다. 모든 것이 캄캄해졌다. 잠시 윈스턴은 넋이 나간 듯 짐승처럼 비명을 질러댔다. 그러다 한 가지 생각을 퍼뜩 떠올리며 그 어둠에서 나왔다. 윈스턴을 구할 단 한 가지 방법이 있었다. 다른 사람을 끼워 넣어야 했다. 다른 사람의 육체가 윈스턴과 쥐 사이를 막아서면 되었다.

이제 상자가 코앞까지 다가와 시야엔 마스크 말고는 아무것도 보이지 않았다. 철망 문이 얼굴에서 두 뼘 정도밖에 떨어져 있지 않았다. 쥐들도 어디에 다가가고 있는지 눈치챘다. 한 놈은 펄쩍펄쩍 뛰었고, 시궁쥐들의 늙고 더러운 할아버지쯤 돼 보이는 다른 놈은 일어서서 분홍 앞발로 철망을 움켜쥐고 맹렬히 킁킁대며 냄새를 맡았다. 수염과 누런 이빨도 보였다. 윈스턴은 다시 한번 아득한 공포의 나락으로 떨어지며 아무것도 보이지 않고 온몸의 기가 빠지며 정신을 잃어갔다.

"중국 황조 때는 흔한 형벌이었지." 오브라이언이 계속 설명하듯 말을 이어갔다.

마스크가 가까워지고 철망이 뺨에 닿았다. 그때였다. 아니, 해결책은 아니었다. 단지 희망, 실낱같은 희망이 떠올랐다. 너무 늦었나, 어쩌면 너무 늦었을지 모른다. 하지만 윈스턴은 이 세상에서 이 형벌을 떠넘길 사람이 딱 하나 존재한다는 사실을 깨달았다. 자신과 쥐 사이에 밀어 넣을 수 있는 몸이 하나 있었다. 그래서 윈스턴은 미친 듯이 외치고 또 외쳤다.

"줄리아한테 해요! 줄리아한테 해요! 나한테 하지 말고! 줄리아한테! 그 여자한테 무슨 짓을 하든 상관없어요. 얼굴을 뜯어내고 뼈만 남겨요. 나 말고! 줄리아를! 나 말고!"

그러고 나서 윈스턴은 거대한 심연 속으로 빠져들며 쥐들에게서 멀어져갔다. 여전히 의자에 묶여 있었지만 바닥을 뚫고, 건물 벽을 뚫고, 땅속을 뚫고, 대양을 지나, 대기를 지나, 우주 공간 속으로, 별들 사이 막막한 어둠 속으로, 계속해서 멀리, 멀리, 쥐들로부터 멀어졌다. 윈스턴은 몇 광년이나 떨어진 곳에 있었지만 오브라이언은 여전히 옆에 서 있었다. 뺨에는 여전히 철망의 차가운 감촉이 느껴졌다. 하지만 그렇게 어둠에 휩싸인 와중에도 다시 찰칵하는 금속성 소리가 들렸다. 그리고 윈스턴은 철망 문이 열린 것이 아니라 닫혔음을 알 수 있었다.

6

밤나무 카페는 사람이 거의 없었다. 창문에서 한 줄기 햇살이 비스듬히 들어와 먼지 쌓인 탁자 위를 비췄다. 고적한 15시였다. 텔레스크린에서 작은 음악 소리가 지글거렸다.

윈스턴은 늘 앉던 자리에 앉아 빈 잔을 응시하고 있었다.

이따금씩 눈을 들어 맞은편 벽에서 자신을 내려다보는 거대한 얼굴을 바라보았다. "빅 브라더가 우리를 지켜보고 있다"는 문구가 씌어 있었다. 시키지도 않았는데 웨이터가 와서 윈스턴의 잔에 '빅토리 진'을 채우고 대롱이 박힌 코르크 마개가 된 병에 담긴 액체를 몇 방울 떨어뜨린 다음 흔들어 섞었다. 이 카페의 특제품인, 정향을 넣은 사카린이었다.

윈스턴은 텔레스크린에 귀를 기울이고 있었다. 지금은 음악만 나오지만 언제 평화부에서 특별 공지가 나올지 몰랐다. 아프리카 전선에서 들려오는 소식들이 극히 걱정스러웠다. 윈스턴은 그 걱정을 하루 종일 중간중간 하고 있었다. 유라시아 부대 하나가 (오세아니아는 유라시아와 전쟁 중이었다. 오세아니아는 언제나 유라시아와 전쟁 중이었다.) 무섭도록 빠른 속도로 남하하고 있었다. 정오 뉴스에서는 어떤 특정 지역도 언급하지 않았지만 콩고 어귀가 이미 싸움터가 되었을 가능성도 있었다. 브라자빌과 레오폴드빌도 위험했다. 이것이 무엇을 의미하는지, 지도를 들여다볼 필요도 없었다. 중앙아프리카를 잃는 것만이 문제가 아니었다. 전쟁에서 처음으로 오세아니아의 영토 자체가 위협받고 있었다.

꼭 공포라기보다는, 여러 종류의 흥분이 뒤섞인 격한 감정이 윈스턴의 내부에서 확 타올랐다. 윈스턴은 전쟁에 대한 생각을 그만두었다. 요즘은 한 번에 몇 분 이상 한 가지 문제에 정신을 집중시키기가 불가능했다. 윈스턴은 술잔을 들어 한 모금에 꿀꺽 비웠다. 언제나 그렇듯 부르르 떨리고 구역질까지 좀 났다. 끔찍한 술이었다. 정향과 사카린 자체도 충분히 역겨웠지만, 그것이 진의 무성의한 화학 냄새를 가려주지도 못했다. 가장 좋지 않은 것은 낮이나 밤이나 윈스턴에게 들러붙은 진의 냄새와 마음속에서 영원히 뒤얽혀버린 그것들…….

윈스턴은 절대 그것들의 이름을 입 밖에 내거나 머릿속에서도 떠올리지 않았다. 그 모습도 가능한 절대 떠올리지 않았다. 어렴풋이만 의식하고 있는 그것들이 윈스턴의 얼굴 가까이에서 맴돌며 후각을 끈질기게 쫓아다녔다. 술이 오르자 윈스턴은 자줏빛 입술 사이로 트림을 뱉었다. 풀려난 후 윈스턴은 살이 쪄갔고 예전의 혈색도 되찾았다. 사실 되찾은 정도가 아니라 더 진해졌다. 코와 뺨은 빨간 색이었고 벗겨진 대머리 역시 짙은 분홍색이었다. 또다시 시키지도 않았는데 웨이터가 체스판과 체스 문제가 실린 면이 펼쳐진 《타임스》 최신 호를 가지고 왔다. 그러고 나서 잔이 빈 것을 보더니 진 병을 들고 와 따라주었다. 주문을 할 필요도 없었다. 그들은 윈스턴의 습관을 알고 있었다. 구석 자리와 체스판은 언제나 윈스턴을 위해 남겨두었다. 심지어 가게에 사람이 가득할 때도, 아무도 윈스턴 가까이에 앉으려는 사람이 없었기에, 자리를 혼자 차지할 수 있었다. 몇 잔이나 마셨는지 헤아린 적도 없었다. 어쩌다 한 번씩 계산서라며 더러운 종잇조각을 갖다 주었지만, 언제나 제값보다 덜 받는 것 같았다. 그 반대라 해도 상관없었다. 요즘 윈스턴은 언제나 돈이 많았다. 한직이지만 직장도 있고 심지어 예전보다 더 많이 받았다.

텔레스크린에서 나오던 음악이 멈추고 목소리가 나왔다. 윈스턴은 고개를 들고 귀를 기울였다. 전선에서 온 속보는 아니었다. 풍요부의 짧은 발표였다. 이전 분기 제10차 3개년 계획 구두끈 생산량이 98퍼센트 초과 달성되었다는 것 같았다.

윈스턴은 체스 문제를 살펴보고 말을 놓기 시작했다. 나이트를 몇 번 사용하는 까다로운 끝내기 수였다. '흰 말을 두 번 움직여 체크메이트를 부를 것.' 윈스턴은 빅 브라더의 초상화를 올려다보았다. 흐릿하게 신비감 같은 것을 느끼며, 흰 말이 언제나 체크메이트를 부르지, 하고 생각했다. 언제나, 예외 없이, 그렇게 된다. 세상이 시작된 이래 체스 문제에서 검은 말이 이긴 적이 없다. 악에 대한 선의 영구불변한 승리를 나타내는 상징 아닐까? 고요한 힘으로 가득한 거대한 얼굴이 윈스턴을 마주 보았다. 흰 말이 언제나 체크메이트를 부른다.

텔레스크린에서 나오던 말이 멈추더니, 훨씬 심각한 어조로 바뀌며 덧붙였다. "주목 바란다. 15시 30분에 중요한 방송이 있으니 대기하라. 15시 30분에 매우 중요한 소식을 발표한다. 놓치지 말도록. 15시 30분이다!" 지글거리는 음악이 다시 시작되었다.

윈스턴은 심장이 벌렁거렸다. 전선으로부터의 소식이었다. 나쁜 소식임을 본능적으로 알 수 있었다. 아프리카에서 대패를 당했을 거라는 생각이 자꾸 들며 하루 종일 마음의 동요를 일으켰다. 한 번도 무너져본 적 없는 국경을 넘어, 유라시아 군대가 개미 떼처럼 아프리카의 남단으로 밀려 내려오는 광경이 보이는 듯했다. 적군의 허를 찌를 방법이 없었을까? 아프리카 서해안의 윤곽선이 머릿속에 생생하게 떠올랐다. 윈스턴은 흰 나이트를 집어 체스 판 위에서 움직였다. 알맞은 자리가 있었다. 빠르게 남하하는 검은 무리를 상상하는 와중에도, 어디선가 모여들어 갑자기 그들 후방에 자리를 잡고, 육지와 바다로부터의 보급을 끊는 또 다른 군대가 보였다. 그렇게 상상하면 그 군대를 실제로 존재하게 만들 수 있을 것 같은 느낌이 들었다. 하지만 빨리 움직여야 했다. 만일 유라시아가 아프리카 전역을 장악하면, 케이프 곶의 비행장과 잠수함 기지를 차지하면, 오세아니아는 둘로

나뉠 것이다. 그렇게 되면 패배, 붕괴, 세계의 재편, 당의 몰락을 가져올 수도 있다! 윈스턴은 깊은 숨을 들이마셨다. 이상하고 잡다한 감정들, 정확히는 잡다하다기보다, 어떤 것이 가장 근저에 자리하고 있는지 알 수 없는, 차곡차곡 쌓인 감정들의 지층이, 내면에서 요동치고 있었다.

동요가 가라앉았다. 윈스턴은 하얀 말을 원래 자리로 되돌려 놓았지만 잠시 체스 문제에 집중할 수가 없었다. 다시 상념이 떠올랐다. 거의 무의식중에 먼지 쌓인 탁자 위에 손가락으로 썼다.

2+2=5

'그들이 당신 마음속까지 들어갈 수는 없어.' 그녀가 말했었다. 하지만 그들은 마음속까지 들어왔다. '여기서 너에게 일어난 일은 영원할 거야.' 오브라이언은 말했었다. 그 말이 옳았다. 절대 돌이킬 수 없는 일들이, 자신의 행동들이 있다. 가슴속에서 무언가 죽어버렸다. 불에 타서, 완전히 도려내어졌다.

윈스턴은 그녀를 만났다. 대화도 나눴다. 위험할 것은 없었다. 그들은 이제 윈스턴의 행동에 거의 아무 주의도 기울이지 않는다는 것을 본능처럼 알 수 있었다. 둘이 원했다면 다시 만날 약속을 잡을 수도 있었다. 사실 둘이 마주친 것은 우연이었다. 지독하게 쌀쌀한 3월 어느 날, 땅은 쇳덩어리 같고 잔디는 모두 죽은 듯 보이는 공원에서였다. 겨우 머리를 내밀었다가 칼바람에 목이 잘린 크로커스 몇 송이를 제외하면 어디에도 새싹 한 봉오리 보이지 않았다. 윈스턴은 손이 꽁꽁 얼고 눈물까지 찔끔거리면서 서둘러 길을 가다가 10미터도 떨어지지 않은 곳에서 그녀를 보았다. 안 좋은 쪽으로 변한 외모에 먼저 충격을 받았다. 둘은 거의 아는 척도 않고 지나쳤지만, 윈스턴이 머뭇거리다가 발걸음을 돌려 따라가기 시작했다. 위험하지 않다는 것은 알고 있었다. 아무도 윈스턴에게 관심 없었다. 그녀는 아무 말도 하지 않았다. 윈스턴을 떼버리려는 것처럼 잔디밭을 비스듬히 가로질렀지만, 곧 포기한 듯 나란히 걷기 시작했다. 그러다 잎도 다 떨어지고 어수선한 관목 숲 가운데로 들어갔다. 모습을 숨겨줄 수도 없었고 바람도 막아주지 못했다. 그들은 발걸음을 멈췄다. 지독히 추웠다. 바람이 잔가지 사이로 윙윙거리며 드물게 피어 있는 지저분한 몰골의 크로커스 꽃들을 못살게 굴었다. 윈스턴이 그녀의 허리를 껴안았다.

텔레스크린은 없었지만 마이크가 숨겨져 있을 터였다. 더구나 누가 볼 수도 있었다. 상관없었다. 문제될 게 없었다. 원하면 바닥에 누워 그걸 할 수도 있었다. 그런 생각을 하자 윈스턴은 공포로 몸이 굳었다. 그녀는 윈스턴이 안아도 아무 반응을 보이지 않았다. 벗어나려고도 하지 않았다. 이제야 어떻게 바뀌었는지 알 수 있었다. 얼굴은 더 창백해졌고 머리칼에 일부 가려지긴 했지만 이마를 가로질러 관자놀이까지 기다란 상처가 있었다. 하지만 그래서 바뀌었다는 게 아니었다. 허리가 굵어지고 놀라울 정도로 딱딱해졌다. 윈스턴은 예전에 미사일이 터지고 나서 폐허에서 시체를 끌어내는 일을 도운 적이 있는데, 시체가 너무나 무거울 뿐 아니라 어찌나 딱딱하게 굳어 움직이기가 힘든지, 경악한 적이 있었다. 몸뚱이라기보다는 돌덩이 같았다. 그녀의 몸도 그렇게 느껴졌다. 살결도 예전과 딴판이리라는 생각이 문득 들었다.

윈스턴은 키스를 하려 하지 않았고 그들이 말을 하려 하지도 않았다. 그들은 다시 잔디밭을 가로질러 돌아왔고 그러면서 그녀가 처음으로 윈스턴을 똑바로 바라보았다. 아주 잠깐뿐이었지만 혐오와 경멸을 가득 담은 눈길이었다. 순전히 과거의 일 때문인지, 아니면 윈스턴의 퉁퉁 부은 얼굴과 바람 탓에 질질 흘러내리는 눈물 때문이기도 한지 궁금했다. 둘은 철제 의자 두 개에 나란히, 하지만 너무 가깝지는 않게 앉았다. 그녀가 뭐라 말을 하려다가 볼품없는 구두를 몇 센티미터 움직여 나뭇가지 하나를 괜히 꾹 밟았다. 발볼

이 늘어난 것 같았다.

“난 당신을 배반했어.” 그녀가 불쑥 말했다.

“나도 당신을 배반했어.” 윈스턴이 말했다.

그녀가 또다시 혐오의 눈빛을 보냈다.

“때로 그들은 뭔가 참을 수 없는 거, 생각조차 하기 싫은 걸 가지고 협박하잖아. 그러면 ‘나한테 하지 마, 다른 사람한테 해, 아무개한테 하라고.’ 하게 되지. 그러고 나서 나중에, 그냥 거짓말이었다고, 모면하려고 그랬을 뿐이지 정말 진심은 아니었다고 할 수도 있지. 하지만 그건 사실이 아냐. 그때는 진심이었던 거야. 그러지 않고서는 살아날 방법이 없다고 생각하니까. 그렇게라도 목숨을 건질 용의가 있는 거지. 다른 사람이 당했으면 싶은 거야. 그 사람이 어떤 고통을 당하든 조금도 상관없어. 자기 생각밖에 없으니까.”

“자기 생각밖에 없으니까.” 윈스턴이 말했다.

“그러고 나면 그 사람에게 예전과 같은 감정을 가질 순 없지.”

“그래, 같은 감정을 가질 순 없지.”

더 이상 할 말이 없는 것 같았다. 바람이 몰아쳐 얇은 작업복이 몸에 찰싹 달라붙었다. 문득 그렇게 말없이 앉아 있는 것이 당황스러워졌다. 더구나 너무 추워서 가만히 있을 수가 없었다. 그녀가 지하철을 타야 한다면서 일어났다.

"꼭 다시 만나." 윈스턴이 말했다.

"그래." 그녀가 말했다. "꼭 다시 만나."

윈스턴은 주저하다가 한동안 반 보 뒤에서 그녀를 따라갔다. 다시 말은 하지는 않았다. 그녀는 딱히 윈스턴을 떼어내려 하지는 않았지만 나란히 걷지는 못할 정도의 속도로 걸었다. 윈스턴은 지하철역까지 바래다주려고 마음먹었었지만, 문득 이 추위에 거기까지 따라가는 행위가 참을 수 없이 의미 없게 느껴졌다. 줄리아에게서 벗어나고 싶을 뿐 아니라 밤나무 카페로 돌아가고픈 강렬한 욕망을 느꼈다. 밤나무 카페가 이렇게 매력적인 곳으로 느껴진 건 처음이었다. 신문과 체스 판과 계속 따라주는 진이 있는 구석 자리가 눈에 선하도록 그리웠다. 무엇보다 그 안은 따뜻할 것이다. 그러고 있는데, 순전히 우연이랄 수는 없이 행인 몇 명이 윈스턴과 줄리아 사이에 끼어들어 거리가 벌어졌다. 윈스턴은 좀 따라잡는 척하다가 걸음을 늦추고, 돌아서, 반대쪽으로 돌아갔다. 50미터쯤 가서 돌아보았다. 거리는 붐비지 않았지만 이미 줄리아는 찾을 수 없었다. 서둘러 길을 가는 십여 명의 사람 중에 하나가 줄리아일 수도 있었다. 뚱뚱하고 뻣뻣해져버린 몸 때문에 뒤에서는 못 알아보는 걸 수도 있었다.

'그때는 진심이었던 거야.' 줄리아가 말했다. 윈스턴도 진심이었다. 그냥 말한 게 아니었다. 그게 그때의 소원이었다.

자신이 아니라 반드시 줄리아를 데려와서 그…….

텔레스크린에서 지글거리던 음악이 좀 바뀌었다. 째지고 야유하는 곡조, 선정적인 음색이 되었다. 그러고 나서 웬 목소리가, 어쩌면 진짜 목소리가 나온 게 아니라 음악과 닮은 목소리가 기억에 떠오른 걸 수도 있지만, 웬 목소리가 노래를 불렀다.

울창한 밤나무 아래
나는 너를 팔고 너는 나를 팔아넘겼지

윈스턴의 눈에 눈물이 차올랐다. 지나가던 웨이터가 윈스턴의 잔이 빈 것을 보고 진 술병을 가지고 돌아왔다.

윈스턴은 잔을 들어 냄새를 맡았다. 한 모금 마실 때마다 더 끔찍해지기만 했다. 하지만 윈스턴은 그 물질에 푹 빠져들었다. 진은 그의 삶이자 죽음이자 부활이었다. 매일 밤 인사불성에 빠뜨리는 것도 진이었고 매일 아침 되살려놓는 것도 진이었다. 11시 전에 일어나는 일은 드물어도, 아침에 일어나면 눈꺼풀은 끈끈하게 달라붙고 입은 바싹 마르고 등은 부러진 것처럼 아파서, 밤새 침대 옆에 놓아둔 술병과 찻잔이 없었다면 누운 자세에서 일어나기도 불가능했을 것이다. 낮 동안 윈스턴은 흐리멍덩한 얼굴로 술병을 끼고 앉아 텔레스크린에서 나오는 소리를 들었다. 15시부터 밤나무 카페가 끝나는 시간까지 붙박이였다. 무얼 하든 더 이상 아무도 신경 쓰지 않았다. 텔레스크린에서 명령을 내리지도, 호각 소리로 잠을 깨우지도 않았다. 그래도 이따금씩, 일주일에 두 번쯤 진실부의 먼지 낀, 잊힌 듯 보이는 사무실로 출근을 해서 일이라는 걸 좀 했다. 『새말 사전』의 11판 편찬 과정에서 생겨난 사소한 문제들을 다루는 수많은 위원회 중 하나에서 파생된 어느 분과 위원회의 분과 위원회에 배치되었다. '중간 보고서'라는 것을 만드는 일에 관여했지만, 무엇에 대해 보고하는 것인지는 절대 알 수 없었다. 쉼표가 괄호 안에 들어가야 하는지 밖에 들어가야 하는지와 관련된 문제였다. 위원회에는 사람이 넷 더 있었는데 모두 윈스턴과 비슷한 처지였다. 모였다가, 솔직히 별로 할 일이 없다는 것을 서로 인정하고 바로 해산하는 날도 있었다. 하지만 어떤 때는 거의 의욕적으로 일에 착수하면서 회의록을 작성하고 끝나지도 않을 긴 보고서를 작성한다며 법석을 떠는 날도 있었다. 그럴 때는 무엇에 대해 논의를 해야 할지에 대한 논쟁에 터무니없이 심각해지면서 미묘한 정의 문제로 옥신각신하다가 주제에서 한참 멀어지면서 싸움이 벌어지고 끝내는 상부에 이야기하겠다는 협박까지 오갔다. 그러다가 갑자기 활기를 잃고 탁자에 둘러앉아 서로를 멍하니 바라보면, 마치 새벽닭이 울자 사라지는 유령들 같았다.

텔레스크린에서 잠시 소리가 그쳤다. 윈스턴은 다시 고개를 들었다. 발표다! 하지만 아니었다. 단지 음악이 바뀐 것뿐이었다. 눈앞에 아프리카의 지도가 펼쳐지는 듯했다. 군대들의 움직임이 도표처럼 그려졌다. 검은 화살표가 수직으로 남하하고, 흰 화살표는 그 꼬리를 자르며 동쪽으로 움직였다. 윈스턴은 확신을 구하듯, 흔들리지 않는 얼굴의 초상화를 올려다보았다. 두 번째 화살표가 존재조차 하지 않음을 상상이나 할 수 있을까?

다시 윈스턴의 관심이 시들해졌다. 진을 또 한 모금 가득 마시고 하얀 나이트를 집어 시험 삼아 옮겨 보았다. 체크메이트. 하지만 옳은 수는 분명 아니었다. 왜냐하면…….

의도치 않았던 기억이 머릿속에 떠올랐다. 촛불이 켜진 방에 커다란 흰 이불 덮인 침대가 있고 아홉 살에서 열 살의 소년인 자신이 바닥에 앉아 주사위 상자를 흔들며 신나서 웃고 있다. 어머니도 맞은편에 앉아 웃고 있다.

어머니가 사라지기 한 달 정도 전인 것 같았다. 배 속을 괴롭히던 굶주림을 잠시 잊고 어머니에 대한 예전의 애정이 되살아났던, 짧은 화해의 순간이었다. 윈스턴은 그날을 잘 기억했다. 비가 억수같이 퍼부어 창문으로 빗물이 줄줄 흘러내리고 집 안 불빛은 너무 침침해 책을 읽을 수도 없던 날이었다. 좁고 어두운 실내에 갇힌 두 아이는 지루해 참을 수가 없었다. 윈스턴은 징징대고 떼를 쓰며 먹을 것을 달라고 헛되이 보채고 온 방을 돌아다니며 물건을 전부 어질러 놓고 벽을 발로 차, 참다 못한 이웃집에서도 시끄럽다고 벽을 두드렸다. 어린 여동생은 울다 그치다 했다. 결국 어머니가 말했다. "자, 착하게 굴면 장난감 사 줄게. 재밌는 장난감이야. 마음에 들걸." 그러고는 빗속을 뚫고 나가 근처에 가끔씩 문을 여는 작은 잡화점에 갔다가, '뱀과 사다리' 보드게임이 담긴 마분지 상자를 가지고 돌아왔다. 눅눅한 상자의 냄새가 아직도 기억났다. 형편없는 제품이었다. 종이판은 갈라지고 조그만 나무 주사위는 너무 대충 깎아놓아 제대로 서 있지도 못했다. 윈스턴은 관심 없는 뚱한 표정으로 보드게임을 바라보았다. 하지만 어머니는 조그만 촛불을 켰고 그들은 바닥에 앉아 게임을 시작했다. 곧 윈스턴은 마구 흥분하며, 동그란 말들이 사다리를 신나게 올랐다가 뱀을 타고 거의 시작점까지 다시 미끄러지는 것을 보며 웃고 환호를 질렀다. 여덟 번 게임을 했고 각각 네 번씩 이겼다. 너무 어렸던 여동생은 게임을 할 수 없었지만 베개에 기대앉아 다른 둘이 웃으면 같이 웃었다. 오후 내내 그들 모두 윈스턴의 어린 시절에 그랬던 것처럼 함께 행복했다.

윈스턴은 그 광경을 마음속에서 밀어냈다. 잘못된 기억이었다. 종종 그런 거짓 기억이 윈스턴을 괴롭혔다. 정체만 파악하고 있으면 문제될 건 없었다. 어떤 일은 실제로 일어났고 어떤 일은 실제로 일어나지 않았다. 윈스턴은 다시 체스판을 보며 흰 나이트를 집었다. 그 순간 그 말이 체스 판에 떨어지며 시끄러운 소리를 냈다. 윈스턴도 바늘에 찔린 듯 깜짝 놀랐다.

그때 날카로운 트럼펫 소리가 공기를 갈랐다. 속보였다! 승리였다! 뉴스에 앞서 트럼펫 소리가 나온다는 것은 승리했다는 뜻이었다. 카페에 일종의 전율이 퍼져나갔다. 웨이터들까지 깜짝 놀라 귀를 기울였다.

트럼펫 소리에 사방에서 난리가 났다. 이미 텔레스크린에서는 흥분한 목소리가 지껄여대고 있었지만, 밖에서 들려오는 엄청난 함성 소리에 시작부터 거의 묻혀버렸다. 뉴스가 마법처럼 거리로 퍼져나갔다. 텔레스크린에서 들리는 내용을 파악해보니 모든 것이 자신의 예견한 대로였다. 대규모 해상 함대가 극비리에 모여 적군의 후방을 급습했다. 흰 화살표가 검은 화살표의 꼬리를 가른 것이다. 시끄러운 소음을 뚫고 승전보가 띄엄띄엄 들렸다. "대대적 기동 작전…… 완벽한 협동…… 철저한 참패…… 포로 50만…… 사기가 완전히 꺾인…… 아프리카 전역 장악…… 종전이 눈앞에…… 승리…… 역사상 최고의 승리…… 승리, 승리, 승리!"

탁자 아래서 윈스턴의 발이 경련하듯 춤추었다. 자리에서 움직이지는 않았지만 마음속으로는 바깥의 군중과 함께 귀가 멍멍하도록 함성을 지르며 정신없이 달려가고 있었다. 윈스턴은 다시 빅 브라더의 초상화를 올려다보았다. 세상 위로 우뚝 솟은 거인! 달려드는 아시아인 떼거리를 꿈쩍없이 막아내는 바위! 10분 전만 해도, 겨우 10분 전만 해도 전선으로부터의 소식이 승리일지 패배일지, 윈스턴의 마음은 갈피를 잡지 못했다. 아, 파멸한 것은 유라시아 군대뿐이 아니었다! 사랑부에 들어가던 날 이후 윈스턴의 내면은 크게 바뀌었지만, 최종적이고 꼭 필요하며 치유적인 변화는 지금에야 일어났다.

텔레스크린에서는 여전히 포로, 전리품, 학살 등에 대한 이야기를 쏟아내고 있었지만 밖의 함성 소리는 좀 줄었다. 웨이터들도 자기 일로 돌아갔다. 한 명이 진 술병을 들고 다가왔다. 윈스턴은 기쁨에 찬 꿈을 꾸며 앉아 있느라 잔이 채워지는지도 알지 못했다. 윈스턴은 이제 달리거나 함성을 지르지 않았다. 꿈속에서 다시 사랑부로 돌아가, 모든 것을 용서받고 눈처럼 하얀 영혼이 되었다. 공개재판에서 모든 것을 고백하고 모두를 고발했다. 하얀 타일이 깔린 복도를 걸어가며 햇살 속을 걸어가는 기분을 느꼈고, 무장한 경비가 등 뒤에 있었다. 오랫동안 바라왔던 총알이 머리로 날아와 박혔다.

윈스턴은 커다란 얼굴을 올려다보았다. 40년이 걸려서야 저 검은 콧수염 안에 감춰진 미소를 이해하게 되었다. 아, 잔인하고 쓸데없던 오해! 아, 저 사랑 가득한 품을 완고하고 방자하게 거부하고 떠났던 방랑! 진에 찌든 눈물 두 방울이 코 양옆으로 흘러내렸다. 하지만 괜찮았다. 모든 게 괜찮았다. 투쟁은 끝났다. 윈스턴은 자신과의 싸움에서 승리했다. 빅 브라더를 사랑하고 있었다.

새말의 원리

'새말'은 오세아니아의 공식 언어로, '영사' 즉 영국 사회주의의 이념적 필요에 따라 고안되었다. 1984년에는 말을 하거나 글을 쓸 때 새말만을 사용하는 사람은 아직 없었다. 《타임스》의 주요 기사는 새말로 작성되었지만 전문가만 부릴 수 있는 기술이었다. 대체로 2050년까지는 새말이 옛말(표준 영어)을 전부 대신할 수 있을 것으로 기대되었다. 그러면서 새말은 꾸준히 힘을 얻어나가, 영사의 당원들 사이에서는 일상 대화에서도 새말 단어와 문법구조를 사용하는 경우가 많아졌다. 1984년에 사용되었고 『새말 사전』 9판과 10판에 수록된 새말의 과도기적 상태에는 불필요한 단어들과 낡은 형태가 많이 포함돼 있어서 차후에 삭제하기로 했다. 여기서 우리가 설명할 것은 『새말 사전』 11판에 구현된 최종 완성판이다.

새말의 목적은 영사의 신봉자들에게 적절한 세계관과 심리 습관을 표현할 수단을 제공할 뿐 아니라 다른 형태의 생각은 모두 불가능하게 만드는 것이었다. 일단 새말이 전면적으로 시행되어 옛말이 잊히고 나면 영사의 원칙에 위배되는 이단적 생각은 할 수가 없게 의도되었다. 말이 없으면 생각을 할 수 없기 때문이다. 새말의 어휘들은 아주 잘 구축되어서, 당원들이 정당히 표현하고자 하는 모든 의미를 정확하면서도 때로 아주 교묘하게 표현할 수 있는 반면, 다른 모든 의미들은 배제되고 간접적으로 전달할 수 있는 가능성조차 사라졌다. 일부 새로운 단어들을 만들어낸 덕분이기도 했지만, 주로 바람직하지 못한 단어들을 제거했고 남아 있는 단어에서 비정통적인 의미와 가능한 모든 2차적 의미들을 쳐냈기 때문이다. 한 가지 예를 들어보자. free라는 단어는 새말에도 존재했지만 This dog is free from lice(이 개는 벼룩이 없다)나 This field is free from weeds(이 밭은 잡초가 없다) 같은 용도로만 쓰일 수 있었다. 옛날처럼 politically free(정치적으로 자유로운)이나 intellectually free(지적으로 자유로운)과 같은 의미로 쓸 수 없었다. 정치적, 지적 자유란 더 이상 개념적으로 존재하지 않았으며 따라서 단어도 필요하지 않았다. 명백히 이단적인 단어들을 없애는 작업과 별개로 어휘 수의 감소 자체가 하나의 목표로 상정되었으며 없어도 무방한 단어들 역시 살아남지 못했다. 새말은 생각의 확장이 아니라 감소를 위해 설계되었으므로, 선택할 수 있는 어휘 수를 최소한으로 줄여 이 목표를 간접적으로 도왔던 것이다.

새말은 우리가 아는 영어에 기초하여 만들어졌지만, 대부분의 새말 문장들을 오늘날의 영어 사용자들은 거의 이해하지 못했을 것이다. 새로 만들어진 단어들이 포함되어 있지 않은 경우라 해도 말이다. 새말 단어는 A 어군, B 어군(복합어), C 어군의 세 가지로 뚜렷하게 분류되었다. 각 어군을 따로 설명하는 것이 좋겠다. 다만 문법적 특징은 A 어군 부분에서만 다루겠다. 세 어군에 같은 규칙이 적용되기 때문이다.

A 어군

A 어군은 일상생활, 즉 먹고, 마시고, 일하고, 옷을 입고, 계단을 오르내리고, 차를 타고, 정원을 가꾸고, 요리를 하는 등의 활동에 필요한 단어들로 구성되었다. 거의 전부 이미 있는 단어들, 예를 들어 치다, 달리다, 개, 나무, 설탕, 집, 밭 같은 단어들로 이루어져 있지만 현재의 영어와 비교하면 어휘 수가 극히 적고 의미도 활씬 엄격하게 제한되었다. 모호

한 뜻이나 의미의 미묘한 차이는 모두 제거되었다. A 어군의 새말 단어들은 분명한 하나의 개념만을 표현하는 단음절어를 목표로 했다. A 어군을 문학이나 정치, 철학적 토론의 용도로 사용하기는 거의 불가능할 것이다. 구체적인 사물이나 실질적 행동을 포함하는 단순하고 목적적인 사고를 표현하려는 의도만을 가지고 있었기 때문이다.

새말의 문법에는 두 가지 두드러진 특징이 있었다. 먼저, 서로 다른 품사들 사이 거의 완전한 상호 교환성을 가졌다. 어떤 단어든지(if나 when 같은 아주 추상적인 단어들도 원칙적으로 마찬가지) 동사, 명사, 형용사, 부사로 사용될 수 있었다. 같은 어근에서 나온 경우, 동사와 명사의 형태 변형은 일어나지 않았다. 이 규칙만으로도 많은 옛말 형태들이 파괴되었다. 예를 들어 thought라는 단어는 새말에 없었다. think를 대신 사용하는데, 명사와 동사로 모두 사용하는 '명동사'였다. 여기에 적용되는 어원론적 원칙은 없었다. 어떤 경우에는 명사를 존속시켰고 또 어떤 경우에는 동사를 남겨두었다. 심지어 어원상 관련은 없지만 비슷한 의미를 가진 명사와 동사가 있을 경우, 둘 중 하나를 폐기했다. 예를 들어 cut이라는 단어는 없어지고 그 뜻을 충분히 대신할 수 있는 knife가 명동사가 되었다. 형용사는 명동사에 접미사 -ful을 붙이고 부사는 -wise를 붙여 만들었다. 그러므로 speedful은 '빠른'

이라는 뜻이 되고 'speedwise'는 빠르게라는 뜻이 되었다. 오늘날 사용되는 형용사 가운데 good, strong, big, black, soft 같은 일부는 살아남았지만 총 수는 매우 적었다. 그럴 수밖에 없는 것이, 명동사에 ful만 붙이면 거의 모든 형용사적 의미를 만들 수 있었기 때문이다. 지금 사용되는 부사들은, 이미 wise가 붙은 극소수를 빼고는 모두 살아남지 못했다. 모든 부사는 예외 없이 wise로 끝났다. 예를 들어 well 대신에 goodwise를 사용한다.

또한 원칙적으로 모든 단어에 접두사 un을 붙이면 부정형이 되고 plus를 붙이면 뜻이 강화되었다. 더욱 강화시키려면 doubleplus를 붙였다. 그래서 uncold는 따뜻하다는 뜻이고 pluscold와 doublepluscold는 '아주 춥다'와 '엄청나게 춥다'의 뜻이었다. 또한 오늘날 영어에서처럼 ante, post, up, down 등 접두사를 사용하여 모든 단어의 뜻을 변경하는 것이 가능했다. 이런 방식으로 엄청난 양의 어휘수를 줄일 수 있었다. 예를 들어 good이 있으니 bad라는 단어는 쓸 필요 없이 ungood이라고 하면 똑같은 뜻, 사실상 더 분명한 뜻이 표현되었다. 그러니 반대말을 이루는 한 쌍의 단어가 있을 때 어느 쪽을 폐기할지 정하기만 하면 되었다. 예를 들어 선호도에 따라 dark 대신 unlight를 쓸 수도 있고 light 대신 undark를 쓸 수도 있었다.

두 번째 새말 문법의 두드러진 특징은 규칙성이었다. 아래 언급된 소수의 예외를 빼고, 모든 활용은 같은 규칙을 따랐다. 모든 동사에서 과거와 과거분사는 똑같이 ed로 끝났다. steal의 과거는 stealed이며 think의 과거는 thinked, 모든 단어가 이런 식이었다. swam, gave, brought, spoke, taken 같은 변형들은 모두 폐기되었다. 모든 복수형은 s나 es를 붙여 만들었다. man, ox, life의 복수형은 mans, oxes, lifes였다. 형용사의 비교급은 예외 없이 er, est를 붙여 만들었다(good, gooder, goodest). 불규칙 형태와 more, most를 붙이는 경우는 폐지되었다.

여전히 불규칙 활용이 허용되는 유일한 경우는 대명사, 관계사, 지시형용사, 조동사였다. 이들은 모두 옛말 형태를 사용했다. 다만 whom은 불필요다고 판단되어 없어졌고 shall, should는 will, would로 대체되었다. 또한 말을 쉽고 빠르게 하기 위해 단어 형태가 불규칙하게 변한 경우도 일부 있었다. 발음하기 힘들거나 잘못 듣기 쉬운 단어는 나쁜 단어로 간주되었다. 그래서 좋은 발음을 만들기 위해 단어에 없던 철자가 삽입되기도 하고 예전 형태가 살아남기도 했다. 하지만 이런 필요는 주로 B 어군과 관련해 발생했다. 쉬운 발음이 왜 그렇게 중요한지는 뒤에서 설명하겠다.

B 어군

B 어군은 정치적 목적을 위해 의도적으로 구축된 단어들로 이루어졌다. 즉 모든 단어가 정치적 함의를 내포하고 있을 뿐 아니라, 단어를 사용하는 사람에게 바람직한 심리 태도를 심어주도록 고안되었다. 영사의 원칙에 대한 완전한 이해 없이는 이 단어들을 제대로 사용하기 어려웠다. 옛말이나 A 어군의 단어들로 번역될 수 있는 경우도 있지만, 보통 긴 설명을 덧붙여야 하고 반드시 본래 의미가 일부 손실되었다.

B 어군은 일종의 속기 언어로, 종종 광범위한 생각을 단 몇 개의 음절에 담을 수 있으면서 동시에 보통의 언어보다 더욱 정확하고 강력했다. B 어군은 모두 복합어였다.* 두 개 이상의 단어 또는 단어의 일부로 구성되며, 발음이 쉬운 형태로 결합되었다. 그 결과물은 언제나 명동사이고 일반 규칙에 따라 활용되었다. 간단한 예를 들어보자. goodthink란 아주 대략적으로 '정통적인 것'을 뜻하며, 동사로 쓰일 경우는 '정통적인 방식으로 생각하다'는 뜻이었다. 활용은 다음과 같았다. 명동사 goodthink, 과거와 과거분사 goodthinked, 현재 분사

---

* A 어군에도 물론 '말쓰기speakwrite' 같은 복합어가 있지만, 단순한 편의적 축약어일 뿐 딱히 이념적 색채는 들어 있지 않다—원주.

goodthinking, 형용사 goodthinkful, 부사 goodthinkwise, 사람 goodthinker.

B 어군의 단어들은 어원적 고려 없이 만들어졌다. 단어의 어떤 부분이든 가져와 조합했으며, 순서도 상관없고 뜻만 나타난다면 발음상 편의에 따라 어떻게 잘라내도 되었다. 예를 들어 crimethink(죄생각)에서는 think가 뒤에 있지만 thinkpol(생각경)에서는 앞에 온다. 또한 thinkpol에서는 police에서 뒷부분이 생략되어 결합되었다. 발음이 쉽도록 조합하기가 상당히 어렵기 때문에 B 어군은 A 어군보다 불규칙한 형태가 많았다. 예를 들어 Minitrue(진실부), Minipax(평화부), Miniluv(사랑부)의 형용사는 Minitruthful, Minipeaceful, Minilovely인데, 순전히 trueful, paxful, loveful이 발음하기 약간 힘들다는 이유 때문이었다. 하지만 원칙적으로 B 어군 역시 모두 활용할 수 있고 모두 같은 규칙에 따라 활용되었다.

B 어군 가운데는 뜻이 아주 미묘하여 새말 전체를 숙지하지 못한 사람은 거의 이해하기 불가능한 단어도 있었다. 예를 들어 《타임스》의 머리기사 가운데 다음과 같은 전형적 문장을 보자. "옛생각자는 영사를 비뱃속느낀다." 이 문장을 옛말로 최대한 간단히 바꾸면 "혁명 이전에 사고가 형성된 사람들은 영국 사회주의의 원칙을 정서적으로 충분히 이해하지 못한다"가 된다. 하지만 이는 온전한 번역이 아니다.

이 새말 문장의 의미를 제대로 파악하기 위해서는 우선 '영사'가 무엇을 의미하는지 명확히 알고 있어야 한다. 더구나 철저히 영사에 기반하고 있는 사람이라야 오늘날에는 상상하기 어려울 정도의 '맹목적이고 열광적인 수용'을 의미하는 '뱃속느끼다'라는 단어의 온전한 위력을 체감할 수 있다. 사악이나 타락 같은 개념과 떼어놓고 생각하기 힘든 '옛생각'이라는 단어 역시 마찬가지다. 하지만 옛생각과 같은 새말 단어들은 의미를 표현하는 기능 못지않게 의미를 파괴하는 특별한 기능을 가지고 있었다. 이런 단어의 수는 얼마 되지 않았지만 의미가 확장되어 많은 다른 단어들을 포괄하게 되었고, 하나의 종합적 단어로 충분히 표현할 수 있게 된 다른 단어들은 모두 폐기되어 잊힐 수 있었다. 『새말 사전』의 편찬자들의 애로 사항은 새로운 단어를 만들어내는 것이 아니라 만들어내고 나서 의미를 확실히 정하는 것이었다. 다시 말해 그 단어가 존재함으로써 다른 단어들을 얼마나 폐기할지 범위를 확정하는 것이었다.

free의 사례에서 보았듯이, 이전에는 이단적 뜻을 가지고 있었지만 다른 용도가 있어 살아남은 단어의 경우에도 바람직하지 못한 의미들은 모두 제거되었다. 명예, 정의, 도덕, 국제주의, 민주주의, 과학, 종교를 비롯한 셀 수 없이 많은 단어들이 그냥 없어져버렸다. 소수의 포괄적 단어가 대체한 뒤 이전 단어들은 폐기되었다. 자유, 평등 같은 범주의 단어들은 모두 '죄생각'이라는 하나의 단어로 포괄되었고, 객관성, 합리주의 같은 범주의 단어들은 '옛생각'이라는 단어로 포괄되었다. 더 구체적으로 아는 것은 위험할 수 있었다. 당원들에게는 고대 유대인과 비슷한 세계관이 요구되었는데, 유대인들은 자세히 알지는 못한 채, 자기 민족 말고는 다른 모든 민족이 '가짜 신들'을 섬기고 있다고 생각했다. 가짜 신들의 이름이 바알, 오시리스, 몰록, 아스다롯 등등임을 알 필요는 없었다. 모를수록 더욱 독실하고 정통적인 신자가 되었다. 여호와와 여호와의 계율을 알고 있으니, 다른 이름과 특질을 가진 모든 신은 가짜임을 알 수 있었던 것이다.

비슷한 방식으로, 당원들 역시 무엇이 옳은 행동인지 알고, 몹시 막연하고 모호한 용어로나마 어떤 이탈이 가능한지 알고 있었다. 예를 들어 성생활의 경우는 성죄(성적 부도덕)와 좋은성(정숙)이라는 두 개의 새말 단어에 의해 규정되었다. 성죄는 모든 성적 비행을 포괄했다. 간통, 불륜, 동성애, 기타 변태 행위와 더불어 단지 성욕을 충족시키기 위한 목적의 정상 성교도 포함되었다. 이들에게 개별적으로 이름을 붙여줄 필요는 없었다. 다 똑같은 잘못이고 원칙적으로 사형당해 마땅했다. 과학적이고 기술적인 용어들로 구성된 C 어군이라면 특정 성적 타락에 특정 명칭을 붙여줄 필요도 있었지만, 보통의 대중은 그런 단어들을 알 필요가 없었다. '좋은성'이란 여자 쪽의 육체적 쾌감 없이 오직 자식을 낳기 위한 목적으로 부부 사이에 정상적으로 하는 성교라는 의미로 알고 있으면 되었다. 그 밖의 것은 모두 '성죄'였다. 새말에서는 어떤 이단적인 생각에 대해 그것이 이단적이라는 인식 이상으로 더 자세히 따져보기가 불가능한 경우가 대부분이었다. 그러기 위해 필요한 단어들이 존재하지 않았기 때문이다.

B 어군 가운데 이념적으로 중립적인 단어는 없었다. 많은 수의 단어들이 완곡어법을 사용했는데, 예를 들어 기쁨소(강제노동수용소), 평부(평화부, 즉 전쟁부) 등은 실제의 거의 정확한 반대 의미였다. 또 어떤 단어들은 오세아니아 사회의 본성을 솔직히 표현하며 경멸감을 드러냈다. 일례로 '무산먹이'란 당이 대중을 위해 배포하는 쓰레기 오락과 가짜 뉴스들을 뜻했다. 반면에 당에 사용되면 '좋은', 적군에 사용되면 '나쁜'의 의미를 가지는 양면적 단어들도 있었다. 또한 언뜻 보면 단순한 축약어 같지만, 의미가 아니라 구조에 이념적 색채가 담긴 단어도 아주 많았다.

어떤 방식으로든 정치적 의미를 띨 수 있는 단어들은 모두 B 어군에 속했다. 모든 조직, 단체, 강령, 지역, 시설, 공공건물의 명칭은 반드시 줄여서 친숙한 형태로 만들었다.

즉 본래 의미가 남아 있으면서도 발음이 쉬운 최소 음절의 한 단어로 축약되었다. 예를 들어 진실부에서 윈스턴 스미스가 일하는 기록국은 '기국', 창작국은 '창국', 텔레스크린 프로그램국은 '텔국' 등으로 불렸다. 시간을 절약하기 위해서만은 아니었다. 이미 20세기 초반에도 축약된 단어와 표어들은 정치 용어의 특징이었다. 이런 생략과 단축은 전체주의 국가들에서 가장 두드러지는 경향이 있었다. 나치, 게슈타포, 코민테른*, 인프레코르**, 아지트프로프*** 등을 예로 들 수 있다. 처음에는 자연스레 시작된 습관이었지만, 새말에서는 의식적 목적을 가지고 적용되었다. 축약어를 사용하면 원래 단어에 붙어 있던 관련 의미들이 대부분 제거되면서, 뜻이 좁아지고 미묘하게 달라진다. 예를 들어 코뮤니스트 인터내셔널이라고 하면 인류의 보편적 형제애, 붉은 깃발, 바리케이드, 칼 마르크스, 파리 코뮌 등의 복합적 그림이 떠오른다. 하지만 코민테른이라고만 하면 단단하게 짜인 조직과 잘 정리된 강령만 떠오를 뿐이다. 의자나 탁자만

---

* Communist International(국제 공산주의 동맹, 1919~1943)의 약어.

** Inprecorr. 국제 공산주의 운동 월간지 《International Press Correpondence》의 약어.

*** Agitprop. '선전 선동물'이라는 뜻으로 agitation and propaganda에 해당하는 러시아어에서 유래했다.

큼이나 쉽게 인식할 수 있고 한정된 목적을 가진 존재를 나타낸다. 코민테른은 거의 아무 생각 없이 내뱉을 수 있는 말인 반면, '코뮤니스트 인터내셔널'은 잠시나마 생각을 하게 되는 어구다. 마찬가지로 '진부'라는 명칭이 '진실부'라는 명칭보다 연상시키는 의미도 적고 통제하기도 쉽다. 어떻게든 약어를 만들고 모든 단어의 발음을 쉽게 만드는 데 과도한 노력을 들인 이유는 그래서였다.

의미의 정확성을 제외하면 새말에서 가장 중요한 고려 사항은 발음이었다. 발음이 편하면 문법의 규칙성 따위는 언제나 무시되었다. 그럴 수밖에 없는 것이, 정치적인 목적을 위해서는 무엇보다 의미가 분명하면서도 길이가 짧아서 빠르게 발음할 수 있으며 화자의 정신에 반향을 거의 불러일으키지 않는 말이 필요했기 때문이다. B 어군의 단어들이 거의 모두 서로 비슷하다는 사실도 강점으로 작용했다. 좋은생각goodthink, 평부Minipax, 무산먹이prolefeed, 성죄sexcrime, 기쁨소joycamp, 영사Ingsoc, 뱃속느끼다bellyfeel, 생각경thinkpol 같은 수없이 많은 단어들이 거의 모두 예외 없이 2~3음절로 이루어지며 첫음절과 마지막 음절에 똑같이 강세가 붙었다. 이런 단어들을 사용하면 짧게 끊어지면서도 억양이 단조로운, 빠른 말투가 됐다. 이것은 정확히 의도된 바였다. 말을, 특히 이념적으로 중립적이지 않은 주제에 대한 말을, 가능한 의식으로부터 독립시키고자 하는 것이었다. 일상생활에서는 말하기 전에 생각을 하는 것이 분명 필요하고, 혹은 때로는 필요했지만, 정치적 윤리적 판단을 내려야 하는 당원은 올바른 의견을 기관총처럼 자동적으로 쏟아낼 수 있어야 했다. 훈련으로 이러한 습관이 갖춰지고, 언어가 손쉬운 도구를 제공하며, 영사의 정신에 부합하는 거친 음색과 의도적 추함이 담긴 단어들의 성질이 이를 한층 심화시켰다.

선택할 단어의 수가 매우 적은 것도 마찬가지 효과가 있었다. 지금의 언어와 비교할 때 새말은 어휘 수가 보잘것없는 데다, 남아 있는 어휘마저 줄일 새로운 방법이 끊임없이 고안되었다. 정말이지 새말은 매년 어휘가 늘어나는 대신 줄어든다는 점에 있어 대부분의 다른 언어와 구별되었다. 선택의 폭이 줄어들수록 곰곰이 생각할 여지도 줄어들기 때문에 어휘가 감소할수록 이득이었다. 새말의 궁극적 이상은, 뇌의 고차원적인 부분을 전혀 사용하지 않고 목구멍에서 말이 술술 나오게 하는 것이었다. 이러한 목표는 '오리처럼 꽥꽥거리다'는 뜻의 새말 단어 '오리말'에서 솔직히 인정되었다. 많은 B 어군 단어들과 마찬가지로 '오리말'에도 양면적 의미가 담겼다. 꽥꽥거리며 나온 말이 정통적이라면, 그 말이 '오리말'이라는 건 오직 칭찬의 뜻이었다. 《타임스》에서 당의 연설가에게 '갑절더좋은 오리말사람'이라고 했다면 그것은 따뜻한 존중을 담은 칭찬이었다.

C 어군

C 어군은 다른 어군들의 보조적 어휘로 과학적이고 기술적인 용어들로 구성되었다. 이 단어들은 오늘날 사용하는 과학 용어들과 같은 어근으로 구성되어 비슷했지만, 다른 두 어군과 마찬가지 방식으로 엄격히 정의되었고 바람직하지 못한 의미들은 제거되었다. 문법 규칙도 다른 두 어군과 같았다. C 어군의 단어들은 일상 대화나 정치 활동에 거의 사용되지 않았다. 특정 전문 분야에 필요한 단어는 모두 해당 분야의 용어집에서 찾아볼 수 있었고, 과학자나 기술자라 하더라도 자기 분야가 아닌 단어들은 겉핥기 이상으로 알지 못했다. 모든 분야에 공통으로 들어가는 단어는 매우 소수였으며, 특정 분야와 관계 없는 어휘, 즉 과학이 생각의 방식 혹은 사고 체계임을 설명하는 어휘는 없었다. 심지어 '과학'이라는 말조차 존재하지 않았는데, 이미 '영사'라는 단어가 그 의미를 충분히 포함하고 있었기 때문이다.

이상과 같은 설명을 통해, 새말에서는 아주 낮은 수준 이상으로 비정통적인 견해를 표현하기가 거의 불가능했음을 알 수 있다. 아주 조잡한 수준의 이단적 생각을 표현하는 것은 물론 가능했다. 예를 들어 "빅 브라더는 비좋다"라고 할 수 있었을 것이다. 하지만 이 말은 정통주의자의 귀에는 자가당착의 헛소리로 들릴 뿐이고, 필요한 단어를 찾을 수 없기 때문에 합리적으로 설명될 수도 없었다. 영사에 적대적인 생각은 말이 아닌 막연한 형태로 품을 수밖에 없고, 온갖 이단을 구별하지 않고 한 덩어리로 비난하는 아주 폭넓은 단어로 설명될 수밖에 없었다. 사실 비정통적 목적으로 새말을 사용하려면, 불법적으로 옛말을 사용하여 번역하는 수밖에 없었다. 예를 들어 새말에서도 "모든 인간은 평등하다"는 문장은 가능했다. 하지만 이는 옛말에서 "모든 인간은 빨강머리다"라고 하는 문장과 마찬가지로, 문법적 오류는 없지만 누가 봐도 사실이 아닌 내용을 담고 있었다. 즉 모든 사람은 똑같은 키에, 몸무게, 근력을 가지고 있다는 의미가 된 것이다. 정치적 평등이라는 개념은 더 이상 존재하지 않았으며, 이러한 2차적 의미는 제거되었기 때문이다. 1984년에는 옛말이 여전히 일반적 의사소통의 수단이었으므로 새말을 쓰면서도 여전히 예전 의미들을 기억할 위험이 이론상 존재했다. 하지만 실제로는, 이중생각을 잘 체득한 사람이라면 어렵지 않게 피할 수 있는 위험이었다. 그렇게 두어 세대가 지나면 그런 위험조차 사라졌다. 예를 들어 체스에 대해 모르는 사람은 체스에서 쓰이는 '퀸'이나 '루크'

같은 단어에 담긴 부차적 의미를 모르는 것처럼, 새말만을 배우며 자란 사람은 '평등'이라는 말에 한때 '정치적 평등'이라는 부차적 의미가 들어 있었고 '자유'라는 말에 한때 '지적 탐구의 자유'의 의미가 들어 있었다는 사실을 더 이상 알지 못했을 것이다. 명칭이 없어졌기 때문에, 그래서 생각할 수가 없기 때문에, 인간이 더 이상 저지를 수 없는 범죄와 잘못들이 많아졌을 것이다. 시간이 지나면 옛말과 아주 다른 새말의 특성들이 더욱더 힘을 얻었을 것이고, 어휘는 점점 줄어들었을 것이며, 의미는 더욱 엄정해져서, 부적절한 사용 가능성 역시 희박해졌을 것이다.

옛말이 영원히 일소되고 나면, 과거와의 마지막 고리가 끊겼을 것이다. 역사는 예전에 이미 다시 씌어졌지만, 불완전한 검열 탓에 과거 기록의 조각들이 여기저기 남아, 옛말 지식을 가진 사람은 읽을 수 있었다. 미래에는 그런 조각들이 남아 있다고 해도, 기술 공정이나 아주 간단한 일상 행위, 혹은 이미 정통적인(새말로는 '좋은생각스러운') 내용이 아닌 다음에야 읽을 수도 번역할 수도 없었을 것이다. 이것은 대략 1960년 이전에 집필된 책은 온전히 번역할 수가 없으리라는 뜻이었다. 혁명 이전의 문헌들에 대해서는 오직 이념적 번역만 이루어질 수 있었다. 즉 언어뿐 아니라 의미의 변조까지 일어난다. 예를 들어 미국 독립선언문의 유명한 구절을 보자.

우리는 다음을 자명한 진리로 한다. 모든 인간은 평등하게 창조되었고, 창조주로부터 빼앗길 수 없는 권리들을 부여받았다. 생명권, 자유권, 행복추구권이 여기 포함된다. 이 권리들을 보장하기 위해 사람들이 모여 정부를 설립했으며, 정부의 권력은 국민의 동의에서 나온다. 어떤 정부든 이 목표에 해가 될 때는 국민의 권리로 폐지 또는 교체하여 새로운 정부를 설립하는…….

이 내용의 원래 의미를 유지하면서 새말로 옮기는 것은 거의 불가능하다. 가장 가까운 번역은 글 전체를 '죄생각'이라는 한 단어로 포괄하는 것이다. 온전한 번역은 이념적 번역이 될 수밖에 없으며, 그렇게 되면 제퍼슨의 이 글은 절대적 정부에 대한 찬사로 바뀌어버릴 것이다.

과거 문헌 대다수가 이런 식으로 변형되었다. 명성을 고려할 때 특정 역사 인물들에 대한 기억은 보존하는 것이 바람직했지만, 이들의 업적은 영사의 철학과 일치하게 바뀌어야 했다. 그리하여 셰익스피어, 밀턴, 스위프트, 바이런, 디킨스 같은 작가들이 번역되는 중이었으며, 작업이 완료되면 원래 글들은 과거의 모든 문헌과 더불어 파괴될 예정이었다. 이 번역은 더디고 어려운 일이라, 2010년이나 2020년 이전에 끝내기는 어려우리라 전망되었다. 아울러 마찬가지로 처리해야 하는 단순 실용 문헌들, 즉 필수적인 기술 사용법 등이 그 양만 해도 상당했다. 새말의 최종 적용 시기를 2050년으로 아주 늦게 잡은 이유는 주로 이런 번역과 같은 예비 작업의 시간을 마련해야 했기 때문이다.

21세기에 더욱 의미심장한 정치 소설

오늘날 고전과 신간을 막론하고 『1984』만큼 언론에 자주 언급되는 문학 작품도 드물다. 주로 억압적 전체주의 정부나 감시 통제 사회에 대한 걱정이 커질 때 반드시 거론되는데, '1984년'이라는 년도 자체가 그런 디스토피아의 가능성을 상징하는 숫자가 되었고 '오웰적 사회'라는 표현도 자주 쓰인다. 이 소설에서 처음 사용된 빅 브라더, 사상죄, 이중생각, 냉전 같은 신조어들이 정치 에세이들에 여전히 자주 사용되는 점도 주목할 만하다.

작가 조지 오웰이 이 책의 배경이 되는 해를 1984년으로 정한 것은 이 작품을 1948년에 완성했기 때문이라고 한다.

어느 정도는 우연한 년도 선택이었지만, 실제 현실 세계에서 1984년이 되자 전위 예술가 백남준이 텔레비전과 위성을 이용한 전 지구적 퍼포먼스를 벌여 오웰을 기념했으며, 이후 수십 년에 걸쳐 수시로 영상화되는 동시에 후대의 SF 예술 작품들에 끊임없이 영감과 소재를 제공하게 되었다. 현재도 『1984』는 영미권 고등학교 문학 교과서에 반드시 실리는 고전이며, 21세기에도 일본의 베스트셀러 소설 『1Q84』의 제목으로 변주되고 코리 닥터로우의 『리틀 브라더』라는 소설로 패러디되는 등 여전히 활발히 참조된다. 이는 우리나라도 마찬가지라서, 국내 출간된 조지 오웰의 책이 300종이 넘고 조지 오웰의 평전은 국내 저자가 쓴 것만 3종으로, 앞으로도 더 많이 나올 듯하다.

1903년 영국의 식민지 인도에서 태어난 조지 오웰은 성장기에 영국으로 돌아가 명문 이튼 학교에서 교육을 받았다. 대학 진학을 포기하고 식민지 미얀마에서 제국주의 경찰 생활을 시작한 그의 젊은 시절 흔적들이 자전적 저작들 속에 남아 있다. 백인들조차 제국주의의 꼭두각시에 불과하게 만드는 권력의 야비한 속성을 깨닫고(『버마의 나날』), 유럽으로 돌아와 하층민의 노동(『파리와 런던의 밑바닥 생활』, 『위건 부두로 가는 길』) 및 인간의 욕망(『엽란을 날려라』, 『숨 쉬러 올라와』)에서 모종의 가능성을 찾았으며, 스페인 내전에 의용군으로 참전한 경험을 통해 사회주의의 희망과 절망을 경험했다(『카탈로니아 찬가』). 그 과정에서 희대의 풍자극 『동물농장』 및 사실과 상상력을 결합해 충격을 주고, 날카로운 논쟁 속에 열정적인 감성을 품고 있어 감동을 주는 마지막 걸작 『1984』가 탄생했다.

『1984』는 원래 20세기 초 잠시 칭송되었던 소련 스탈린의 통치를 비판하기 위해 쓴 소설이었지만, 뜻하지 않게 21세기 자본주의의 미래를 정확히 예견하는 듯해 소름이 끼친다. 과거의 독자는 『1984』를 그저 비관적 상상력의 산물로 읽었겠지만, 오늘날의 독자는 이렇게 오래전에 쓴 소설에서 압축적으로 포착된 현대 사회의 모습과 그 본성에 대한 예리한 분석에 깜짝 놀라게 된다.

우선, 첨단 기술 및 관료 체제에 의한 대중 통제 방식과 그 치하 생활상의 생생한 묘사가 압권이다. 모든 것을 24시간 감시하는 카메라와 녹음기, 권력층을 상징하는 폐쇄적 초고층 건물들, 모든 정보가 촘촘히 연결되고 관리되는 기록 시스템, 역사 왜곡과 가짜 뉴스의 날조에 복무하는 지식인들, 사람이 말을 하면 받아써주고 싸구려 유흥물을 대량 생산하는 글쓰기 기계, 영상으로 운동 방송을 하며 매일 신체를 단련하도록 강제하지만 애정과 성은 억압하는 보건 윤리, 증오를 에너지 삼는 대중과 내국민을 통제하기 위한 수단으로서의 국제 전쟁 도발, (오늘날의 UN평화유지군을 떠올리게 만드는) 전쟁 담당 부서의 모순된 명칭 '평화부,' 오늘날 2강국으로 기세가 등등한 미국과 중국을 떠올리게 하는 초거대국들로 3분할된 세계 등, 오늘날 문명 전반에 걸쳐 『1984』의 예측이 신기하게 들어맞는 부분이 많다.

또한 이 소설 전반을 관통하는 사상적인 면에서 현대성은 더욱 두드러지며 심리학, 경제학, 언어학까지 아우르는 풍부한 텍스트를 통해 현대 사회 속 인간의 상황과 전망이 통찰된다. 그중에서도 권력에 대한 인간의 본능을 직시하면서 감시, 조작, 통제뿐 아니라 고통을 가함으로써 복종을 확인하려는 지배자의 본질 분석이 가장 인상적이다. 작품 속에서 미래 지식인들이 현실을 정확히 파악하고 있으면서도 권력층의 현실 왜곡을 아무 문제없이 받아들이는 태도, 즉 '이중생각' 개념은 오늘날 심리학에서 지적하는 '인지부조화'와 그대로 일치한다. 독재 국가들에서 펼쳐지는 경제적 행태들 역시, 다국적 거대 기업들이 점령한 오늘날 세계의 개인 정보 침해와 여론 조작, 가짜 성장과 양극화를 유도하는 불경기 자본주의, 이익과 효율의 논리가 휩쓰는 잔혹한 도구화 풍조 등을 볼 때, 도저히 허황된 이야기라고 여길 수가 없다.

또한 언어를 다루는 직업인으로서 번역자에게 흥미로웠

던 부분은, 작가가 공들여 구축한 '새말'의 세계일 것이다. 『1984』 속 권력층은 무슨 힙한 식당 신메뉴 명칭 같기도 한 오리말, 더좋생각, 못뱃속느끼다 같은 새말을 발명하거나 '자유는 예속'이며 '사랑은 고문'이라는 식으로 아예 단어들의 뜻을 바꿔, 더욱 다스리기 쉬운 사고방식의 인간을 창조한다. 굳이 북한을 연상할 필요도 없다. 더 깊은 사고 능력, 비판 의식과 철학을 갖추도록 하는 것이 아니라 수박 겉핥기 식 언어 교육에 정신과 물자가 낭비되는 한국의 상황과도 비슷하다고 하면, 너무 과장일까? 언어 관습의 미래가 어디로 가고 있는지, 어디로 가야 하는지도 반성해볼 수 있을 것이다.

이렇게만 쓰면 『1984』가 온통 (신기하지만) 암울한 이야기로만 꽉 찬 듯 보일 수도 있겠는데, 오웰이 주목하고 있는 것은 이런 인간의 '디스토피아 충동'뿐이 아니다. 이에 대한 인간의 끈질긴 저항과 '유토피아 충동' 또한 중요한 비중을 차지하며 작품 전체에 끈질기게 묘사돼 있다. 이것이 아마 오웰이 글을 쓰는 네 가지 목적 중 하나로 밝힌 바 있는, 미학적 열정을 쏟아부은 대목들일 것이다. 어린 시절의 꿈, 가족 간의 유대와 파괴의 슬픔, 동료들 간의 미묘한 우정과 갈등, 타인에 대한 호기심과 증오, 추상적이고 고상한 지식에 대한 욕구와 경멸, 진실과 자유에 대한 갈망, 하층민의 생명력에 대한 희망과 절망, 외롭지만 굳센 저항과 나약한 추락, 건강과 미모에 대한 비뚤어진 적개심과 동경, 금지된 사랑과 위험천만한 모험을 추구하거나 비굴해지는 이야기들이 감동적으로 묘사된다.

이런 예술적이고 정서적인 부분에서도 조지 오웰의 현대적이고 미래적인 취향이 돋보이는데, '말쓰기' 기계 덕분에 거의 금지되다시피 한 '손으로 글씨 쓰기'를 은밀히 시도하며 전율하는 모습이라든지, '금빛 초원'에 대한 동경, 쓸모없어 말살 되어버린 과거의 유물들, 이를 테면 우연히 발견한 골동품 문구(고급스런 종이 일기책, 유리 문진) 같은 것에서 느끼는 애착은 오늘날의 트렌드와도 상통한다 해도 과언이 아니다.

이번 번역을 하면서 국내에서 유통되고 있는 여러 번역본을 참고해 그간의 오역을 바로잡고 좋은 표현들은 더욱 넘어서려 노력했다. 그러면서 21세기에 어울리는 문장이 되도록 신경을 썼다. 도움이 되어준 선학들과 여전히 남는 소소한 의문점들을 해결해준 폴 매튜스, 그렘 핸드 씨에게 감사를 드린다. 그리고 여담이지만 수십 종에 이르는 기존 번역본들을 뒤져보다가 정말 의아했던 점을 한 가지만 집자면, 『1984』의 첫 페이지에 나오는 주인공 윈스턴과 독재자 빅 브라더의 외모에 대한 오역이 왜 그리도 되풀이되는가 하는 점이었다. 윈스턴은 밝은 금발very fair이고 빅 브라더에게는 두툼한 콧수염thick mustache이 있는데, 그게 무슨 그렇게 어려운 표현이라고, '아주 매력적인 머리칼, 매끄러운 머리칼, 머리카락이 가느다란' 그리고 '뺨에 온통 수염이 난, 텁수룩한 수염' 등등 어이없는 번역이 태반이었다. "말보다 얼굴이 더 많은 것을 이야기 한다"고 생각했고, 아직 나타나지도 않은 현실을 놀랍도록 생생히 묘사했던 작가에게 안타까운 일이다. 그래서 고전은 계속 다시 번역되어야 하나 보다.

2025년 정초에 옮긴이 이수영

조지 오웰 연보

1903년 6월 25일

영국의 식민지였던 인도 벵골 지방의 모티하리Motihari에서 에릭 블레어Eric Arthur Blair라는 이름으로 태어났다. 아버지는 제국주의 영국의 하급 관리였다.

1904년 1세

어머니와 누나 마저리Marjorie와 함께 영국으로 돌아와 옥스퍼드셔Oxfordshire의 헨리온템스Henley-on-Thames에서 유년기를 보냈다.

1908년 5세

동네의 수도원 부설 학교에 다니기 시작했다.

1911년 8세

9월 이스트서식스East Sussex의 세인트 시프리언스 기숙학교St Cyprian's

School에 장학금을 받고 입학했다.

1917년 14세

5월 이튼 기숙학교Eton College에도 장학생으로 입학해 당시 교사였던 올더스 헉슬리 등에게서 배웠으나 상대적으로 가난한 집안에 대한 좌절감을 느끼며 성적도 우수하지 못하자 대학 진학을 포기했다.

1922년 19세

인도의 경찰에 지원하여 같은 영국의 식민지였던 버마(오늘날 미얀마)에서 근무를 시작했다. 이후 5년 동안 일하며 제국주의에 깊은 반감을 품게 되었고 이는 후에 첫 장편 소설 『버마의 나날』을 비롯한 여러 에세이의 소재가 되었다.

1927년 24세

열병에 걸려 영국으로 휴가를 받아 왔으나 다시 미얀마로 돌아가지 않고 경찰을 사직했다. 런던에 방을 얻어 잡지에 글을 쓰거나 번역 일을 하는 등 습작을 시작했다.

1928년 25세

파리로 건너가 접시 닦이 일을 하거나 노숙자로 지내는 등 빈민으로 살았다. 이때의 생활이 첫 논픽션 『파리와 런던의 밑바닥 생활』 등의 소재가 되었다.

1929년 26세

폐렴에 걸려 파리의 극빈자 병원에 입원했다가 영국으로 돌아왔다. 이후 같은 병으로 49세에 사망할 때까지 평생 폐질환으로 고통을 받게 되었다.

이후 5년 동안 영국 서퍽Suffolk 지방 사우스월드Southwold의 부모의 집

등에서 거주하며 가정교사, 사립학교 임시 교사 등으로 일하는 틈틈이 신문과 잡지에 에세이를 기고하고 논픽션 『파리와 런던의 밑바닥 생활』과 장편 소설 『버마의 나날』을 집필을 시작했다.

1933년 30세

1월 조지 오웰이라는 필명으로 첫 책인 논픽션 『파리와 런던의 밑바닥 생활Down and Out in Paris and London』이 출간됐다. '조지'는 에릭 블레어가 존경하던 소설가 조지 기싱George Gissing에서 따오고 '오웰'은 당시 살던 영국 서픽의 작은 강 이름이었다.

1934년 31세

10월 첫 장편 소설 『버마의 나날Burmese Days』이 미국에서 먼저 출간되었다. 버마 거주 영국인 사회와 피식민지인들 간의 교우 및 갈등을 그린 이야기로, 제국주의 비판을 꺼리던 영국에서는 출판을 거절당한 것이다.
또한 이 해 10월에 런던의 서점 북 러버스 코너Booklover's Corner에서 시간제로 일하며 그 위층 방에서 글을 쓰게 됐다. 이때의 경험이 세 번째 장편 소설 『엽란을 날려라』에 담겼다. 심리학과 학생이던 첫 아내 아일린 오쇼네시Eileen O'Shaughnessy를 만난 것도 이때다.

1935년 32세

3월 두 번째 장편 소설 『성직자의 딸A Clergyman's Daughter』이 출간되었다. 성공회 신부인 아버지를 위해 성당 업무를 보살피던 딸이 기억을 잃은 후 벌이는 일탈과 모험 이야기다.

1936년 33세

1월 영국 낙후 지역에 대한 르포를 써달라는 의뢰를 받고 탄광 지역의 노동 실태를 취재해 두 번째 논픽션 『위건 부두로 가는 길』을 썼다.

4월 세 번째 장편 소설 『엽란을 날려라Keep the Aspidistra Flying』가 출간되었다. 광고 회사를 그만두고 서점에서 일하는 작가 지망생이 가난과 연애의 고난에 비뚤어지는 이야기다.
6월 아일린 오쇼네시와 결혼했다. 하트퍼드셔Hertfordshire의 월링턴Wallington이라는 시골 마을로 이사 가서 작은 식료품점을 열고 자전거를 타며 텃밭과 정원을 가꾸고 염소와 닭을 키우는 생활을 잠시 한 것도 이때다.

1937년 34세

3월 두 번째 논픽션 『위건 부두로 가는 길The Road to Wigan Pier』이 발간되었다.
이전 해 스페인에서 우파(파시스트)와 좌파(사회주의) 사이 내전이 일어났고 신혼의 조지 오웰은 이를 취재하기 위해 아내와 함께 떠났다. 그리고 세계 각국에서 스페인으로 모여든 국제적 좌익 활동가들의 모습에 감명 받은 오웰은 마르크스주의 통일노동자당 의용군에 입대해 전쟁터에서 목에 총상을 입기까지 했다. 그러나 좌파들 간의 내분이 일어나, 친소련 공산당의 공격을 받고 간신히 아내와 함께 스페인을 탈출했다. 이 경험을 바탕으로 논픽션 『카탈로니아 찬가』를 썼으며 이때 경험한 좌파의 변질과 권력 다툼의 포악성에 대한 위기감이 『동물농장』과 『1984』의 바탕이 되었다.

1938년 35세

4월 세 번째 논픽션 『카탈로니아 찬가Homage to Catalonia』가 발간되었다. 이 책에서 오웰은 자기 영웅담을 자제하고 유럽 각국에서 대의를 찾아 모여든 청년들에게 경의를 바쳤다. 그리고 실패로 끝난 사회주의 혁명의 추한 모습을 정면으로 응시하면서 "그 결과가 반드시 환멸이나 냉소는 아니다. 이상하게도 그 모든 것을 경험한 후 나는 사람들의 고상함에 대한 믿음이 줄어든 것이 아니라 더 강해졌다"고 썼다.

전쟁과 집필 등으로 건강이 악화돼 익명의 후원을 받아 모로코 마라케시로 요양을 갔고 거기서 네 번째 장편 소설 『숨 쉬러 올라와』를 썼다.

1939년 36세

3월 영국으로 돌아왔고 6월 장편 소설 『숨 쉬러 올라와Coming Up for Air』가 발간되었다. 중년의 보험 영업 사원이 전운이 감도는 현실을 피해 고향을 방문하는 이야기다.
2차 대전이 터져 다시 군대에 지원했으나 신체검사에서 떨어졌다.

1940년 37세

3월 에세이집 『고래 배 속에서Inside the Whale and Other Essays』를 출간하는 등 많은 칼럼, 서평 등을 쓰고 발표했으나 소설 작품에 매진할 시간을 좀처럼 내지 못했다.
입대에 실패해서 2차 대전에 참전하지는 못했으나 지역 민방위대에서 간부로 복무할 수 있었다.

1941년 38세

2월 에세이집 『사자와 일각수The Lion and the Unicorn: Socialism and the English Genius』가 출간되었다.
8월 BBC 라디오에 입사해서 전쟁 중 선전 방송을 기획하는 일을 2년간 맡았다.

1943년 40세

11월 민방위대와 BBC에서 모두 나와 노동당 주간지인 《트리뷴》의 문학 편집인이 되었고 정기 칼럼을 1년간 연재했다.
장편 소설 『동물농장Animal Farm』의 집필을 시작했다.

1944년 41세

장편 소설 『동물농장』을 탈고했지만 소련 스탈린의 독재에 대한 날카로운 풍자로 출판사를 구하지 못했다. 2차 대전 중 소련이 영국의 우방으로 독일 등의 파시즘에 대항해 싸우고 있었기 때문이다.
10월 아들 리처드 호레이쇼 블레어Richard Horatio Blair를 입양했다.

1945년 42세

3월 《옵서버》의 특파원이 되어 파리 전선에 종군기자로 갔다.
같은 달 아내가 종양 제거 수술 중 사망했다.
8월 장편 소설 『동물농장』이 출간됐다. 미국에서 50만 부가 팔리는 베스트셀러가 되었다.

1946년 43세

여름 스코틀랜드 서해안 섬인 주라Jura의 반힐Barnhill 마을 농가로 이사하고 여동생 에이브릴Avril이 집안일을 맡으면서 오웰의 아들도 키우게 됐다. 이를 전후해 소냐 브라우넬 등의 주변 여성들과의 교우가 『1984』 속 연인 줄리아와의 고통스러우면서도 관능적인 관계 속에 반영된 것으로 보인다.
8월 장편 소설 『1984Nineteen Eighty-Four』 집필을 시작했다.

1947년 44세

폐병이 악화되어 장편 소설 『1984』를 쓰고 고치면서 병원과 요양원을 오갔다.

1949년 46세

6월 대표작이자 마지막 작품 『1984』가 출간되고 영국과 미국에서 베스트셀러가 되었다.
10월 유니버시티 칼리지 병원의 병실에서 편집자인 소냐 블라우넬

Sonia Brownell과 재혼했다.

1950년 1월 21일 47세

폐결핵으로 사망, 옥스퍼드셔 서튼 코트니Sutton Courtenay의 올 세인츠All Saints 성당 묘지에 묻혔다.

1984

초판 1쇄 인쇄 2025년 3월 18일
초판 1쇄 발행 2025년 4월 10일

지은이 조지 오웰
옮긴이 이수영
펴낸이 정중모
펴낸곳 도서출판 열림원
출판등록 1980년 5월 19일(제406-2000-000204호)
주소 경기도 파주시 회동길 152
전화 031-955-0700
팩스 031-955-0661
홈페이지 www.yolimwon.com
이메일 editor@yolimwon.com
페이스북 /yolimwon
트위터 @yolimwon
인스타그램 @yolimwon

주간 김종숙
책임편집 김혜원
편집 김은혜 정소영
디자인 강희철 표지 디자인 석윤이
기획실 정진우 정재우
마케팅 홍보 김선규 고다희
디지털콘텐츠 구지영
제작 관리 윤준수 고은정 김선애

ISBN 979-11-7040-328-9 04800
979-11-7040-193-3 (세트)

* 역자와 출판사의 서면 허락 없이 내용의 일부를 무단 도용하거나 발췌하는 것을 금합니다.
* 책값은 뒤표지에 있습니다. 잘못된 책은 구입하신 곳에서 교환해드립니다.